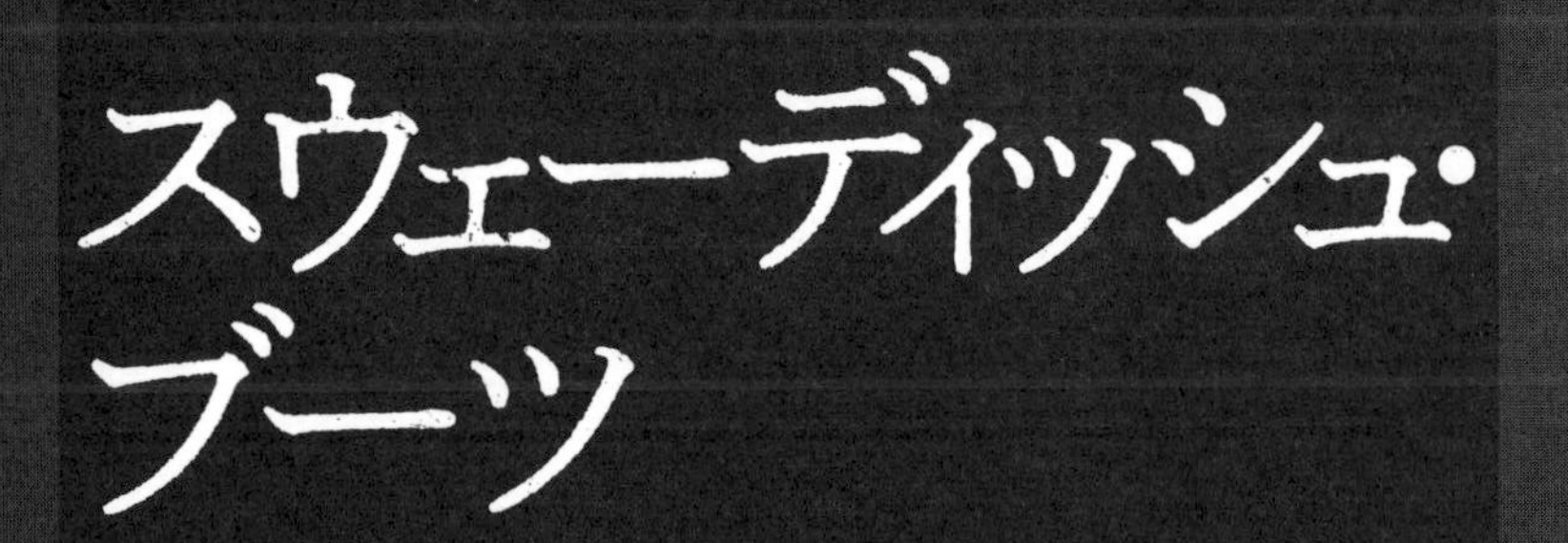

スウェーディッシュ・ブーツ

SVENSKA GUMMISTÖVLAR

ヘニング・マンケル

柳沢由実子［訳］

東京創元社

Henning Mankell

目次

登場人物

フレドリック・ヴェリーン……廃業した医師
ハリエット・フーンフェルト……フレドリックのかつての恋人。故人
ルイース……フレドリックとハリエットの娘
ツーレ・ヤンソン……元郵便配達人
ベングト・アレキサンダーソン……沿岸警備隊員
ルート・オスロフスキー……フレドリックの駐車場の持ち主
アクセル・ノルディーン……港の店の店主
マルガレータ……ノルディーンの妻
ヴェロニカ……カフェの店主
リーサ・モディーン……ジャーナリスト
コルビュルン・エリクソン……電気技師
スチューレ・ヘメレイネン……警察の犯罪捜査官
アハメド……ルイースの夫
ムハンメド……アハメドの弟

スウェーディッシュ・ブーツ

これは既刊『イタリアン・シューズ』の続編であると同時に独立した作品である。
またこの物語は前作の八年後を想定している。

エリセへ

悲しみを知る者は多くを学ぶに至る

——『ローランの歌』（十一世紀の古フランス叙事詩）より

第一部　虚空（こくう）の大海原

1

およそ一年前の秋の夜、家が全焼した。その日は日曜日だった。午後風が強くなり、夜になって風速計を見ると、風速二十メートルを超えていた。

北から吹きつける風が、まだ秋だというのに、じつに冷たかったのを憶えている。

夜、私は十時半頃ベッドに入り、この北風は祖父母から受け継いだこの島を襲う、秋の嵐第一号だと思った。

晩秋、もうすぐ冬になる。夜になるとじわじわと氷が海面を覆い始めるのだ。

私はその晩靴下を履いてベッドに潜り込んだ。その秋初めてのことだった。凍てつく寒さが忍び寄るのが感じられたからだ。

一ヶ月前、私は苦労して家の屋根を修繕した。素人大工には大変な仕事だった。屋根瓦（がわら）の多くは古く、しかもひび割れていた。私の手は、複雑な外科手術でメスを握っていたこの手は、ごつい屋根瓦を扱うのには向いていなかった。

ツーレ・ヤンソンは郵便配達人として働いている間はずっとここの島々の住人に郵便物を運んでくれていたが、今はもう引退している。その彼が本土の港から新しい瓦を運んでくれた。それも無料で。ヤンソンは想像力豊かでいつもなにかしら不調を訴える。彼を診（み）るために、私は仮の〝診療所〟をボート小屋のそばにこしらえた。もしかすると、彼はその礼にただで瓦を運んでくれたのかもしれない。

私はずっと前からボート小屋のそばの舟着き場で、腕が痛い、背中が痛いというヤンソンの訴えに応えてきた。ボート小屋の中、カモのデコイのそばに掛けてある聴診器を持ってきては、彼の肺や心臓に何の異状もないことを確認してきた。この間診てきたかぎり、彼の健康状態は申し分のないものだった。彼が想像し、かつ恐れる病気の症状はいつも突発的なもので、長い医者生活を経験した私が一度も診たことのないものばかりだった。ヤンソンは郵便配達人であると同時に、フルタイムの心気症患者だったと言ってよかった。

一度など、彼は歯が痛むと訴えてきた。そのときはさすがに診るのを断った。その後彼が本土の歯医者へ行ったかどうか、私は知らない。あの男にはそもそも虫歯が一つでもあったのだろうか？虫歯ではなく、眠っている間に歯ぎしりをしたために痛くなったのではないか？

火事が起きた晩、私はいつもどおり睡眠薬を一錠飲んで眠りについた。

突然、強烈な明るさで私は目を覚ました。あたりはまさに燃え盛る炎の強烈な明るさでほとんど目が開けられなかった。寝室の天井まで灰色の煙が充満していた。いま思うに部屋の中が熱くなったため、眠りの中でいつの間にか靴下を脱いでいたらしい。私はパッと起き上がり、そのまま階段を駆け下りて台所に行った。あたり一面が炎の海だった。台所の時計は十二時十九分を指していた。玄関脇に掛かっていた黒いレインコートを素早く羽織り、ゴム長靴を履き、それも片一方の長靴に足が入らなかったのを無理やり押し込んで、とにかく家から飛び出した。

家はすでに燃え盛っていた。火が轟々と音を立てて燃えていた。炎の熱さに耐えられず、私は少し離れたボート小屋と舟着き場まで行き、そのままそこに立って家が燃えるのをただ呆然として眺めていた。

そのときはまだこの火災の原因がなにかを考える余裕がなかった。ただこんな想像もしなかったことが起きたのを見ているだけだった。心臓が胸から飛び出すのではないかと思うほど激しく鼓動していた。まるで火が私の中に飛び移り、激しく燃えているかのようだった。

時間が火の熱さの中で消滅してしまい、気がつくと、ここの群島の住人たちがボートで集まってきていた。だがあとで思い出しても、私は彼らがいつ来たのか、誰が来たのか、名前もなにも憶えていなかった。両目は夜空に赤く燃え上がる炎と火花に釘付けになっていた。その恐ろしい光景の中で一瞬私は祖父と祖母の姿を火の向こう側に見たような気がした。

秋のこの時期、ここの群島の住人は少なくなる。サマーハウスの住人たちがいなくなり、ヨットやモーターボートもそれぞれの母港に引き揚げてしまうからだ。しかし、誰かが私の家から上がる火の手を夜の空に見たのだろう。電話で知らせが飛び交い、島の住人たちが助けに来てくれたのだ。沿岸警備隊の消火設備が作動し海水が組み上げられ、燃え盛る火に放水された。だが、もはや手遅れだった。唯一の変化は、燃えた木材が水を浴びてとんでもない悪臭を放ち始めたことだった。燃えたナラの木材やパネル、壁紙、リノリウムの床材が海の塩水に濡れて、あたり一面にひどい臭いを放ったのだ。

明け方、焼け跡に残っていたのはくすぶる煙と悪臭だけだった。その頃には風もおさまっていた。嵐はすでにフィンランド湾の方へ移動していた。

嵐は悪意のある炎と一緒になって祖父母が建てた美しい家を土台からすっかり叩き潰し、根こそぎ葬ってしまった。

そもそもなぜ火事が起きたのか、その原因は何だったのかということに私の思いが至ったのもまた明け方だった。私はその晩ろうそくに火を付けなかったし、古い石油ランプにも灯をともさなかった。タバコも吸わなかったし、古い薪ストーブで薪を燃やしもしなかった。電気もほんの数年前に引かれたばかりでケーブルは新しかった。

何の原因も思いつかなかった。まるで家が自ら勝手に燃え出したかのようだった。古い家が疲労から、老齢から、苦悩から自分で自分に火を付けたかのようだった。

私は人生について決定的に間違った思い込みをしていたことに気がついた。私が間違った手術をしたために若い女性が片腕を失った事件のあと、私はこの島に引っ込んだ。私は、この島は私が生まれたときにはすでにあったし、私がいなくなってもこのままあり続けるだろうと思っていた。そして今、それは間違いだったことがわかった。ナラの木、カバの木、さまざまな落葉樹、そしてたった一本あるトネリコまで、私がこの世からいなくなるときにもそのままこの家の周りにあり続けるだろうと思ったのだが。

ヤンソンがそばに立っていることに気がつき、私は考えを中断させた。彼は着古した濃紺のオーバーオール姿で、帽子はかぶっていなかったが、古い軍手をはめていた。私はその軍手に見覚えがあった。かつて彼が郵便配達をしていた頃、群島が浮かぶ海に氷が張り詰めていた季節によくそれを手にはめていたのを見たことがあった。

ヤンソンは私のゴム長靴を凝視していた。足元に目を移すと、トレトン印の履き古した緑色のゴム長靴は両足とも左足用のものだった。ああ、だから片方の足がなかなか入らなかったのだ、と合点がいった。燃え盛る火を見ながら家の周りを歩いたとき、あれほど歩きにくかったのはそのためだったのだ。

「うちのゴム長靴を片方あんたにあげよう」とヤンソンが言った。「片方だけになった長靴がいくつかあるから」

「いや、いい、ボート小屋の中にもう一足ゴム長があるかもしれん」と私は言った。

「いいや」とヤンソンが首を振った。「さっき行ってみたが、あそこには革靴が何足かと、昔アザラシ狩りをしたときに長靴につけた締め具しかなかった」

ヤンソンがすでに私のボート小屋に入って長靴を探し回ったと聞いても私は驚かなかった。今回は私が両足とも左の長靴を履いていたのを見て、親切心から探してくれたのかもしれない。だが、私は彼がよく私のボート小屋の中に入っていることは、以前から知っていた。ヤンソンは人の様子をうかがう人間だ。私は以前から彼が、配達する郵便物、また配達人として島の住人たちから受け取る郵便物を必ず読んでいると確信していた。

ヤンソンは疲れた目で私を見た。長い夜を過ごしたあとだった。

「これからどこに住む？　どうするつもりだ？」

私は答えなかった。答えがなかったからだ。

私はまだ煙が燻（くすぶ）っている焼け跡に近づいた。右の足が長靴の中で擦れた。両方とも左足の長靴。それが私に残されたものだった。他はなにもない。着る服さえもなかった。

その瞬間、この惨事のスケールがわかったその瞬間、私の体の中を大きな嘆き声が走った。だが、耳にはそれが聞こえなかった。私の身体内で起きたことはすべて無音だった。

いつの間にかヤンソンがまた私のそばに立っていた。彼の動きはいつも独特だった。まるで人の動きではなく動物のように音を立てずに忍び寄るのだ。どこからともなく現れて、いつの間にかそばに立っているのだ。他の人間の視界の外に身を置く術（すべ）を知っているかのようだった。

なぜ私の家が焼けたのか？　なぜストングシェール島にある彼の貧弱な家ではなかったのか？

ヤンソンは、まるで私の苦々しい思いが伝わったかのようにぎくっと体を硬くした。近づきすぎたために私が苦い顔をしたのだと思ったようだった。

「うちに来てもいいよ」と、平静を取り戻してから彼は言った。

「それはありがたい」と私は言った。

そう言ってから、私はヤンソンの後ろの木立に娘のルイースが置いていったトレーラーハウスが見えることに気がついた。その茂みにはまだ枝に枯れ葉が残っている高いナラの木も見えた。トレーラーはその枝に半分隠れていた。

「いや、トレーラーハウスがある。当分はそこで暮らすことにする」

ヤンソンは不審そうな顔で私を見たが、なにも言わなかった。

ボートで駆けつけてくれた島の住人たちは三々五々引き揚げていった。だが引き揚げる前にそれぞれ私に声をかけ、なにか必要なものがあったらいつでも言ってくれと申し出てくれた。

私は夜中の数時間の間にまさになにもかも失ってしまった。左右揃った一対のゴム長靴さえももはやなかった。

2

ボートが一艘、そしてまた一艘と去っていき、エンジンの音も次第に聞こえなくなった。

来てくれた人たちのことは、名前もどの島に住んでいるかも私は全部知っていた。この群島にはハンソンという一族とヴェステルルンドという一族が多い。そして彼らの多くは仲が悪いのだ。葬式のとき、海難事故のとき、そして今回のような火事のときにしか顔を合わせない。そういうときは不仲はいったん棚上げになる。そしてことがおさまるとまたいつもの不仲状態に戻るのだ。

私は彼らのそのような付き合いとは無縁だった。私の祖父は付き合い上の衝突とは距離を置くルンドベリという少数の一族に属していた。そのうえ彼は少し離れたところにあるフィンランド領のオーランド島出身の女性と結婚していた。

私は祖父母が住んでいたこの群島と縁があるのは間違いなかったが、それでもこの群島の人間ではなかった。私は祖父母から受け継いだこの島に身を隠して住んでいる、かつて医者をしていた人間だ。どこに住んでいようと医学の知識があることはもちろん一つの長所ではあるが、この群島の本物の住人かと問われれば、そうだとは答えられない。

そのうえ、この群島の住人たちはみんな、私が厳寒の冬、毎朝氷を割って冷水浴をするのを知っている。それは彼らにとっては大いに怪しむべき行為なのだ。彼らの目に私は頭がおかしいと映っているはずだ。

この群島の人々が私の暮らしを不審に思っているらしいことはヤンソンから聞いていた。孤島でいったいなにをしているのか？　魚釣りをしている様子もないし、地元住民の生活組合に入ってもいない。なにか必要があってここに住んでいるようにも見えない。狩猟をしている様子もないし、廃屋寸前のボート小屋を修理する様子もない。また、ここ数年の厳寒の冬、氷に傷められた舟着き場の石の土台を修繕する様子もない。

そんなわけで、夏だけ島に住む人が多い中、冬の間も住んでいる私をこの群島の住人たちは疑いの目で見ているはずだ。夏にこの群島に滞在する者たちは、私のことを引退した医者と思っている。都会の忙しい生活からこの静かな島に移って隠居生活をしているラッキーな人間だと見ているようだ。

一年前のこと。大きなモータークルーザーが私の島の舟着き場に船体を寄せた。私はどこか他の島へ行ってくれと言いに舟着き場まで下りていった。すると男と女が泣き喚く子どもを抱えて船から降りてきた。子どもの全身に細かい発疹ができていた。彼らはこの島に医者がいると聞いてやってきたのだ。心配そうな大人たちを見て、もちろん私は〝ボート小屋クリニック〟を開け、祖父の魚網が吊るされているそばのベンチに子どもを横たえた。診るとそれは単なるイラクサアレルギーだった。どこかでイラクサに触ったのだろう。話を聞くと、その子どもは摘んだばかりのイチゴにも反応することがわかった。

私は母屋に戻って、処方箋なしで買える抗アレルギー剤を持ってきて与えた。その後、彼らは支払わせてくれと言ったが、私は断った。そして、彼らの乗った轟音を立てる派手なモータークルーザーがフーガトリホルメンの向こうに姿を消すまで見送った。

私は家に個人使用の目的で常備薬をいろいろ持っていた。大袈裟に備えているのではない。ただ、薬は常に用意しておきたかったのだ。夜、突然の心臓発作が起きた場合に、少なくとも救急車に備えられているくらいの薬は家に持っていたかった。薬と注射液以外にも、酸素チューブを数本用意していた。

おそらく私以外の医者たちも死ぬのが怖いのではないか。今私は、十五歳のときに医者になると決心したことを後悔している。今なら私は父を理解できるような気がする。ウェイターをしていた父親は常時疲れていた。父は、お前は本気で他の人間の体に穴を開けたりその中に手を突っ込んで内臓を取り出したりしたいのかと言って、顔をしかめて私を見た。

そして私は、そのとおり、決心は揺るがないと答えた。だが、じつを言うと私は医学コースの試験に合格するとは思っていなかった。合格したときは驚いたが、もはや約束を破ることはできなかった。本当のことを言おう。私は父に医者になると言ったから医者になったのだ。医師免許を取る前に父が死んでいたら、私は医学コースを途中でやめたに違いなかった。

そのあとどうしたかはわからない。祖父母の家のあるこの島に引っ越してきたかもしれない。代わりになにを生業（なりわい）にしていたかはまったくわからない。

少し明るくなった頃、最後のボートが引き揚げていった。海も島々もこれまでにないほど灰色に見えた。しまいに残ったのはヤンソンと私だけだった。悪臭を放つ焼け跡のそこここから煙がまだ上っていた。焼け落ちたナラの木の枝や幹からときどき赤い炎がぼっと立ち上った。私はパジャマの上から羽織ったレインコートをぴったりと体に巻きつけて、今やすっかり焼け落ちた家の周りをゆっくり歩いた。祖父が植えたリンゴの木の一本は真っ黒に焦げていた。ここはまるで芝居の舞台セットのようだと思った。金属製のバケツが熱でぐんにゃり曲がっている。家の周囲の草はずぶ濡れに濡れていた。

私は思いっきり叫びたかった。だが、すぐそばにヤンソンがいるかぎり、それはできなかった。だからと言って、もう行ってくれということもできなかった。これからは彼の助けが必要なことは明らかだったからだ。

私はヤンソンのそばに戻った。

「一つ頼みたいことがある。携帯電話が必要なんだ。私のは燃えてしまった」

「うちにもう一つ携帯があるから貸してやるよ」とヤンソンが言った。

「それじゃ、新しいのを買うまで貸してくれ」

ヤンソンはすぐにも携帯電話が必要だということがわかったらしく、ボートに向かって歩き出した。彼のボートはこの群島ではもはや使っている者はいない古いタイプで、トーチランプでスタートさせなければならないスパークプラグ・モーターで動く超旧式のものだった。郵便配達をしていた頃はもっと速いモーターボートを使っていたのだが、退職した翌日にそれを売り払い、父親から受け継いだこの旧式のモーターボートを再び使い出したのだ。私はこのボートについてはすべて知っている。一九二三年にヴェステルヴィークで製造されたことも、そのときのモーターをまだ使っていることも。

私はまだあちこちに煙が立っている焼け跡に一人残った。ヤンソンがボートを方向転換させる音が響いてきた。

操縦室の上窓からヤンソンが手を出し、私に向かって手を振っているのが見えた。

嵐が去ったあと、島は静けさを取り戻していた。私はその静けさの中に沈んだ。カラスが一羽すぐそばの木枝に止まって、焼け跡を見下ろしていた。石を拾い上げて、カラスに向かって投げると、カラスはゆっくり羽ばたいて飛んでいった。

私はトレーラーハウスに向かって歩き出した。中に入り、担架（たんか）のような簡易ベッドの上に腰を下ろすと悲しみと痛みが全身に広がった。絶望が爪先まで感じられ、まるで高熱でもあるように全身が熱くなった。私は大声で叫んだ。その声の勢いで壁が凹（へこ）むほど。涙があとからあとから流れた。大人になってから、こんなに泣いたのは初めてだった。

ベッドに横たわりトレーラーの天井を見上げると、湿気によるシミができていた。それは突然胎児の形に見えた。子ども時代、私は常に捨てられるかもしれないという恐怖を感じていた。夜中に目が覚めると、両親の寝室にそっと爪先歩きで近づき、父と母が私を置いていなくなっていないかを確かめた。親たちの寝息が聞こえなかったりすると、死んでしまったのではないかという恐怖に駆られた。そういうときは顔を近づけて、彼らが息をしているのを確かめずにはいられなかった。

置いていかれるのではないかという恐怖を抱く理由はまったくなかったのだ。母は私がいつも清潔な、ちゃんとした服装を身につけることを使命と感じるような人だったし、父は良い躾は人生の成功の鍵であると信じている人だった。父は滅多に家にいなかった。その理由は、給仕の仕事を何件も掛け持ちしていたため忙しかったからだった。だが、もし何らかの理由で余暇ができたら、あるいは給仕長に楯突いたりしてクビになったりしたときには、父は独特な方法で私を教育した。私は台所から狭い居間に通じるドアを開けて、婦人を先に通す練習をさせられた。ノーベル賞授賞式後のディナーのような立派なディナーパーティーのテーブルに見立てて、たくさんの種類のグラスやナイフやフォークを並べて食事し、乾杯し、隣席の両家の子女と会話を交わす練習をさせられた。ときには物理学のノーベル賞受賞者、ときには外務大臣、いや、あるときなど首相を相手に食事をする練習をさせられた。

それは私にとって恐ろしい遊びだった。褒められたときは嬉しかったが、架空の世界で失敗するのが本当に怖かった。グラスやナイフ、フォークの陰にどのような魔物が潜んでいるかわからなかった。

父は一度、本当にノーベル賞授賞式後の晩餐会で給仕をしたことがあった。父が給仕したテーブルは晩餐会の一番端の長いテーブルだったので、王室関係者や受賞者たちからは遠かったのだが。とにかく私は、それがどんなに奇想天外なことであれ、そのような場面に遭遇したときに正しく振る舞えるようなマナーを身につけなければならなかった。

子どものとき、父親と一緒に遊んだ記憶はない。憶えているのは、十歳にも満たないとき、ネクタイの結び方と蝶ネクタイの結び方を練習させられたことだ。用意した食事テーブルにナプキンをきれいに飾ることもまた子どものときから練習させられたことだった。

いろいろ考えているうちに、眠ってしまったらしい。難しいことが起きると、私は眠りに逃げるという癖がある。一日のどの時間帯であろうとどんな場所であろうと、私は眠りにつくことができる。自分を強制的に眠らせるのだ。子どもの頃いろんなところに隠れ場所を見つけておいたのと同じだ。家族が住んでいた住宅の裏庭にあったゴミ収集所、薪や炭が積まれていた場所などに、私は秘密の隠れ家を見つけたものだ。森に行けば、深い茂みに隠れ場所を見つけた。私は人生において他の人間たちの知らない隠れ家をあちこちに設けてきた。だがこれらのどれと比べても、眠りほどパーフェクトな隠れ家はなかった。

寒くて目が覚めた。腕時計はベッドサイドテーブルの上に置いてあったから、家と一緒に焼けてしまった。トレーラーの外に出て焼け落ちた家の残骸を見た。空には千切れ雲が流れていた。太陽の位置から、おそらく十時から十一時の間だろうと思った。

ボート小屋へ行き、黒く塗られたドアを開けた。蝶番(ちょうつがい)が古かったので、ゆっくり開けた。力を入れて引っ張ったりすると、ドアが外れてしまうのだ。ボート小屋の中に、着古した作業着(つなぎ)とセーターが掛けてあった。また、古いペンキ缶のそばにこれまた古い、厚手のソックスがあるはず。子どもの頃に祖母が編んでくれたものだ。当時は大きすぎたが、今はちょうどいい。もう一つ別の棚で、古いバッテリーや錆びついた大工道具などが雑多に置かれた棚に、昔使ったウールの帽子(キャップ)があった。それは六〇年代のもので、当時流行したテレビのセールス文句、〝いつでもクリアな映像〟という文字がキャップの正面に書かれているのがうっすらと読めた。

ネズミがかじった跡があった。ちょっと見には猟銃の弾痕のように見える。キャップをかぶって私はボート小屋の外に出た。

　ドアを閉めたとき、舟着き場に紙袋が置いてあるのが目に入った。行ってみると、携帯電話、下着、サンドウィッチが入っていた。私が眠っている間にヤンソンが来たのだろう。茶色い紙切れに走り書きがあった。

　電話は充電しておいた。返してくれなくていい。下着は洗濯済みのものだ。

　紙袋のそばに長靴が片方置いてあった。右足の長靴だ。私の長靴は緑色だが、それは黒で、しかもサイズが大きかった。ヤンソンの足は大きい。

　長靴の中に紙切れが入っていた。

　残念ながら緑色の長靴は持っていない、とあった。

　なぜ彼は両足揃った長靴を持ってこなかったのだろう？　だが、ヤンソンには以前から私には理解できない彼独自の考え方があるとしか言えない。

　私は紙袋と片方だけの長靴を持ってトレーラーに入った。ヤンソンの洗い古しのパンツもやはり私には大きかった。それでも彼がわざわざこれを持ってきてくれたことに私は胸を打たれた。

　ボート小屋から持ってきた作業着（つなぎ）を身につけ、パジャマの上から祖母の編んでくれたセーターを着た。ボート小屋の引き出しにあった袋などを長靴の爪先に詰めて、ヤンソンがくれた右足の長靴も何とか履くことができた。これで何とか寒さはしのげる。ベッドの上に腰を下ろしてこれまたヤンソンがくれたサンドウィッチを頬張った。これからやらなければならないことを前に、腹ごしらえをする必要があった。

　火事でなにもかも失った人間にはあまり時間がない。いや、本当にそうだろうか？　その反対かもしれない。わからない。

ボートがこの島に向かってくる音がした。ヤンソンのボートではない。それは音でわかった。島に移り住んでから、私はさまざまなボートを音で区別することができるようになっていた。ボートがどんどん近づいてくる。まもなくそれは沿岸警備隊の三十フィートのモーターボートだということがわかった。操縦室にボルボ社のディーゼルエンジンを二つ備えているタイプだ。

私は食べかけのサンドウィッチを置き、穴の空いたキャップをかぶってトレーラーハウスの外に出た。青い船体のそのボートは、私が舟着き場に着く前にシェースフィェーデンの方に舳先を向けて到着していた。

乗っていたのは三人だった。思いがけないことに、舵輪を握っていたのは若い女性だった。沿岸警備隊の制服姿で制帽の後ろから金髪の長い髪が風に揺れていた。沿岸警備隊で女性の姿を見るのは初めてだった。

傍目(はため)には心配になるほど若く見えた。まだ十代ではないかと思うほどだった。

係留ロープを手に持って船首に立っているのはアレキサンダーソンだ。彼は私と正反対の体つきをしている。背が低く肥満体だ。近眼、そして頭の毛も薄い。

アレキサンダーソンは沿岸警備隊員である。数年前の春先、この群島に散在するサマーハウスに冬の間閉ざされて人がいない隙を狙う泥棒が入ったとき、彼が島の住人たちに聞き込み調査を行なった。空き巣狙いの犯人は捕まらなかった。

アレキサンダーソンと私はウマが合った。彼は十歳ほど年下だろうか。私の過去について彼が知っているかどうかはわからない。だが私は彼に会うなり弟のように思うほど気に入った。

彼は近くの群島の中の小さな島にある、これまた小さなサマーハウスの持ち主だった。島の名前はブレーコルナ。彼がやってくると、私たちはコーヒーを飲みながら体調の話をしたり、天気の話をしたりした。二人とも深刻なことは話さなかった。長い間黙ったまま、鳥の声や風の音に耳を澄まして座っていたこともある。

アレキサンダーソンは長い結婚生活のあと、ある日突然妻が出ていって、独り身になった。その理由はわからないし、訊いたこともない。彼が深く悲しんでいるのはわかる。私の中にもそのような悲しみがあるためにそれがわかるのか？　これもまた、私が答えることができない問いの一つだ。

アレキサンダーソンは沿岸警備隊の小型船が舟着き場に着くと、その重そうな体でいかにも重そうにドタッと地面に降りた。ロープを舟着き場の柱に巻きつけると、私の方に来て握手した。もう一人、それまで見たことのない男がデッキに現れ、船を降りた。揺れている船から降りることに慣れていない様子だった。私と握手を交わすと、ローベルト・ルンディンと名乗り、火災専門の視察官だと言った。出身地が推測できない方言を話した。それでもスウェーデン北部の内陸部出身であることは間違いないような気がした。

女性隊員はエンジンを切ると、私の方に来て挨拶した。やはりずいぶん若い女性だった。

「アルマ・ハムレーンです。家が焼けたこと、お気の毒です」

私はうなずいた。ほとんど泣き出しそうになった。アレキサンダーソンはそれに気づいたようで、

「それじゃ、見に行こうか」と私を促した。

アルマ・ハムレーンはその場に残り、携帯電話でメッセージを送り始めた。

誰も私が左右ちぐはぐな長靴を履いていることについてなにも言わなかった。第一に、それに気づいただろうか？　もちろん、気づいたはずだ。

焼け跡からはまだ煙が立ち上っていた。

「火事の原因はわかっているのかい？」アレキサンダーソンが訊いた。

私は事実をそのまま言った。ろうそくは燃やしていなかったし、ベッドに就いたとき暖炉に火を焚いてもいなかった。眠りについてから二時間もしないうちに家が燃えていることに気がついた。家に引かれている送電線のことも話し、漏電はあり得ないことも言った。

ルンディンはアレキサンダーソンの後ろに立って話を聞いていたが、質問はしなかった。火災原因を突き止めるのが彼の仕事であるとわかった。どうか突き止めてほしいと私は心から願った。なによりも火事の原因が知りたかった。

ルンディンはアレキサンダーソンと一緒に火事の現場をゆっくり見て回った。私は少し離れたところから彼らの動きを見ていた。ときどき彼らは立ち止まり、一人がしゃがみこんだ。その動きは用心深い動物のように慎重だった。

突然めまいを感じて、私は庭に昔からある井戸に寄りかかった。

アレキサンダーソンは私の異変に気づき、大丈夫かというように私の方を見た。私は首を振ってトレーラーの方へ行き、入り口のステップに腰を下ろして深呼吸をした。数分後立ち上がってみた。もうめまいはしなかったので、私はまた焼け跡の方に戻ろうとした。だが、トレーラーの後ろまで来たとき、二人の姿が目に入り、足を止めた。彼らは黒焦げの梁(はり)のそばに立って話をしていた。話の内容は聞こえなかったが、小声で話をしているのはわかった。明らかに他の人間に聞かれないように意識しているように見えた。

アレキサンダーソンはときどき私のいるトレーラーの方に視線を送ったが、私はまだトレーラーの後ろを覆っている木立の中に体をすっぽり隠していたので、彼らからは見えなかったと思う。

私は直感的にわかった。彼らは火災原因のことを話しているのだ。外的な要因はない、と言っているのか？

低い声が聞こえてきた。放火したのは私自身ではないかと二人は言っていた。

私は息を呑んだ。と同時に、二人がどうしてそんな疑いをもったのかを理解しようとした。本当に彼らはそんなふうに見ているのだろうか、そんなことがあり得るのか？　いや、もしかすると、そんなことは不可能だとしながらも、一応可能性として検討するのか？　私はそのまま木立の中に身を隠して、彼らがゆっくりと焼け跡を検証しながら歩き出すまで待った。ときどきルンディンは立ち止まって、目を引いたものの写真を撮った。

垂れ下がった木の枝を払いながら、私は焼け跡の方へ戻った。

「どうですか？」

「時間がかかりそうだ」とアレキサンダーソン。「難しいね」

「ああ、かなり難しい」ルンディンが続けた。「まったく手がかりがない」

アルマ・ハムレーンと名乗った若い女性は、いつも私がヤンソンの想像上の体調不良を診てやる舟着き場のベンチに腰を下ろし、まだ携帯電話にメッセージを打ち込んでいた。

火災捜査に来た二人はその後も数時間検証を続け、いったん引き揚げるが今日中にまた戻ってくると言った。私は買い物をしに本土に出かけなければならないと伝えた。

舟着き場に立って、私は彼らの船が見えなくなるまで見送り、その後、また焼け跡に戻った。小さなビニールの切れ端の上に、焼け跡から拾い出した物がいくつか並べてあった。

焼けたケーブルの残骸、半分焼けて溶けた電気の安全弁、そして私にはまったく見当もつかないようなものがあった。しゃがみこんでよく見て、初めて私はそれがなにかわかった。

それはイタリアの手作り靴職人ジアコネッリが、数年前に私のために作ってくれた靴のバックルだった。

その瞬間、私は本当にすべてを失ったのだとわかった。
私の七十年の人生はなにも残っていない、私はすべてを失ったのだ、と。

3

私はそのまま焼け落ちた自宅を呆然として眺めていた。ずっと見ていれば、焼け落ちた家が再び元の姿で立ち上がってくるような気がしたのだ。焼け跡はまるで戦禍のようだった。戦車から機銃で攻撃され、吹き飛ばされ、破壊された建物の残骸のように見えた。

体の震えが止まらなかった。煙と煤ですっかり真っ黒になったまま立っているリンゴの木が目に入り、胸が締めつけられ、気分が悪くなった。祖父母の思い出がすべて叩き壊されたような気がした。一瞬この木がこれからは黒焦げの悪臭を放つ実をつけるような気がした。この木に実るリンゴはもう決して食べられないだろう。木は生き残ってはいたが、もう死んだも同然だった。

焼けた家にさらに近づいた。黒焦げの残骸は家の墓場だった。私のこれまでの人生はここで火葬されたのだと思った。暴力的と言ってもいいほどの火の力で我が家は窯（かま）と化し、その熱で私の所有物はすべて溶けて失くなってしまったのだ。

両足とも左の長靴を履いて家から飛び出してから、十二時間が経っていた。私はまだ、いったいなにが起きたのか、この火事が私にもたらす被害の大きさが測れずにいた。まだその時点でこの家は、私の意識、私の気持ちのうえでは、子ども時代を過ごした家、医者を辞めて引退してから暮らしてきたところという認識しかなかった。

私は呆然としたまま、ゆっくりと、すべてが、本当にすべてが焼けて消滅したのだということを理解した。

なにより、長年記してきた私の日誌——本当は日記なのだが、なぜか私はこれを日誌と呼んできた——が真っ黒い灰となってしまったことが悲しかった。燃える家を飛び出したとき、私はこの黒いホルダーに収まっていた長年の日誌のことはまったく頭になかった。私は自分自身の命だけを抱えて火の海から飛び出したのだ。そう、まさに火を吐く竜の口からなにも持たずに脱出したのだった。

そしてジアコネッリからもらった靴のことを思った。残っていたのは焼け焦げた片方のバックルだけだった。それはアレキサンダーソンが拾い集めたわずかな残骸と一緒に焼け残ったビニール布の破片の上に置かれていた。

それは昆虫のように見えた。子どもの頃、夏になるとたまに見かけたクワガタのようだった。そういえば、クワガタはなぜかすっかりいなくなってしまったらしい。私は以前ヤンソンに、どこかの島でナラの木の根元にクワガタを見かけたことがないかと訊いたことがあった。彼は群島に一年中住んでいる住人にクワガタを見かけたことがあるかと訊いて回ってくれた。誰もが見かけていないと答えた中に一人、見かけたと言った人がいた。ネッスレホルメンに住んでいる高齢のシューベリ夫人だった。彼女はクワガタなら一九六〇年代からナラの木の根元にたくさん見かけていると言ったが、これはあまり信憑性がなかった。彼女はなににについても嘘をつくことで有名だったからだ。その中には彼女自身の年齢も含まれていた。

ジアコネッリの手作りの革靴は、以前彼自身が私にプレゼントしてくれたものだが、今や黒焦げの金属製クワガタに変身して私の目の前にあった。このバックルはもともとどんな金属で作られていたのだろう。祖父母の金婚式を祝って私がプレゼントした銀製の燭台もどこを探してもなかった。おそらく他の金属と一緒に熱で溶けてしまったのだろう。

だがバックルだけはその熱の中で生き残ったのだ。残念なことにどんな素材を使ったのかをジアコネッリに訊くことはできない。長い年月、スウェーデン北部のヘルシンゲの森の中で手製の靴を作り、ガタのきたトランジスターラジオでオペラの歌曲を最大限のボリュームで聴く暮らしをしたあと、ジアコネッリは突然イタリアに引き揚げてしまったのだ。

それはまったく急なことだったらしい。仕事場を打ち捨てて急に出ていったとしか言えないような有り様だったと、彼のわずかな友人たちは言っていた。なにが起きたのかまったくわからないと彼らは口を揃えて言った。家の入り口のドアは閉まってさえいなかったらしい。隣人が靴の中の敷物が破れたのを替えてもらいに来たとき、無人の家のドアが風に吹かれてパタンパタンと揺れていたという。

ジアコネッリはすべての注文に応えて靴を作り上げてから姿を消したらしい。

彼がいなくなってしばらくしてから、私が娘のルイースから聞いた話はこうだった。ジアコネッリはスウェーデンからヨーロッパを列車で横断してミラノの北にある彼の生地サント・フェレッラに戻り、質素な老人施設に入ってゆっくり休み、息を引き取ったと。

靴作りのための道具、作業部屋、そしてたくさんの靴皮がどうなったのか、私はまったく知らない。ルイースに訊いても答えがなかったから、彼女も知らなかったのだろう。

私はビニール布の上にあった靴のバックルを手に取った。ルイースと最後に話したのは二週間前のことだ。ある晩、ちょうど眠りに入ったとき、彼女が電話をかけてきた。アムステルダム近郊のカフェからの電話で、賑やかな、いや、けたたましい音が背後から聞こえた。そこでなにをしているんだと言う私の問いに彼女は答えなかった。私は問いを繰り返したが、やはり答えはなかった。短い会話だった。ルイースは私が生きているかどうか確かめるために電話をかけたのだと言い、私は私でお前は元気かと訊いた。私たち親子は二人とも患者なのかもしれない。こうやって電話をかけあって、患者同士で定期検診しているようなものだ。

黒焦げのバックルはハンドメイドの革靴のことと、島に昔クワガタがいたことを思い出させるものになった。ルイースは自分の家になったかもしれなかった家が焼失してしまったと知ったら、どんな反応をするだろう？

私は自分の娘のことをほとんど知らない。だから彼女がどんな反応をするか、想像もつかなかった。もしかするとひょいと肩をすくめるだけで、なにも言わないかもしれない。いや、怒り狂って、なぜ火事を消さなかったのか、と激しく私を責めるかもしれない。何の証拠もなくても、彼女は私が放火をした犯人だと糾弾するかもしれない。

バックルをビニール片の上に戻して、私はトレーラーへ行き、ヤンソンが持ってきてくれたサンドウィッチの残りを食べ、その後ボート小屋へ行った。そこに船体がプラスティック製の小型のモーターボートがある。簡単なモーターが船尾についているタイプだ。十八馬力で、天候が良ければ十二ノットまでスピードが出せる。モーターを始動させ、カビだらけの敷物の上に座り、ボートをバックさせた。島の岬を回って次第にスピードを上げる。

島を振り返ったとき、私は思わず目を疑った。いつもなら、私の島の木々の上には家の窓ガラスの上段と屋根が見えるのだが、今そこにはなにもなかった。あまりの驚きに私は我を忘れ、危うくコーグルンデンという小島に真正面から衝突するところだった。最後の瞬間、かろうじて舵を切ることができた。

外海に出ると、私はモーターを切った。海には船が一艘もいなかった。音もなく、船の姿もなく、鳥さえも見えなかった。いや、一羽だけ、広く開けた大海原に向かって速いスピードで低く飛んでいる海ガモがいた。

私は寒くて仕方がなかった。体の芯が氷のように冷え切っていた。ボートは目に見えない風に吹かれて進んでいた。私は船底に横たわって空を見上げた。千切れ雲が集まり始めていた。夜はきっと雨になるだろう。

波が規則的な音を立てて薄いプラスティックの船体に当たるのが聞こえてくる。私はこれからどうするか決めなければならないと思った。

携帯電話が鳴った。ヤンソンからもらった携帯だ。相手はヤンソン以外は考えられない。

「どうした？　モーターの調子が悪いのか？」ヤンソンが訊いた。

どこかから私を見ているのだ。私はあたりを見回した。だが、海にはこのボート以外に船は一艘もなかった。

「なぜそう訊く？」

そう言ってから私は後悔した。ヤンソンはいつだって親切なのだ。それ以外の意図はないに決まっている。私はときどきこう思う。来る日も来る日も島の住人たちにたくさんの郵便物を配達したのは、人口が減り続ける群島に住む人々に対する彼なりの愛情表現だったのではないか、と。夏の間だけ群島に来るサマーハウスの住人たちが送る、あるいは受け取るすべての絵葉書を読むのは、群島の郵便配達人である自分の仕事の一部と思っていたのかもしれない。彼らが生と死について、また群島に定住している人間たちについてどんなことを言っているのか知らなければならないと思っていたかもしれない。

「今、あんたはどこにいるんだ？」と私は訊いた。

「うちだ」

嘘をついている、と思った。彼の家のあるストングシェール島から今ゆっくりと本土に向かっているこのボートが見えるはずがない。この群島の一つに住み始めたとき、私は心に決めたことがあった。他の人間たちの行動に心を煩わさないこと。ヤンソンがときどき嘘をついても構わなかった。だが、火事ですべてを失った今、彼の嘘を構わないと言えるか？

おそらく今彼はどこかの島の岩陰に立ち、双眼鏡を覗いているのではないだろうか？

私は自分の置かれた状況を考えるためにモーターを止めていたのだと言った。そして、これから本土に必要なものを買いに行くところだと付け加えた。

「これからモーターを始動させる。よく聞いてくれ。モーターには何の支障もないことがわかるだろうから」

ヤンソンがなにか言う前に私は携帯電話を切った。そしてモーターをスタートさせ、速度を上げて、陸地に向かってボートを走らせた。

私の車は古いが頑丈である。いつも本土の港の近くにある高台に停めている。その土地の持ち主はルート・オスロフスキーというじつに個性的な女性で、私の知るかぎり、彼女をルートというファーストネームで呼ぶ者はいない。血圧をときどき測ってくれれば、無料(ただ)で駐車していいと言ってくれたので私はそうしている。そのために血圧計と聴診器を車のグローブボックスにいつも入れている。オスロフスキーの血圧は高すぎた。今はメトプロロールという血圧降下剤を摂取しているはずだが、それでも高かった。オスロフスキーはまだ四十歳前だ。私はとにかく彼女の血圧を平常値にするのが肝要だと考えている。

オスロフスキーの左目は義眼である。なぜ左目を失ったのかを知る者はいない。いや、そもそもオスロフスキーについて知っている者などいないのだ。ヤンソンの話によれば、彼女はおよそ二十年前に群島近辺に現れたという。当時、彼女のスウェーデン語の発音はあまりよくなかったらしい。スウェーデンに亡命してきて、滞在許可を得、その後帰化したポーランドからの移民らしい。だが、もともと懐疑的なヤンソンは、誰も彼女のパスポートを見たことがないし、彼女が本当にスウェーデンの国籍を得たのかは疑わしいという。

ただ、意外なことにオスロフスキーは腕のいい自動車修理工だった。そのうえ、舟着き場が氷で固まったとき、また桟橋（さんばし）が傾いたり壊れたりしたとき、彼女は修理作業をすることを厭わなかった。

オスロフスキーは屈強な体軀で、肩幅が広く、とくに目を引くような美形ではなかったが、親切だった。普段はほとんど人付き合いがないらしかった。

日雇い仕事をする者たちの中には彼女に警戒の目を向ける者もいた。だが、彼女は他の者たちより安い日当で働くことがあっても、彼らから仕事を奪うようなことは決してなかった。

オスロフスキーは初め海辺から離れたところにある松林の森の中に住んでいたが、少し経ってから、引退した水先人（パイロット）から港に近いところにあるこの小さな家を買った。

海岸付近を担当する郵便配達仲間からヤンソンが聞いたところによると、オスロフスキーが郵便を受け取ることは皆無らしかった。新聞などを購読することもなく、いや、そもそも郵便受けが彼女の家に備えられているかも疑問のようだった。

また彼女はときどき、いやたまに、数ヶ月もの間留守にすることがあった。どこに出かけるのかを知る者はいなかった。そのうちに戻ってきて何事もなかったような顔をしていた。まるで暗闇を自由に動きまわる猫のようだった。

私は港にボートを停めると、車のところへ行った。オスロフスキーは留守のようだった。車はすぐにエンジンがかかった。私はこの車がいつかエンジンをかけても反応せず、廃車にせざるを得なくなるのを恐れている。

町まではいつもなら十分ほどかかるのだが、この日は思いがけず早く着いた。いや、スピードを出しすぎたのだ。私はそれに気がついてブレーキを踏んだ。家が焼滅してしまったことで、私の中のなにか大事なものが壊れてしまったのだと思った。人間の体の中にも柱や梁(はり)があるのだ。

私は車を大きな通りに停めた。それはこの土地を通る唯一の道路で、湾に沿って走っている。この海は以前この地にあった工場からの排出液ですっかり汚染されていた。皮なめし工場からのひどい悪臭を思い出す。

スパルバンケンという銀行はこの土地にある唯一の銀行だ。

私は窓口に行き、火事で何もかも失ってしまったため、銀行の通帳もIDカードも持っていないと言った。窓口の行員は私の顔を憶えていたようだったが、どうしたものか迷ったようだ。身分を証明する書類を持たない人間は、現代社会では脅威でしかないらしい。

「口座番号は憶えている」と私は言った。

私が言う番号を書き控え、行員はパソコンに向かった。

「大体十万クローナ（参考までに、二〇一五年前半の一スウェーデンクローナは十五・二円、日本円にして約百五十二万円）ほどあるはずだ」と私は言った。

「ま、プラスマイナス数百クローナというところか」

銀行員はスクリーンに現れた数字を見て、驚きを隠さなかった。信じられないという表情だった。

「九万九千九クローナ！（約百五十万円）」と読み上げた。

「そこから一万クローナ下ろしたい。ご覧のように、上着の代わりにパジャマを着ている有り様だ。何もかもなくなってしまったから」

私は故意に声を張り上げて説明した。銀行中が静まり返った。窓口の行員は男性だったが、他に二人女性行員がいた。順番待ちをしていた客は三人。全員が目を見張って私を見ていた。私はなぜかばかばかしくも、彼らに向かってお辞儀をした。まるで拍手を受けた舞台のワンシーンでもあるかのように。

行員は私が下ろした札を数え、新しい口座を設ける手続きをしてくれた。

銀行を出ると、向かいの喫茶店に入った。銀行でペンと振り込み用紙を失敬してきたので、用紙の裏を使って必要なもの、買わなければならないもののリストを作った。

リストは長いものになった。振り込み用紙の裏がいっぱいになり、紙ナプキンにも書くスペースがなくなったとき、私はペンを置いた。

そのとき急に私は、これからどうやってこの突然の痛み、この悲しみに耐えることができるのだろうという思いに襲われた。人生をやり直すには私は年を取りすぎている。未来は？　空っぽだ。どうしたらいいのだろう？　私にはなにも見えなかったし、なにも聞こえなかった。

私は書いたばかりのリストを握りつぶし、コーヒーを一気に飲み干して店を出た。それからこの小さな町のたった一軒の衣料品店に入り、シャツ、下着、セーター、靴下、ズボン、ジャケットなどを手当たり次第に買った。品質も値段もどうでもよかった。買ったものを車に積み込むと、今度は靴屋に行った。ゴム長靴を買うためだ。店にはイタリア製のゴム長靴しかなかった。私は腹が立った。店員は頭にスカーフをかぶった若い娘で、外国訛りのスウェーデン語を話した。私はスウェーデン製のゴム長靴、一般的なトレトン社製のブーツがないことに腹が立ったが、できるだけ丁寧(ていねい)に訊いた。

「スウェーデン製の長靴、普通の、トレトンのブーツはないんですか？」

「これしかないです。他にはなにも」と店員は答えた。

「スウェーデンの靴屋で、最も一般的な、昔からのトレトンのゴム長靴がないなんてことはあり得ないじゃないですか」と私は言った。

私は最大限優しく話したつもりだったが、私の口調、声の調子に若い女性店員は感じるものがあったに違いない。私の口調は作り物だった。彼女が怖がっているとわかったとき、私はますます腹が立った。私はまったく当たり前の、簡単な質問をしただけだった。乱暴な口調や威嚇(いかく)的な態度をとったつもりもなかった。

「あの、私が話していること、わかりますか？」と私は訊いた。

「他に長靴はありません」

「それじゃ仕方がないな、残念だが」

私は店を出た。ドアをいささか激しく音を立てて閉めてしまったのは仕方がなかった。

工具や金物を売っている店にも行ったが、爪先を金属で保護した作業ブーツしか置いていなかった。私はそこで安い腕時計を買い、そのまま港の近くまで歩いてスーパーに入り、食料を買った。ルイースのトレーラーには簡単なガスコンロ、鍋が数個とフライパンがあった。私が買いたいと思うものはなにもなかったが、必要なものだけは買わざるを得なかったので、私は買い物カゴに無造作に物を入れていった。

薬屋の前を通ったとき、家にあった薬品類はことごとく燃えてしまったことを思い出した。私は薬屋に入り、必要な物を買った。私には処方箋を書く資格、処方箋を必要とする薬を買う資格がまだあった。車に戻る前に、私は簡単な機能だけの携帯電話を買った。

そのとき突然、私には電気がない、電気が使えないことを思い出した。火事で送電線が焼けてしまったのだ。

車で港に戻った。引き出した一万クローナはまだ半分しか使っていなかった。車はいつものところに停めた。オスロフスキーの家のドアには鍵がかかっていた。玄関先の砂利道に半分腐りかけたカラスの残骸があった。オスロフスキーはいつもの秘密の旅に出かけているのだろうか？

買った品物をボートに積み込むと、船舶用品を売っている港の店へ行った。スウェーデン製の長靴が売られていた。しかもトレトン印のものが。だが、私の足のサイズのものは欠品だった。二週間かかると言われたが、私はそこで注文した。

店の主人はノルディーンといい、彼はいつも店にいた。火事の話をしたとき、彼の声はまるで喪に服しているようだった。ノルディーンは三度か四度結婚していて、子沢山だと聞いている。現在の妻の名前はマルガレータ。彼らの間に子どもはいない。

ヤンソンによれば、ノルディーンは子どもたちに手品をして見せるという。本当かどうかは知らないが。

埠頭に行くと、風が強く、寒かった。私は積み込んでいたビニール袋の中からシャツを取り出すと、港の店の二階にあるカフェに入り、コーヒーと甘いアーモンド菓子のマサリンを注文した。食べようとしてマサリンを持った途端、落としてしまい、ケーキは粉々に砕けてしまった。

港が見えるテーブルで携帯電話の箱を開け、カフェの壁のコンセントに差し込んで充電を始めた。

火事で住む家をなくしてしまった、まもなく七十歳になる男がここにいる。持ち物は全部なくしてしまった。いや、わずかに小さなボート小屋、トレーラー、十三フィートの小型ボート、そして古い車が一台は残っている。問題は、この男はこれからどうしたらいいかということだ。この男に未来はあるのか？　これ以上生きていく意味があるのか？

そのとき私はハッとした。娘のルイースがいるではないか。なぜ彼女のことを真っ先に考えなかったのか？　私は恥ずかしくなった。

粉々になったマサリンのためだったのか、それとも娘の存在を思い出したためなのかはわからなかったが、気がつくと私は涙を流していた。テーブルの上の紙ナプキンを取って、涙を拭いた。店主のヴェロニカの姿が厨房の方にチラチラ見えた。今の自分は究極の孤独な老人の姿だと思った。草木も枯れた秋、孤独な老人がひとけのないカフェに座っている。ヨットに乗る客やバイクで遠出する客たちが、当分の間、来年の夏までやってこないことがわかっているこのわびしいカフェに。

ルイースに電話をかけなければなるまい。できることならもう少し待ちたいが、今すぐにもかけなければ、彼女は決して許してくれないだろう。娘は短気だ。私とは違って寛容性も忍耐性も持ち合わせていない。母親のハリエットを思わせる。数年前に突然手押し車を押して氷の海を本土から渡ってきたルイースの母親ハリエットを。彼女はその年の夏、私の家で死んでしまったが。

突然カフェの入り口のドアが開き、私は思い出から現実に戻った。四十歳ほどの女性が入ってきた。私が探し回ったのと同じトレトンの緑色のゴム長靴を履いている。暖かそうなジャケットにこれまた暖かそうなショールを頭から肩にかけて巻いている。それを外したとき、ショートカットの頭が現れた。美しい女性だ。ガラスケースの前に散らばっている、崩れたマサリンを見ている。

急に女性が私の方を振り向いて、微笑んだ。私は会釈したが、以前会ったことがあるのだろうかと訝った。ヴェロニカが厨房から出てきた。女性はコーヒーとデニッシュを注文した。それから真っ直ぐ私のテーブルに来た。誰だろう、と私は思った。その顔に見覚えがなかった。

「ここに座ってもいいですか？」と女性は訊いた。

私の返事を待たずに彼女は椅子を引いて腰を下ろした。その顔に、柔らかい秋の日差しが当たった。女性は眩しそうに手を伸ばして黄色いカーテンを引き、日差しをさえぎった。

それから女性は私に向き合い、微笑んだ。美しい歯並びだ。私も微笑み返したが、ほんの少しだけ、上の歯を見せるだけにした。まだ上の歯は何とかエナメル質を保っている。娘のルイースは母親似で、残念ながらあまりよい歯質ではない。いつかルイースが島に遊びに来て一緒に飲んでいたとき、突然自分の歯は父親譲りではないと言って怒り出したことがあった。

「リーサ・モディーンといいます」女性は話し始めた。「あなたは昨夜家を火事で失った方ですね。大変でしたね。恐ろしかったでしょう。そしてなにより悲しいでしょう。建物としての家と暮らしの場所の両方を失ったのですものね」

スルムレーン県地方の発音がかすかに聞こえた。いや、確信はない。確信といえば、私はなぜ彼女が私のテーブルにわざわざやってきて話しかけてきたのかわからなかった。彼女は暖かそうなジャケットを脱ぐと、そばの椅子にかけた。

この人はなにを望んでいるのだろうと思ったが、そんなことはもはやどうでもよかった。私のテーブルにやってきて腰を下ろしてくれたというだけで、私は俄然元気になり、この女性に対して激しい愛情が湧き上がった。

年取った人間には時間がない、と思った。この突然湧き上がった激しい感情。我々老人にはもうこれしかないのだ。

「わたしは新聞記者です。地方紙に記事を書いています。編集長から昨晩の火事の取材をしてこいと言われました。あなたに会って話を聞くようにと。それで港の店に行って、あなたから話を聞きたいのだけど、どうやったら連絡がとれるかと訊いたら、店の人から、あなたはさっき店に来たからまだスーパーあたりにいるんじゃないかと言われました。でも、そこにはいなかった。そして今ここで見つけたというわけです」

「なぜ私だとわかったのか？」

「港の店の人があなたの風貌を説明してくれたんです。あなただということはすぐわかりました。スーパーにはお客さんが一人も入っていなかったし、この店にはあなたしかいませんから」

そう言ってリーサ・モディーンは小さなメモ帳をバッグから取り出した。厨房から流れてくる音楽が気になるらしく、立ち上がるとカウンターへ行き、音を小さくしてくれないかと頼んだ。すぐにラジオから流れていた音楽が止まった。

席に戻りながら、彼女は微笑んだ。

「今、これからでも一緒に行きますか？　私の小さなオープンボートでも構わなければ」

「帰りも送ってくれますか？」

「もちろん」

「まだその島にいるんですか？　家が焼けてしまったあとも？」

「トレーラーハウスがあるから」

「え、島に？　その島は小さいのかと思ってましたけど？　車が走れるような島なんですか？」

「トレーラーがなぜ島にあるかについては、長い説明が必要かもしれない」

彼女はペンを手にしていたが、メモ帳の方はまだ開いていなかった。

「火事については編集長が消防と警察から聞けばいいんです。わたしが編集長から頼まれたのは、家を火事で失った家族はそれをどう受け止めるかについて、掘り下げたインタビュー記事を書くことなんです」

「家族？　私は独身ですよ」

「それじゃ、なにか動物は飼っていませんか？」

「犬も猫も死んでしまった」

「今度の火事で？」

そう訊きながら彼女は恐ろしそうな顔をした。

「いや、だいぶ前に。埋めてある」

「奥さんはいないんですね？」

「彼女も亡くなった。埋葬しましたよ。娘が一人いるが」

「娘さんはどう言っていらっしゃるの？」

「なにも。いや、まだ知らせていないから」

リーサ・モディーンは取り調べをするような目つきで私を見た。それからゆっくりコーヒーを一口飲んだ。右手に琥珀（こはく）の指輪をはめている。私は左手を見た。結婚指輪はしていない。

「今日はもう遅いですから、明日はどうでしょう？　もし、お時間があれば？」

「いつでもいいですよ、私の方は」

「そんなことはないでしょう、全財産を失ったのであれば」

私はそれには答えなかった。そのとおりだと思ったからだ。

「明日ボートで迎えに来ますよ、時間さえ言ってくれれば」

「午前十時はどうでしょう。早すぎますか？」

「いや、十時ですね？」

彼女は外を指さした。

「ここの舟着き場でいいですか？」

「私はいつも船舶用の給油場の近くにボートを停める。暖かい服装で来るといい。明日は雨になりそうだ」

「それじゃ明日十時に来ます」

リーサ・モディーンはコーヒーを飲み干して立ち上がった。

まもなく車が発車する音が外から聞こえた。あの女性は私の名前を知っているのだろうか。

外はすでに暗くなっていた。私は暗い海にボートを走らせた。ボートは買い物袋でいっぱいだった。リーサ・モディーンのことを考えた。ショールを頭から首にかけて巻いたときの手の動きを思い浮かべた。私は明日が楽しみになった。少し緊張も感じた。

フーガ・トリーホルメンまで来たとき、沿岸警備隊の船が私の島に乗りつけているのではないかと思ったが、なにも見えなかった。ボートをボート小屋に入れると、私は数個の買い物袋をトレーラーハウスに運んだ。トレーラーに入ると、中は寒くはなかった。プロパンガスも十分にある。

買ってきた衣類を袋から出し、見るともなしに原産国のタグを見た。三つのシャツはどれも中国製だった。ジャケットも香港製。つまり、注文したスウェーデン製のブーツが来るまで、これから私は中国人の作ったものだけを身につけて暮らすことになる。

私は買ってきた衣類をハンガーに吊るし、なぜ買ってきた衣類がすべて中国製であることがこんなに気になるのか考えた。自分はなにか不満をぶつける対象を探しているのだろうか？　まるで年取った人間に残されたのは文句を言うことだけでもあるかのように？

私は買ってきたものの中から青いシャツ、セーター、そして上着を取り出して着た。燃えた家からはもうまったく煙は出ていなかったが、海水がかけられたナラの木材から立ち上る強烈な臭いがあたりを覆っていた。家に近づきすぎると吐き気がするほどだった。私はゆっくり家の周りを回った。ジアコネッリの靴についていたバックル以外にもなにか残っているものがないかと目を見張って探したが、なにも見つけられなかった。ここはまるで戦争の跡のようだという思いが戻ってきた。

一回りしてから、私はまたビニールの切れ端の前に足を止めた。なにかが変わっている。私は眉間に皺(しわ)を寄せ、数分考えたが、諦めた。なにかが違っていると思ったのだが、わからなかった。

買ったばかりの腕時計を見た。普段から私は正確な時間がわからないと不安でたまらない。もしかするとそれは、父が時間にだらしなかったからかもしれない。一度など、三日続けて遅刻したことで父はそのとき勤めていたレストランをクビになったこともあった。

島の一番高いところへ行った。そこからは全方角が展望できる。祖父は昔、暖かい夏の夜に祖母と一緒に座れるようにと手作りのベンチをそこに置いた。そこで二人は話をしたのか、なにも言わないまま座っていたのかはわからない。だが、祖父母が亡くなる数年前、たまたま望遠鏡を覗いていた私は、二人が手を取り合ってそのベンチに座っているのを見つけて目をみはった。互いに対する優しさと感謝の気持ちがその姿にはっきり表れていた。二人は六十一年間一緒に暮らしたのだった。

今ではそのベンチは一部壊れてしまっているが、私は直していない。他にも私が放っているものが島にはたくさんあった。私はそこに立ったまま海に浮かぶ群島を見渡した。そして一つの小島に目を留めた。私の島の西側にある礁と言ってもいいほどのごく小さな島だ。その小島も私が所有していたが、名前はなかった。その小島は高く尖った岩崖が二つと海水が溜まる窪地からできていた。

窪地にはわずか数本の木が生えている。地面はかなり深く窪んでいて、風が入ってこない。子どもの頃、私はよくそこに小屋を作って遊んだものだ。十歳になってちゃんと泳げるようになると、祖父母は私がその小屋に泊まるのを許してくれた。

十代になると、私はよく夏そこにテントを張って泊まったものだ。今その小島を見て、私の頭にあるアイディアが浮かんだが、具体的な考えまではまとまらなかった。

私は島をゆっくり歩いて回った。島の西側に来たとき、ミンクが二匹さっと岩陰に隠れるのが見えたが、それ以外はすべて静かで、生き物の姿はなかった。私は自分がこの世でたった一人取り残されたような気持ちになった。

さっき立ち止まったビニール布のところにまた戻ると、さっきなにが気になったのかがわかった。ルンディンとアレキサンダーソンは私が本土に買い物に行っている間に島に戻ってきていたのだ。そして次にまたやってくるかどうかを私に告げずに立ち去ったのだ。

何の証拠もないが、絶対にそうに違いないと私は思った。

彼らは私が自分で火を付けたのではないかと疑っているのだ。この火事はどこからどう見ても出火の原因がわからないから、私が自分で放火したのではないか、つまり放火魔はこの家に住んでいた私自身ではないかという疑いが浮上したのに違いない。

私自身は当然そんなことはしていないと知っている。だが、そんな疑いをかけられたまま、この先どうやってこの島に住んでいけばいいのか？

私には過去に手術に失敗して医者のキャリアを断念せざるを得なかった苦い経験がある。再びあのような大惨事に見舞われるのか？　私は何度試練に耐えなければならないのだろう？

ボート小屋に行って血圧計を探した。いつもはヤンソンが想像上の心臓発作を起こしたときに使うところだ。中国製のシャツの袖口のボタンを外して血圧を測った。上が一六〇、下が九八だった。いつもよりかなり高い。もう一方の腕にも血圧計を巻いて測ってみた。今度は一五九と九九。よくない。原因は家が焼けてしまったことにあるということを差し引いても、こんな数字はよくなかった。家が焼けて消滅してしまったことにショックを受けたのだ。薬は今日薬局で買ってきたメトプロロールがある。今まで使ったことはないが、これを飲めばきっと血圧は下がるだろう。必要ならオクサスカンドを飲むこともできる。これは今までも数回服用したことがある。

脈拍は七八だった。少し速いが心配するほどではない。血圧計をボート小屋の棚に戻したとき、遠くに船のエンジンの音が聞こえた。音はごく小さかったので、誰のボートか聞き分けられなかった。まもなく音はまったく聞こえなくなった。

そのとき急にボート小屋に古い手巻きの目覚まし時計があることを思い出した。子どもの頃の記憶だった。今でも動くかどうかはわからない。大工道具などが入っている引き出しの中にそれを見つけてベンチへ持っていった。ゆっくり、そっとネジを巻くと、時計はすぐにチクタクと鳴り、針が動き出した。私は携帯電話で時計の時間を合わせて、横に置いた。今、私の所有物は、この目覚まし時計、携帯電話、そして中国製のシャツだけだと思った。まさに貴重品というより他はない。

風が吹き始めた。ボート小屋の屋根の上の風見鶏は南と西の間で揺れている。私は時計を持って立ち上がった。

もはや待てない。娘のルイースに電話をかけなければ。

4

ルイースは現在四十歳である。最後に電話で話したとき、彼女はアムステルダムにいた。そこに友達がいるらしいが、私に彼らのことを話そうとは思わないようだ。もちろん、オランダの町にいるのは、いつもの政治的なもくろみのためということもあり得る。

私の娘ルイースは大統領や独裁者に手紙を送りつけるばかりでなく、保守的な政治家に向かってゴミの詰まった袋を投げつけたこともあった。その行動から、彼女が左側にいることはわかる。だがときどき、彼女は道に迷ったアナーキストではないかと思うこともある。また、彼女は正しい考えを持っているラジカルな女性だが、思いつく手段が何とも絶望的だと思うこともある。何度か彼女と政治的な話をしてみたが、いつも言い負かされてしまう。議論で私を論破しない場合にも、彼女は私が話している間に口を出して私を黙らせてしまうのだ。

ルイースがなにで収入を得ているのか、私は知らない。だが、とくに困っている様子はないし、うらやましいほど意固地である。

ハリエットが私に娘がいると告げたとき、ルイースはすでに大人になっていた。スウェーデン北部の深い森の中に住んでいて、そこにハリエットが私を連れていったのだった。そのときは目的地の湖からの帰り道だったのだが、彼女はちょっと寄りたいところがあるとだけ私に言った。森の中に入ると、急に目の前にトレーラーハウスが現れた。ドアが開き、今まで見たことも会ったこともない女性が私の目の前に現れた。名前はルイース、私の娘だとハリエットが言った。いうまでもなくそれは私の生涯で最も決定的な、劇的な瞬間だった。私に子どもがいた。娘だ。しかも年齢はもう三十歳を超えていた。

ルイースはトレーラーハウスで暮らしていた。トレーラーはその後、平舟に乗せられてこの島まで運ばれてきた。そして、がんの末期だったハリエットが死ぬまでルイースはこの島にとどまった。私たちは二人でハリエットを私の古いボートと一緒に燃やした。その後まもなく、ルイースは島を出ていった。あとで私は彼女が政治的な国際会議の場で素っ裸になってその場で行なわれていたスキャンダラスな政治交渉に抗議したと新聞で読んだ。

はっきり言って、私は娘のルイースのことをほとんど知らない。知りたいとは思っている。彼女はこの島にいるうちに次第にここが気に入ったようだった。私は、死んだら私の持っているものすべてを彼女にあげると約束した。もちろん、家を売るとか、すべてを地方の歴史協会のようなところに寄付をすることも考えられた。だが、私は別に金が必要ではなかったし、それに地方の歴史協会は活動方針の議論に明け暮れているようだったし、祖父母の家を——もし再建されたらの話だが——夏の間だけオープンする安っぽいカフェになどしたくなかった。

数年前、私は数人の若い女性たちをここに住まわせたことがあった。少女たちを保護するホームの建物が家主から立退きを命じられたため、臨時にここを提供したのだった。ホームの経営者は、若い頃私が間違って手術で片腕を切断してしまった女性だったが、許してくれていた。私は居場所がなくなる少女たちを手伝うことができるのが嬉しかった。だがまもなく、少女たちはひとけのまったくないこの島にいるのが退屈でたまらなくなったようだった。本土に適当な家が見つかると、彼女たちは引き揚げていった。それ以降、彼女たちには会っていない。

家が焼けた今、彼女たちがここにいなくてよかったと思った。彼女たちの誰かが家の中で焼け死んだかもしれないと思うだけで、背筋がゾッとした。

しばらくトレーラーの中の簡易ベッドに座ってからようやく私はルイースに電話をかけた。電話に出てくれなければいいのに、と思った。もしそうなら、彼女に報告するのを一日延ばすことができる。だが、ルイースは四回の呼び出し音で電話に出た。声がはっきり聞こえた。まるで今このトレーラーの外にいるかのようだった。

いつものように私は今話せるか、と訊いた。大丈夫、とルイース。次に今どこにいると訊いた。携帯電話が普及するまで、電話をかけると人はまず元気かどうかを訊いたものだ。それから今はどこにいる、と訊く。

ルイースは答えなかった。ということは、今どこにいるかを私に知られたくないということだ。私は追及しなかった。しつこく質問したりすると、彼女はその後数週間も私からの電話に応えなくなることがあったからだ。

代わりに私はなにが起きたかを話した。

「家が火事で焼けてしまった。昨日の晩のことだ」

「家？　どの家のこと？」

「私が住んでいる家だ。君が将来住んでくれることになっていた家だよ」

「それが火事で焼けてしまったというの？」

「そうだ」

「何ということ！」

「そう、まったくそのとおり、何ということ、だよ」

「いったいなにが起きたの？」

「よくわからないんだ。私が目を覚ましたときには、家はすでに激しく燃えていた。私はなにも持ち出せなかった。命からがら逃げ出したんだ」

「日誌も？」

「そう。まったくなにも」

電話の向こうが静かになった。話を理解しようとしているのだろう。

「それで、怪我は？」

「怪我はしていない」

「どういうことだったの？　説明してちょうだい」

「沿岸警備隊と火災視察官がやってきて、焼け跡を見て回った。火災の原因は見つからなかったらしい」

「でも、家って、何の原因もないのに燃えるはずないよね？　それで、ほんとに怪我はしてないの？」

「ああ、大丈夫だ」

「これからどうするの？」

「わからない」

「住むところは？」

「当分は君のトレーラーハウスだ」

また電話の向こうが静かになった。今のところ、驚きが私に向けての怒りに変わる様子もなさそうだった。

「あたし、そっちに行くわ」

「その必要はない」

「必要がないことはわかってる。でも自分の目ですべてが燃えてしまったことを確かめたい」

「私の言葉を信じてくれればいい」

「もちろん信じてるわよ」

それ以上は話したくないらしかった。声にそれが感じられた。近いうちに電話すると約束して、彼女は電話を切った。私はベッドに横たわった。いつの間にか汗をかいていた。今のところ、ルイースは私が火事のことを話せる唯一の人間だ。

しばらく経って起き上がり、私はトレーラーの外に出た。ヤンソンの携帯電話は舟着き場のベンチの下に置いたプレートの箱の中に入れてある。その携帯を手に取ると、私はメッセージを送った。電話を返すから取りに来てくれと書き、箱の中に五十クローナ入れた。私がこの電話を使った分はこれくらいの金額で足りるだろう。メッセージの最後に、当分人に会いたくないという言葉を書き添えた。

私はベンチに座り、ボート小屋の壁に寄りかかった。木の壁に塗った赤土色の塗料が剥げかかっていて、風にひらひら揺れ、あたりに散っていた。

いつの間にか眠っていた。目を覚ましたとき、すでにあたりは夕闇に包まれていた。私はトレーラーハウスの方に戻った。歩きながら急にあたりの暗さが怖くなった。家がないのだから、当然窓から漏れる明かりもない。いつもならボート小屋の外に点灯する明かりもない。あたりはまさに真っ暗だった。トレーラーに入ってガスランプに火を灯し、ルイースがいつかハリエットからプレゼントしてもらったという石油ランプにも火を付けた。ミートスープの缶詰を開け、卓上ガスコンロで温めた。食事の用意ができたとき、私はガスランプを消した。石油ランプの明かりの方が柔らかかった。

その晩はいつもより早くベッドに入った。真っ暗な中で、私は全身に疲れを感じた。明日のことを心配する気力もなかった。まるで力という力がすべて家とともになくなってしまったかのようだった。


嵐の夢から目が覚めた。古い目覚まし時計を見て、九時間も眠っていたのだとわかった。こんなに一気に眠ったのは子どものとき以来だ。いつものように私はさっと起きた。そのまま横になっていると、心配事が身体中に広がるような気がしたのだ。レインコートを羽織った途端、昨日タオルを買い忘れたと思った。仕方がない、中国製の黄色いシャツをタオル代わりに使おう。そのままボート小屋へ行った。舟着き場の端に梯子(はしご)があって、海に降りることができる。私は梯子を降りて、背中から海に泳ぎ出た。

水は冷たかった。おそらく水温は七度か八度だろう。夜中は風が強かった。ボート小屋の上の風見鶏は西と南西の間を指している。海から上がりながら、ラジオを買うのも忘れたな、とつぶやいた。血流をよくするために黄色いシャツで体をゴシゴシ拭いた。私は歳とともに醜くなる自分の体から目を背けた。その日の朝は、いつにも増して老人の体に見えるような気がした。

トレーラーハウスまで小走りに走って戻り、服を着た。コーヒーを飲みサンドウィッチを少し食べてから、携帯でコルビュルン・エリクソンの番号を調べ、電話をかけた。コルビュルン・エリクソンは私と同年配で、長年ヨーロッパと南アフリカの間を走る商船で電気技師として働いたあと引退し、今は彼の叔父から相続したこの群島の小島に住み、電気屋として働いている。彼の叔父という男は一昔前この辺では有名なオットセイ狩りの漁師だった。コルビュルンは以前私の電気オーブンが壊れたときにやってきて、直してくれたことがある。数年前に新しく電気を引き直したときの工事も彼がしてくれた。

コルビュルンはすぐに電話に出た。私の名前を聞いて、彼は深いため息をついた。

「家が火事になったのだ。もう知っているかもしれないが」

「あの晩、俺も駆けつけたよ」彼は即座に言った。「もしかすると憶えていないか？」

おとといの晩駆けつけてくれた群島の住人たちの中に彼がいたとはまったく憶えがなかった。特徴ある彼の顔、そして禿頭に気がつかなかったとは。大男で、甲高いその声にも気がつかなかったとは！

「いや、あんただけでなく、じつは誰のことも憶えていないんだ。いや、ありがとう、来てくれたんだ」

「いったいどういうことなんだ？　なにが原因だったんだ？」

「あんたが引いてくれた電気のせいではないことは確かだ」と私は答えた。

「電気を消し忘れたとか？」

「いや。とにかく今調査が入っている。結果を待つしかない」

私はもう少しで自分が放火犯と疑われているらしいと口走るところだったが、言葉が口から出る前に何とか飲み込むことができた。

「電気を引いてほしいんだ。今、私はトレーラーハウスにいるんだが、明かりと暖房がほしい」

「そうじゃないかと思っていた。今すぐにも行くことができるよ」

いや、あと三時間後にはリーサ・モディーンを迎えに行かなければならない、と私は心の中でつぶやいた。
「明日来てくれるか？　それから、外の照明と、トレーラーの中の照明用に電球も数個持ってきてくれ」

コルビュルンは翌日来ると約束してくれた。朝の七時半ということに決めた。私は携帯電話をポケットに入れて、ボートに乗った。エンジンがかかると私はまず例の名前のない小島へ向かった。近くまで来てエンジンを切り、オールを漕いでボートを小島につけた。船底が岩に当たって擦れたが、ボートを繋ぐ必要はなかった。島が小さいので岩場に上げればどこにいても見えるからだ。南西の風で、波が船尾に当たった。

小島の高いところにカモメの骨があった。鳥の骨、鳥全体の骨は子どもの頃からよく見ていたが、この小島を鳥の墓場とは思いたくなかったことを思い出す。高い崖の間の窪地へ行った。遠くを見れば海原が広がっている。遠い水平線の近くに、水面には現れない暗礁がいくつかあるのを私は知っていた。

子どもの頃はそんな暗礁を水面スレスレで泳いでいる鯨だと思っていたものだ。

いや、今でもそうだったらいいとどこかで思っている。

私は窪地に立って、そこにトレーラーハウスが入るだけのスペースがあるかを目で測った。滑車とロープがあれば、トレーラーを大型のボートで運び、この窪地の深い茂みの間に置くことができそうだ。

それから小島をぐるりと回ってみた。ここでは風さえも新鮮に感じられる。周りに島がないから、風は何にも妨げられずに吹き放題に吹いている。

私は前の日に考えついたことを実行することに決めた。ルイースもきっと賛成してくれるだろう。

トレーラーハウスをここに移動するのだ。

その後ボートに乗って本土の港へ向かった。リーサ・モディーンが来るまでまだ一時間はある。港の店に寄り、店主のノルディーンに長靴を注文してくれたかと訊いた。注文したと彼は答えたが、その口調には苛立ちがあった。

私はそこでモディーンのために救命胴衣を買った。私自身のためには一度も使ったことのない古い胴衣がある。ボートを係留したときに船尾の物入れスペースから出してみた。ボートの油と魚の鱗(うろこ)で胴衣はすっかり汚れていた。

救命胴衣の金を払うとき、その値段の高さに驚いた。ノルディーンもこれは高いとうなずいたが、値段は販売元が決めるもので自分が決めたものではないと言った。

港の店のカフェで、アスファルトを敷く作業員が休憩時間のコーヒーを飲んでいた。彼らは港の桟橋(さんばし)の表面のアスファルトを補修しているのだ。そこには沿岸警備隊の船が係留されている。作業員の一人がこの海でこの間パーチを見たと言い、それは本当か、見間違いかで大騒ぎになっていた。パーチがこの群島にいなくなってから久しいことは誰もが知っているからだ。私自身、ボート小屋の周りで以前はよく小さなパーチを見かけたが、その姿が見えなくなってから三年は経つ。小魚の群れが泳いでいるのをたまに見かけることがあるくらいで、それも稀だ。

私はアスファルト作業員たちの話を聞くともなしに聞いていた。バルト海は死にかけている。この海は目には見えないが、確実に死海になっているのだ。肉眼では見えない海の底はすでに生き物が生息していないところもある。そこはもはや砂漠化している。毎年夏になると私は乾癬(かんせん)皮膚炎にかかるが、それもますます繁殖する藻の花粉が原因だ。海は窒息しながらボロボロと皮を落としているのだ。

作業員たちはパーチがいるかどうかの結論に達しないまま席を立って出ていった。私は一人そこに残った。ヴェロニカは厨房で相変わらずラジオを聞いている。店に入ったとき、彼女が音を小さくしたことに私は気がついていた。

ヴェロニカはここの群島の最後の水先人の孫娘だ。彼女の弟が水頭症で、親が世話をしていることも私は知っている。ヴェロニカ自身はスーパーとこのカフェの間にある小さなアパートで暮らしている。

ヴェロニカは親切でよく気がきく。だがいつも失敗することを恐れ、なにか場違いなことを言ってしまうのではないかと心配しているようだ。もしかすると彼女はずっとここで働くことになるかもしれないと私はときどき思う。腰が曲がるまでコーヒーを振る舞う仕事を続けるのかもしれない。人生を変えるような思い切ったことをする勇気がないかもしれない。いや、もしかすると彼女はなにか夢を持っているかもしれない。それがなにかはわからないが。

私はトイレに行き、自分の顔を見た。代わり映えのないいつもの顔だ。髪の毛にはよく櫛が通っていたが、薄くなっている。表情は苦々しい。鏡に映っている私の顔に向かって笑いかけてみた。リーサ・モディーンの裸を想像してみたが、すぐに自分が恥ずかしくなった。

朝、中国製の青いシャツに一つ傷がついていることに気がついた。シャツの襟元の小さな傷だ。縫製の段階でついた傷だろう。私は腹を立てて、すぐに脱いでトイレのくずかごに捨てようとしたが、思いとどまった。上にセーターを着て、数センチ襟元を上げれば目立たないだろうと思った。

リーサ・モディーンが来るまでまだ二十分もあった。スーパーへ行って菓子パンを買った。スーパーもカフェ同様に人がいなかった。私はスウェーデンの見捨てられた地域に住んでいるのだ。この群島にはもうほとんど居住者がいない。魚と同じだと思った。

ボートまで行き、そこで待つことにした。風が穏やかに吹いている。東の方に降雨前線ができかけているが、おそらく夜までは降らないだろう。

アスファルト作業員たちが栈橋で働いている。アスファルトの臭いがここまで漂ってきている。

私は海の水を覗いてみた。小魚の群れはやはり見えない。

十時になった。港に乗りつける車は一台もない。もしかして彼女は来るのをやめたのだろうか？

そのとき、一台の空色の小型車が坂を下りてきた。スピードを出したまま駐車場に乗り込むと、急停車した。リーサ・モディーンが車から姿を現した。昨日と同じジャケットを着ている。私はボートの上に立って手を振った。少し大袈裟な動きだったので、ボートが揺れ、私はあやうく海に落ちるところだった。そのせいで私は片膝をオールにぶつけ、ボートの底に座り込んだ。彼女がこの動きを見たかどうかはわからない。とにかく彼女が船に近づいたときには立つことができた。

「遅くなってごめんなさい」モディーンが言った。

「いや、構わない」と私は応えた。

彼女のハンドバッグを受け取り、ボートに乗り込むのに手を貸した。彼女は手袋をしていた。救命胴衣を渡して、ボートの係留ロープをほどいた。彼女は私に背中を向けてボートの真ん中に座った。エンジンをかけ、スピードを上げる。港の店の店主ノルディーンは店の前に立ってパイプをふかしていた。彼は今でもタバコをやめない数少ない人間の一人だ。

リーサ・モディーンはなにも言わずに小島や港に浮かぶ船、そして広く開けた海を見ていた。ウミワシが一羽ゆっくり飛んでいた。そのときだけ彼女は私の方を振り向いた。私は鳥を見て、彼女にうなずいた。

「イヌワシ？」彼女が大きな声で訊いた。

「いや、ウミワシだ」

私の島に来るまで、交わした言葉はこれだけだった。島に近づき、舟着き場まで来てボートを小屋に入れた。そこからでも火事の現場は丸見えだった。

そのまま真っ直ぐに焼け落ちた家に向かった。彼女は焼け跡の家の周りを二度ぐるりと回った。二度目はくるりと向きを変えて戻ってきた。私は黒焦げになったリンゴの木のそばに立ち、その姿を目で追った。一瞬彼女がハリエットに似ているような気がした。ハリエットはショートヘアにしたことはなかったが。私は自分が思い出を懐かしんでいるのか、それとも今目の前で焼け跡を見ている女性に心を寄せているのかわからなくなった。

リーサ・モディーンは私の前まで来ると、首を振った。

「いったいなにが起きたんです？」

「私は眠っていた。部屋の明るさで目を覚ましたら家が燃えていた。それで外に飛び出した。そういうことです」

「電話でベングト・アレキサンダーソンと話したんですけど、出火原因はまだわからないらしいですね」

「他にはなにも言っていなかった？」

「ええ、それだけ。出火原因はわからないと」

その瞬間、私は彼女が本当のことを言っていないと感じた。アレキサンダーソンはきっともっとなにか言っただろう。もしかすると彼女は私が自分で火を付けたのでは、と疑われていると感じたのではないだろうか？

私は彼女に背を向けて、ボート小屋とそのそばのベンチに向かって歩き出した。もう彼女とトレーラーハウスでコーヒーを飲む気にはなれなかった。彼女は後ろからついてきて、ボート小屋の前のベンチまで来ると、私の隣に腰を下ろした。そしてペンと手帳を取り出した。

「人はこんな場合、どうやったら生きていけるのでしょう？」

「すぐに飛び出すのですよ、火事に気がついたら」

「いえ、そうではなく、すべてを失ったら、どうやって人は生き延びることができるのか、ということを訊きたいのです」

「生きるのに必要なものは、じつは本当に少ないということがわかった」

「でも、思い出は？　家族に伝わった大事なものは？　アルバムは？　毎日踏みしめていた床とか、毎日見ていた壁紙、毎日開け閉めしていたドアとか、日常のかけがえのないものを失ったら？」

「一番大事なものは頭の中にちゃんとしまってあるものですよ。すべてを失ったと言って泣きわめいても仕方がない。これからどうするかを決めなければならない。火事に人生すべてを盗まれるわけにはいかないのだから」

「それじゃ、また家を建てるのですか？」

「いや、それはまだ決めていない」

「でも火災保険に入っているのでしょう？　家の価値と同額の」

「もちろん」

「すべての家財や動産に関しては？」

「それはどうだったかな」

リーサ・モディーンは手帳にメモをとった。速記している。手袋をはめたままだ。私はアレキサンダーソンが何と言っていたかを訊くべきかもしれないと思った。

突然彼女は顔をしかめて首を曲げた。痛みに耐えているようだ。

「わたし、椎間板ヘルニアじゃないかと思うんです。でも、もしかすると斜頸かもしれない」

私は立ち上がった。

「私はときどきこのベンチで診察することがある。診てあげましょうか?」

リーサ・モディーンは冗談を聞いたような顔でこちらを見た。

「私は医者だ。診てあげよう」と私は静かに言った。「何分もかからない」

彼女は少し迷ってからマフラーを取り、上着のボタンを外した。私は彼女の喉に指を当て、首の骨に触った。どこが痛い? そう訊いてから、指示に従って頭と首を動かすように言った。これは斜頸だろうと思った。だが、それはレントゲンを撮らなければ確定できない。

彼女の体は温かかった。私は顔を彼女の肌につけたいと思った。少しでも長く彼女の肌に触っていたかったので、必要でない首の動きをさせた。

終わるとマフラーを首に巻きつけて、彼女は病院へ行ってレントゲンを撮ってもらうと言った。話の続きはトレーラーハウスでコーヒーを飲みながらしようと私は誘った。移動する前に彼女は海を背景にしてベンチに座っている私の写真を撮った。それから、舟着き場の先端に立って海を眺めている写真も撮りたいと言い、私は言われたとおりにした。

トレーラーは二人が入ると狭く感じられた。私は菓子パンを皿にのせ、形も模様もバラバラのコーヒーカップにコーヒーを注いで勧めた。そんなカップしかなかったから仕方がなかった。私自身は小さなテーブルに向かってスツールに座り、彼女は背中にクッションを当てて簡易ベッドに腰を下ろし、家のこと、この島のことを訊いたあと、いつからこの地方に住んでいるのか、これからどうするのかと訊いてきた。

この最後の問いに答えるのが一番難しかった。私はただ、まだなにも決めていないとだけ言った。私の中ではまだ火が消えていない、と。

「今の答えはとてもいいですね。でも、同時にとても怖い答えでもあるわ」

インタヴューが終わった頃、今度は私がどんな経緯で地方新聞の記者になったのかと訊いた。一緒に暮らしていた人との生活が破綻して、それまで住んでいたストレングネスからこっちに移ったのだと彼女は答えた。向こうでも新聞社で働いていたと言った。仕事口を得たので、こっちに移ってきてもう一年になると言ったが、その口ぶりから、ここでの暮らしにはあまり満足していないようだった。

こっちから訊く前に彼女は、子どもはいないと言った。

「十年後にはどうなってると思う?」私が訊いた。

「考えてもいないようなことになっていればいいと思います。あなたは?」

「あなたと同じ答えだな」

「でも、ここに住んでいると思いますか? 家を新しく建て直して」

私は答えなかった。私たちはしばらく黙って座っていた。木の枝が風に吹かれてトレーラーハウスの屋根を擦る音が聞こえた。

「わたし、群島に来たのは初めてなんです。変ですよね。でも、さっきボートから素晴らしい景色を見て感動しました」

「冬になる前の景色の美しさは特別ですよ」と私は相槌を打った。「今が一番美しい。だが、人がいなくて、寒々としていて怖いと言う人もいる」

「昔、群島の先端に住んでいたのは、とても貧しい漁師たちだったと聞いたことがあります。今でも家の土台が残ってるそうですね。でも、そんなところでどうやって人々が暮らしていたのかは謎だとか。いつかそこに行ってみたいと思ってるんです。でも、聞いた話によると、今はその島に上陸できないらしいですね？」

「それは鳥が繁殖する時期のことで、今なら行けますよ」

「え、あなたはそこに行ったことがあるのですか？」

「何度も。もし行きたいのなら、連れてってあげましょう」

彼女は顔を輝かせた。

「来週の水曜日なら都合がいいんですけど？　でも、そちらは今しなくちゃならないことがたくさんあるのでしょう？」

「いや、時間は嫌になるほどある」と私は答えた。

そのまま私たちは火事の話を続けた。どういう家だったのかと訊かれて、私は一部屋一部屋説明した。壁に使われていた厚いナラ材は、群島の中でも北の方の島で伐採されたものを馬が氷の上を引いてこの島まで運んだもので、そのようにして運ばれてきたナラの木材が、あるとき一見ごくありふれた浅瀬で沈んでしまったという話を祖父はよくしてくれた。その浅瀬はなぜか〝天皇〟と呼ばれていた。氷が厚いときでも、一見浅く小さく見える割れ目が、浅瀬に、あるいは浅くて長い海岸近くにできることがある。馬の名前はルンメルといい、その馬を引いていたのは二十歳の若者だった。馬と若者は浅いはずの氷の割れ目に呑み込まれてしまった。近くに人はいなかった。当然叫び声を聞いた者もいなかった。暗くなってから島の人々は松明（たいまつ）を焚いて若者と馬を探しに出かけたが、見つからなかった。翌日、氷の割れ目は閉じてしまい、馬も御者の若者も、春がきて氷が溶けるまで見つからなかったという。

話しながら、これはまるで焼けてしまった家の中を改めて見て回るようなものだと思った。何世代もの人間の暮らしと営みが一夜の、それも短い時間に全部さらわれてしまったのだ。そこには人の動き、言葉、沈黙、悲しみ、痛み、笑い、すべてがあったのだ。目に見えないものも見えるものも同様、灰となり煤となって消えてしまった。

ボート小屋まで戻ったとき、私は自分がリーサ・モディーンがまたやってくるのを心待ちにしているのがわかった。今はそのことの方が黒焦げの家よりもよっぽど重要なことに思えた。

ボートに彼女を乗せて港へ戻り、給油所のそばで降ろした。

握手を交わし、彼女が車に乗り込むのを待たずに私はボートを出した。

島に戻り、ボートを小屋に戻してから、ヤンソンが携帯電話を持っていったことに気づいた。プレートの箱の中に焼き立ての乾パン(スコルポル)が入っていた。

ヤンソンはいろんな側面をもつ男である。ある時期彼は、人間は過去にどのようなやり方で人を殺してきたかに興味をもっていた。私はヤンソンの話を聞きながら、最初はただ驚き、次第に嫌悪感をもったものだ。彼は考えられないような奇抜な殺し方まで知っていた。だが、話の途中で急に口を閉じてしまった。言いすぎてしまった、自分の関心を人に見せるのは失敗だったとでもいうように。

だが、なにより思いがけなかったのは、彼が素晴らしいバリトンの歌い手だったことだ。その声は澄みわたり、力強かった。ハリエットが亡くなった年、彼は夏至を祝うサマーパーティーで急に立ち上がり、シューベルトの〈アヴェ・マリア〉を歌い、その場にいた全員を驚かせたのだった。その声は群島の隅々まで響いたに違いなかった。みんなが感激し、みんなが驚いた。ヤンソンがそんな特技をもっているとは誰も知らなかった。だがその後、教会で歌ってくれないかと頼まれると、彼は断固として断った。頭にミッドサマーの花冠を飾ったハリエットのためのサマーパーティー以来、彼の歌を聴いた者は一人もいない。

ヤンソンが置いていった乾パンを持ってトレーラーハウスに入った。そして、これから決めなければならないことのリストを作った。また、今の私の経済状態を書き出してみた。そして日頃節約を努めてきたことが功を奏して、それほど悪くないことがわかった。いくつかの銀行に分けて預けてある預金は全部で二十万クローナ（約三百万円）ほど、それに株券と国債も少々持っている。

私はまた缶詰の食事をし、その後再び島をぐるりと回った。

散歩から戻ると、ボート小屋へ行き、古いトランジスタラジオを持ってきた。きっともう壊れていると思っていたのだが、昨日買ったバッテリーを入れ替えると、すぐに放送が聞こえた。ベッドの上に横になって、ルンド大学教授が民間の磁気療法について話すのをしばらく聴いた。医者として私は磁気療法を信じてはいないが、教授の気持ちのいい声と話し方にしばらく聴き入った。内容はどうでもよかった。

そのあとニュースと気象通報があった。世の中は日々不可解になっていく。そのうちにどのテログループとどのテログループが殺し合っているのかさえわからなくなるだろう。さらに先日はパレスティナの子どもがエルサレムの外で火炙りにされて殺されたというニュースがあった。恐ろしいニュースが次々に続く。ごく最近ではイラクの反逆者たちが十字架に括りつけられ殺されたというニュースもあった。彼らの憎悪は真の宗教はなにかという点において異なっていることに起因する。十字架に釘付けにする側もされる側も同じ神を信じているのだからことは複雑だ。

私のトレーラーハウスに神はいない。もしかすると神は暗い夜の闇の中、島の中を歩き回っているかもしれない？　いや、ボート小屋で寝ているかもしれない？　私は絶対に神を中に入れはしない。たとえどんなに神が寒さに震えていても。神に関するかぎり、私は非情な態度がとれる。

翌日は早く目が覚めた。旧式のモーターボートの艦隊が私の島を取り囲む夢を見た。船からの強烈なサーチライトがトレーラーハウスに当たり、その明るさで私は火事かと思って飛び起きた。今度はトレーラーが燃える番かと思った。私は素っ裸で外に飛び出した。夢だとわかってからもしばらくの間心臓は激しく鼓動していた。

それから長い間眠れなかった。風でトレーラーはゆっくり揺れていた。港に繋がれている船が揺れているような感じだった。

何とか眠りにつき、朝の六時に目が覚めた。ボート小屋へ行き朝の沐浴をした。水温は七度だった。黄色い中国製のシャツはこの朝もまたタオル代わりになった。コーヒーを淹れ、缶詰のイワシをのせたオープンサンドを食べた。この缶詰もまた中国製ではないかと思い、ラベルを読んだが、ポルトガル産だった。

七時半に約束どおりコルビュルンが大きなアルミニウム製のボートでやってきた。専門の電気知識以外に、彼はボートに関しても詳しかった。乗ってきたボートはレーシングボートまがいのジェットストリーム型で、プロペラなどはもちろんない。

舟着き場で少し話をした。彼は外用の照明器具と屋内用のライトもいくつか持ってきてくれた。私の島へのケーブルは、島の南側に引かれていて、ここに船を停泊させることを禁じる標識がある。コルビュルンにコーヒーはどうかと声をかけたが、断られた。このあとすぐに仕事が入っているという。火事で燃えてしまった私の家の方にはチラリと目をやっただけだった。見たくないという顔つきだった。

私は不器用だが手伝おうかと訊くと、手伝いはいらないと彼は答えた。一人で仕事をするのに慣れているから、と。今日の仕事の支払いをしたいと言うと、彼は口の中でもぐもぐとなにか言ったが、聞こえなかった。支払いなどいらないと言いたかったらしい。彼にとって私は非常事態にいる、助けが必要な人間なのだろう。

携帯電話が鳴った。番号に見覚えがなかった。応えると、屋外家具のセールスマンの熱心な声が聞こえた。夏のあとなので大幅な値引きだとしゃべる男の声が続いている間に私は電話を切った。腹が立って仕方がなかった。セールスマンは二度と電話をかけてこないだろう。

携帯をポケットにしまったとき、エンジンの音が聞こえた。沿岸警備隊の船だった。舟着き場へ行ってみると、今度の航海士はポールソンという名のいつもの沿岸警備隊員だった。アレキサンダーソンの他に、私の知らない男が一人乗っていた。コルビュルンのボートの後ろに船を停めて二人は降りてきた。アレキサンダーソンは制服姿だったが、見知らぬ男の方はオーバーコートの下に青い作業着(つなぎ)を着ていた。

アレキサンダーソンが男を紹介した。

「こちらはスチューレ・ヘメレイネン。警察の犯罪捜査官だ。火事の際には警察の捜査も入るんだ」

ヘメレイネンと紹介された男は、小柄な肥満型で、その顔は白く化粧しているのではないかと思うほど真っ白だった。私たちは握手を交わした。

「これは通常の捜査の一部です。火災原因がわからないと、保険会社も判定できないものでね」

その言葉はスウェーデン語だったが、強いフィンランド語のアクセントがあった。

そのまま火事の現場へ行った。コルビュルンとアレキサンダーソンはうなずいて挨拶を交わした。

「私は放火魔ではない」と私ははっきり言い放った。「私が自分の家に火を付けたとでも言うのかね？」

と私はオーバーの下に作業着を着ている警察官に向かって言ったが、答えは返ってこなかった。私に背を向け、目を細めて焼け跡を見ている。私の言葉が聞こえたかどうかさえわからなかった。それから彼はゆっくりと焼けた家の周りを歩き始めた。

「なぜ犯罪捜査官が来たんだ？」私はアレキサンダーソンに食ってかかった。「あんたは本当に私が自分の家に火を付けたと思っているのか？」

「もちろんそんなことは思っていない」

「あの男はここでなにを見つけるつもりなんだ？」

「証拠、だろうな。非常に仕事のできる男だよ」

「私にとってもそうだとありがたいが」

私は苛立ちをもはや隠さなかった。アレキサンダーソンもそれがわかったらしく、そのあとは二人ともなにも言わなかった。

コルビュルンはボート小屋のそばで屋外電気を取りつけ中だった。

「あのもう一人の男は誰なんだ？」とコルビュルンが私に訊いた。

「警察官だそうだ。私が自分で自分の家に火を付けたかどうか、調べに来たんだとさ」

コルビュルンは手に持っていたドライバーを落としてしまった。私はそれを拾い上げて彼に渡した。

「私は放火魔じゃない。これからちょっと買い物に出かけるが、トレーラーの中にポットに入ったコーヒーがあるから飲んでくれ」

そう言ってボートに乗ったものの買い物には行かなかった。私はどこという当てもなく群島の中を気の向くままにボートを走らせた。ふと思いついて、数日後にリーサ・モディーンを案内する予定のヴロングシェールへ向かった。

島に着くと、私はボートを降り、枝の曲がった松の木の下の乾いた地面に腰を下ろした。遠くの水平線に黒い雲が広がり始めているのが見える。海を眺めながら、そろそろこれからどうするか決めなければならないと思った。

私の人生も火事で燃えてしまったのか？　年寄りだから仕方がないというのではなく、私にはまだなにかをしようという意欲はあるのか？　生きようという強い意志が持てるか？

根本的には一つの問いしかない。私は改めて家を建てるか？　それともルイースに焼け跡のままあの島を継がせるか？

答えがここの岸辺に打ち上げられるわけではないのに、私はしばらくそのまま海を睨(にら)みつけていた。もちろん答えなど来はしなかった。

だが、私はここで一つだけ決めた。あの名もない小さな、私所有の高い崖が二つあるあの小島の窪地にトレーラーハウスを移すのだ。家があった島から小島の方に電気を引くのはきっとコルビュルンが手伝ってくれるだろう。少しぐらいの法律違反には目をつぶってやってくれるに違いない。

トレーラーハウスを小島に動かすと決めたことで私は元気になり、立ち上がった。ボートに戻り、岩間に咲いていた小さな野バラを一本手折って出発した。

まだ船は二艇留まっていた。コルビュルンはトレーラーハウスに電気を引いているところだった。アレキサンダーソンとヘメレイネンはまだ焼け跡にいた。

「なにか見つかったかね？」

二人が素早く目を交わしたのが見えた。私は不安になった。それと同時に苛立ちも高まった。不安と怒りが恐怖に変わった。

「なにを見つけたんだ？」私は声を荒立てた。

「火が数ヶ所で同時に燃え始めた痕跡だ」ヘメレイネンが答えた。

「痕跡？　どういうことだ？」

「着火液の跡が見つかった」

「放火ということか？」

　ヘメレイネンは顔をしかめて首を振った。アレキサンダーソンは困惑した表情だった。焼け跡の黒焦げの石を靴の先で蹴っている。

「私が自分で火を付けたと疑われているということか」と私は重ねて訊いた。

　ヘメレイネンは首をすくめ、それから真っ直ぐに私の目を見た。

「あんたが、やったのか？」

「やったとは？」

「火を付けたのか？」

　私はアレキサンダーソンを睨みつけた。

「このいまいましいフィンランド人をなぜ連れてきたんだ？」

　私はアレキサンダーソンの返事を待たずに二人に背を向け、トレーラーの方へ行った。トレーラーの外で電気を引いていたコルビュルンは事の顚末(てんまつ)を見ていたはずだが、なにも言わなかった。

　数分後、沿岸警備隊の船からエンジンの音が聞こえた。エンジンの音が遠ざかるのを待って、私はトレーラーの外に出た。そして、すぐそばにある私所有の名もない小島にトレーラーハウスを移したいが、手伝ってくれるかとコルビュルンに訊いた。私はコルビュルンが古い平舟を持っていると知っていた。それに乗せてトレーラーを動かすのを手伝ってくれるに違いないと思ったのだ。

コルビュルンは約束してくれた。ケーブルを一つ小島に引くことぐらい、お安いご用だと。日が暮れる前に電気工事はすべて終わり、ボート小屋の外に電灯がついた。私はトレーラーハウスの中のテーブルに彼が置いてくれたライトを灯した。これでもっと簡単に物事が決められるだろう、明かりがきっと手伝ってくれる。その晩、私は缶詰の魚のスープの食事をした。とくにうまくもまずくもなかった。そして十二時前に眠りについた。

5

翌日、私はボート小屋でメモノート代わりになる紙を探し回った。筆先がダメになった絵の具筆などと一緒に引き出しの中に見つけたのはぼろぼろの小型のノートで、そこには一九五〇年代に祖父が愛用していたボルボのＰＶ４４４型車のオイル交換日が書かれていた。ノートはオイルで汚れていたが、なにも書かれていないページが数枚あって、メモを書くには十分だった。

絵筆の入っているその引き出しを閉めようとしたとき、奥の方に、ぼろぼろになった紙ヤスリなどと一緒にまだなにか入っているのが見えた。大きく開けてみると、それはヨーヨーだった。黒く塗られた木製のヨーヨーで、紐もまだついていた。

当時この地方ではカルマルトリッサと呼ばれていたヨーヨーを、私は六十年以上も目にしたことがなかった。祖父と祖母は私に隠れてヨーヨーで遊んでいたのだろうか？　いやそれとも、これは私自身の子ども時代のヨーヨーだろうか?

舟着き場に行って右手の中指にヨーヨーの紐をかけると、ゆっくり上下させてみた。ヨーヨーはほとんど動かなかった。

そのあとなにが起きたのかは、ほとんど思い出せない。急にめまいがして、倒れ込むようにベンチに腰を下ろした。めまいとともに吐き気を覚えた。胸に痛みを感じたわけではなく、左の胸に痛みを感じたわけでもない。私は身じろぎもせずに座って、ゆっくりと呼吸した。ヨーヨーを右の手にだらりとぶら下げたまま。めまいは次第におさまった。これは一時的な不調だろうと思いたかった。

だが、これはおそらくパニック症状で、それが体に広がったのだろう。私は一瞬一瞬、呼吸の一回一回をこれが最後だと覚悟した。

私はゆっくりトレーラーの方に歩き、ベッドの上に横たわった。そしてこのままここで死ぬのだと覚悟を決めた。安定剤を二錠、カップに残っていた冷たいコーヒーで飲み干した。だがパニックはどんどん大きくなるばかりで、喉の渇きは耐えられないほどだった。冷静に考えようとしたが、私はすっかり動転していた。まるで頭の中で野生馬の群れが暴れ回り、四方に向かって大きくいないているかのようだった。私は拳を握ってトレーラーの壁を叩いたが、馬たちの大きないななきは静まらなかった。

どのくらいそんな状態でいたのだろう。ベッドに倒れ込んだいきおいで、ボート小屋で見つけた目覚まし時計が床に落ち、止まってしまった。買ったばかりの腕時計は安物だったので当てにならなかった。

ようやく落ち着きを取り戻し、私はベッドからゆっくり起き上がった。トレーラーの屋根の窓からはもう日は差し込んでこなかった。

トランジスターラジオをつけた。数分後、クラシックの音楽が終わってニュースになった。時間は午後二時。五時間もの間パニックと闘っていたことになる。

ラジオを消してトレーラーの外に出ると、日差しがまだ強かった。そのままボート小屋までゆっくり歩いていった。舟着き場に祖父のオイル交換のメモ帳が落ちていた。私はそれを拾い上げてポケットにしまった。

発作が治まると、今回のこの発作は年齢のせいだろうと思った。じつを言うと、こんなことが起きるまで、私は年齢には特別な意味などないと思っていた。人は年を取るもの。が、それはゆっくりとした、目に見えないほどゆっくりとした現象であろう、と。確かに私は十年前にはできたこと、例えば、ボートに飛び乗るなどということはできない。今は片手でどこかに摑まってボートに乗る。年を取ること。それはゆっくりと海を包み込む霧のようにそうっとやってくる。そう思っていた。

だがもはやそうではない。今私は死ぬのを恐れている一人の老人だ。目に見えない境界線を越えて向こう側に行くこと、それこそが私に残されていることなのだ。そしてそれは私が恐れていることでもある。今まで自分で思っていた以上に。

急に、誰かと話したいと痛切に思った。そんな気持ちになったのは本当に久しぶりのことだ。最後にそう思ったのがいつだったか、思い出すこともできない。私はヤンソンに電話をかけた。が、呼び出し音が鳴り始めたとき、私は電話を切った。彼とは話したくなかった。なにも話すことがない。私は娘のルイースに電話をかけた。が、これもまた彼女が応える前に切ってしまった。

遠くにエンジンの音が聞こえた。まもなく沿岸警備隊の船であることがわかった。船が近づいてきた。小型のボートを小屋から出して、アレキサンダーソンともう一人、誰であれ一緒にいる人間から逃げようかと思ったが、もう時間がなかった。

舵をとっているのはポールソンだった。あの金髪の女性警備隊員アルマ・ハムレーンはどこに行ってしまったのだろう？　代わりにアレキサンダーソンが一緒に来たのはあのヘメレイネンだった。我々は挨拶を交わし、焼け跡へ行った。

「なにかわかったかね？」私は訊いた。

アレキサンダーソンはヘメレイネンの方に目をやった。

「火事の原因は説明がつかない」ヘメレイネンが言った。「だが、示唆するものはある」

「例えば？」

「すでに話したことだ。いくつかの箇所で同時に火の手が上がったということだ」

「それで、あんたはそれをどう説明するのかね？」

「まだ具体的に指し示すことはできない」

私はそれ以上質問しても納得のいく答えは得られないとわかったので、なにも言わなかった。焼け跡まで一緒に歩いてから、私は一人で引き返した。先に見つけた祖父のオイル交換のメモ帳を取り出し、ペンを持った。だが、なにも書かなかった。書くべきことがなにもなかった。壁に掛かっている小さな鏡に映った自分の顔を見た。髭も剃っていない顔。ハイウェイ強盗といったところか。いや、放火魔の顔か。剃刀とシェービングクリームとメモに書きつけた。祖父の古い手帳に最初に書きつけたのがこの二つの言葉だった。

簡易ベッドに横たわり、そのまま眠ってしまったらしい。ドアをノックする音で目が覚めた。アレキサンダーソンだった。

「起こしたかな？」と声がした。

「まさか。昼日中に眠る奴などいないだろう」と私は答えた。

アレキサンダーソンは申し訳ないと言うように首を振った。

「我々としてはとくに訊くことはない。いや、私としては、と言おう。ヘメレイネンは別として」

そのまま彼と一緒に焼け跡まで戻った。ヘメレイネンが待っていた。太陽は沈みかけていて、遠くに見えた雨雲は姿を消していた。

さあ、来るぞ、と私は思った。私に対する詰問が始まるぞ。

ジャケットのポケットにはヨーヨーが入っていた。ヘメレイネンが私に質問する間、彼の目の前でヨーヨーをしたら彼はどう反応するだろう、と思った。

私はヨーヨーをポケットに入れたまま、彼の視線を受け止めた。

「依然として火が数ヶ所から同時に上がったという印象がある」ヘメレイネンが言った。

「印象？　事実ではなく？」

彼は私の問いには答えなかった。

「匂いは残っていない。だが、家の四隅になにか強い火炎性の液体が撒かれ、それに火がつけられたという証(あかし)がある。それが、液体が燃える木材に特別の印(しるし)を残すのだ」

「あり得ない！」私は叫んだ。

「あり得るかどうか、それは我々がこれから検証することだ」

「あんたは私になにを訊きたいんだ？」

「あんたはガソリン、あるいはディーゼルオイルを持っているか？」

「私のボートはガソリンを燃料としている。今ボートのタンクに入っているガソリン以外にも予備のタンクに二十リットル入っている」

「それを見せてもらえるか？」

「ボートのタンクか、それとも予備タンクか？」

「予備タンクの方だ」

アレキサンダーソンは数歩後ろに下がっていた。ガソリンタンクの蓋を開け、ガソリンのガスが容器から発散したあとタンクの中を覗くと、空っぽだった。私たちは舟着き場に出た。

「あんたたちはこれで私が犯人だという証拠をつかんだと思うだろうな。予備タンクは常に満タンにしておくことになっているから」

私はすっかり動転していたので、声が嗄れていた。ほとんど言葉にならなかった。

「燃え滓の化学調査をしなければならない」ヘメレイネンが言った。

「私は自分の家に火を付けたりしていない」私はかすれ声で抗議した。「私が犯人だというのなら、この場で逮捕してもらおう」

そう言って私は両腕を前に突き出した。その場で手錠をかけてもらおうという勢いだった。彼らはもちろんそんなことはしなかった。

「お前らなど地獄へ行け、と言いたい。このまま勝手に調査を続ければいい。ただし、次に来るときは前もって知らせろ。お前らの顔など二度と見たくない」

私は携帯電話を取り出して、自分の番号を読み上げた。アレキサンダーソンは自分の携帯に直接書き込んだ。ヘメレイネンはその場に立ったままボート小屋の木壁を睨んでいた。

あたりは静まり返っていた。私は怒りが困惑に変わったのを感じた。医療ミスをした医者が放火魔になるのは簡単なのかもしれない？

「放火したかもしれないと思いつく人間はいるか？」ヘメレイネンがポツリと訊いた。

「私が家にいて、眠っているということを知っていて、焼死するかもしれないと知りながら火を付けた人間、いや、それこそが目的だったかもしれないという人間を知っているかと訊いているのか？」

「人の焼死を含む放火の理由はいろいろ考えられるからな」

「放火魔とは、火が燃え広がること、家屋が焼き尽くされるのを見るのが快感だという者たちではないのか？」

「ああ、それが放火魔だ。放火魔には動機があるのだ。そのすべてがはっきりしているわけではなくても」

「私はこの群島に敵はいない」

「敵でないまでも、誰かに恨まれているとか？」

恨まれている？　ハリエットは長い間私を恨んでいた。だが、彼女はもういない。彼女のような人間、彼女の代わりに私に仕返しをするような人間の存在など、私は信じない。他には誰も思いつかなかった。

「いや、誰もいないと思う。知らないうちに誰かの恨みを買っているということはあるかもしれないが」

話はこれで終わり、ヘメレイネンは現場に戻った。もう一度戻ってきたときにはビニール袋の中にいくつか黒焦げの物を入れていた。科学的な調査をする燃え残りの木片などをヘメレイネンが集めている間、私とアレキサンダーソンは舟着き場に残り、秋の天候の話をした。もしこれが春だったら、きっと春の天候の話をしただろう。ときどき私はいったいどれだけの人間と今まで天候の話をしてきたのだろうと思う。

へメレイネンが戻ってくると、アレキサンダーソンは、この間一言も言葉を発さず船の舵のそばに立っていたポールソンを促して、そそくさと船を出させた。

「アルマはどうした？　あの金髪の若い女性警備隊員は？」私は声をかけた。

「インフルエンザにかかってね」アレキサンダーソンが言った。「治ったら戻ってくるよ」

「医者が必要ならいつでも言ってくれ」

そう言ってから私はすぐに後悔した。アレキサンダーソンは驚いてこちらを見返した。それはそうだろう。インフルエンザにかかった若い娘に医者ができることなどなにもないのだから。

私は舟着き場に立って彼らを見送った。手がまるで石のように重かった。一瞬でも激しい怒りを爆発させたことが私を疲れさせていた。

トレーラーハウスに戻り、簡易ベッドの上に横たわって考えようとした。だが、さまざまな考えが猛烈な勢いで頭の中を駆け回る。またもやいななく馬の群れが頭の中を占領した。

どれほど長くそのまま横たわっていたのかわからない。しまいにようやく起き上がり、ボート小屋でも片付けようかと思ってトレーラーの外に出た。何年も前にここに移り住んだ頃、ボート小屋を片付けたことがあった。そのあとは一度も片付けていない。私はごくシンプルに暮らしているが、そのような人間でも、意味もなく価値もないものをいつの間にか集めてしまうものだ。

ボート小屋の奥にもう一つ部屋があった。祖父はそこにさまざまな魚網をしまっていた。網に空いた穴をかがるときに座る小さなスツールもあった。祖父の魚網はすっかり古くなっていて、触っただけで網の目が切れてしまうものもあった。魚を獲るにはもはやどれも役に立たないだろう。これらの網はみんな祖父自身が一つ一つ結んで作ったネットだ。それらは祖父の思い出そのもので、私は捨てる気になれなかった。

ヒラメ捕獲用の網の後ろに棚があった。私はそこから整理を始めることにした。魚釣り用のさまざまな道具の下に小さな茶色い帳面のようなものを見つけた。それまで見たこともないものだった。小屋の中は暗く、天井の電気の届かない場所だったので、私はその帳面を持って小屋の外に出て、舟着き場のベンチに腰を下ろした。驚いたことに、それはずっと昔の本で、一八三三年にストックホルムで印刷されたとあった。原語のドイツ語からスウェーデン語に翻訳されたものだった。翻訳者の名前は書かれていなかったが、原書の著者はD・J・シェイナーとあった。スウェーデン語の書名は『鳴き声の美しい鳥の捕獲と飼育について』と書かれていた。私はその小冊子をパラパラめくりながら、なぜこの本がここに祖父の所有物となってあったのだろうと不思議に思った。

いろいろ考えを巡らせながら、私はボート小屋の入り口の部屋に戻った。しばらく探して、壊れたウナギの捕獲器のようなカゴが見つかった。よく見るとそれは木の皮で編んだ、壊れた鳥籠だった。私は今まで知らなかった祖父母の生活の中に足を踏み入れたような気がした。壊れた鳥籠と一七五年前に出版された本？

私は探し続けた。魚網が吊るしてある部屋にあったものにはすべて目を通し、最後に古いガラス瓶などが詰まっていた一箱が残った。死んだネズミが骨ばかりの姿で隅にあった。ガラス瓶はすべて空っぽだった。なにに使われたものだったのか。私はガラス瓶の口に鼻を近づけて匂いを嗅いでみた。瓶にはどれもラベルが貼られていなかった。

いや、どれにもラベルが貼っていないというのは間違いで、私が見た最後の瓶にはラベルがあり、中になにか入っていた。私はそのガラス瓶を持って外のベンチに座った。ガラス瓶の中のものは灰色で、固くなったゼリーのようなものだった。匂いを嗅いでみた。何だろう？　匂いに憶えがあるが、正体はわからなかった。このラベルには何と書いてあったのだろう？　ぴったりと貼られたラベルには黒いインクで書かれた文字が薄く残っていたが、ほとんど文字の形をとどめていなかった。しまいに、迷いながらも、おそらくトリモチと書かれているのだろうと思った。書いたのが祖父か、それとも祖母かもわからなかった。いや、よく考えてみると、私は手書きの祖父の字も祖母の字も知らなかった。

　トリモチ？

　私は壊れた鳥籠と、古い本、そしてガラス瓶に関連性を見つけようと思った。決定的なヒントはいうまでもなく『鳴き声の美しい鳥の捕獲と飼育について』という本のタイトルだった。壊れた鳥籠の残骸も同様だった。だが、ガラス瓶の中身はどう説明できる？　あのラベルには他の言葉が書いてあったのだろうか？　あのトリモチは本当にスズメやヒバリを捕まえるために使われたのだろうか？

　子どものときの記憶をたぐってみた。鳥籠は記憶になかった。祖父の狩りの獲物は、アイガモやクロガモで、それ以外の鳥は聞いたことがない。

　娘のルイースが帰ってきたら訊いてみよう。彼女はパソコンを持っているから、たいていのことは調べられる。

　鳴き声の美しい鳥。そしてトリモチ。

　私はボート小屋の片付けを続けた。打ち捨てられていた魚網の中にツバメが数え切れないほど引っかかったままになっていた。ボート小屋の屋根裏はまるで死んだツバメの墓場だった。成鳥もあったが、まだほとんど飛べなかったような幼いツバメもたくさん網に引っかかっていた。

　ツバメの死骸のあと、私は子どもの頃に使ったテントを見つけた。そのそばにやはり子どもの頃に使った寝袋が見つかった。袋に入っていたテントと、これまた袋に入っていた寝袋をボート小屋の外に出した。両方とももはや使い物にならないだろうと思いながら。だが、驚いたことにテントも寝袋も穴ひとつ空いていない、完璧な状態だった。草の上にテントを持っていって広げてみた。ポールも全部揃っていた。私はテントを張る手順を憶えていた。張り終わったとき、その小ささに驚いた。

寝袋を広げて風に当ててから、今度はテントに入ってみた。弱い秋の日差しがテントの中を灰色がかった緑色に染めた。

その緑色の明かりの中で、一瞬私は火事ですべてを失ったことを忘れることができた。頭の中の暴れ馬たちもいなくなっていた。このますぐにでもこのテントをあの小島に張りたいと思った。焼け落ちた家と黒焦げのリンゴの木が見えないところに行きたかった。

夕方六時頃、私は小島に向かって出発した。その前に寝袋を丁寧(ていねい)にチェックした。長い間しまっていた寝袋は少し臭いがしたが、使えないほどではなかった。早めに夕食を食べ、サンドウィッチと魔法瓶にコーヒーを用意し、水のペットボトルも用意した。

小島に着くと、ボートを引き上げ、昔やったようにロープを石に縛りつけた。そして昔と同じところにテントを張った。寝袋を広げ、中に入って体を伸ばした。地面の凸凹が昔と同じように背中に当たったのが懐かしかった。

薄暗い中、折れた小枝などを集めて崖の凹(くぼ)みに置き、マッチを擦って火を焚こうとして、手を止めた。燃える火はもうたくさんだ。小枝をそのまま残して、私はテントに戻った。懐中電灯もろうそくも持ってこなかったので、寝袋の上に寝転がって魔法瓶のコーヒーを飲み、持ってきたサンドウィッチを食べた。風がときどき強く吹きつけた。解放されたような気分だった。あの火の海から飛び出してから初めて私は落ち着いた気分になり、はっきり物事を考えることができた。

トレーラーを動かすことはもう決めていた。だが、あの燃えた家について、今後どうするかは娘が来るまでもう少し待ちたかった。と言うのも、これは、私の将来というより彼女の将来の話だからだ。

この島に私を訪ねてくるリーサ・モディーンのことを思った。心の中で彼女に懇願した。年取ってはいるが、もう一度女性を愛したいという夢を抱かせてくれ。決してあなたを傷つけたり、失礼なことなどはしないから、と。

そう思いながら、私はいつの間にか眠り、夢の中に入っていった。

寒くて目が覚めた。寝袋の中に潜り込む前に、テントの外に出た。星が明るかった。風はほとんどない。大海原に向かう群島の上は国内線の航空機の航路になっている。だが夜も十一時過ぎになると、もう飛んでいなかった。

夜は空っぽだった。月明かりもない。秋の夜は今までもあったし、これからもあり続ける。私が逝ってからも。私は闇の中のいっときの客で、これからもそうなのだ。それ以外の存在ではない。

その晩はよく眠れなかった。四方からでたらめに吹きつける風でテントの布がパタパタと鳴って、眠りが妨げられた。いったん目を覚ますとなかなか寝つけず、ようやく眠りに入ったと思うとまた風の音で目を覚ましてしまう。そんなことの繰り返しだった。

ルイースはどうしているのだろうと思った。いつ戻ってくるのだろう。また、医者だった時代のこと、大惨事のあとの自分の人生を思った。あのあと私は方向を失ってしまったのだ。曲がり角に次ぐ曲がり角をでたらめに来てしまった。

その晩私は細切れの眠りとこれまた細切れになったさまざまな思いをもって過ごした。明け方、水平線に朝日が昇るのを見計らって、テントの外に出た。体を目覚めさせるためにぴょんぴょんと飛び上がった。水辺にいた白鳥が一羽、驚いて羽を羽ばたかせて飛んでいった。私は買ったばかりの心細い時計を見た。

六時四十六分。朝の空気の冷たさが身に沁みた。遠くの水平線に、北に向かう貨物船が見えた。テントはそのままにして、寝袋だけを畳んだ。魔法瓶とペットボトル、それにサンドウィッチを包んだ紙をボートに持っていった。係留ロープをほどいてボートに乗り込んだ。

だが、エンジンのスタートロープを引っ張ってもモーターが回らなかった。そんなことはこれまで一度もなかった。モーターを調べるための道具はなにも持っていなかった。ガソリンに水が混じってしまったのだろうか？

もう一度スタートさせてみた。何の反応もない。ロープを放し、オールで漕ぐことにした。ヤンソンに電話をかけるしかないと思った。プロのボート修繕屋以外に、素人でこんなときに手伝いを頼める者といえば、ヤンソンしか知らなかった。気が進まなかったが、他に人を知らなかった。ヤンソンにリーサ・モディーンを迎えに行ってくれと頼むことは考えられなかった。ましてやその後ヴロングシェール島へ送ってもらい、数時間後に迎えに来てもらうなどということは絶対に考えられないことだった。

島に戻り、ボート小屋で十回ほどスタートロープを引っ張ってみた。やはりエンジンがかからない。私はベンチに座り、ヤンソンに電話をかけた。電話に出たヤンソンは、一時間以内に来ると約束してくれた。ロープを引っ張ったとき、どんな音がしたかと訊かれた。具合が悪いから診てくれと言って彼が来るときに私が訊くのと同じだと思った。

「モーターが始動しないんだ」と私は言った。「音はいつもどおりなんだが、とにかく動かないんだ」

「大丈夫、きっと動くから」とヤンソンが言った。

彼はきっかり一時間後にやってきた。私はボート小屋へ行った。彼はロープを数回引っ張ったが、モーターはまったく動かなかった。

「大丈夫、きっと動くから」とヤンソンはさっきと同じ言葉を繰り返した。

「よかったらあとでコーヒーを飲みに来ないか。トレーラーに」

ヤンソンはモーターが動くまで私に一緒にいてほしかったのだろうが、私は彼の手伝いはありがたいが、おしゃべりにずっと付き合うのはごめんだと思った。とくに彼の得意とする残酷な処刑方法とか、げんなりするゲテモノ趣味の話を聞くのはお断りだった。

トレーラーに戻ると、引き出しを探してトランプを見つけ、テーブルの上に置いた。一人トランプのソリティアをしたが、うまくいかなかった。一時間ほどしてから、ボート小屋へ行ってみた。ヤンソンはモーターのカバーをとって発火装置の留め金も外し、懐中電灯でモーターの中を覗き込んでいた。

「故障箇所はわかったか？」

「いや、まだだ。だが大きな故障ではないと思う」

それ以上は訊かなかった。ヤンソンはそのまま続け、私はその場に立って彼の動きを見ていた。トレーラーの方へ戻ろうとしたとき、携帯電話のことを思い出した。

「携帯電話の時間を合わせてくれないか？　安い時計を買ったんだが、正確に動いているかどうかわからないから」

ヤンソンは懐中電灯を消してからボートの床に置き、私の携帯電話を受け取った。そして一分も経たないうちに携帯の中の時刻の機能を開始させた。

「どうも新しい機器のことはよくわからん」携帯電話を受け取りながら私は言った。

「ごくごく簡単だよ。よかったら他の設定も教えてやろうか？」

「いや、時計の機能だけで十分だ。必要なのはそれだけだから」

「携帯に目覚まし機能がついていることも知っているか？」

「いや。だが、私は朝は自分で起きるから大丈夫だ」

私はその場にしばらく残ってヤンソンが私のボートの中を覗いてチェックする様子を見てからトレーラーに引き揚げた。

ヤンソンは複雑な故障ではないだろうと言ったが、それでも故障箇所を見つけて直すのに三時間もかかった。ドアにノックの音がしたとき、私はコーヒーを飲んでいた。

「直ったよ」とヤンソン。

「どこが悪かったんだ？」

「いや、故障などどこにもなかった。だが、故障がないことを見つけるのが一番難しかった」

「コーヒーはどうだ？」

「いや、もう帰る。思ったより時間がかかったから」

私はヤンソンと一緒にボート小屋へ行った。モーターのカバーは元通りになっていた。道具なども片付けられていた。

「ロープを引っ張ってみろ」ヤンソンが言った。

私は片手をボートの船体について、ボートに乗り込んだ。一回ロープを引いただけでモーターが始動した。私はモーターを止めて、もう一度やってみた。同じくすぐにかかった。

舟着き場に降りて、手間賃はいくらかと訊いた。ヤンソンはプライドが傷ついたような顔をして、金はいらないと言った。

「どこも悪くなかったんだから」

「いや、どこかは悪かったに決まっている。三時間もかかったんだから」

ヤンソンは口の中でなにかつぶやくと、自分のボートに戻りモーターを作動させた。そのままボートの方向を変え、手を上げて挨拶して帰っていった。

ふと私は、群島の中を走るときヤンソンはあの美しいバリトンで歌うことがあるのだろうかと思った。

南の方から雨雲が張り出してきた。私は本土へボートを走らせ、スーパーで買い物をした。大型のノートも買い物カゴに入れた。ボートで家まで半分ほど来たとき、雨が降り出した。雨足が強く、ボートの上に音を立てて降りつけた。

トレーラーハウスに戻って、最後の未使用の中国製のシャツに着替えた。ズボンは濡れたもの一本しかなかったので、テーブルの端に掛けて乾かすことにし、腰に毛布を巻きつけた。

その夜は早くベッドに入った。

翌朝、雨は上がっていた。私はまたボートに乗って本土へ行き、衣類を買い足した。

オスロフスキーは私が車を出したときも戻したときも姿がなかった。港の店に入り、注文した長靴は来ているかと訊いたが、まだだった。

アレキサンダーソンとヘメレイネンは姿を見せなかった。私はトレーラーを掃除し、リーサ・モディーンのことばかり考えていた。焼けた家の方へはほとんど行かなかった。一方でなぜか二晩続けて祖父母の夢を見た。祖父母は私と話し、その姿は私の子どもの頃のままだった。だが、不思議なことに彼らの声は聞こえなかった。私と話していたのだが、その声がまったく聞こえなかったのだ。

　夜、私は一八三三年に出版された『鳴き声の美しい鳥の捕獲と飼育について』を読んだ。依然として祖父とカゴの鳥の関係はわからなかった。トリモチの入ったガラス瓶はトレーラーのキッチンの棚の上に置いた。


　リーサ・モディーンを迎えに行く日の朝、私はいつもより早く目を覚ました。朝の沐浴のとき、太陽はまだ上がっていなかった。

　沐浴と朝食のあと、ボートへ行き、念のためエンジンをかけてみた。モーターはすぐに始動した。私はリーサ・モディーンに会うことに神経質になっていた。できるだけなにも期待しないことにしようと思った。リーサ・モディーンは私のような老人とは違ってまだ若い女性だ。恋愛が成り立つための条件はまったくないのだから。

　約束の一時間前、私はボートを給油所のすぐそばに留めた。沿岸警備隊専用の桟橋のアスファルト工事は終わっていた。沿岸警備隊の大きな船は停泊していなかった。沿岸警備隊が守備する沿岸は広範だ。

　毎日町への道を一日数回往復するバスの時刻表が停留所に貼ってあった。他にもサマー・フェスティバルとかダンスの夕べの開催を知らせる古いポスターも風に吹かれていた。これらは季節や時代が変わったことを強く思わせる。古い手書きの紙も貼ってあり、燻製の魚を売る店、生きているウサギを売る店の名前や電話番号なども見えた。バスの時刻表の一枚は半分破けていた。風で千切れたのか、腹を立てた乗客の仕業か。

　私はオスロフスキーの庭に停めている車へ向かった。オスロフスキーの姿は相変わらず見えなかったが、家の前にあったカラスの死骸はなくなっていた。オスロフスキーに会ったら血圧を測ってほしいと頼まれる。私は大急ぎでその場をあとにした。

食料品店の飼い猫と思われる猫が一匹桟橋付近を歩いていた。猫がいることで、この辺のひとけのなさが強調されているように感じた。夏の日の教会の墓地を思わせる。港の店の前に立ち、店の窓に貼り出してある広告を一つ一つ見ていった。新しいバックパック、ペンキ缶、船のアンカー……。

リーサ・モディーンが来るまで三十分以上もあったので、桟橋に行き、一番突端の防波堤の石の上をバランスをとって歩き、車に戻った。

十時十分、彼女の車が港に入ってきた。そのときにはもう私は、彼女は来ないものと思い始めていた。彼女は港の店の倉庫の前に車を停めた。そこは駐車禁止の場所だったのだが。

リーサ・モディーンは明るい黄色のレインコートを着ていて、手には古い救命胴衣を持っていた。片方の肩に小さなバックパックを背負っている。

「また遅くなってしまって」と申し訳なさそうに言った。

「大丈夫。私は、急がなくなってからだいぶ経つ」

私は彼女のバックパックを手に取り、ボートに乗り込もうとしている彼女をもう片方の手で支えようと手を伸ばした。だが彼女は桟橋の石の階段に片足を乗せると、係留ロープを縛りつけてある鉄のリングにつかまってボートに乗り込んだ。ロープをほどき、私はボートを出発させた。エンジンの音が静かな港に響き渡った。ヴェロニカの姿が食料品店の隣の小さなアパートの窓に見えた。私はその姿に手を振った。

海は静かだった。ゆっくりとボートは港をあとにした。リーサ・モディーンは舳先に座り、両腕を大きく広げた。
「どっちへ行くんですか?」大きな声で彼女が訊いた。
「北東へ」と言って、私は手で方向を示した。
速度を上げた。リーサ・モディーンは新鮮な空気を楽しんでいるように見えた。
両目をつぶっている。
ボートはその昔〝貧しい人々の島〟と呼ばれた島に向かって走った。

6

海が広がった。島の数は少なくなり、サイズもまた小さくなって、次第に海面に出ている部分が減っていった。岩崖に見えるのは野生の植物ばかりだ。ワラビ、クローベリー、ワタスゲ、そしてときどきエゾゴゼンタチバナ。そして広がった海に向かっている最後の小島の岩の割れ目には塩水に生える草——野生のハーブが生えている。ボートからは見えないが、私はこの群島にはそんな野生のハーブが生えているのを知っていた。

波が渦巻いている。ヴロングシェールは一列に連なった小島の先端にある。片麻岩でできている断崖は絶壁だ。島の南端に近づいて、スピードを落とした。リーサ・モディーンは振り返り、微笑(ほほえ)んだ。

あちこちに小さな入江のあるこの断崖絶壁の島をゆっくり一周した。巌山(いわやま)は灰色でところどころに蛇の形をした暗赤色の模様が入っている。島の北に尖ったケルンがあって、かつて海軍の秘密の航路の目印にされていたものらしい。

「ここに昔、本当に人が住んでいたのですか？」モディーンが訊いた。

「海からは見えない窪地がある。強風が吹きつけないところに家を建てたのだろう」

ヴロングシェール島の西側に天然の港があった。ここで島は二つに分かれていた。鋭く切り立った絶壁側と、自然にできた入江のある部分と。私はモーターを止めて、砂浜にボートを近づけた。

その砂浜から上陸した。断崖の裏側に隠れている大きな窪地へ行くためには苔(こけ)を踏みつけて滑りやすい崖を登らなければならなかった。私はバックパックを持ってあげようと手を伸ばしたが、モディーンは首を振って断り、自分の肩に背負った。

野バラが密生している茂みをかき分けて進んだ。私は咲いている野バラを一本手折ってモディーンに差し出した。

「この花は自然に生えてきたものではなく、人の手でここに植えられたものだという」と私は説明した。「専門家の話によれば、二百年も前のこととか」

彼女はその花をレインコートのポケットに差し込んだ。その昔、人が住んでいた家や店が立っていた窪地が目の前に広がった。

少年の頃、私は祖父と一緒に夏の野外スタディに来た若い考古学者たちグループに加わってこのヴロングシェール島に来たことがある。そのときリーダーが話した、この島にかつて暮らしていた漁師たちの話を私ははっきり憶えていた。

私は高い絶壁の間の土地に残っていた家の土台石を指さして説明した。ここには一番多いときで六軒の家と、それぞれの物置小屋があった。家畜を飼うことは難しかった。十分な飼料がなかったせいで牛はせいぜい二頭までしか飼えなかったとか。人々は十八世紀にこの島に移ってきた。極貧と言えるほどの厳しい暮らしだったらしい。このヴロングシェール島には一時最大四十人ほどの人間が住んでいたという。仕事は漁業だけ。他にはなにもなかった。魚網と手で漕ぐ平舟だけが生計を立てるための手段だった。夜中に突然悪天候になったら、海の中に仕掛けておいた網を吹き荒れる豪雨と戦いながら引き上げなければならず、男も女もそんな嵐の海で命を落とす者が多かった。私は祖父と一緒にそのとき聞いた実話をはっきり憶えていた。一七九〇年代のこと。突如、北東からの嵐が吹き荒れた。若い漁師ニルス・エリックソンと妻のエンマは嵐の中、海中に仕掛けた魚網を引き上げるために海に出た。だがボートは転覆し、二人とも溺死した。後、エンマは魚網に絡まっているのが見つかったが、ニルスの方は最後まで見つからなかったという。

夫婦には五人の子どもがいたが、その後の消息はわからないままだった。

私はモディーンに当時の原形をわずかにとどめている数個の土台石を見せた。考古学者たちによれば、それは島で一番大きな家の土台石だったらしい。その家は一部屋だけで、そこに十人もの人間が暮らしていたという。

私たちは窪地にあった土台石の一つに腰を下ろした。そこは島で最も貧しい者たちが明日の命を心配して集まった場所に違いない。厳しい冬、すべてが凍てつく島の中で彼らの暮らしがどれほど過酷なものだったか、私には想像もつかない。

「それでも夏になると、草の上に寝そべり太陽を浴びて、ここは私の島だ、私の故郷だ、と思った人がいたに違いないわ」モディーンが言った。

いつの間にか私は自分でもわからぬまま、秋の枯れた草の上に横たわっていた。

「当時の人間は気力も体力もあまりなかった。女たちはここで子どもを産んだだろう。しかし、ほとんどの子どもは生き延びられず、生まれて間もなく死んだらしい」

リーサ・モディーンは私を見つめた。

「もっと話して。他にも見るべきものがあったら見せてほしいわ」

私は高くそそり立った崖に戻った。草の中に見える数個の石を指さした。これらの石もかつては家の土台石だったのかもしれない。

「私はときどきこの島にやってきてこれらの石を見るのだ。そんなとき、石が動いているのではないかと思うことがある。ゆっくり、とんでもなく長い時間をかけて。これらの石は、かつての場所、もともとあったところに向かって動いているのではないか。この小島は、かつて、人間が来る前の姿に戻ろうとしているんじゃないかと思うんだ」

モディーンはゆっくりうなずいた。私は話を続けた。そうしながらも、これ以上のことはなにも知らないと心の中では思っていた。

「この小島の最後の住人は女性で、かなり高齢まで生きたらしい。確か名前はソフィア・カールソンといったと思う。まだ少女のときに家事手伝い人として雇われたのだが、そのうちに島の若者と結婚した。夫が死んだとき、彼女はこの島の最後の住人となった。一八三〇年代のことだ。その頃、群島の中の本土に近い島の一つで銅が発見されてその採掘が始まり、島の住人はみんなその島に移住した。そこでの暮らしもそれまでより楽ではなかったに違いないが、少なくとも孤独ではなかっただろう。中には移民となってアメリカへ渡った者もいたらしいが、とにかくみんなこのヴロングシェール島から出ていった。ソフィアだけが例外だった。一人になった彼女がどうやってそれからの年月をこの島で暮らしたのかは誰も知らない。大変だったことは間違いない。九十歳近くまで生きたはずだ。ある日彼女は岩場で足を挫いた。何とか家までたどり着き、そのまま寝たきりになったのだろう。助けを求める相手はいなかった。しばらく経ってから物売りの男が島を訪れた。そして冷え切った家で遺体となっていた老女を見つけた。人々はその遺体を氷の上を引っ張って本土の教会まで運んだ。それがこの島の最後の住人で、その後は無人の島となったのだ」

「そして今、あなたは石たちが元の場所に戻ろうと動いていると言うのね。素敵な話ね」

リーサ・モディーンは立ち上がり、家の土台石の間を歩き始めた。ときどきその姿が岩場に隠れて見えなくなることがあったが、すぐにまた現れた。私は窪地にとどまって彼女の姿を目で追っていた。もしかして私はその昔この地に住んでいた人間で、彼女は新しい、今の時代の人間なのかもしれないという気がした。

昼食時になり、私たちは持ってきたものを一緒に食べた。互いにほとんどなにも言わずに食べた。パンとか、ゆで卵を取ろうとして手を伸ばしたとき、偶然に手が触れ合うこともあった。

食事のあと、この小島で一番高いところに登った。海からの風が強かったが、すぐに引き返さなければならないほど強くはないと私は判断した。

「一度、考古学者がこの島でクマの歯を見つけたことがあった。なぜクマの歯がこの島にあったのか、誰にも説明がつかなかった。本土に近い群島でオオカミが発見されることはあったらしいが、クマが出たという話は聞いたことがなかったからだ」

「その歯は今どこにあるのかしら？」

「知らない。牧師館かな？　群島には昔自然観察の好きな牧師が来ることがあったからね」

「今この辺の群島担当の牧師は誰か、知ってますか？」

そう訊かれて驚いた。考えたこともなかった。

「私は教会に行ったことがない。今の牧師が誰かも知らない」

「電話して訊いてみるわ。クマの歯、見てみたいから」

再び窪地に戻った。途中、滑りやすいから苔に気をつけるようにと注意したのだが、滑ったのはモディーンではなく私だった。ボートまで来たとき、彼女のバックパックを受け取ってボートに乗せようとしたのだ。私は下をよく見ずに水際の石を斜めに踏み、滑って頭から水の中に倒れた。深くはなかったが、上半身まですっかり濡れてしまった。朝冷水浴をし、その後乾いたタオルで擦り拭くのとはまったく違う。全身が濡れて、私はその冷たさに震え上がった。もちろん着替えなど持ってきていない。

怪我をしたのではないかとモディーンは心配したが、私はただ恥ずかしかった。

「いや、問題ない」と私は言った。「ただ、もう帰らなければ。途中、私の島に寄って着替えてからあなたを本土へ送っていくことになる」

戻り道、私は寒さにぶるぶる震えながらボートを最高速度で走らせた。モディーンは自分の上着を勧めてくれたが、私は断った。

私の島に着くと、ボートを繋ぎ止めてトレーラーまで走った。肩越しに彼女が焼け跡の方に歩いていくのが見えた。服を脱ぐと、濡れた服を床に投げ捨て、乾いた布、いや汚れた中国製のシャツで全身を擦って拭いた。少ない手持ちの衣服を身につけると、火事場から持ち出したレインコートを羽織って彼女の方へ行った。

彼女は寒いらしく、足踏みをしていた。

「この煤に汚れたレインコートは家から持ち出せた唯一の衣類だ」

彼女は私を見、片手を伸ばし、私の頰を撫でようとした。それはあまりにも急な動きだったので、私は打たれるかと思い、一瞬体を引いた。その途端に滑って転んだ。二人ともあまりに急な動きに驚いて笑い出した。彼女は手を伸ばして私を引っ張り上げた。
「私はそんなに危険じゃないわよ」と彼女は言い、私は私で「いつもはこんなに転ばないんだが」と苦笑いした。

もう少しで彼女を抱きしめるところだった。しっかり抱きしめて、胸と胸を合わせたかった。だが、私の中にそれをさせない固いものがあった。

私たちはボート小屋と舟着き場へ降りていった。

「わたし、ヴロングシェール島についての記事を書くつもり」と彼女は言った。「それも何本かですよ。頭の硬い編集長を何とか説得できたらですけど」

「お望みなら何度でもあの島までボートを出してあげよう」

「次のときはカメラを持ってきます。できるだけ早くね。もうじき雪が降るから」

「いや、雪が降るまでまだ一ヶ月はあるだろう、少なくとも」

私たちは再びボートに乗った。ボートの紐を引っ張るたびに、エンジンがかからないのではないかと恐れたが、そんなことはなかった。ヤンソンはいい仕事をしてくれた。

ボートからヤンソンのボートが遠くに見えた。誰か他にも一人乗っているようだった。この島の方向に船を走らせているが、おそらくもっと北にあるオルスーとかファーシュホルメンに向かっているのだろう。

ボートを給油所に着けると、モディーンの車まで一緒に行った。『ここは駐車禁止だぞ！』と乱暴な字で書かれた紙が窓に貼られていた。リーサ・モディーンは怯えた顔でそのメモを私に渡した。

「これ、誰が書いたのかしら?」

「わからない。港湾管理の者かもしれない。いや、気にしなくていい」

　私はその紙を握りつぶしてポケットに入れた。彼女はバックパックを後部座席に投げ入れると、車に乗り込んで言った。

「今日はありがとうございました。また連絡します」

　私は携帯番号を教え、笑顔を見せて、彼女はそれを自分の携帯に打ち込んだ。

　ドアを閉め、モディーンはエンジンをかけた。そして急発進をして坂道を上がり、すぐに見えなくなった。その急ぐ姿を見て、私は嫉妬を抑えることができなかった。誰が彼女を待っているのだろう？　私は港の店のドアに備えられたくずかごへ行くと、さっきの握りつぶしたメモを捨てた。ボートに戻ろうとして振り向いたとき、さっきまで無人だった浜辺に人の姿が見えた。オスロフスキーだった。どこかぎこちなく歩いている。足が、いや脚がどこか具合が悪そうだ。血圧を測ってくれと言われなければいいが、と私は心の中で強く願った。今はただあのトレーラーハウスに戻って、体を温めたい。

　オスロフスキーは疲れているようだった。顔色が悪い。

　彼女は足を止めて手を差し出した。握手したその手には汗が滲んでいた。そんなことは今までなかった。いつもとはまったく違う。なにが、そしてどこが違うかはわからなかったが、なにかがはっきり違っていた。いつもは澄んだ彼女の目が、まるで違っていた。

　いつもどおり、天気と体の調子の話をした。どこか、旅行でもしていたのかと私が訊くと、オスロフスキーはなにも言わず、ただ微笑んだ。

　その瞬間、彼女は恐怖に駆られているのだとわかった。なぜそう感じたのかはわからない。ただ絶対にそうに違いないと確信した。私の前に立っているオスロフスキーは、ほとんど逃げ出さんばかりだった。なにかが彼女を怖がらせているのだ。

「私はちょうど今ボートで島に戻るところだ。血圧を測ってほしかったら、車まできてくれるか？」

オスロフスキーは首を振った。

「調子はいいから大丈夫。どこも痛くない。血圧は高くもないし低くもないと思う」

彼女は一刻も早くここから立ち去りたがっていた。だが私は引き止めずにはいられなかった。話をしている間は安全に違いないと思ったからだ。

「この港は、かつてはイワシ漁が盛んだった。今では漁業を仕事にしている人間は一人もいなくなったが。トロール船は古くなって壊れてしまったか、アフリカなどに売り払われてしまったのだろう」

「あるいはバルト海の国々に」とオスロフスキーは、思いがけなく激しい口調で言った。しかし、なぜそう言うのかを訊くのもはばかられた。

「みんないなくなってしまった」私は代わりに言った。「トロール漁の漁師たちも、トロール船の船主たちも。もう誰も生きていない」

「年取って、みんな死んでしまうってことね」とオスロフスキーは言った。「昔一度、大工小屋の壁に貼ってあった言葉、今でも憶えている。『人生を深刻に考えるな。どっちみちみんな死ぬのだから』とあったわ」

オスロフスキーは突然後ろを振り返り、今さっきリーサ・モディーンが車で走っていった港の入り口の方に目を走らせた。その方向に彼女の家と私の車がある。なにかを恐れているのだ。彼女自身のことではないなにかを。なにかというより、何者か、かを。

私は留めていたボートの方へ行った。医者の仕事をしていた頃、私は何人もの恐怖に駆られている人間と会った。ある夏の数週間、私はスウェーデンで一番大きな病院のがん病棟で臨時に働いたことがあった。そのとき私は十日の間、何人かの最も重症な患者に症状を説明しなければならない仕事に割り当てられた。今でもはっきり憶えているのは、ある朝首に異状な痛みを覚えて病院に来た若者のことだ。単に寝違えた痛みではないと見た外科医ががん専門科に送り込んできたのだ。レントゲンで調べるとかなり深刻なケースだった。

後ろ首の痛みは手のつけようもないほど悪化したがんが原因だった。原発は左肺にあり、後ろ首の痛みは首の骨に隠れていた転移がんだった。この検査結果を知らせるのは私の役割だった。目の前のカルテには、スヴェン・ローランド・ハンソンは一九五一年生まれ、つまり十九歳とあった。これは一九七〇年の話である。当時、がんはまだ治癒するのが難しい病気とみなされていた。今日では十のうち六まで治癒できるとされている。一九七〇年にはまだその比率は十のうち、三、あるいは四ぐらいだっただろう。

待合室にいた彼を呼んだとき、私は検査結果を言うことは、死の宣告をすることになるとわかっていた。当時、患者に深刻な症状を告げるとき、経験豊かな、タフな看護師に同席してもらうことがよくあった。私はがん病棟で長年働いている年配の看護師に来てもらった。

診察室に入ってきたスヴェン・ローランド・ハンソンは当時流行りのモッズ、時代の反逆児スタイルだった。それも筋金入りの。グリーンのジャケットに穴だらけのジーンズ。私と看護師の女性を睨(にら)みつけると、さっさとやれや、時間がねえんだよ！　と叫んだ。私の勧めた椅子に座ろうともしなかった。

事前に、この若者にどのように結果を知らせたらいいものかとその看護師に相談すると、彼女ははっきり言うことですと言った。ことが重大なときには遠回りの言い方などしなくていい。大事なのは、患者が、目の前に座っている医者は自分の状態を真剣に考えているとわかることだ、と。

どのような治療を施すか決定するまで、医療チームはさまざまな検査をする。正直言って、私はそれには関係していなかった。私は検査に参加する教育を受けていなかったし、夏の間、手が足りないために臨時に補充された代替の医師だったからだ。

ようやくスヴェン・ローランド・ハンソンは椅子に腰を下ろした。そのときになって、私は彼の顔に不安が現れていることに気がついた。やっと彼は自分のいる場所ががん病棟だとわかったようだった。

私はできるかぎり正確に彼の病状を説明した。彼の顔から血の気が引いた。理解したようだった。そのときだった。彼は突然叫び声を上げた。まるで誰かが彼の体に火を付けたか、彼の体を切り裂いたかと思うような悲鳴だった。私はそれ以前もそれ以後もあのような叫び声を聞いたことがない。だから今でもはっきり憶えているのだ。それまで私は長い間闘病している人の唸り声、苦しみのうめきを何度も聞いてきたが、あのとき、あの若者に現れた変化に伍するものは見たことがなかった。彼は私の目の前で突然大きな口を開けてまさに絶叫したのだ。その口からガムが飛び出し、私の白衣に真っ直ぐ飛んできた。私は驚きただ呆然としていたが、熟練看護師がさっと動き、彼の手を押さえた。だが彼はその手を振り払い、叫び続けた。すると看護師はまるで小さい子どもを抱きしめるように、彼の体を全身でしっかりと抱きしめた。そして叫び声を止めさせ、私に安定剤を処方してと命じたのだった。

一年後、私は偶然に彼の名前を地方紙の死亡欄で見た。当時はまだ黒い十字架以外のシンボルを死亡欄に見かけることは滅多になかった。だがスヴェン・ローランド・ハンソンの死亡告示欄にはギターの写真が載っていた。

友人に趣味がギターの麻酔医師がいた。彼は私に、その絵はエレキギターのテレキャスターだと教えてくれた。ギターを弾く者にとっては特別に貴重なものらしかった。

あのときスヴェン・ローランド・ハンソンに見えたのと同類の恐怖がオスロフスキーの顔に浮かんでいた。恐怖がその目に現れていた。

ボートに乗り込んでエンジンをかけ、静かに港を出た。オスロフスキーは道路脇の木の陰に身を隠したまま私を見送っていた。私はその姿を見ないふりをして港を出て、ボートを一気に加速させた。振り返って見ると、彼女の姿はすでにどこにもなかった。

寒さのためか、それともオスロフスキーの恐怖のためか、体の震えが止まらなかった。私は顎を引いてジャケットの襟を立てると、私の島に向かってボートを走らせた。

島の岬を回って舟着き場に近づくと、人影が見えた。最初、アレキサンダーソンと例の彼の同僚がまたやってきたのだろうと思った。だが、そうだとすると、どこにもボートが見当たらない。近づくにつれ、寒さをこらえてしっかり腕組みをして立っている姿は男ではないことがわかった。娘のルイースだ。驚きながらも、私はリーサ・モディーンを本土の港へ送っていく途中ですれ違ったヤンソンの船に乗っていたのはルイースだったのだと心の中でうなずいた。

私は昔から思いがけない訪問とか思いがけないニュースを受け取るのは嫌いだった。思いがけない訪問はハリエットが突然やってきたこと、そのあと私にはルイースという娘がいると知らされたことでもう十分だった。娘がいると言われても嘘だとはまったく思わなかった。ルイースにしても、私が父親だということを疑わなかったと思う。

娘と私は外見上はまったく似ていない。ルイースの顔はハリエットに似ていた。そして私自身の父親にも少し似ている。

ルイースの体型もまた私には似ていない。ハリエットにも似ていない。ルイースの骨格はがっしりしている。屈強な体軀である。素手で喧嘩したら、彼女が勝つのは間違いなかった。だが同時に彼女はあらゆる意味で人の目を惹きつける魅力的な女性だった。男たちは必ず彼女を目で追う。それは彼女と一緒に街を歩いているときとか、カフェに座っているときの経験からわかる。

だが、彼女がなにを考えているかはわからない。固く心を閉ざしているので、なにか思いがけないことをやるかもしれないと私は警戒している。常に用心しているつもりなのだが、それでも驚かされることがしばしばだ。

ルイースはいつも突然旅に出る。そして私はそれに慣れることができず、苛立つ。いつ帰ってくるかわからない。それもまた私を苛立たせる。火事のことを電話で知らせたとき、ルイースが言ったのは「そっちに行くわ」という一言だけだった。そのときの居場所も、いつこっちに来るのかも言わなかった。

私はボート小屋にボートを入れて繫いだ。繫ぎ終わる前にルイースが小屋のドアを開けた。小屋に差し込んだ日の光が真っ直ぐ私の目を射た。逆光の中に彼女の体が黒く大きく立っていた。

つかつかとルイースが私の方に歩いてきて、私たちは抱擁した。頰が濡れていた。今まで泣いていたのか、そのとき泣き出したのか。

私たちは舟着き場に出た。喉が詰まり、私自身泣き出すのではないかという気がした。少なくともそれは二人に共通のことだった。泣くこと。二人ともこの島にあった古い家が土台まで丸焼けになってしまったことを悲しんでいた。

ルイースはいつもながら、荷物らしい荷物を持っていなかった。小さな茶色いバッグ一つだけだ。不思議なことに彼女は出かけるときの方が帰ってくるときよりも荷物が多いのだ。

その小さなバッグをトレーラーに置いて、私たちは焼けた家の跡を見に行った。ルイースの後ろ姿を見て、私はハリエットかと錯覚した。そしてそう思った自分に驚いた。というのも、ルイースとハリエットは外見上まったく似ていなかったからだ。目の錯覚だろうか？　私は登りかけていた石段に立ち止まり、目を凝らしてルイースを見た。私が立ち止まったと感じたのか、ルイースはすぐに足を止めて振り返った。私はまた歩き出し、彼女のそばに立った。焼け焦げて真っ黒になったリンゴの木の枝がまるで黒いちぢれ紙のように垂れ下がっていた。

「着いたときあんたがいなかったので、ボートでもう消えてしまったのかもしれないと思った。でもそのときニルソンが本土の方へボートを走らせるあなたを見たと教えてくれたのよ」

「ニルソン？　ヤンソンだよ、ニルソンじゃない」

「ええ、ヤンソンよ。あたし、ニルソンって言った？」

「ああ」

「ママのためのサマーパーティーのとき、素晴らしい声で歌ってくれた人よね」

「どうやって彼に連絡したんだ？」

「港までバスで来て、バスを降りるときに運転手にヤンソンのことを訊いたのよ。あ、そういえば、その運転手の名前がニルソンだった。その人、その場でヤンソンに電話してくれたのよ。そしたら、ヤンソンはすぐに迎えに行くと言ってくれた。そのバス、ちょっと変だった」

「なにが？」

「乗客があたし一人しかいなかったから」

「今の季節なら、それは別に変ではないな」

「あたし今まで一度も乗客が一人もいないバスに乗ったことない。一度もよ。他のどこでも。飛行機ならあるわ。マリで旅客機に乗ったとき。大きな旅客機だったわ。パイロットが二人、客室乗務員の女性が二人、そしてたった一人の乗客があたしだった」

「マリ？　マリでなにをしていたんだ？」

「砂塵のためにダカールに着陸できなかったの。ダカールがどこにあるか、知ってる？」

「ああ。セネガルだろう？　つまりお前はフランス語ができるんだ？」

「ま、どうにか、というところ」

「そこでなにをしていたんだ？」

「奴隷を送り出す島に、奇妙なドア枠を見に行ったの」

「奇妙なドア枠？　何だそれは？」

「話せば長くなるから、またあとで」

ルイースは黙って焼け跡まで行った。真っ黒い焼け跡はまだ嫌な臭いのするカバーで覆われていた。小鳥が数羽、そんな黒い焼け跡で餌を探していたが、私たちが近づくと飛び立った。

「ここにあたしの部屋があった。あんたの肩の上に乗ったら、あたしの部屋の窓まで届いたかもね」

そう言いながら、ルイースは私の方へ戻ってきた。そのときになって初めて私は彼女が泣いているだけではなく、疲れ切っていることに気がついた。それまで長い旅行から戻ってきたときルイースはいつも茶色に日焼けしていた。だが今回は違っていた。

彼女に訊きたいことは、いつもながら、たくさんあった。だが、彼女が自分から暮らしについて、人生について話すことはほとんどなかった。

「火事のこと、話して」

「十時半頃私は眠りについた。二時間ほどして、強烈な明るさを感じて目を覚ました。耐えられないほどの熱さだった。家が火に包まれていた。私は燃え盛る家から飛び出した。今思えば、火の音が凄まじかった。まるで怪物の口から燃え盛る火が噴き出しているかのような轟音だった」

「でもちょっと待って。そもそもなぜ火事になったの？」

「それはわからない。警察も、火災視察官たちも、私も」

「え？　わからないって、どういうこと？」

「私が自分で放火したんじゃないかと推測されているようだ」

「なぜよ？　なぜあんたが自分の家に火を付けなきゃなんないのよ？　どんな得があるというのよ？」

「頭がボケたから、とか？」

「そうなの？」

「そう見えるか？」

「あたしの問いに答えてよ！」

「私はボケてなどいない。私は放火魔ではない。目が覚めたとき、家はもう猛烈な勢いで燃えていた。原因が何であれ、私がマッチで火を付けて遊んだために火事が起きたのではない」

「家が自然に燃え始めるわけはない。ネズミが電線を嚙んだために漏電したとか？」

「ふん、それじゃ少なくとも四匹のネズミがガソリンを使って火を付けたということになる」

私はここでヘメレイネンが話したことをルイースに伝えた。彼女は耳を傾けたが、問い質しはしなかった。ただ黙ったまま、燃えた家の周りを歩き、四隅に立ち止まった。彼女が火事の原因を突き止めてくれる人になるのだろうか、と私は思った。

ルイースは長いこと火事現場をゆっくり何度も回って歩いた。しまいに焼けた破片をのせた例のビニール布の前に立ち止まった。私はそこへ行って、ジアコネッリが作ってくれた靴のバックルを彼女に渡した。ルイースはすぐにそれがなにかわかった。

「靴さえ持ち出せなかったのね」

「そう。助かったのは命だけだ」

ルイースはしゃがみこんで、バックルをビニール布の上に戻した。彼女の様子から、靴を、家を、この島にあった私の暮らしすべてを悼んでいるように見えた。私もまた彼女のそばにしゃがみこんだ。膝が痛み、楽ではなかったのだが。

「ジアコネッリは死んだのだろう」と私は言った。「私は彼がイタリアの故郷に戻って、どこかの施設で亡くなったということ以外は知らない」

「腎臓がダメになったの。人工透析に頼りきりになって生きるのは嫌だったんでしょ。人生の最後を機械に繋がれて生きたくないと、ヘルシングランドをあとにしてイタリアのミラノの北にある彼の出身の村まで一人で帰った。そしてわずか二週間後に亡くなったって。ジアコネッリの古い友人から聞いた話よ」

「ヘルシングランドの山奥にあった彼の靴作りの作業場は?」

「隣人たちが今は記念館のようなものにしてる。でも、みんな年取ってるから、それもいつまで続けられるかわからないけど」

そう言うと、ルイースは立ち上がった。私も続いて立ち上がろうとしたのだが、よろめいてしまった。尻餅をつく寸前、彼女の脚につかまった。彼女は手を伸ばして支えてくれた。

私たちはそのままトレーラーハウスへ行った。ルイースは簡易ベッドに腰を下ろし、私はテーブルのそばのスツールに腰を下ろした。魔法瓶の中にコーヒーがあった。

「ここに二人は寝られないわね」ルイースが言った。

「お前が来た場合のことを考えて用意したよ。この島の西側に名前もない小さな島があるんだ。礁と言ってもいい。そこに昔使った古いテントを張っておいた」

「そこ、寒いんじゃない？」

「いや、古い寝袋がある。その中に入れば暖かいよ」

「それ、もうボロボロじゃないの？　憶えてるわ、その寝袋。ママが死んだ夏に見たから。なんでそんなもの取っておいたの、とっくに捨てたと思ったわ」

「ちょっとカビ臭いが、あそこはよく風が吹くから、すぐに臭いなどなくなるさ」

ルイースはベッドに体を伸ばした。

「長い旅だったわ。あたし、疲れてるの」

「どこから来たんだ？」

彼女は問いには答えず、ただ首を振った。私はそれに腹を立てた。

「なぜ答えない？　お前がなにをしていたかと訊いているんじゃない。どこから来たと訊いているだけじゃないか」

ルイースは目を開けた。そしてハリエットがときどき私に向けたのと同じような挑戦的な目つきで睨み返してきた。答えようともしない。くるりと寝返りを打って背中をこっちに向けると、このベッドに寝るのは自分だと態度ではっきり示した。

私にできること。それはサンドウィッチを作り、ボート小屋から小島に移しておいた携帯ガスコンロで温める缶詰スープを持ってテントへ行くことだった。トレーラーは娘のものとなった。

ルイースは来るのが早すぎた。それにあまりにも急だった。私はまだ家が火事で焼けてしまったことに慣れていなかったし、彼女の存在にも慣れていなかった。

私は島を一周した。海岸を南に向かって歩いた。海岸の石はどれも、子どもの頃から親しんだものばかりだった。釣竿を持ってここまで来たし、水切りの石を選んだのもここだった。

釣竿もウキももう持っていない。海に魚もいなくなった。

トレーラーハウスに戻ったとき、ルイースはまだ眠っていた。いつの間にか海上に黒い雲がかかっていた。今まで気づかなかった。気温も下がっていた。

大きなノートをテントに持っていこうと思った。この間に起きたことを書き留めておくのだ。だがそれはやめることにした。もう一度トレーラーに戻ってルイースの目を覚まさせてはいけない。ボート小屋に行って、そっとボートを引っ張り出した。エンジンはかけず、オールを漕いで小島へ渡った。風の吹く方向だったので、早く着いた。

窪地は風下のためまったく風がなかった。携帯ガスコンロで缶詰のスープを沸かして飲んだ。体が冷えないように寝袋で足を包んだ。暗闇の中で、私は子ども時代からのたくさんの自分に囲まれているような気がした。

リーサ・モディーンのことを思った。それから娘のルイースのこと、そして数年前に亡くなったハリエットのことを思った。

食事が終わると、完璧な闇に包まれた。ひどく疲れていた。

目を細めて遠くを見た。明かりがチラチラ光っている。ぼんやりとしばらく見て、それはルイースが懐中電灯で送っている光だと気がついた。トレーラーハウスのテーブルの上にはいつも懐中電灯が置いてある。

私は彼女に向かって叫んだが、風が強すぎて声が千切れてしまう。懐中電灯の光は不規則だったが、なにかが起きたのでなければルイースは懐中電灯をつけたり消したりして合図を送ったりしないと私は確信した。

携帯電話の番号を彼女に教えていなかったことに気がついた。私はボートに乗り込み、漕ぎ出した。漆黒(しっこく)の闇。あの晩燃え盛る火で目を覚ましたとき、私はまさにこのような真っ黒い夜の闇の中で眠っていたのだ。もう一度あれが起きるのか？　周りが一面の火の海となって私に迫り、私はそこから逃げ出そうと必死でオールを漕ぐのか？

私はオールを止めて振り返り、島を見た。

舟着き場で光っていた懐中電灯の明かりは消えていた。

7

島に着くと、まずボートを舟着き場に繋ぎ留めた。ルイースの姿はなかった。ボート小屋の壁に取りつけた電灯もついていなかった。もし彼女が光を点滅させて私になにかを伝えたかったのなら、懐中電灯の弱い光ではなく、ボート小屋の壁の、遠くまで強い光を放つ屋外電灯を使うべきではなかったか？

娘の名前を呼ぼうとしたとき、トレーラーハウスの中から明かりが漏れていることに気がついた。私はまだボート小屋のそばに立っていた。ルイースはトレーラーの中にいたから、強く光る電灯がついたことに気づいていないのかもしれない。

そのとき突然、ボート小屋の電灯が放つ光の輪を大きな鳥が横切って飛んでいった。ワシミミズクだ。ときどき夜になると見かける鳥だ。ワシミミズクがどこに向かって飛んでいくのかを知る者はいない。

私はトレーラーハウスに向かって歩き出した。が、そこに着く前に足を止めた。トレーラーの楕円形の窓のカーテンが開いていた。私は今まで娘の様子を盗み見したことはない。だが今私は窓からそっと中を覗いてみた。

ルイースは上半身裸でテーブルに向かい、トランプをしていた。だが、その手は止まっていて、宙を見つめて考えに没頭していた。

私は娘の裸をそれまで見たことがなかった。私は静かに体を引っ込めた。彼女が急に目を上げて私を見つけたりしないように。

見つけられたくはなかったが、彼女をもっと見ていたかった。彼女の世界を覗き見していたかった。トレーラーハウスの中の温度を上げたのだろうか。島には他に誰もいないと彼女は知っている。それで上半身裸になっているのだろう。

私はトレーラーハウスの中を見渡して懐中電灯を探した。だが窓から見える範囲は限りがあって、見つけられなかった。

私は上半身裸の我が娘に目を戻した。母親と同じような大きくふくよかな乳房。私は窓から離れ、数分後ドアをノックした。彼女は出てこなかった。私はまたノックした。

「誰？」

「私だ。お前が懐中電灯を点滅させて合図したから来たのだ」

「懐中電灯？」

「ああ、懐中電灯だ」

「ちょっと待って」

トレーラーハウスが傾いた。ドアを開けたルイースは、セーターを着ていた。私を中に入れたが、眉間に皺が寄っていた。

「何のこと？　懐中電灯って？」

キッチンコーナーに懐中電灯があるのを見て、私は指さした。

「テントに入って寝ようとしたとき、ここの舟着き場で懐中電灯が点滅されていることに気がついた。大声で呼んだのだが、風向きが悪かったのか、聞こえなかっただろう？　だからボートを漕いで来たんだ。ボート小屋の外に屋外電灯がついている。あれを点滅させればもっとはっきり合図が送れるのに、なぜそうしなかった？　あれならサーチライトのように使えるのに？」

彼女は話し終わった私を怪訝そうな顔で見た。そしてそばにあるスツールを顎で指して座るように促した。私は腰を下ろし、ジャケットのボタンを外した。トレーラーハウスの中は猛烈に暑かった。ルイースはまだドアのそばに立っていた。

「なに言ってんのか、ぜんぜんわかんない」と、しばらくして彼女は言った。

私は手を伸ばして懐中電灯を取り、ルイースの方に向けて点滅させた。

「さっきこのように舟着き場から合図を送っただろう？　なぜそうした？　私は心配になったから来たのだ」

ルイースはなにも言わなかった。なにかがおかしいと私は気づいた。だが、私が間違っているはずはなかった。

「あたし、舟着き場で懐中電灯を点滅したりしていないわ」

「いや、そんなはずはない。私の勝手な想像ではないから」

「ついたり消えたりしていたの？」

「そうだ」

「それ、モールス信号？」

ルイースは首を振った。

「そんなことは知らない。とにかく光がついたり消えたりしていた。規則的ではなかったが」

ルイースは首を振った。心配げな様子だった。私が認知症にかかっているとでも思っているのだろうか？

そう思ったら、怖くなった。日頃から体は元気なまま脳と記憶が弱くなっていっていると言い渡されることほど怖いことはないと思っていたからだ。それは若いとき、医学の勉強をしていた頃、自分と同じ医学生たちの間でも最悪だとうなずき合ったことだった。そう、当時ほとんどの学生たちは、認知症になるのは身体的な痛みや病気よりも嫌なことだと本気で思っていた。

「あたし、舟着き場になんか行っていない。信じてよ。あんたに嘘をつくはずないじゃない？」

「お前じゃないというのなら、いったい誰なんだ？」

「この島によそ者がうろついてるってこと？」

「そんなことは知らない。放火魔が戻ってきたのだろうか？」

ルイースはまた眉間に皺を寄せた。

「聞いて。ここに来たのはあんた一人だけよ」

「私の頭がおかしいと言うのか？」

「それじゃ外に出て、一緒によそ者を探そうじゃない」

この言葉で、二人とも黙った。もちろん彼女も私もトレーラーハウスを出はしなかった。

「なにか食べた？」ルイースが訊いた。

「ああ」

「コーヒーはどう?」

「飲んだら眠れない」

「ラム酒でも飲む?」

「どうしてそんなことを訊く?　私は酒を飲まないと知っているじゃないか」

「それ、嘘。ときどき飲んでるじゃない」

「それとは話が別だ。飲むときは徹底して飲むのだから」

「なにかほしいもの、ない?」

「もう小島に戻って寝ることにする」

「暗い中、ボートを漕いだりしちゃだめよ」

「泳ぐよりはいいだろう」

「ここに泊まったらいいわ。あたし、暗くなるとここに一人でいるのが怖いから。まっ黒焦げになった人間がフラフラとこの辺をさまよっているのを見たような気がする。この簡易ベッドに寝て。あたしは床に寝るから。クッションや服や毛布なんかを集めれば、何とか暖かくなるから。あんたはラム酒飲まないのね。あたしは一杯だけ飲むわ。そのあと少しトランプをしてから寝ればいい。家が焼けたとか、懐中電灯の光がどうとか言っても、人はとにかく寝なきゃなんないんだから」

「だが、あの光は何だったのだろう。気になって仕方がない」

ルイースは応えなかった。そのままバッグの中から茶色いラム酒の瓶を取り出し、グラスに注いだ。グイッと一気に飲み干し、すぐにまたグラスに半分まで酒を注ぐ。それは母親のハリエットと同じ飲み方だったが、私は今までルイースがそんな飲み方をするのを見たことがなかった。ハリエット。若い頃彼女は決して酒飲みではなかったが、飲むときはグイッと一気にグラスの中身を喉に投げ込むような飲み方をした。まるで早く終わらせたいから飲むとでもいうように。

ルイースはグラスをテーブルの上に戻した。

「なに考えてるの？　懐中電灯のこと？」

「いや。お前の姿にハリエットが重なって見えると思って見ていた」

「なにが見えるの？」

「お前もハリエットもグラスを持つ手つきが同じだ。飲み方もそっくり同じだ」

「でも、あたしたちの酔い方は同じじゃない。ママは二、三杯飲むと眠ってしまった。あたしはものすごく落ち込むか、ものすごく怒るかのどっちか。でも、そのどっちになるかは実際に酔っ払うまでわかんないの。心配しないで。今晩は酔っ払うつもりないから。焼けてなにもかもなくなってしまったことを思うと、体が震えるわ。もう二度とあの家を見ることはないのね」

「私は今もまだ、いったいなにが起きたのか理解できていない。とにかくこれからのことは明日話をしよう」

ルイースはグラスを脇に押しやると、トランプのカードを取り出した。

「明日ね、今晩じゃなく。賛成よ。何のゲームにしようか？」

トランプは退屈だと私は思う。私たちはポーカーをし、ルイースがどの回も勝った。彼女の手のカードが良いときも悪いときも。良いカードを手にしたときも悪いカードを手にしたときも、彼女は表情を変えなかった。ポーカーフェイス。たまに同情からか、私に勝たせてくれることもあった。手持ちのマッチ棒がこれでなくなると思ったときになぜか私は勝つのだった。それで仕方なくまた続けることになった。その繰り返しだった。

私たちはこの間、まったく無言だった。ルイースはゲームに集中していたが、私は適当にしていたからしょっちゅう負けた。

十一時。一休みしようと言って、ルイースは外に出ていった。戻ってくると、サンドウィッチを作り、彼女はコーヒーを、私は水を飲んでサンドウィッチを一緒に食べた。そのあとまたポーカーを続けた。夜中の十二時。手にはまだ数本のマッチ棒が残っていたが、私はカードを全部投げ出して、今日はもういい、これ以上はできないと言った。

不満そうにうなずいて彼女はグラスに残っていたラム酒を飲み干した。私が外に出て用を足している間にルイースは寝床の用意を始めた。月の光がうっすらと夜空を照らしていた。いつの間にか厚い雲は消えていた。トレーラーハウスの中が落ち着いた頃を見計らって私はドアをノックして中に入った。

ルイースは床に寝床を作ってすでに横になっていた。そして目をつぶったままお休みなさいと挨拶した。私は服を脱いで明かりを消し、ベッドに入った。ボート小屋の外にある照明が窓を通してトレーラーの中まで差し込んでくる。私は起き上がってカーテンを閉めた。

「閉めないで。明かりが入ってくる方が安心よ」ルイースが言った。

私はまたベッドに潜り込んだ。疲れが重く感じられた。私は人生をやり直すには年を取りすぎているのだ。

オスロフスキーのことが頭に浮かんだ。今まで彼女は決して強い感情を表に出さない女性だった。それが急に変わったのだ。波止場で会ったとき、彼女は明らかに怖がっていた。そしてその恐怖がどこから来るのかも私にはわかった。それは具体的なもので、間違いなく彼女の後方から来るものだった。

眠りに落ちる前、私ははっきりと自分に言い聞かせた。これからどうするかはお前が決めることだとルイースに伝えよう。以前から言っていたように将来は島で暮らすと今でも思っているのなら、どんな家がほしいか決めるのは彼女の仕事だ。私が契約した火災保険は火災前の家を再建することをすべて補償しているが、年代を経た古い家をそっくりそのまま再建することは無理であるという条件もついている。例えば昔のナラ木材は今では希少だから無理ということだ。保険会社が補償する価値の枠内でルイースは材料を選ぶことになる。

だが、もし彼女が黒焦げの残骸に恐怖を感じてここはもう嫌だと言い出したらどうする？　島を売り払って、自分の取り分をくれと言い出したら？　それも今、私がまだ生きているうちに？　それとも私の責任で家を建て直すか？　それとも私はこれからずっとこのトレーラーハウスで暮らすか？　いや、近くの大工に頼んでボート小屋を広げてもらうのはどうだろう？　そうすれば今のようにトレーラーハウスのプラスティックの壁に囲まれて暮らすのではなく、木の壁の小屋で暮らすことができる、か？

いや、それとも、本土にある私の車をこっちに運んでもらってトレーラーハウスを繋ぎ、そのまいつでも本土の港スティックスへ車で行けるようなふりをして暮らすか？

ほぼ眠りかけた頃、突然ルイースに起こされた。大声で、まるで私がまだ起きているのが当然であるかのように彼女は話し出した。

「庭を作ろうと思う」

はっきりとそう聞こえた。だが、いったいなにを言っているのか、まったく理解できなかった。私の知るかぎり、ルイースは父親の私同様、移植ベラなどを手に草花を庭に植えたりすることにはまったく関心がないどころか、そんなことはやりたくないというはっきりした拒絶感をもっている人間のはずだった。

「どこに作るつもりだ？」

「ここに」

「この島には草木は育たない。石と痩せた土ばかりだ。少しでも栄養があるものはナラの木とかカバの木が吸い取ってしまうから」

「もちろん、ここの土地に適したものを植えるのよ」

「お前が草木に関心があるとは知らなかったな」

彼女が勢いよく起き上がったためにトレーラーハウスが揺れた。毛布を体に巻きつけて電気をつけると、テーブルに向かって椅子に腰を下ろした。私は照明が眩しくて目を瞬かせた。

「あたし、ジアコネッリのお墓のある村へ行ったの。彼から美しい庭の話を聞いていたのよ。その庭は緑の垣根の壁にすっかり覆われていて、外からは見えないようになっていると。あたしはその垣根を見つけて、よじ登った。その庭は手入れされていなかったから草がぼうぼう生えていたけど、かつては美しかったに違いなかった。でもそれを見たとき、あたしが作りたい庭はこれとは別のものだと思ったの。ジアコネッリは彼自身の庭を見せてくれたけど、あたしはあたしの道を進むべきだと、彼、知ってたと思う。虚空（こくう）の大海原こそ、私が作るべき庭よ」

「虚空の大海原？　何だ、それは？」

「明日話してあげる。今日はもう寝ましょう」そう言って、ルイースは明かりを消した。

眠りに入る前、私は虚空の大海原とは何だろうと考えたがわからなかった。

朝六時過ぎに目が覚めた。ルイースは頭の上まで毛布を引き上げて眠っていた。片足が毛布の外に出ていた。まるでそれだけが体から切り離されたように。毛布の端を持って彼女の足の上に掛けてやるとルイースは少し動いたが、そのまま眠り続けた。

私は服と例の中国製のシャツ、今回は青いシャツ、を持って舟着き場へ行った。朝はまだ暗く、空気は冷たかった。風は真っ直ぐに北から吹いていた。私は深く息を吸い込んで冷たい海水に体を沈めた。いつものように冷たさが全身を刺した。秋のある時期と春の氷が溶けた直後のある時期は、水の冷たさが似ていると思った。春と秋、二つの異なる季節がここで重なっている。

私はいつものように十まで数えて海水から上がった。中国製の青いシャツで体を擦ると、縫製の糸が二本、体にくっついた。服を着てから温度計で水温を測ると三度だった。風が強くなってきた。北風が顔と手に冷たく吹きつけてくる。

私はベンチに腰を下ろして体を丸くした。少しずつあたりが明るくなってくる。昨日の晩遅く、ルイースが口にした言葉が気になった。

虚無の大空？　いや、違う。虚空の大海原だ。依然として私には意味がわからなかった。

トレーラーハウスのドアが開いて、ルイースが朝食の用意ができたと知らせてくれた。すでに服を着替えて、髪の毛をまとめて上にあげている。

「あたしもあんたと同じくらい冷たい海の水に耐えられるといいんだけど」テーブルにつくとルイースが言った。

彼女が淹れてくれたコーヒーは私には濃すぎた。だが、文句を言ったらどうなるかわかっていたので、私はなにも言わなかった。

「遅かれ早かれ、お前も海に飛び込まざるを得ないだろうよ。ここにはバスタブはないし、熱いお湯を沸かすこともできないのだから」

「でも、港にはヨットに乗る人たちのためのシャワールームがあるんじゃない？」

「あれはこの時期は使用禁止だろう」

「火事で家がなくなったということを知っているのにシャワールームを開けてくれないというの?」

彼女の言うことはもっともである。このあと私たちは一言も言わずに朝食を食べた。後片付けを手伝おうとすると、狭いからと断られた。数時間後に本土へ買い物に行こうということになった。

「虚空の大海原か」テーブルの上を片付け終わったときに私はつぶやいた。

「説明してあげる」

私たちは外に出た。風はまだ強かった。雲もまた厚く低く垂れ下がっている。時刻はすでに八時だった。ルイースはしっかりした足取りで焼け落ちた家の後方にある低い草地に向かって歩いていった。岩盤に腰を下ろして草地を見下ろせば、その先に大海原が見渡せる場所だ。ルイースは平な岩を指さし、私は指示どおりにそこに腰を下ろした。

ルイースは前年日本へ旅行したことを話した。彼女はその気になれば聞く人を惹きつける才能を持っている。言葉の使い方が私よりずっと巧みだった。

言うまでもないが、私は彼女が日本へ旅行したことは知らなかった。もちろんパラグアイに行ったこともタスマニアへ行ったことも知らなかった。そもそも彼女が日本へ行った理由は、日本の素晴らしい紙製の凧をヨーロッパへ輸入するためだったらしい。彼女はそれを事のついでにさらりと言ったが、私はそのアイディアはどうなったのかと訊きはしなかった。日本に着くと、彼女は女友達と一緒に京都へ行き、禅寺へ行った。その寺はダイセンインという名前だった。ルイースは寺の庭を見た。その庭は石だけで造られていた。草一本も生えていない石と砂利のみによってできている石庭だった。十六世紀に造られたもので、目的はこの寺を訪れる者が瞑想に集中できるよう、景色の中に謎を入れることだったという。

「あたしはまったく動けなくなった。まるで長い間自分では気づかないまま探していたものが見つかったような感じだった。その場に腰を下ろしたとき、あたしはすぐにその石の世界に引き込まれたの。心に安寧を感じた。それと同時に満たされた感じもした。そしていつかこの虚空の大海原に呼応するものとしてあたしも石庭を作ろうと思ったの。虚空の大海原。それこそが目の前の庭の名前だった。ここはあんたも言うように草木が育たない土地。砂利と石だけで庭を作るのならここよりふさわしいところはないと思うの。その庭ができたらスウェーデンと日本の間で石庭同士が手を振って挨拶し合えるじゃない？」

そう言うとルイースは急に口を閉じ、焼け落ちた家のそばを駆け抜けてトレーラーハウスへ行った。ドアが開け閉めされる音が聞こえた。戻ってきたとき、彼女の手に一枚のモノクロ写真があった。

「これが虚空の大海原よ。見て」

私は手にしたものを長いこと見つめた。ルイースはそれを私に渡したあと、写真のような庭を作ると言って目の前の土地を歩き回った。

京都で見たというその庭のなにが彼女の心をそれほど強烈に捉えたのか、私にはわからなかった。砂利、石、おそらく幾分かは砂。そして平な地面の上に造られたいくつか波に似せて盛り上げられた地面。

石ころばかりに囲まれた状態。私が今いる状態だと思った。

私の家。今では土台石しか残っていない。前日、私はリーサ・モディーンと一緒にヴロングシェール島に行った。そこに唯一残っていたのは建物の土台石で、昔人々はその島で耐えられないほどの極貧の生活を送った。私はそこで、土台石として使われた石が昔あった場所へ自らの力で戻ろうとしているのではないかとモディーンに話した。

そして今初めて聞く虚空の大海原という言葉。

私は写真をジャケットの内ポケットにしまった。ルイースは私の隣にしゃがみこんだ。

「お前はそこでなにを見たのだ?」私は訊いた。「写真ではお前がそこで体験したことがわからない」

「ここに庭ができたときにわかるわ」

「本気なのか?」

「あたしはいつだって本気よ」

「ああ、それはわかっている。私が知りたいのは家を建て直す前に石の庭を作るのかということだ」

「そうなるかも」

「それはお前が自分で決めることだろうね」

ルイースは無言でうなずいた。それからかがみ込んで靴の裏からポロリと落ちた小石を手に取った。

「あたしの庭は一個の石で始まる」

「お前はなによりも先に、焼け落ちた家をどうするかを決めなければならないだろう」

「今晩ね。今はさあ、本土へ行こう」

ルイースは舳先に座って船の進む方向を真っ直ぐに見た。私は娘が話した石庭のことを考えた。突然、それまで考えたこともなかったことが頭に浮かんだ。あまりにも驚いたので、ボートが失速した。ルイースが何事かというように振り返って私を見た。私はボートを止め、モーターを空回りさせた。

「どうしたの？　なぜ今止めるの？」

私は彼女の近くに移った。

「その庭を作ったのは仏教徒と言ったか？」

「その庭を作ったのはソアミという名前の僧侶だと聞いたわ」

「その男は仏教徒か？」

「禅僧よ」

「禅僧と仏教徒の違いを私は知らない」

「ご希望なら、戻ったときに説明してあげようか」

「いや、私はただ、お前が私たちの島を禅寺に作り上げようとしているのかを知りたいだけだ。お前は仏教徒になったのか？」

この問いに対する彼女の答えは激怒だった。船底に溜まった水を掬い上げる手桶を手に取ると、私に向けて投げつけた。手桶の底にあった雨水が私の顔にピシャッとかかった。私はすぐに手桶をルイース目掛けて投げ返した。数回激しく投げ合っているうちに、ルイースが投げた手桶が海に落ちてしまった。私はオールを使って手桶を掬い上げた。

「あたしは別に宗教を信じているわけじゃない。庭を作るのに宗教を信じる必要なんてないんだから」

私はなにも応えずに、ただ黙ってエンジンをかけ、本土に向かってボートを走らせた。

港のシャワー・キャビンには鍵がかかっていた。ルイースはそのドアをゆすり、鍵をガチャガチャと鳴らしてから港の店へ行った。ノルディーンが作業手袋の入っている箱の梱包を解いていた。

私の注文した長靴はまだ来ていなかった。ノルディーンがシャワー・キャビンは来年の五月までは開けないというのを聞いて、ルイースは激怒した。ノルディーンは、シャワーが必要だということはわかるが自治体が来年の五月と決めたことは守らなければならないと答えた。私はルイースの気性がこれほど激しくなかったらよかったのにと心の中で思った。怒ることで問題が解決することは滅多に、いや決してないということは今までの経験からよくわかっていた。今までも何度か、娘にとってときどき激怒することが必要なのだろうかと思ったことがあった。彼女にとっては衝突を避けるよりも激しく怒ることの方が大切なのかもしれない。

ノルディーンはルイースの激しい怒りに面食らった。おそらく彼は今まで、人が怒り狂って大声を張り上げたり、自分の責任でもないことを咎められたりしたことがなかったに違いない。私は取りなそうとして中に入ったのだが、ルイースは私を押し返した。

「自治体の誰、責任者は？」ルイースが荒々しく訊いた。

「さあね、知らない」とノルディーン。「シャワー・キャビンの責任者はしょっちゅう変わるから」

「鍵を持ってるのは誰？　誰がお湯の管理をしてるの？」

「シーズン中はわしだが」

「ということは、あんたがシャワー・キャビンの鍵を持ってるのね」

「シーズンでないときにシャワー・キャビンの鍵を渡すことはできん」

「人はシーズンと関係なく体を洗わなきゃなんないのよ」

ノルディーンが一瞬壁のキーボックスに目を走らせるのを私はもちろんルイースも見逃さなかった。ルイースにとってはそれで十分だった。ツカツカとキーボックスに近づくと、ボックスの扉を開け、中にぶら下げてある鍵の中からシャワー・キャビンと黒々と書かれた木片にぶら下がっている鍵をぐいと引っ張って手に取った。そしてタオルを脇の下に抱えて一言も言わずに店から飛び出していった。

ノルディーンは全身を震わせた。こんな目に遭うとは夢想だにしていなかったに違いない。体全体が恐怖で震えていた。まるで泥棒にでも遭ったような様子だった。財産が盗まれたのではない。彼がこの地方の自治体のために責任をもって義務を果たすと心に誓って引き受けていた役割をないがしろにされたためだ。慰めてやりたいところだが、私にはできなかった。

「彼女に悪気はないんだ」と私は気弱に言った。「ただ体を洗いたいだけなのだ。水じゃ冷たすぎるだろう。これからは湯を沸かして何とかしのぐことにするから」

そう言って私は作業手袋入りの段ボール箱のそばに立っているノルディーンから逃げるようにその場を立ち去った。

シャワー・キャビンの方に行った。水の跳ねる音が外まで響いてくる。ルイースはあのタオルに石鹼とシャンプーのボトルを包んでいたのだ。

キャビンの外に立って冷たい風に吹かれながら、彼女がここに戻ってこなかったら良かったのにと思った。私は火災の惨事も彼女なしで十分に対処できるのだから。しかし、一方でそれは本当ではないということも私は知っていた。彼女なしに私の今後の人生をどうするかを決めることはできないだろう。リーサ・モディーンがこれからの人生の同伴者になってくれるのではないかという思いなど、私の勝手な現実逃避に過ぎないのだから。

濡れた髪の毛をタオルで包んでルイースはシャワー・キャビンから出てきた。

「あの男、死んだ?」ルイースが訊いた。

怒りが込み上げ、私は彼女を殴るところだった。思い切り頰を平手打ちしたかった。だがもちろんそうはせず、彼女の手からぶら下がっている鍵を吊るした板切れを力任せに奪い取った。

「人を傷つけるお前のやり方は好きじゃない。彼は私の友人だ。私に任せてくれたら、穏やかにこの鍵を手にすることができただろう。いいか、ここを動くな。私がこの鍵を返して謝ってくるまでここを一歩も動くんじゃないぞ。私はこれから彼に謝りに行く。お前はとても恥ずかしくて謝りに来られないと伝えるつもりだ」

ルイースは抗議の声を上げようとして口を開いた。怒りのあまり、私は彼女が持っていたタオルを引っ張り、濡れた波止場の地面に叩きつけた。中国製のシャツと同じ黄色のタオルだった。

「お前はここで私を待っているんだ。私が戻ってきたら二人で買い物に行くか、それともこのままお前は旅に出るか決めるんだ。いつもどおり、私の知らないお前の旅に」

私は彼女に背を向けて、港の店に行った。作業手袋入りの段ボールは口が開けられたままになっていた。ノルディーンは魚網や係留綱を買いに来る客に応対するカウンターのそばに腰を下ろしていた。手には鉛筆をしっかり握りしめている。私がシャワー・キャビンの鍵を彼の前に置いても、私を見ようともしなかった。鍵と一緒に私は五十クローナ札を出してルイースに代わって謝りに来たと言った。

だが、ノルディーンには悪かったが、娘は火事のためにひどく落ち込んでいるもので、という言い訳は自分で言いながらも良心の痛む嘘だった。

ノルディーンは手にしていた鉛筆を置くと、私の差し出したシャワー・キャビンの鍵を持ってキーボックスへ行き、ボックスの中のあるべきところに掛けた。そこがそもそも来年の五月まで鍵があるべきところなのだ。その様子から話をしたくないことがわかった。私は店を出てオスロフスキーの家の前庭へ車を取りに行った。庭木戸は閉められていて、オスロフスキーの姿は見えなかった。道路に出てバックミラーを見ると、オスロフスキーの窓のカーテンが揺れていた。オスロフスキーの顔がチラリと見えた。家にいるのだ、と思った。まだなにかを怖がっているのだ。

不安が募ってきた。娘がノルディーンと衝突したこと。そして今、カーテンに隠れてこっちの様子をうかがうオスロフスキーの姿。彼女は見つかるのを怖がっている。なにかが起きるのだ。私の家が焼け落ちたのは、なにかもっと大きなことが起きる前兆に過ぎないのかもしれない。

ルイースの方に戻った。まだ頭をタオルで覆っていた。彼女を乗せて、村の方に車を走らせた。突然狐が道路を横切り、私は急ブレーキをかけた。大きなヘラジカやシカを見かけることはあっても、狐はこれまでこの辺で見かけたことがなかった。ヤンソンから最近イノシシが出没するようになったとは聞いていたが。

「気をつけて。よく見てよ」ルイースが言った。

「私ではなく、狐の方が車に気をつけるべきなんだ」

いつものように港近くの銀行の駐車場に車を停めた。私は食料品を買いに行ったが、ルイースはどこか別のところに行くらしく姿が見えなくなった。祭日でもないのに、靴屋は店を閉めていた。車に戻ると、ルイースもビニール袋を下げて戻ってきた。その袋に見覚えがあった。私が中国製のシャツを買った店名が印刷された袋だ。次に村の外れのスーパーへ行った。小さな電気調理板、電球、洗い桶、バケツを買った。二人とも一言も話さなかった。ルイースがこの沈黙をどう思ったか私は知らないが、私は一言も口をきかない娘と一緒に行動するのはもう限界だと思った。

買い物し終わって荷物を車に積むと、私はこう言った。

「腹が減った。しかし、もしお前がこれからもずっとなにもしゃべらないつもりなら、別のところで食べてくれ」

ルイースは買ったばかりの毛糸の帽子を手で弄んでいた。その帽子をかぶりながら、彼女は大声で笑った。

「もちろん一緒に食べようよ。あたしはね、ずっとしゃべってばかりいるのは疲れるの。どこへ行ってもみんなしゃべりすぎよ」

レストランのあるボーリング場へ行った。レストランに入ると数日前に港で見かけたアスファルト工事をしていた男たちが隣のテーブルについていた。驚いたことに彼らはまだパーチを見たことがあるかないかという話をしていた。

食後、コーヒーを飲んだ。アスファルト工事人たちはいつの間にかいなくなっていた。突然、ルイースが私の腕に手を伸ばして言った。「今度の家は今までのとそっくり同じでなくちゃダメよ。わかってると思うけど、将来あたしはそこに住むつもりだから」

「ああ、お前がそうしたいと思っていることはわかっている」

港に戻った。ルイースも私と同じような安堵を感じたかどうかはわからない。二人ともなにも言わなかったが、さっきまでの車の中の沈黙とは違う種類の沈黙であることは確かだった。

さっきと同じところで狐が道を横切った。

「あれ、別の狐よ、さっきのと」

「さっきのはもっと大きかったかな？」

「ううん、もっと小さかった」

私は言い張らなかった。今日は十分に厄介な日だった。ボートを留めたところまで車を走らせ、ルイースを降ろし、買い物したものも全部降ろした。

オスロフスキーの庭へ行って車を停め、窓を見上げた。カーテンの動きはなかった。彼女のことが心配になった。なにを恐れているのだろう？　なぜ隠れているのか？

波止場へ行った。驚いたことに、ノルディーンの店は閉まっていた。閉店と書かれた札が店のドアにぶら下がっている。私は嫌な気分になった。ノルディーンが店の中で泣いているような気がしてならなかった。娘の行動にまたもや腹が立ってきた。だが、なにも言うまいと思った。少なくともまだ、今は。

私は係留ロープをほどいて、ボートを出発させた。

「あたしに運転させて」ルイースが言った。

私はボートの前の方に座った。ルイースはモーターをフル回転させた。初めてルイースに会ったとき、ボクシングをしていると彼女は言っていたが、なるほどと思った。彼女は強く、動きが速かった。ボートの航路はすっかり頭に入っている様子だった。ただし、航路を知らない者には見えないビーグルンデンという岩礁には少し近づきすぎたが。

最後の岬を過ぎたとき、ヤンソンのボートが私の島の舟着き場に留まっているのが見えた。ヤンソンはベンチに座っている。ボートをボート小屋に入れ、荷物を降ろすのをルイースに任せて、私はヤンソンの方へ行った。

ヤンソンの手に、新しい郵便配達人のシーレンから受け取ったと見られる郵便物があった。もしかすると、新しい郵便配達人は今までどおり私が郵便物の受け取りを拒むと聞いているのだろうか？

郵便物は警察からだった。私はその場で封筒を開けて読んだ。放火の容疑で市の警察署まで出頭するようにという通達だった。

四日後の午前十一時と指定されていた。

ヤンソンは不審そうな顔で私を見た。

「返事を書くつもりはない」と私は言った。「あんたはもう帰っていい」

ヤンソンがモーターボートを出したとき、私はまだ舟着き場にいて彼を見送った。

私が警察に呼び出されたことを、ここの群島の住人の何人が知っているのだろう。

もしかすると、私はそれを知った一番最後の人間なのかもしれないと思った。

第二部　ゴルゴタの丘へ向かって疾走する狐

8

これに続く数日は長い待ちの日々だった。夜になると私の頭の中は疾走する馬の群れで割れんばかりになった。ルイースには警察からの通達のことは黙っていた。彼女は私の方を変な顔で見たが、なにも言わなかった。もちろんヤンソンが私の胸に封筒を突きつけたことは見ていたと思う。

夕方、トレーラーで食事をしたとき、ようやく私たちは話し始めた。ガソール燃料（アルコールとガソリンを混ぜた燃料）のこと、新しいフライパンが必要か、洗濯洗剤はと、軽く話せる話題だけに絞り、真剣に話さなければならないことはすべて除外した。

ルイースが島に来てから、彼女はトレーラーで過ごし、私は昼間の時間をボート小屋で過ごした。一度だけ、私はトレーラーハウスの窓から彼女を盗み見た。彼女は真剣な面持ちで電話で話していた。私は話を聞こうと耳を澄ましたが、なにも聞き取れなかった。表情が深刻だった。怒っていたのだろうか？　いや、悲しかったのか。私にはわからなかった。突然彼女が電話を切ったので、私は急いでボート小屋へ戻った。タールの入っている缶を見つけ、それを開けてみた。タールでなにか作業をしようとしていたわけではない。匂いを嗅ぎたかっただけだった。タールは昔から群島ではよく使われる塗料だった。

ボート小屋の裏にはずっと前から木製の舟体が乾き切った小舟が置かれていた。しばらく海に出したことがない小舟だ。それを押して海に浮かべてみると、驚いたことにほとんど舟底に水が浸み込まなかった。私はボート小屋の中からオールを持ってきてプラスティック製の手桶を小舟の舟底に置き、その小舟に乗り込んだ。テントを張っている小島へ行くのにこの小舟が使えるかもしれないと思ったのだ。

子どもの頃、もう少し大きい小舟があった。この小舟と同じようにオールで漕ぐタイプだった。舟全体に真っ黒なタールが塗られていて、祖父が網を使って釣りをするときによくその舟を使った。初めの頃は祖母がその舟を漕いでいたのだが、私が大きくなってオールで漕ぐことができるようになり、祖父が網を引き上げるときに手伝えるようになると、その舟を漕ぐのは私の仕事になった。

突然、十歳か十一歳の頃のことが頭に浮かんだ。祖父が泳いでいるシカを見つけたときのことだ。一瞬のうちに、祖父は手に持っていた魚網をシカに投げつけた。次の瞬間私を押しのけて祖父はオールで漕ぎ出した。シカに追いつくと立ち上がり、手に持っていたオールでシカの頭を思い切り叩いた。

オールは割れたが、シカはそのまま泳ぎ続けた。だが祖父は小舟から体を半分乗り出すと、シカの片方の角を摑んだ。それと同時に小刀を取り出してシカの喉を掻き切った。この一連の行為は一瞬のうちに行なわれたので、私はなにが起きているのか理解できなかった。祖父が血だらけの手で死んだシカを小舟に引きずり上げたとき、私はようやくなにが起きたのかわかったのだった。シカはヌメリと光る生命のない目で私を見た。

私は生まれて初めて死と直面した。

そのときから私はいつもある種畏敬の念をもって祖父を見るようになった。思っても見なかったような側面を祖父に見たのだった。網に引っかかった魚の首骨を手で折るのは見たことがあったが、それとは違う。海の上で行なわれたこの殺しは私にはまったく思いもよらないことだった。

舟着き場に着き、祖父が死んだシカを陸に放り投げたとき、私は嘔吐した。祖父は無言のまま不愉快そうな顔で私を見た。

祖父は祖母を呼び、二人で動物を解体した。その頃には私はその場を離れていた。

あの瞬間を思い出したら、あのときの不快な感情も呼び起こされた。これは少なくとも六十年近く前のことだ。それでもまだ私はあのとき祖父がシカの首をナイフで裂いた光景をはっきり憶えている。オールでシカの頭を一撃したときの祖父の目に現れた凶暴さ。あそこでシカを捕まえることができなかったら、フィンランドの海岸まで追いかけていったであろうことは間違いなかった。

このことで、私は早くも十代で人間は決して目に映るままではないということを学んだ。それはすべての人間について言えることだ。私自身さえも例外ではない。よく知っていると思う相手にも、必ず思いがけない面があるのだ。

私は小舟を漕いで島に戻った。小舟を引き上げて舟底に溜まった少量の海水を桶で掬って捨てた。舟底の隙間を埋めるために蟻塚の壁を壊して持ってこようかと思った。だが、すぐにそれはやめた。ボートの隙間を埋めるために蟻塚を壊したとルイースが知ったら大騒ぎになる。

島に戻ったとき、ルイースは崖の側の平地のベンチに腰を下ろしていた。私は隣に座った。話すべきときがきたと思った。

「私は警察に呼び出されている」

「どうして？」

「疑われているのだ、家を焼いたのは私ではないかと」

「あんたなの？」ルイースは私の方を見ずに訊いた。

「いや。お前がやったのか？」

私は立ち上がって、ボート小屋に戻った。怒りと恐怖が体の中に湧き上がってきた。もはや自分をコントロールできないと感じた。

今までの人生で、私は嫌悪から、いや恐怖から、いや怒りから、数回酒をあおるように飲んだことがある。今、せめて手元にウォッカ、コニャック、焼酎（ブレンヴィン）があったら、と思った。

小舟を出したとき、ルイースがやってきて言った。

「一緒に行くわ」

「どこへ？　テントへか？」

「警察へよ」

「いや、来てほしくない」

「とにかく一緒に行く。あんたは警察の尋問に答えることなどできそうもないから」

小舟の中にはコルクの浮きしかなかったが、私はそれを握ると思いきり彼女に向けて投げつけた。

「来るな！　私は自分の家に火を付けたりなどしていない。それを言うのになぜ他の人間の助けが必要なんだ？」

答えなど待たずに私はオールをオール受けに入れて漕ぎ出した。いまいましいことに、こういうときにかぎって、片方のオールが外れて海に落ちてしまった。手を伸ばしたとき、それはちょうど祖父がシカを叩き殺したときと同じような動作だったが、私は上半身の大部分を濡らしてしまった。舟着き場にルイースがいて、見ていたかどうかは知らない。彼女の姿を見たくなかったから、私は舟尾を先にして漕いだ。岬を過ぎた頃、私は舟の位置を変えた。彼女はまだ岸辺に立って私の様子を目で追っていた。胸で両腕を組んだまま。その姿はまるでアメリカ先住民の酋長のようだった。

中国製のシャツを着た白人の男が舟を漕いでヨレヨレのテントへ、運命の地へ向かっていくのをじっと見ているのだ。

夜中、私は目を覚ました。なにか飲みたかった。酔っ払いたかった。だが、それと同じほど、警察が私を尋問するなどというとんでもないでたらめから解放されたかった。ようやく眠りに落ちたのは、もう私は限界まで来た、もうこれ以上平静でいられないと悟ったときでもあった。老いること、家が火事で消滅してしまったこと、私を知っている人が一人もいない土地、すなわちノーマンズランドで、どうやって生きていけというのか？　いやそれとも人は本当にこの私が、頭がおかしくなってガソリンタンクとマッチを持って走り回っていると思っているのだろうか？

今では娘までが私を厄介な荷物だと思い始めているのだ。もはや私は彼女にとって、長い間待ち焦がれ、ついに現れた父親ではないのだ。

明け方目を覚ましたとき、私はまるで大量の酒を飲んだあとのような気分になっていた。疲れ切って頭がフラフラした。寝袋から這い出て、外に出た。海は鉛色、空気は冷たく、風が吹いていた。まるでこれから嵐がやってくるような、こちらを脅かすような海の様子だった。カモが二羽波の間に揺れていた。手を叩くと、カモは飛んでいった。不思議なことに真っ直ぐ北に向かって飛んでいった。私はカモの姿が見えなくなるまで目で追った。

午後、ようやく私は島に戻った。ルイースがトレーラーハウスのドアを開けた。床を洗った匂いがした。簡単な夕食を食べたが、二人ともあまり話をしなかった。席を立つと、ルイースはボート小屋まで後ろから歩いてきた。

「お前はなぜ懐中電灯で照らしたんだ？」と私は訊いた。

「あたし、そんなことしていない。あんたの思い違いよ」

もう一度訊いても意味がなかった。確かに見たと言い張ったところで何になる。彼女は言いたくないのだ。それならそれでいい。

　二人とも嘘をついているのだ、と私は思った。だが、嘘のつき方が違うのだ。


　それ以降も、夜はやはり眠れなかった。日中はどの日も同じだった。同じように灰色なのだ。私は小島の中をフラフラと歩き、警察で訊かれることに対する答えを用意しようと努めた。

　警察に行く前の晩は、いつものようにトレーラーハウスで食事をし、そのあとトランプをした。

その後、ルイースは舟着き場まで一緒に歩いた。

「明日、あたしも行くわ」

「いや、やめてくれ」と私はきっぱり断った。

　その後は二人ともなにも言わなかった。

　その晩は深く眠った。疲れ切っていた。眠りに入る前に私の頭に浮かんだのは、この数日間、朝の沐浴をしていないということだった。それに気がついて、私は気落ちした。

　島まで小舟で戻ったとき、十分に眠ったという満足感があった。だが、ボート小屋に着いて見ると、ボートがなかった。私は小舟を岸まで引き上げてからトレーラーハウスへ行ってドアをノックしたが、返事がなかった。ドアを開けてみると、ベッドはきちんと片付けられ、バックパックがなくなっていた。メッセージもなにもなかった。

　ルイースの携帯に電話した。応答はなかった。伝言も残せなかった。腹が立って、外に出たとき、トレーラーハウスのドアを思いっきり叩きつけるように閉めた。ドア枠の横板の釘が外れて、片端がぶら下がった。私はそれには構わず舟着き場へ行って、ベンチに腰を下ろした。ルイースは私が警察へ行く時間に間に合うように帰ってくるはずはない。そのくらいのことは私にもわかった。

やるべきことは一つしかない。ヤンソンに電話すること。いつもながら、ヤンソンはすぐに応答した。まるで手に電話を持って、待っていたかのように。まるで獲物を狙う蛇のような素早さだ。

「モーターの故障ではない。本土まで船に乗せてくれないか」

「いつ?」

「今」

「すぐ行く」

「ありがたい」

なぜお前のボートではダメなんだと彼が訊く前に、私は電話を切った。

着替えの服はまだトレーラーハウスから移していなかった。私はドア口にぶら下がっていた横板をぐいと引っ張って外して、地面の草の上に投げ捨てた。汚れが一番少ない中国製のシャツを選んでから、ルイースがもしかして強い酒かワインを置いていったかもしれないとトレーラーの中を探したが、なかった。

舟着き場のベンチに座ってヤンソンを待った。きっかり二十六分後、彼はやってきた。もちろん彼はボートがなくなっていることに気づいたが、なにも訊かなかった。

ヤンソンはもしかすると犯罪人を護送するつもりでいるのかもしれない。何と言っても彼は私が警察に呼び出される日が今日であることを知っているのだから。

本土へのモーターボートの中、私たちは一言も話をしなかった。栈橋(さんばし)に着いたとき、彼は金を受け取ろうとしなかったので、私は敷物の下に百クローナ札を差し込んでボートを降りた。用事が終わった頃に迎えを頼む話などは一切せずに。

港の店の前でノルディーンがカモメの糞で汚れた窓ガラスを拭いていた。挨拶を交わしながら、彼もまた私がどこへ行くところなのかを知っていると感じた。

桟橋をあとにするとき、私は振り返って無人の港を見渡した。だが、私のボートはどこにも見えなかった。ルイースはいつ発ったのだろう。もしかすると、私は彼女のことを心配するべきなのかもしれない？　いや、そんな必要はないと私はすぐに打ち消した。ルイースは自身を傷つけるようなことをする人間ではない。

オスロフスキーの家に人の気配はなかった。カーテンは閉まっていて、静まり返っていた。私は家の前に停めていた車に乗って出発した。信じられないことに、またもや道を横切ろうとしていた狐とぶつかりそうになった。驚きが鎮まったとき、腹が立った。もう一度ヤツが車の前に現れたら、轢き殺してやると思った。お前はゴルゴタの丘へ向かって疾走していたのだと思い知らせてやる。

町まで車で一時間かかった。途中、ちょうど半分ほど来たところに私がときどき入る小さなカフェがあった。昔からある店だ。私が子どものころからそこにあった。そこで働いていたウェイトレスの中年女性が真っ赤な口紅をつけていたのをありありと思い出す。彼女の話す方言が私にはほとんどわからなかったことも。甘い飲み物とメレンゲもあった。今日はコーヒーとマサリンを注文した。マサリンは今ではなぜか国中どこでも食べられるポピュラーな菓子になった。

店には客が一人もいなかった。誰もいないテーブルに、私は自分自身の姿を見た。若いときから今までの自分を。誰も座っていない椅子とテーブルに囲まれると、孤独がはっきり感じられる。

ドアが開いて、小さな補助車のついた歩行器を押した女性が店に入ってきた。ハリエットが数年前、このような歩行器につかまって氷の海を渡ってきたことを思い出した。私には自分が歩行器を押して歩く姿など想像もできなかった。

女性はシナモン入りの丸いパンを買い、水を一杯もらって飲んだ。ウェイトレスがテーブルまで手を貸した。女性は目も悪いらしく、ゆっくり前に進み、テーブルの角に手を触れて確かめ、さらに椅子に触って確かめてから腰を下ろした。

私は紙コップにコーヒーを移して店を出た。

私はこれまで一度も警察の世話になったことがない。パスポートの更新とか車に追突されたときの損害報告を別にして。今私は重大な犯罪を犯した容疑者として呼び出されている。私自身は無罪だと知っているが、警察がどのような結論に至ったのかはわからない。

私は車の中で自分の不安を認めずにはいられなかった。車の中が懺悔室になった。

警察署の建物は新しく、赤いレンガ造りだった。おそらく防弾ガラスと思われる透明ガラスの向こう側に受付係が座っていたが、警察の制服は着ていなかった。私は自分の名前を言い、私を呼び出した担当者の名前を言った。女性はボタンを押し、一言だけ短く言った。

「今来ます」

数分後、警察内部のさまざまな部署へと続くと見られる内扉から若い警察官が出てきた。彼もまた制服姿ではなかった。さっと握手の手を差し出して名乗った。

「モンソンです」

手ががっちりしていた。だが、握手して名前を言うと、彼はすぐに手を引っ込めた。まるで私と握手した手が離れなくなることを恐れるかのように。私は内扉の中に入り、モンソンと名乗った警察官のあとに続いた。しばらく行ってようやく一人、制服姿の警察官とすれ違った。これで私は落ち着いた。私の世界では、警察官は制服を着ていて、警棒を持っているものだ。

モンソンはおそらく三十歳にもなっていないだろう。思うに、彼は流行に敏感なのだろう。私にはよくわからないが、彼の靴下の色は右と左で違っていた。

小さな会議室に通されると、もう一人そこに男がいて、ぼんやりと窓のそばの植木鉢の土に触っていた。モンソンより少し年上だ。おそらく三十五歳ほどか。彼は握手はせず、ただ私に向かってうなずいてブレンネと名乗った。

テーブルを前にして腰を下ろした。椅子は緑色で、テーブルは茶色だった。机の上にテープレコーダーがあった。ブレンネと名乗った男は録音ボタンを押した。話を担当したのはモンソンだった。ヨーヨーを持ってくればよかったと思った。二人の警察官にヨーヨーを見せて不安がらせるためではなく、私自身を落ち着かせるために。手にヨーヨー、この地方の方言でカルマルトリッサを持っていたら、弁護士に同席してもらうよりも落ち着いただろう。

モンソンは目の前の机の上にある書類に目をやった。そしてマイクに向かって話し始めた。この男は尋問を始める前からすでに疲れてしまっていると私は思った。

「これからフレドリック・ヴェリーンの尋問を行ないます。現在の時間は十一時十五分。担当は犯罪捜査官ブレンネおよびモンソン」

そう言って彼は私の方を向いた。

「あなたは居住していた家が全焼した火災に関する尋問の件で警察に呼び出しを受けた。それは承知していますね？」

「私はなにも承知していない。ただ、私の家が全焼したことは間違いない。持っていたものすべてを失った。今着ているものは全部新しく買ったものだ。中国製のひどい代物だがね」

モンソンもブレンネも顔をしかめて私を見た。明らかに私が言ったことは彼らが予期していたものではなかったようだ。

「捜査の結果、我々はこの火災に関して納得できる説明がつかなかった」モンソンが続けた。「家の四つの角が同時に燃え始めている。それが今回の火災は放火であると我々が判断した理由である」

「そう聞いている。だが、放火をしたのは私ではない」

「それでは訊くが、他に心当たりがあるのか？」

「私には仲違いしている者はいない。また私の家が焼け落ちることで経済的に得をする者もいない」

「あなたの火災保険は火災の際には全額が補償される契約か？」

「そうだ」

ここまでは予想どおりに尋問が進められた。思いがけない質問はなかったし、私に疑いがかけられたのはなぜかという説明もなかった。ただ単に他の説明がつかなかったに過ぎないのだろう。

ブレンネが休憩の合図をして、コーヒーはどうかと私に訊いた。私は断った。ブレンネは部屋を出ていき、まもなく自分とモンソンのコーヒーマグを持って戻ってきた。

テープレコーダーが再び回り始めた。私は何度もヨーヨーを持ってくればよかったと思った。同じ質問が何度も繰り返された。眠りに落ちた正確な時間はいつか、燃える火に気がついて家から飛び出したのはいつか、私の家に火を付けて殺してやろうと思うような人物に心当たりはあるか。私も何度もそれらの質問に答えて、そんなことをする人間にはまったく心当たりがないと繰り返した。

とうとう最後に私は疲れ果ててこう言った。

「あんたたちが私を疑っていることは承知している。私の方からも、あんたたちは迷路に迷い込んだのだと繰り返し言わせてもらう。火事がどのように発生したのか、私を傷つけ、あるいは殺そうとしたのは誰か、私はまったく知らない。私が知っていることはすべて話した」

モンソンは黙ったまま長いこと私を睨(にら)んでいた。それからマイクに向かって尋問は終わったと言い、テープレコーダーを止めた。

「これからもきっと連絡することになると思う」と言ってモンソンは立ち上がり、ピンクのネクタイをキュッと締めた。

ブレンネはなにも言わず、窓辺の植木鉢に戻った。

モンソンは受付まで私を見送った。私は警察署を出た途端ほっとし、車を警察の駐車場に置いたまま買い物に出かけた。大きなデパートに入ると、男性用の衣服販売店へ行き、バーゲンセールコーナーでワイシャツを買った。もちろんタグを見て中国製でないことを確かめてから。デパートの中にある食堂街でイタリア料理の店に入り、ランチを食べたがうまくなかった。

さっきの警官たち、ブレンネとモンソンが調理したものではないか。栄養よりも苦悩と諦めが込められているようだった。

近くの国営酒類販売店(システムボラーゲット)でウォッカを二瓶買った。車に戻って町を出ようとしたとき、警官二人が酔っ払った女性を引っ張ってくるのが見えた。女性はほとんど意識がなさそうだった。警官の一人がリーサ・モディーンによく似ていた。じつにそっくりで、私は一瞬彼女かと思ったほどだった。しかしよく見ると女性警官の顔は細くて、そばかすが目立った。

車を港へ向け、島に戻ろうと思った。だがその前に、もう一度ルイースに電話をかけることにした。今度は留守電が機能していた。

「いったいどこにいるんだ？　警察に行くのにボートがないから島から泳いで渡ったんだぞ」

迎えに来いとは言わなかった。いったん電話を切ってからもう一度かけ直してこう言った。

「ひどく痛めつけられた。左目が見えなくなったようだ」

警察の駐車場を出て、私は彩り豊かな秋の景色を見ながら車を走らせた。だが、心は不安で沈んでいた。以前は四季の移り変わりに影響されることなどなかった。だがここ数年、気温が下がり、日が短くなってあたりが薄暗くなると、心の中に不安が広がるのだ。

以前中国製のシャツを買った店の前まで来て、車を停めた。靴屋は閉まっていた。食料品店にはほとんど客がいなかった。私はレトルト食品を買った。調理しなくても食べられる物だ。食料品を車に運んだ。リーサ・モディーンの住所を調べようかと一瞬思ったが、頭を振ってそんな思いを振り払い、港へ向かった。すでに午後も三時になっていた。曲がりくねった坂道がみっしりと木が茂った森の中をどこまでも続いていた。ところどころで暗い森の間から湖や海の水面が光るのが見えた。この地方の地形を知らなかったら、森が無限に続くように思うだろう。

枝道は少なかった。いや、本当は一本しかないのだ。北に向かう道だ。道路標識が見えた。古い標識だ。おそらく一度も拭かれたことがないに違いない。汚れたその標識には、フールムと書かれていた。この先七キロメートルとある。私はその標識を子どもの頃から何度となく見てきたが、一度もフールムというところへ行ったことがなかった。今のこの瞬間にも、行く理由はなにもなかったのだが、私はハンドルを切ってその道に入った。あまりにも急に決めたので、ブレーキを踏むことさえ間に合わなかった。タイヤが小石を弾(はじ)いた。もう少しで森の中に突っ込むところだった。

私は気まぐれにフールムへ行ってみることにした。子どもの頃、私はあてもなくどこまでも続く道を行きたいと思ったものだ。今、あの頃の気持ちが蘇った。だが、フールムという村は存在しなかった。私はスピードを下げ、ゆっくり車を進めた。子どものときに思い描いた未知なる世界への道を行くような気がした。私は車を停め、エンジンを切った。ゆっくり、そっとドアを開けた。ここに住んでいる人の邪魔をしないようにと気遣うように。車の外は静まり返っていた。風さえもみっしりと木が生えている森の中を通り抜けていないようだ。どのくらいそこに立っていたのかわからない。私はただそこで目をつぶり、まもなく私は存在しなくなるのだと思っていた。今は老齢だけが残っている。しまいにはそれさえも止まり、すべてがなくなるのだ。

目を開けた。もう引き返すべきだと思った。だが私はそうはせず、車をさらに前に進めた。急勾配の坂道のあと、森の木々がまばらになった。道路沿いに何軒か家が立ち並んでいた。崩れた家、空き家、まだ住めそうな家もあった。私は車を停めて降りた。動くものはなく、音も一切聞こえない。森が家々のすぐそばまで迫っている。錆びついた農器具、畑には草が茫々と生えている。秋によく見かけるアブが私の顔の周りを飛んだ。かつては人が住んでいたのだろうと思われる、少なくともカーテンが下がっている家が二軒、この小さな村の中央にあった。蓋の開いている郵便受け。その中に半分水に浸かった新聞が入っていた。日付を見ると三週間前のものだった。疲れ切って死んだ競走馬のニュースが最大ニュースとなる地方新聞だった。リーサ・モディーンの働いている新聞社だ。

人がいない。オスロフスキーのようにカーテンの陰に隠れている者もいない。あとをつけてくる者も、私の姿を見て何者かと疑う者もいない。その小さな村外れに、その村で一番崩れている家があった。壊れた門が堀の中に崩れ落ちている。私は庭に入った。農作業の道具が藪の中に打ち捨てられている。玄関のドアが斜めに傾いていた。私は朽ちた家の中に入り、あたりを見回した。どの部屋にも家具はなく、壁紙は剝がれ、壊れたテーブルが脚を上にしていた。人がいた形跡はなかった。二階への階段にネズミの死骸があった。その家全体が今にも崩れそうな棺のような状態だった。

二階に行ってみた。寝室の一つの天井が崩れ落ちていた。床は雨のために腐っていた。

だがベッドが一台あった。私は動きを止めた。ベッドにはシーツがかけられていたが、古いものではなかった。清潔な、きちんとアイロンがかけられているもので、もしかするとまったく新品かもしれない。

他にもまだ寝室が三つあった。どの部屋にもベッドがない。それだけでなく家具が一つもなかった。雨の漏る、ベッドが整えられている一室だけが例外だった。

剝がれた壁紙の下に、下地に貼った古い新聞が見えた。その一つを見ると一九三四年に発行された新聞だった。五月十二日付。一八五二年生まれの自由農民が死去。ヨハネス・ヴィーマン司祭が弔辞を読んだ、とある。

脱穀機売却の広告。『面倒なユダヤ人問題の解決法―スヴェア出版社版』という本の広告もあった。広告の下に値段は三クローナ、迅速な配達とあった。

新聞は古く、私が触っただけで崩れ落ちた。

あのベッドには誰が寝たのだろう。疑問はその家を出たときにも私の頭に残った。

車に戻り、本線に合流した。オスロフスキーの家の前に戻ったとき、ハンマーで叩く音が聞こえた。ガレージのドアが少し開いている。今日は家にいるのだと思いドアを大きく開けると、オスロフスキーがパッと振り向いた。やはりなにかを怖がっているのだ。私だとわかると、安心したようだった。手に車のフェンダーを持っていた。

オスロフスキーが引っ越してきた日、トラックがオンボロのベテランカーを一台運んできた。港の店のノルディーンがそれを見て、熱狂的なベテランカー愛好者らしい、何とも奇妙な女が引っ越してきたものだと言ったことを思い出す。

あれからずいぶん時間が経った。今、私はそのオンボロ車が一九五八年型のアメリカン・オールドカー、デソート・ファイアフライトだと知っている。オスロフスキーは鉄屑同然だったその車を光り輝くベテランカーにまで自分の手で修復したのだ。私自身はまったく興味もなかったのだが、オスロフスキーはエンジンは三〇五馬力、コンプレッションは一〇：一だと教えてくれた。もちろんこれらの数字が何なのか私はまったく理解していない。タイヤはグッドイヤー・タイヤでサイズは八×十四インチであると教えられた。

だが、この女性が並々ならぬ情熱をこのオンボロ車に注いでいることだけは私にもわかった。彼女はしょっちゅうふらりと出かけて、どこかの廃車の山の中からほしいものを見つけてくるのだ。

「見つけたのか、なにか？」と言って、私は彼女が持っているフェンダーを顎で指した。

「これ、四年間探していたんだ。ようやくガンブルビーで見つけた」オスロフスキーが言った。

「まだ足りない部品があるのか？」

「うん、ハンドギア。もしかすると北スウェーデンまで行かなくちゃなんないかも」

「ネットで探せば？」

「自分で見つけたいの。ばかみたいと思うかもしれないけど、それがあたしのやり方なんだ」

私はうなずいてガレージを出た。何メートルも歩かないうちに、ハンマーを激しく打ちつける音が聞こえ始めた。

私にとってのベテランカーはどこにあるのだろう。人生に意味を与えてくれる私にとってのベテランカーは？　私の家が焼けてしまったのはもしかするとそのためだったのだろうか？　家を新しく建てるという目的をもつため？

買い物袋を持って港に来ると、港の店の前に救急車が停まっていた。ノルディーンをのせた担架（たんか）が運び出されてきた。私は買い物袋を投げ出して、走り寄った。ノルディーンは目をつぶったままだ。酸素吸入器を顔につけている。救急隊員はまだ若い男だった。

「私はこの人の友人で医者だ。なにが起きた？　頭か、心臓か？」

救急隊員の一人、顔じゅうにそばかすのある鼻の周りがニキビだらけの若者が、私を疑わしそうに見た。

「私は医者だ！」もう一度大声で言った。

「頭、だと思います」と若者は言った。よく見るとまだ十代のようだ。

「通報したのは誰だ？」

「知りません」

私はうなずいて、数歩下がった。一緒に病院へ行くべきだったかもしれない。だが、救急車のドアが閉まり、そのまま行ってしまうと、私は一人取り残された。

私の周りは死や惨めなことばかりだ。ノルディーンはルイースの乱暴な振る舞いにショックを受けて、卒中を起こしてしまったのだろうか？

ヴェロニカがカフェから小走りにやってきて、なにが起きたのかと訊かれたので、救急隊員から聞いたことを伝えた。

「なぜ一緒に行かなかったの？　あんたは医者なのに」

私は答えられなかった。だが彼女はすぐに別のことを言った。

「ノルディーンの家族に電話するわ。店を閉めてもらわないと。家族はまだなにも知らないはずよ」

そのとき急に遠くで救急車のサイレンの音がした。もうかなり離れたところを走っているようだ。ヴェロニカと私は黙ってその音に聞き入った。二人とも気まずい思いだった。ヴェロニカはカフェに駆け戻った。私はさっき投げ出した買い物袋を取りに行き、閉店している魚屋の前に置いた。

栈橋の先まで歩き出したとき、雨が降り始めた。さっき見たあの崩壊した村の家々、そして倒れたノルディーンのことを頭から振り払うために、私はダンスのステップを踏んだ。

その後、私はヤンソンに電話した。二度目の呼び出し音で彼は電話に出た。もちろん迎えに行くと彼は答えた。

魚屋の屋根の下で、買い物袋と一緒に私はヤンソンを待った。夏にこの店先で売られる燻製(くんせい)の魚の匂いがかすかに漂っていた。

9

ボートに乗り込み、私が買い物袋を舟底に置いた途端に、ノルディーンはどうしたとヤンソンが訊いた。ノルディーンに起きたことをなぜ彼が知っているのか。それを訊いてもこの男は決して答えないことを私は知っていた。彼は昔の電話局の交換手のような男だ。電話を繋ぐとそのまま会話を盗み聞きするタイプだ。

「何らかの卒中だろう。詳しくは知らない」

「死ぬのか？」

「そうならないよう願おうじゃないか。もう出発してくれないか」

ヤンソンは心の底では私を恐れている。いや、私だけでなく、島のみんなをだ。いつも手伝いたがるし、いつでも相手の言うことに従うのは、みんなから拒絶されるのを恐れているからだ。みんなに拒絶され、みんなに手伝いを頼まれなくなることを恐れているのだ。

今まさに彼はそれを態度で表した。まるで私が彼に平手打ちをしようとしたのをかわしたかのようにさっと頭を下げると、次の瞬間ボートにエンジンをかけ、バックしてボートを走らせ始めた。

慌てている。私が声を荒立てるのを恐れるかのように。

私は人に無愛想に振る舞ったあと、いつも後悔する。だが、今私はヤンソンを恐れさせたことにある種の満足を感じている自分に気がつき、内心驚いた。彼のおしゃべり、彼のへつらう態度にはもううんざりだということを見せたのだ。

ヤンソンのそんな態度に私の我慢はもう限界まで来ていた。彼が想像上の病気で私に診てくれと言ってくるとき、お前はもう死期が近いと言ってやろうかと何度も思ったものだ。今までのところそんなことはしていないが、家へ向かうボートの中で、次に彼が診てくれと言ってきたときには本当にそう言ってやろうと思った。ボート小屋の外のベンチに横たわって私の診察を受けているときこそ絶好のチャンスだ。

途中、大きな沿岸警備隊の船が戻ってくるのとすれ違った。舵輪を握っているのはあの若い女性隊員のアルマ・ハムレーンのようだ。警備隊の船からの波がヤンソンの小さなモーターボートに押し寄せて、私の買い物袋が次々に倒れた。

風が強くなった。ヤンソンはいつもの毛糸の帽子を深く引っ張り下げた。舵をとって立っているその姿はなにか大きな動物のように見えた。私は娘と会う心の準備を始めた。彼女が帰ってきているとすればだが。肝心なのは、腹を立てないことだ。二人が口もききたくないとばかりに睨み合う光景を想像するだけでうんざりだった。

じつのところ、私はひとりでいたいのか、彼女に残ってほしいのか、自分でもわからなかった。考えても決められなかった。

私は吹いてくる風に向かって顔を上げた。ボートの進行方向だ。風が冷たかった。そのとき波間になにか大きな黒い物体が見えた。もし原木だったら、このヤンソンの小さなモーターボートはまともに当たれば転覆してしまう。私はヤンソンの方を振り向いて、速度を落としてくれというゼスチャーをした。ところが彼はそれを誤解して、速度を上げ始めた。

「海中になにかある！」と私は叫んだ。

ヤンソンは船の速度を下げ、少し横に進路を変えた。彼も私の見たものに気づいたのだろう。まだこの時点でも黒いものの正体がなにかわからなかった。ヤンソンはボートの床に立ち、片足を波間に入れてその物体を引き寄せた。

群島で郵便配達人として働いた長い年月の間に、彼は特異な、ときに不気味な物体と出合ったにちがいない。一度など、ほとんど肉が落ちて骨ばかりになった人間の死体と遭遇したという。もちろんどこの誰かは最後までわからなかった。その後、彼は私の舟着き場の仮のクリニックに来て、眠れないとこぼした。そのとき彼は、その人間の体は食いちぎられていたと言った。バルト海に怪獣はいないから、もしかするとこれは人喰い人種の食事の残りだったのではないかと思うと言った。

それは死んだアザラシだった。稚魚ではなく大きな灰色アザラシだった。猛烈な腐臭がした。目はカモメかワシにつつかれたのだろう。空洞になっていた。ヤンソンは口で息をしながら、オールでアザラシの巨体をボートから離した。

「撃たれている」とヤンソン。「猟銃で」

オールを使って、彼はアザラシの後頭部に猟銃の弾丸が当たったところを指した。

「ひどいことをするものだ」ヤンソンは興奮して言った。「遊びでアザラシを撃って、撃ち殺したあとはそのまま行ってしまったんだろう」

「もう行こうか」私は言った。「死んでいるのなら、もうなにもできないだろう」

「海岸に引き上げて埋めてやるべきなんだ」ヤンソンが言った。「海に打ち捨てられたまま、腐っていくままにしておくわけには行かない」

「それはあんたがやってくれ。私を島に送り返してから」と私は声を上げて言った。

私はアザラシから目を逸らした。ヤンソンはスピードを上げた。

私の島の舟着き場が見えた。ボートはなかった。ルイースはまだ帰ってきていないということだ。ヤンソンも同じことに気づいた。

「あんたのボートはないね」舟着き場にボートをつけて、ヤンソンが言った。

「ルイースが乗っていった。用事があって」

私は大急ぎで買い物袋を降ろすと、強風で紙幣が飛ばないように二百クローナをボートのバケツの下に挟み込んだ。ヤンソンに断る隙を与えなかった。ヤンソンはボートをバックさせて戻っていった。おそらくあの死臭のするアザラシを埋めに行くのだろう。

私は手を振って、ボート小屋に荷物を運び込んだ。

雨が降ったり止んだりしていた。そのときはちょうど止んだところだった。私はトレーラーハウスへ行ってみた。ルイースがその日戻ってきた形跡はなかった。トレーラーの中は私が朝着替えをしたときのままだった。

ベッドの端に腰を下ろし、番号案内に電話をかけてヴェロニカの喫茶店の電話番号を訊いた。ヴェロニカの店に電話をかけたが送信音が繰り返されてもヴェロニカは出なかった。ようやく電話に応えたヴェロニカの後ろから大声で騒ぐ声が聞こえた。酔っ払った客の嬌声だ。まだ昼日中なのに。ヴェロニカは忙しそうだった。

私はノルディーンの家族と連絡がとれたかと訊いた。ヴェロニカはイエスと答え、ノルディーンは脳出血だった、かなり重症らしい、いつ退院できるかもわからない、と言ってノルディーンが入院した病院の電話番号を教えてくれた。私に電話してみてくれということか。私はそばにあったペンを取り、その電話番号をルイースが持ってきた健康食品のチラシの裏に書きつけた。

「ずいぶん忙しそうだね」

「そうなの。何だかおかしなパーティーなのよ。お客さんはみんな招待客」

「おかしなパーティー？」

「若い女の子が毎月二万五千クローナものお金をこれから二十五年間賞金としてもらうんですって。それで今その女の子が友達を呼んでパーティーをしてるの。昼間っから。わたしにとっても店にとってもありがたいことではあるんだけど」

「私の知っている子か？」

「いいえ、知らないと思う。レベッカ・カールソンという子。二十二歳。そんな歳なのにまだ一度も働いたことないんだって。学生でもないの。親の家で、なにもしないでぶらぶらしている子よ。親父さんは製鉄工場で働いている。お母さんは老人ホームでヘルパーをしてる。そんな人がそんな大金をもらうなんて、世の中どうかしてるわよ」

私もそう思うと言った。電話を切って私はトレーラーの外に出た。焼け落ちた私の家は午後ののどんよりした日差しの中に幽霊のように立っていた。

煤で真っ黒になったリンゴの木の枝になにかがぶら下がっている。近くに行ってみると、それはルイースが私に宛てたメッセージだった。さっき私が電話番号を書いたのと同じペンで彼女は書いていた。

山！

それだけだった。この一文字だけ。私は周りを見回し、ブナの木やナラの木の枝になにかもっとメッセージがぶら下がっていないか目で探した。山！　というメッセージで、後ろのびっくりマークに意味があると私は思った。ルイースは私にこの島の一番高いところにあるあの祖父のベンチへ行けと言っているのだ。他にこの島には高いところがない。

島の一番高いところのベンチまで行ったら、なにかまたルイースからのメッセージがあるのだろう。だが、ベンチにも枝のねじれたビャクシンの枝にもなにもメッセージがなかった。ベンチに腰を下ろして、私が誤解したのだろうかと首を捻った。それともルイースは私がこの高台に来て、そもそもが目くらましに過ぎないものをああかこうかと思いあぐねることを狙っているのだろうか？

私は大海原を見渡した。そして彼女がなぜ私をここまで来させたのかがわかった。私のモーターボートがあの例の名前のない私所有の小島のそばに留まっていた。私はトレーラーに戻って、ハリエットがまだ生きていた頃からそこにあった双眼鏡を持ってきた。覗いてみるとルイースの姿が見えた。小島の東側にいた。石の上に腰を下ろし、私の方に背を向けて真っ直ぐ海を見ている。私は双眼鏡を持った手が疲れて震え出すまでしばらくその姿を見ていた。

また雨が降り出して、気温が下がった。私は娘が理解できなかった。おそらく彼女も同様に私を理解できないのだろう。二人とも理解しようと努力しているにもかかわらず、私たちは互いが理解できないように運命づけられているようだ。

私はトレーラーハウスに戻った。明かりをつけ、携帯電話を充電器に繋ぎ、ルイースはいったいなにを望んでいるのだろうと考えた。日が落ちてすっかり暗くなった。私は懐中電灯を持って再び岩山に戻った。小島を見ると、テントの外に小さく火が灯っていた。だが彼女自身は暗闇の中にいて見えない。双眼鏡で探しても見えなかった。闇の中に隠れているのだ。こんなところで隠れん坊をしている場合か。

私が戻っていること、この岩山の上にいることを彼女は知っているはずだ。ヤンソンのボートの音が聞こえたはず。そしておそらく今私がこのベンチに座って、小島にいる彼女を上から見ていることも。

私は急にがっくりと疲れを感じた。医者時代の疲れは、長い一日と夜勤によるもので、今とはまったく別のものだった。何とか立ち上がって、トレーラーに戻った。私は買い置きのインスタント食品を温めた。塩辛く、金属の味がしたが、何とか全部食べ、簡易ベッドの上に横たわった。

目が覚めたとき、私はどこにいるのかわからなかった。夢の中の出来事がまだ続いているようだった。私は舟着き場に立っていて、ハリエットが岸に向かって泳いでくるのを見ていた。だが、そこは海ではなかった。いつの間にかそれは北スウェーデンの小さな湖に変わっていた。私は昔その湖をハリエットに見せると約束したことがあり、彼女が死ぬ前にそこに連れていったのだった。夢の中で湖の周りの木々はゴーゴーと無気味な音を立てて風に吹かれていた。

私は起き上がった。時計を見ると十時だった。ずいぶん長い間眠っていたことになる。ルイースは戻ってきていない。私は彼女に電話をかけた。応えない。メッセージを残そうとしたが、途中でやめた。意味がないと思った。湯を沸かして熱いコーヒーを飲んだ。外は風が強く、雨足も強くなっていた。私はまたベッドに横になった。できればこのままた眠りに入りたかった。

懐中電灯を持って雨の降る外に出た。濡れた苔(こけ)が滑りやすくなっていた。岩山のベンチに着くまで二回も転んでしまった。ようやく上り詰めて下を見ると、小島の火はもう消えていた。ルイースが消したのかもしれない。真っ暗だった。

なるほど。彼女はあそこにいると決めたのか。彼女はテントに、私はトレーラーにということか。雨に濡れた髪の毛が額にべったりとりついた。私は持っていた懐中電灯を点滅させたが、もちろん何の反応もなかった。

トレーラーに戻りながら、なぜルイースは不可解な行動で私を苦しめるのだろうと思った。トレーラーに着くと、テーブルに向かい、一人トランプのソリティアを始めた。もちろんうまくいかなかった。腹が立ってカードをテーブルから手で払ったとき、結論が頭に浮かんだ。明日、彼女にこの島から出ていってくれと言うのだ。この島にいてほしくないと言おう。

だが、その後、私は寝つけなかった。枕にルイースの使う石鹼の匂いがかすかに移っていた。その匂いが、なぜ彼女はあの小島に移って私のテントに寝ているのかという疑問を私に突きつける。眠れないまま、ハリエットが残した本や雑誌をめくったりした。

明け方、少し眠ったかもしれない。目を覚ますと、トレーラーの窓から見える空に秋の気配が感じられた。コーヒーを飲んでから私はハリエットの双眼鏡を持ってまた岩山へ行った。テントは静かだった。人の動きはまったくない。テントの入り口がしっかり閉じられているのが見えた。

それからどうするかはすでに決めていた。ボート小屋の後ろに置いていた小舟を出し、中にしみ込んでいた水を搔き出してから小島に向かった。太陽がちょうど地平線から上がったところだった。海は静かで澄み切っていた。今年一番の寒い日だと言ってもいい。遠くで空から海の中の餌に向かって急降下するカモメの鳴き声がした。もしかするとあの腐ったアザラシを狙っているのかもしれない。ヤンソンがどこかの海岸で埋葬していなければ。

小舟で小島の周りを一周した。小島近くの深い海溝が急に浅瀬になるところで、私は思いがけないものを見た。昇ったばかりの朝日が海面から数メートルのところに漂っているものに当たっていた。オールを止めて船べりに寄りかかって海中を覗き込んだ。最初はそれがなにかわからなかった。それからすぐ、それは魚網の一部であることがわかった。大きな網の一部が千切れて、塩の流れや風の向きでここまで流れてきたのだ。網の中には死んだ魚や水鳥、海藻などが引っかかっていた。私はそれまで千切れた魚網が漂流しているのを見たことがなかった。静かな海の中にその千切れた魚網を見たとき、それはまるで高い塀をよじ登って監獄から命からがら逃げ出した囚人のようだと思った。または、飼い主がいなくなってうろたえている犬のようか？

太陽が雲の陰に隠れると、千切れて漂う魚網は見えなくなった。私は小舟を小島の表側に留め、海岸に引っ張り上げる音が聞こえないように、そっと引き上げた。岩壁の近くの大石に綱を巻きつけると、私は静かにテントに近づいた。ルイースがすでに目を覚ましているかどうかわからなかった。テントの外で足音がしたら、彼女は怖くなるだろう。彼女を怖がらせたくはなかった。今は仲がいいとは言えない状態だが、怖がらせるつもりはない。

しゃがみこんで、テントに耳をつけて中の様子をうかがう。寝息かどうか、判断できなかった。太陽は雲間を出たり入ったりしていた。私は立ち上がり、岩陰に行った。そこは風の通らないところだった。そこで昔はよく火をおこしたものだ。焚き火で黒くなった石がそのまま残っていた。ルイースが火を焚いた場所はここほどよくない場所だった。私は木の枝や流木、漁師が釣った魚を入れた箱、それがバラバラに壊れたものなどを集めて、苔の上に置き、火を付けた。風はなく、煙が真っ直ぐ空に上った。

私はそこに腰を下ろして待つことにした。彼女がテントから出てきて私を見たとき、どう説明するかはまだ決めていなかった。

火に枝をくべた。寒さで体が硬直するのを避けるためにときどき立ち上がってゴツゴツした岩の周りを歩いた。

一時間が過ぎ、二時間が経とうとしていた。

突然テントの中から音がした。初めは何の音かわからなかった。そっとテントに近づいて、布に耳を当てた。

ルイースは泣いていた。ハリエットが死んだとき以外、私は彼女が泣くのを見たことがなかった。悲しんだり落ち込んだりすることはあっても、涙を流したことはなかった。少なくとも私の前では泣いたことがなかった。

彼女の泣き声を聞いて私はショックを受けた。どうしたらいいのかわからなかった。焚き火に戻って考え、今はとにかく島に戻ろうと思った。だが、火を消すには水をかけなければならず、その音は彼女の耳に届いてしまう。

私はその場を動かず、娘の泣き声を聞いていた。そして時間を計った。泣き声が止むまで十五分かかった。よっぽどの悲しみなのだろうと思った。

テントの中が静かになった。私はそのまま待った。

あくびの音が聞こえ、そのあとテントのファスナーが開けられた。ファスナーは、私のときもそうだったが、やはり途中で一度痞(つか)えた。乱れた髪のままルイースが外に出てきた。私に気づくのに数秒かかった。テントの前にひざまずいたまま、信じられないという顔で私を見た。そのままなにも言わず、東風をさえぎる岩の後ろに姿を隠した。出てきたとき、髪は整えられていた。テントの中からクッションを取ってきて、火を挟んで私の向かい側に腰を下ろした。

「どうせなら、コーヒーを持ってきてくれたらよかったのに」ルイースが言った。

私はなにも言わなかった。彼女がなぜ私が警察に行くときにボートを隠してしまったのかを説明するまで、私はなにも言うつもりがなかった。ルイースは母親のハリエットと同じように、自分の分が悪いと気がつくと、話をまったく別の方向に持っていくという習性があった。

私はハリエットよりもずっと頭がいいと自負していた。だが、娘は母親よりもずっと手強い相手だった。

「それで、どうだったの？」

「なにが？」

「警察よ。殴られた？」

「ああ、警棒でひどく」

ルイースは急に疲れて見えた。焚き火の向こう側で別人のように縮こまり、顔色も悪い。子どものときもきっとこんなふうに見えたに違いないと思った。ハリエットと一緒に暮らしていた頃、まだ私が父親だと知らなかった頃。

「あのさ、大人の会話、できないかな？」ルイースが言った。

「打たれはしなかったよ。ただ、警察は私が放火したと疑っている。だが彼らには証拠がない。そして、私はやっていない。意図的に火を付けてもいないし、偶然に火事を起こしてしまったということもない」

「でもさ、本当のところはどうなの？」

「私もそれが知りたい」

ルイースは立ち上がって、テントに入るとすぐに水のボトルを持って戻ってきた。火の上に湯が沸かせるような三脚を立てると、その上に水を入れた鍋をかけた。魔法瓶の蓋と、前に私が置いていったコーヒーカップを持ってきて、私に魔法瓶の蓋を渡し、自分はコーヒーカップを取った。

魔法瓶の蓋の中にはインスタントコーヒーが少量入っていた。

急に突風が吹いて、煙が彼女の顔に向かった。火の臭いが家が燃えた夜を思い起こさせた。

「今ここで言っても他の場所で言っても同じだから、話すわ」ルイースが突然話し出した。「今言っても、他のときに言っても同じだと思うから」

インスタントコーヒーはまずかった。長い医学生時代を思い起こさせた。あの頃飲むものはインスタントコーヒーばかりだった。

私は飲み物を地面に置いた。今彼女が言った言葉に不安を感じた。ハリエットのこと、そして彼女がかかった不治の病のことを思った。ルイースも病気なのだろうか？　私は早くも悲しみと不安を感じ始めた。心臓の動悸が燃え盛る家から飛び出したときと同じほど速くなった。

「何の話だ？　重い話のようだが」

「ええ。実際重い話だから」

私は足を出して、地面に置いたコーヒーを蹴った。コーヒーの飛沫がテントまで飛んだ。

「何なんだ？　言ってくれないか？」

「あたし、妊娠してるの」

ルイースはその言葉を私に投げつけた。まるで重大なメッセージを聴衆に向かって発表するかのようだった。

その言葉に、私は遠い昔のことを思い出した。もうそのことはとうの昔に記憶の彼方に葬り去ったと思っていたことだ。医学を勉強し始めたばかりの頃、まだハリエットに出会っていなかった頃のこと。その人は満面笑顔で嬉しそうに、妊娠したと私に告げた。彼女もまた学生で化学の基礎研究を専攻していた。彼女と私は大学のパーティーで出会った。私は愛している、将来を約束する、家族を一緒に作ろうと言って、彼女を口説き落としたのだった。

彼女は私を信じた。そして妊娠したのだった。私は？　私はただポカンと口を開けて彼女の言葉を聞いた。子ども？　私はほしくなかった。少なくともその頃はまだ。彼女とだけでなく、誰とも、子どもなどほしくなかった。私は強制したわけではなかったが中絶するように仕向けた。彼女の胸も裂けそうな悲痛な顔を今でも憶えている。あのとき、中絶しなかったら別れると私は言った。そして彼女が中絶したあとすぐに、私は彼女を捨てた。

今、ルイースが妊娠していると言っている。彼女には嬉しさはなかった。というより用心深く、言わなければならないことを言っている、それも慎重に、といった感じだった。

私は彼女の言葉が受け止められなかった。ルイースを母親として想像することができなかった。きっとハリエットもできなかっただろうと思う。一度、ルイースのボーイフレンドのことを訊いたことがある。娘のセックスライフなんて知らないわ、というのが答えだった。

その後は一度も訊いたことがない。ときどき、ルイースが旅行から帰ってきたとき、または旅行に出かけるとき、誰か男がいるのかと訊いたことがある。隠している愛人がいるという証拠も見つけられなかった。正直に言うと、私はときどき彼女のハンドバッグやポケットの中などを探ってみた。だが、そういうことを示唆するものや、ひょっとしたらと暗示するようなものは一切見つからなかった。

「聞こえた？　今あたしが言ったこと」

苛立った声が私の思いの中に切り込んできた。

「もちろん。だが、お前が言っていることを理解するのに少し時間がかかる」

「妊娠したということに他の意味なんてないでしょ」

「妊娠は一人でできるものじゃない」

「なに訊いてもいいけど、子どもの父親の名前だけは言わないわよ」

「なぜだ?」

「なぜって、言いたくないから」

「誰だかはわかってるのか?」

その言葉がどんな反撃をもたらすか、考える暇さえなかった。ルイースは焚き火の上に体を伸ばすと、私の頬を思いっきり平手打ちした。鼻血が出たことにも気づかなかった。ポケットの中に涙をかんだハンカチがあった。鼻血はまもなく止まった。

「いや、もう訊かない」私は言った。「またお前が子どもの父親が誰かを知っていることももちろん疑いはしない。今何ヶ月だ?」

「三ヶ月」

「異状なしだね?」

「そう思う」

「そう思う?」

「医者に診せたことないし。知りたいのなら、言うけど」

「行かなくちゃだめだ!」

私たちが話をするとき、それは話ではなく、フェンシングだった。電話が鳴った。それはまさに救いの手と言ってよかった。

ヴェロニカだった。

「起こしたかしら?」

「いいや」

「アクセルが死んだと知らせたくて」

ヴェロニカは腹を立てたようだった。私も長靴の話をしたのはまずかったと思った。
「長靴を一足注文しているんだ。店が開くといいのだが」
「あの店は漁業組合のものなの。組合に訊いたらいいわ」
「港の店も閉めるのだろうね。誰があの店を続けるのかな?」と私は続けて言った。
「ああ、それがいいね」
「今日はお店、休むつもり」ヴェロニカが言った。
私は立ち上がり、耳に携帯電話を当てたまま崖の方に歩いた。
ディーンに対する乱暴な態度が脳出血を起こさせたのかもしれない。
から妊娠していると告げられたところだったのだから。それに……、もしかするとルイースのノル
深く悲しんでいた。この状況すべてが滅多にないことであり、不快なことだった。まさに今私は娘
そう。ノルディーンの妻の名前はマルガレータだった。彼らには子どもがいない。二人はそれを
のかわからない、という感じだったわ」
「今朝の四時過ぎに逝ったって。マルガレータが電話で知らせてくれた。もう本当にどうしていい
「ああ、聞こえている」
者たちは突然の死に恐怖を感じるものだ。
その声から、彼女が悲しんでいることがわかった。いや、もしかすると怖いのかもしれない。若
「もしもし?」ヴェロニカの声がした。
ノルディーン。
い。次の瞬間、ノルディーンのファーストネームがアクセルだったことを思い出した。アクセル・
アクセル? 誰のことだ、と私は一瞬首を捻った。知り合いにアクセルという名前の男などいな

「長靴なんて、今、どうだっていいじゃない？」ヴェロニカの声が響いた。

私は応えず、マルガレータに電話をかけるとだけ言って電話を切った。

火のそばに戻ってみると、ルイースはテントに入っていた。私は火のそばに腰を下ろし、待った。戻ってきたとき、その顔は厳しかった。

「ノルディーンが死んだ。脳出血で、明け方逝ったらしい」

「誰？」

「シャワー・キャビンの鍵を預かっていた店の主人だよ」

彼女の顔が一瞬曇ったのがわかった。だが、それは現れたのと同様に消えた。

「あたしが殺したわけじゃないわ。それほどひどく当たったわけじゃないし」

「誰もお前に関係があるとは言っていない。彼が死んだということ以外、私も知らないのだ」

ルイースは立ち上がった。

「少し歩こうよ。寒くなってきた」

「歩く？　どこへ」

「この島をぐるりと」

「これは島じゃない。小島、岩礁だ」

「岩礁？　なにそれ。どう違うのよ」

「大きさだろう」

私たちは岸壁を登り、岸辺の小石を踏みしめて歩いた。ルイースの足取りは軽かった。一方私はバランスを取るのが難しく、慎重に足を運んだ。一度だけ彼女は岩山で私よりも高い位置で立ち止まると振り返り、こちらを見下ろしたときがあった。なにも言わず、ただ私を見下ろした。それからまた前を向くと、そのまま歩き続けた。

岩壁でルイースが足を止めて私を見下ろしたその瞬間、激しい怒りが腹の底から突き上げてきた。だがそれは瞬間的だった。私が死んだあとも生き続けるすべての人間に対するどうしようもない激しい嫉妬だった。そんな感情を抱いたことを私は恥ずかしく思う。そんな感情を認めたくない。だが、それは頻繁に、歳とともにますます強く感じられるようになった。

他の人もこんな感情を抱くのだろうか？　わからない。だが、それを訊くつもりはない。だがこの嫉妬こそ、私の抱く最も深い闇なのだ。

こんな感情を経験するのは、本当に私だけなのだろうか？

私たちは焚き火のところに戻った。もう火はほとんど消えていた。

「わかってほしい」私は言った。

「なにを？」

「お前がなにで生計をたてているのか私が不審に思っていることを。お前は一度も私に金の無心をしたことがない。お前がなにをしているのか、私はまったく知らない」

彼女は笑顔になった。急に立ち上がると、私の腕にちょっと触れてからハンノキの方に向かって歩き出した。

「ちょっとトイレ」

「アブに気をつけろ」

戻ってきて、彼女はまた腰を下ろした。

「モーターボートであっちに戻って。小舟を置いてってちょうだい。あともう少しここにいたい。あと二、三時間であたしも戻るから」

「まだたくさん話したいことがある。なによりも焼けた家をどうするか。とくに次の世代ができるとなれば」

「うん、わかってる。でも、あたしたち、これからも話す時間はたくさんあるんじゃない？　家のことも子どものことも」

私はボートを海に浮かべ、モーターをスタートさせた。島に戻る前にこのあたりを一周しようと思った。岩礁が見え隠れし、イワシの群れがよく集まる流れのある周辺から群島の外に出ると、驚いたことに一艘のヨットが走っているのが見えた。風を切って広い海に向かっている。レジャーのヨットをシーズンも過ぎた晩秋に見かけることは滅多にない。私は目を凝らしてみた。乗っているのは一人だけのようだ。舵を握っているのは男か女かわからなかった。このあと私は島に戻った。ボートを小屋に入れ、ベンチに腰を下ろした。ルイースの言ったことを自分がどう受け止めたかを考えた。ルイースが妊娠していると聞いて感じるはずの喜びが感じられなかった。私は不安になった。なぜ私はいつも感情を重荷に感じるのだろう？

とにかく、ルイースと私は話を始めた。ただ、始めたと同時に終わってしまったのでなければいいが。

トレーラーの方へ歩き始めた。途中時間を見ようと手首の時計を見た。ない。ポケットを探ってみた。ボートに戻って探してみたが、なかった。どういうことだろう。時計のベルトはメタルで、壊れたとは思えない。

突然電話が鳴って、私の思いは中断された。

「ノルディーンが死んだ」

「ああ、知っている」

「葬式で棺(ひつぎ)を担ぐつもりだ。あんたは？」

「私より近しい親族がいるだろう」

「まったく。人がどんどん死んでいく。恐ろしいな」ヤンソンの声は苦々しかった。

「人は、みんないずれは死ぬのだ」

そう言うと、私は電話の調子が悪くてよく聞こえないと言って話をやめ、電話を切った。

ヤンソンは待てばいい。私には急ぎの用事があるのだ。ヤンソンだけでなく、今はすべてを待たせよう。私はルイースの子どものことを、私の生涯に起きた最良のこととして考えなければならないのだから。

10

私は岸壁に登り、小島の様子をうかがった。ルイースが手漕ぎの小舟に乗り込んだのを見てからボート小屋に行って、待った。彼女は舟を繋いで舟着き場に上がった。そのとき小舟が揺れた。一瞬ルイースがバランスを崩して水に落ちるのではないかと思ったが、彼女はボート小屋の柱につかまって上がってきた。

「危なかったな」と私は声をかけた。

「大丈夫。あたし、バランス感覚がいいから。子どもの頃綱渡りをしていたこと、知らないでしょ」

「今何時だ？　時計をなくしてしまった」

「十二時十五分」

「時計がないんだ」

「今そう言ったじゃない」

「おかしいんだ。さっき小島へ舟を漕いでいったときは間違いなくしていたから」

「あたしは見なかったけど」

「時計が勝手に消えるということはないだろう?」

「それじゃ、きっと向こうにあるんじゃない?」

私のなくなった時計について、なぜ彼女はこうも無関心なのだろうと思ったが、それ以上は言わないことにした。ちゃんと探せば見つかるに違いない。海に落としたとは絶対に考えられなかった。ルイースはトレーラーハウスの方へ行った。彼女が中に入ってドアを閉めたのと同時に私のジャケットのポケットで携帯電話が鳴った。手に取って画面を見た。番号に憶えがなかった。私は応えず、呼び出し音が終わるのを待ってポケットにしまった。

その瞬間、また電話が鳴った。私はためらいながら、不愉快な知らせでなければいいと願いながら応答した。

リーサ・モディーンの声がした。

「今話せますか?」とモディーンが訊いた。

「ああ、もちろん。さっきの電話も君だったのか?」

「ええ。今島にいます?」

「他にどこか私がいるところがあるとでも?」

彼女の笑い声が響いた。

「これは私個人からの電話というより、ジャーナリストとしての電話なんですけど」

私はすぐに警戒した。彼女の声までが突然変わったように感じられた。私と個人的に話をするために電話をかけてきたのではなく、新聞社の仕事として電話をかけてきたのだ。

私はなにも言わなかった。

「検事があなたを告訴すると聞きました。告訴理由はあなたが自宅に自分で火を付けたということ」

急に胃がキリキリ痛み出した。唸り声が思わず口から漏れるところだった。

「もしもし、大丈夫ですか？」リーサ・モディーンの声がした。

「ああ、大丈夫だ」

「検事が告訴したこと、告訴の理由は間違いありませんか？」

「知らない」

「知らないとは？」

「私は一度警察に行ったきりで、その後なにも聞いていない。電話もかかってこなかったし書類も送られてきていない。私自身が誰からも知らされていないことを、あなたがどうして知ったのか、それを教えてくれないか」

「調べるのはジャーナリストの仕事ですから」

「だが、私はなにも知らされていないのだが？」

「告訴されていないというのですか？」

「ああ、そのとおり」

ここで声が聞こえなくなった。何度か彼女の声が途切れ途切れに聞こえたが、会話はできなかった。私の方からもかけてみたが、通じなかった。電話網が海上地域を完全にカバーしていないのだ。

以前一度ノルディーンに、群島全域に電話網が完全に張り巡らせられることを訴える要望書に署名してくれと頼まれたことがある。私は署名したが、その後何の変化も起きなかった。

トレーラーの方へ戻った。気温が下がり始めている。もうじきテントで眠ることはできなくなるだろう。

トレーラーのドアをノックしようとして、ふとためらった。まだ娘と話し合う用意ができていない自分に気がついた。踵(きびす)を返してボート小屋へ行き、奥の魚網が掛けてある小部屋に行って腰を下ろした。落ち着いて、炎の強い光で起こされた晩まで戻って考えようと思った。よく整理して考えなければ、どうしようもないカオスに巻き込まれてしまう。

それなのに、なかなか考えがまとまらなかった。頭の中にはリーサ・モディーンの声が渦巻いていた。告訴されたことは間違いないかと彼女は訊いた。なぜ私が告訴されたと彼女は知っていたのだろう？　噂だろうか？　それとも事実だろうか？

薄暗い小屋の中で、私は怖くなった。実際のところなにが起きているのか、わからなかった。まさかとは思うが、私は自分の家に火を付けたのだろうか？　もしはっきりした証拠がなければ、私は本当に告訴されるのだろうか？

恐怖のあまり急に吐き気がした。私は両膝を開いてその間に頭を下げた。医学を勉強したときに学んだ対処法だった。

そのままどれほど時間が経ったのだろう。吐き気は次第に頭痛に変わった。突然肩に手が触れられ、私は頭を上げた。私は思わず叫び声を上げて立ち上がった。

ルイースが来たことに気づかなかった。

「どうしたの？　なぜこんなところにいるの？」

「他に居場所がないからだろう」

「ここ、寒いわ。あたしたち、話をするんじゃなかった？　あたし、トレーラーで待っていたのよ」

私たちはトレーラーへ行った。私はルイースの後ろから歩いたが、内心、自分が誰もほしがらない迷子の犬のような気がしてならなかった。

ルイースがコーヒーを煮立てた。

「なにか食べる？」

「いや」

「いらない、ありがとう、でしょう？」

「いらない、ありがとう」

「なにか食べなくちゃ」

サンドウィッチを作ってくれたので素直に食べた。猛烈に腹が減っていたのだ。ルイースは探るような目つきでこっちを見ていた。私が自分から話し出すのを待っているようだ。だが、私にはなにも話すことがなかった。リーサ・モディーンからの電話が途中で切れてしまったせいで、それまで考えていたことが全部吹き飛んでしまったのだ。

ボートの音に気づいたのはルイースだった。頭を上げてモーターの音に耳を澄ました。その頃には私も音に気がつき、トレーラーのドアを開けた。モーターの音が近づいてきた。ヤンソンのモーターボートの音であることは間違いなかった。

「あれは元郵便配達人だ。舟着き場に行って、私はいないと言ってくれ」

「ボートはここにあるじゃない。彼にもわかるわよ」

「私は溺れ死んだとでも何でも言ってくれ！」

「あたし、嘘をつくつもりはないわ。彼に会いたくないんなら、自分で何とかすることね」

ルイースはまったく協力する気がないとわかった。ヤンソンをどうするかは私の問題、自分で解決しろということだ。私はジャケットを羽織って舟着き場まで降りていった。岬をぐるりと回って船がこっちに向かったとき、もう一人モーターボートに乗っているのがわかった。リーサ・モディーンだ。冷たい風に当たらないように顔を背けて座っている。

どういうことか？　途中で電話が切れたのはほんの少し前のことだ。だが今彼女はここにいる？

ヤンソンは船を舟着き場につけた。モディーンが飛んで降りた。ヤンソンは船に残り、こちらを向いて片手を上げて適当な挨拶の仕草をした。

リーサ・モディーンはレインコートを羽織っていた。手にヴェストを持っている。

「びっくりしたでしょう？」

「ああ」

「港から電話してたんです」

「しかし、ヤンソンは？」

「たまたまあそこにいたんですよ」

私はヤンソンの方を見た。話が聞こえたらしく、うなずいた。

「すぐ帰ります。でも、電話が途中で切れてしまったので」

舟着き場からトレーラーの方に歩き出した。ヤンソンはモディーンが働いている地方新聞を読み始めた。

トレーラーのドアは閉まっていた。ルイースの姿は窓からも見えなかった。低くラジオの音が聞こえてきた。

「娘が来ている」

「良かったですね、一人じゃなくて」

焼け跡へ行った。まだ焦げた臭いが漂っていたが、それほど強くはなかった。

私は急にリーサ・モディーンを抱きしめたいという思いに駆られた。氷のように冷たい私の手で彼女の温かい体に直接触れたいと激しく思った。が、もちろんそうはしなかった。

私たちは目の前の焼け跡を見渡した。

「時間が経った今、あなたはなにを考えているんです？」

「なにも。いったいなにが起きたのか、私はいまだにわからない」

「知っていることをそのとおりに言いますね」と彼女は言った。「検事局はあなたを告発するために初段階捜査を始めると決めたらしい。あなたの家は保険で全額補償されているので、検察はあなたが保険金を狙ったものと見ています。保険金を得るために、家に火を付けたと。あなたはそのことをなにも知らないんですか？」

「火事のこと、それとも告発のこと？」

「両方とも」

「ああ、知らない。あのとき、夜中に目が覚めなかったら、私は焼け死んでいただろう。そうなっていたら、自分で火を付けて死んだ、つまり原因は自殺だと決めつけられていたにちがいない。保険金目当ての詐欺ではなく。ということか？」

リーサ・モディーンはレインコートのポケットにヴェストをぎゅっと詰め込んだ。髪の毛が前に会ったときよりもっと短くカットされている。

「わたし、この件について書かなければならないんです。でも、単にニュースとして流すことはできる。長い記事ではなく」

「一番いいのは、私は自分の家に火を付けたりしていないと書くことだ。そして嘘の噂を流している奴らはみな地獄へ行けばいい、と」

「検事と警察官は普通地獄には行かないことになっていますよね」

私は岩山に登った。モディーンは少し距離を置いて後ろから登ってきた。そもそも彼女はなぜここに来たのだろう？　彼女は私が自分の家に火を付けたと思っているのだろうか？

私はベンチに腰を下ろした。モディーンは少し離れて立ち、海を眺めた。そして急に指さして声を上げた。

「見える？」

彼女の指さす方向を見たが、なにもとくに目を引くものはなかった。だが、立ち上がって見てわかった。私がテントを張っている岩礁の先に波が大きく寄せる入江がある。そこで黒いウェットスーツを着たウィンドサーファーが激しい勢いで波に挑戦していた。夏なら多くの若者の姿を見かけることがあるが、もうじき冬になるという今の時期にそんなことは見たこともない。

とくに目を引くのは小さな帆（セイル）が黒だったことだ。ボードもサーファーも同じく真っ黒だ。遠くから見ると、ゴム装束の男が、いや女かもしれないが、海面に裸足で現れたように見えた。

「寒いでしょうね。バランスが崩れたらどうなるのかしら」とモディーンがつぶやいた。

私たちはウィンドサーファーの姿がローガ・フーホルメンの陰に隠れるまで目で追った。

少し経って、その姿が反対側に現れた。進行方向はさっきと同じく真っ直ぐに大海原に向かっている。この光景、つまり黒い帆と速度を見ているうちに、私は気分が悪くなった。こんな、凍るように寒い晩秋の日に、大海原に向かって真っ直ぐ進むのはどんな人間なのだろう？

いきなり私はリーサ・モディーンの手を握った。その手は冷たかった。ちょっとの間私にそうさせていてから、彼女はそっとその手を抜いた。

そのとき後ろで枯れた小枝が折れる音がした。ルイースが崖を登ってくる姿が見えた。リーサ・モディーンも同じ瞬間に気づいたようだった。ルイースは髪の毛が乱れていた。興奮しているようだった。リーサ・モディーンを敵意に満ちた目で睨(にら)みつけた。

「こちらはリーサ・モディーン」私が言った。「友達だ」

モディーンは手を差し出したが、ルイースはその手を無視した。

「娘のルイースだ」

モディーンはもちろんすぐにルイースの距離を置く態度を察知した。二人は敵愾心むき出しのまま睨み合って立っていた。

ルイースは突然私に向かって言った。

「この人のこと、なぜ今まであたしに黙ってたの？」

「つい最近知り合ったばかりだから」

「もう寝たの？　あんたたち」

リーサ・モディーンは息を呑んだ。それから笑い出した。

「いや」と私は答えた。「ノーだ」

ルイースがなにか言おうとしたとき、リーサ・モディーンが先に言葉を発した。

「あなたがなぜそんなにおかしな態度をとるのかわかりませんけど、わたしはあなたのお父さんに訊くことがあって来たのです。わたしは新聞記者です。答えをいただいたので今帰るところです」

「知りたいこととは？」

モディーンはちらっとこちらを見たが、私はなにも言うことがなかった。私のことではあったが、私の関与しないことだったからだ。

「警察は、これを放火事件として見ています。つまり、あなたのお父さんが放火の犯人であると」

次の瞬間に起きたことは、あっという間だった。リーサ・モディーンだけでなく私ものけぞるほど驚いた。ルイースがぱっと前に出てこう叫んだ。

「帰れ！　こっちは新聞記者などに付き合っている暇はないんだ！」

リーサ・モディーンは驚愕した。次の瞬間怒りが彼女の目に現れた。黙って岩山を降りると、モディーンはヤンソンのボートまで一気に走った。ボートが動き出し、岬の陰に消えるまで私はその場に呆然として立っていた。

風が強くなった。ルイースは、私が抱いていた小さな希望を荒々しく壊してしまった。たまにこの群島を訪れるリーサ・モディーンを案内するだけよりもう少し個人的な関係になれるかもしれないという小さな希望を。

「あの女があんたに関心あると思ってるの？　少なくとも三十歳は年下じゃないの！」

「彼女は今まで私を失望させたことはない。お前の言葉を使えば、私たちは寝てはいないが、だ」

岩山ではそれ以上話をせず、下に降りた。トレーラーまで来たとき、風が強くなった。黒い雲が西の空に現れていた。もう少し時期が遅かったら、私は夜には雪が降ると思っただろう。

娘と私は一緒に夕食を食べ、そのあと紅茶を飲んだ。私はルイースが調合した紅茶の味が好きではなかった。どんなハーブが使われているのかわからなかった。だが私は黙ってその紅茶を飲んだ。

二人とも疲れていた。話し合って決めたわけではなかったが、私もトレーラーで寝ることになった。それから遅くまでトランプをしてから寝た。ルイースは長いこと眠れないようだった。ようやく彼女の呼吸が深くなり、その頃には私も眠りについた。

翌日私は小舟を漕いで小島へ行った。時計を探すためである。ルイースは気分が悪いと言って一緒に来なかった。もしかすると、それを聞いて初めて私は彼女が本当に妊娠しているのだと理解したと言っていいかもしれない。そう、彼女のつわりを見てようやく私は理解したのだ。ルイースは私が知らない男と子どもを作ったのだと。

ゆっくり小舟を漕ぎながら、ルイースの相手の男を想像してみた。だが男の姿は思い浮かばなかった。フットボールの試合会場に詰めかけた男たちのように大勢の男たちの姿がただ漠然と頭に浮かぶだけだった。

小島で私は長いこと時計を探したが見つからなかった。テントの四隅のポールさえも外して、テントの下敷きの下に時計が落ちていないか確かめた。どこにもなかった。私の時計は忽然と消えてしまった。

なにも起きない日が二日過ぎた。その二日の間強風が吹き、私たちはトレーラーからほとんど外に出なかった。ただ、再び始めた朝の沐浴だけは例外だった。ルイースにも沐浴を勧めたが、断られた。私が海から上がってきた頃、彼女は冷たいと文句を言いながら井戸のポンプのそばで顔を洗っていた。

なぜ私たちはこんなにへそ曲がりなのだろうと私は思った。二人とも大人なのに、これから生まれてくる赤ん坊のことを話すことができない。普通の人間の普通の会話ができないということはどういうことなのか?

何とか話すことができたのは、家を建てるとすればその金をどこから捻出するかだった。警察と検察が調査している間、保険金は下りないだろう。だが、冬になれば寒すぎてトレーラーには住むことができなくなる。

二日後の昼間、私は保険会社に電話をかけた。担当者が私の保険に関する書類を取り出して対応した。担当者はヨーナス・アンダーソンと名乗った。会ったことがあるだろうかと私は記憶を辿ったが、思い出せなかった。彼は早口で、少しでも早くこの会話を終わらせたいと思っているようだった。お客様から今まで知らせがなかったので火事のことは知らなかったと言った。もちろん彼は私の家の火事が放火と疑われていることも知らなかった。新聞でもそんな記事は見かけなかったらしい。いや、もしかすると、彼は新聞を読まない新しい世代の人間かもしれない。いや、本も読まないかも？　彼らのニュースソースはネットのみらしいから。

ヨーナス・アンダーソンとの通話は短かったが、苦痛以外のなにものでもなかった。私は警察から私の自作自演ではないかと疑われていることについてはなにも言わなかった。それは彼自身が調べればいいことだ。知りたかったのは、私が保険料をすべて遅延なく支払ってきたと彼から確認を取ることだった。

保険金は下りるとわかった。保険会社が家の価値の全額を補償する。もちろん十九世紀に建てられた家をすべて元通りに再建することは不可能だ。ナラの木を柱にすることはできまい。フロントポーチも以前の家のように大工がその腕を見せるような素晴らしい作りにはできはしまい。

もしかしてあの黒焦げになったリンゴの木にも補償金は下りるだろうかと思ったが、それは訊かないことにした。ヨーナス・アンダーソンは黒焦げになったリンゴの木などどうでもいいと思うに違いない。

私はトレーラーの中から保険会社に電話をかけた。その間、ルイースは出口に立って話を聞いていた。アンダーソンは大声で話したので、話の内容はすべて彼女に聞こえただろう。しまいにアンダーソン自身か他の者が現場を見に来るということで話が終わった。彼は現場検証という滅多に聞くことのない言葉を使った。現場検証は二、三日のうちに行なわれる、と。

意外なことに、彼は私が今どこに住んでいるのかと訊かなかった。また、私が火事で所有物をすべて失ってしまったかとも訊かなかった。彼の仕事は会社が余計な補償金を支払わなくて済むようにすることなのだろう。

電話のあと、私はルイースに言った。

「保険金は支払われる。だがもし私が放火の罪で罰せられればそれはなしになる」

「その場合は?」とルイース。

「私は刑務所行きだろう。保険会社から下りる金で家を建て直すこともなしになる」

天気は少しずつ回復してきた。強風のあと、澄み切った空になり、思いがけない暖かさが戻ってきた。私は毎日岸壁に登り、ウィンドサーファーの姿を探した。だが、海に人影はなかった。ボートも黒い帆もどこにも見えなかった。

渡り鳥のシーズンが終わると、群島は静かになる。聞こえるのは波と風の音のみ。

ある晩、私はルイースが落ち込んでいることに気がついた。舟着き場のベンチに座って、頭を膝の間に抱えていた。岸壁から戻ってきたとき彼女のその姿を見て、私は気づかれないようにそっと様子を観察した。我々父娘は日に日に会話ではなく互いの様子を盗み見るようになっていた。互いを恐れ、避けているのだ。私の恐れは、娘を知らないという思いが日に日に強くなることで増幅されていた。そして彼女はきっと日に日に現れる老いを私に見るのだろう。

十一月の最初の火曜日午前十時、私はモーターボートの音を聞いた。風は南風で、群島は静まり返っていたので、モーターの音がかなり遠くからはっきり聞こえた。ヤンソンではない。モーターの音が違う。岬を回って現れたボートは今まで見たことのないものだった。白いプラスティック製のボートで、強いモーターが取りつけられているのが音でわかる。船名は聞いたこともないドラバントⅡと船体に書かれている。

私たち親子は珍しいことに二人揃って舟着き場に行った。誰が訪ねてきたのだろう。

保険会社から人が来たのだった。ヨーナス・アンダーソンではなかった。男はトシュテン・ミルグレンと名乗った。まだ二十五歳にも満たないように見える若い男だった。私は保険対象の調査には、さまざまな保険対象の調査を行なってきた経験豊かな人間が当たるのだろうと思っていた。トシュテン・ミルグレンはどう見てもついこの間まで十代だった頼りない若者にしか見えなかった。

ボートを操縦してきたのもやはり同様に若い男だった。挨拶を交わしたとき、その男は汗の滲んだ手を出し、甲高い声でハッセと名乗った。それもそう聞こえたというだけで、何とも頼りない声だった。あとでルイースに訊いたが、やはり名前が聞き取れなかったと言った。

火災現場に案内した。私はミルグレンがきっとここで放火の疑いのことを切り出すに違いないと思ったのだが、彼はなにも言わなかった。オレンジ色のツナギを着て、嬉しいことにスウェーデン製の緑色のゴム長靴を履いている。私はもう少しでその長靴はどこで買ったのかと訊くところだった。ミルグレンは火災現場に着くが早いか、すぐに大判ノートに書き込みを始めた。

ハッセと名乗った若者は風を避けてトレーラーハウスの陰に立ち、太い葉巻(シガール)を取り出した。おそらくこの男は保険会社が群島に調査に行くときに臨時に雇う運送会社の人間だろう。シガールの匂いがミルグレンの仕事ぶりを見ているルイースと私の方まで流れてきた。ミルグレンはときどき立ち止まっては携帯で写真を撮っている。ポケットから小さなレコーダーを取り出してなにやらメモを吹き込んでいる。

「あの人、なにを見てるのかしら？」ルイースが小声で言った。「焼けた家のかつての姿なんか、わかるはずないのに」

「知らない。訊いてみたらいい」

「ああいう男は嫌だわ。朝目が覚めたときにそばにいてほしくないタイプ」

私は彼女の言葉に驚いた。と同時に、この言葉を聞いたからこそ訊ける質問があると思った。私が最も知りたいことだ。

「目が覚めたときそばにいてほしいタイプは、どういう男だ？」

「会えばわかるわ」

ルイースは私に続けて問う隙を与えなかった。

私たちはそのままミルグレンを観察した。

「あの人、なにを探してるんだろう？」ルイースが言った。

「真実、だろう？　もしそれがわかればの話だが」と私は答えた。

ルイースは突然私の腕を取った。目で岸壁の方へ行くことを促した。祖父のベンチだ。腰を下ろすや否や、彼女は話し始めた。

「家が火事になる数週間前、私に電話してきたわよね、憶えてる？」

「ああ、憶えている。お前はカフェにいたようだった」

「アムステルダムであたしがなにをしていたと思う？」

「想像もしたくない」

「話してあげる。あたし、毎年何回かアムステルダムへ行くの。知ってると思うけど、アムステルダム国立美術館にはレンブラントの作品の一部が収められているの。あたし、レンブラントの絵が大好きなの。彼の絵に感激しない人はいないと思う。もしそんな人がいたら、それはきっと絵というものがわからない人よ。でもあたしがそこへ行くのは、自分がレンブラントの絵を見るためではないの。他の人がその美術館に行くことができるようにするためよ。小さなグループがあって、ほとんどがオランダ人だけど中には外国人もいるのよ、その人たちがアムステルダム国立美術館と話し合ってある契約を成立させたの。私たちはお金を集める、車や救急車の手配をする。そう、その目的はとても単純なことなの。あたしたちは死期が近い人たち、生きているうちにもう一度レンブラントの絵を見たいと切望している人たちに最後のチャンスを与える仕事をしているの。四ヶ月に一度、アムステルダムの国立美術館はそんな人たちのために解放されるの。みんな車椅子か担架に寝たままやってくるわ。寝たまま、あるいはなにかに寄りかかったままよ。レンブラントの絵を見るために頭をクリアにしておきたいから、鎮痛剤など摂らないでやってくるの。みんなが見たがるのはレンブラントの自画像。それはレンブラント自身の年老いた顔が描かれているもの。死期に近い彼らが年老いたレンブラントの顔と真正面から出会うことで、生から死への移行が少しでも和らぐように。もしかするとあんたは、あたしがアムステルダムへ行くのは、オランダはスウェーデンと比べてドラッグに関する規制が緩いから、例えばハッシーシを吸ったりできるからと思っているんじゃない？　でもそうじゃない。違うの。あたしについて、これで少し知ったんじゃない？」

ボートから急に大きな音で音楽が流れた。ミルグレンはまったく意に介さないようだった。

「何だ、この音楽は？」

「テクノっていうの。でもあんたにはわからないよね」

それは美しい秋の日だった。ほとんど風もなく、鮮やかな紅葉の映える日だった。私はルイースが話したことを考えた。話を聞いてからすでに一時間経っていた。ルイースはトレーラーの中で休んでいる。私は焼け落ちた家の周りを行ったり来たりしていた。別にミルグレンが一人で仕事をしていることに対する気遣いではなかったのだが。足の悪そうなセグロカモメが近くの崖の上からこっちを見ている。この鳥は前にも見たことがある。何度か残り物を投げてあげたことがあった。

ミルグレンが大判ノートをパタンと音を立てて閉じた。これで一区切り、次の調査を新たに始めるというサインのように私には見えた。噛みタバコを下唇と歯の間に挟むと、オーバーオールが股の間に食い込むのを直す素振りをしてから私の方に向かって歩き出した。だが次の瞬間、彼は家の土台石につまずいた。土台石は焼け落ちた家の壁などで半分隠れていた。ミルグレンはすぐに立ち上がろうとしたが、できなかった。つまずいて転んだとき、ガリッという音が響いた。足の骨が折れた音だった。ミルグレンは悲鳴を上げ、手に持っていた大判ノートを落とした。

ミルグレンはそのまま動けなかった。折れたのは左足の脛の骨のようで、傷ついた動物のように唸り声を上げていた。くるぶしと膝の間の脚の骨が折れたことは、素人目にもわかったに違いない。

悲鳴を聞いてルイースがトレーラーから出てきた。ボートに残っていたハッセもなにか起きたらしいとわかったらしく、私たち三人はミルグレンに駆け寄った。家が焼けてなかったら、すぐに家から痛み止めの注射を持ってきて、打つことができたのだが、今は鎮痛剤を与えることしかできなかった。ミルグレンは蒼白で、まるで傷ついて塹壕に隠れている兵士のようだった。

「脚の骨が折れたな。病院へ行かなければ」と私は言った。

「ボートまで運ぼう」怪我の深刻さがわからないハッセが言った。

「沿岸警備隊に連絡しよう。我々が運んだらもっと深刻になる恐れがある」

私はルイースに毛布を持ってくるように言い、ハッセには「ボートを動かすんだ。沿岸警備隊が舟着き場にぴったり船を着けられるように」と指示した。

ハッセは抗議の声を上げようとしたが、私は舟着き場を指さしてすぐ従うように促した。それから沿岸警備隊へ電話をかけ、ミルグレンのそばにひざまずいた。内心、まだ若いのに骨を折った激痛によく我慢していると感心した。

沿岸警備隊は三十分もしないうちに到着した。すぐにミルグレンを担架にのせて船に運び込んだ。責任者はアレキサンダーソンだった。担架で運ぶことは長年の経験で慣れていた。

ハッセは舟着き場から離れたところにボートを浮かべていた。ミルグレンを運び込んだあと、アレキサンダーソンが出てきて私に話しかけた。

「昨日、ペンキを買うために港の店に行った。マルガレータがあんたのことを訊いてたよ。何でも、注文していた長靴が届いたとか。ノルディーンが亡くなったあと、当分彼女が店をやるんだろう。少なくともしばらくは。そのあとは弟が続けるらしい」

ノルディーンの弟は確か左官屋だった。うまく引き継いでくれるのだろう。

アレキサンダーソンは船に戻り、バックしてすぐに出発した。ハッセはその後ろから追いかけていった。

「私の長靴がやっと届いたらしい」私はベンチに座っているルイースに言った。

「それじゃ明日取りに行こうか。どちみち食料品を買い足さなければならないから」

アレキサンダーソンがフルスピードで船を走らせる音が聞こえてきた。群島の岸壁にこだまして大きく響く。

ミルグレンが気の毒だったが、同時に私は長靴がようやく届いたことを内心喜んでいた。

11

長靴はサイズが違っていた。

ノルディーンの妻マルガレータは私が記憶していた姿よりずっと巨体だった。なにか病気に起因する肥満だろう。食べ過ぎによる肥満とはとても思えない。店の中の棚やテーブルの間を真っ直ぐ通ることができないほどだ。私が店に来たとき、彼女は海藻を並べた棚の前に立っていた。ドアが開いた音を聞いて、彼女は振り返った。その途端、巨体が棚にぶつかり、その隣の棚に並んでいた厚手のソックスなどの衣類が床に落ちた。その姿が、店の中に迷い込んだ動物の慌てた姿を思わせ、私はもう少しで声を上げて笑うところだった。が、そうはせず、私はノルディーンの逝去に対してのお悔やみを伝えてから、注文した長靴が届いたそうで嬉しいと言った。私はスツールに座って彼女が奥から取ってくるのを待った。ようやく左右色の違う長靴を脱ぐことができる。マルガレータは口の開いた段ボール箱を持って戻ってきた。緑色の、まぶしいトレトン社製のゴム長靴、内側と底は黄色がかった色だ。いつもそうするように、私は左足から長靴を履こうとした。入らない。右足もまた同様だった。私は片方を持って外側についているサイズを見た。違うサイズだった。

「サイズが合わない」と私は、厚手のソックスを床から拾い上げているマルガレータに言った。

その姿勢を見て、こんなに大きな体で前のめりにならないのが不思議だと私は思った。

「さあ、あたしはなにも知らないけど」とマルガレータは言った。「注文を送ったのはあたしじゃないから」

「送られてきたのはこの一足だけ？　それとももっと他にもあるのかな？」

「これだけよ」

私は長靴をカートンに収めた。

「それじゃもう一度注文してもらわなければ。私のサイズは四十三だ。四十一ではなく。私の足はそんなに小さくない」

マルガレータはレジのそばにあった紙切れに数字をメモした。

「もしかして、早く送ってくれるように頼めるかな」と私はスツールから立ち上がりながら言った。

「この間違ったサイズのが届くのにずいぶん時間がかかったから」

「そんなこと、あたしのせいじゃない」マルガレータは唇を尖らせて言った。

その口調に、自分が個人的に責められるのはお門違いだという不満が感じられた。窓からルイースが栈橋（さんばし）に車をつけるのが見えた。私はまた色違いの長靴を履いて店を出た。

マルガレータが厚手のソックスの上にかがみこんでいる姿を見て、私は彼女を後ろからひょいと一突きしたくなった。指一本で押すだけで前に転ぶことは確実だ。私の悪ふざけの衝動は年取っても変わらないらしい。

ルイースの運転は乱暴で、いつもスピードの出しすぎだ。私が運転を教えたわけではないのだが、私と同じように運転が下手だ。アクセルの踏みすぎ、注意不足、そして中央ラインに寄りすぎだ。

急にルイースが本当に運転免許を持っているかどうかが心配になった。私は今まで彼女の運転免許証を見たことがない。秋の森の中を走りながら、深い森の中を通るときは気をつけて運転するようにと注意した。ヘラジカがいるからだ。数年前、群島に豪華なサマーハウスを所有していることで有名な金持ちの男がオスのヘラジカと車で正面衝突して即死した。だがルイースは、私が注意したあともスピードを下げず、あたりに注意を払う様子も見えなかった。返事さえしなかった。

私はほとんど、いやまったく娘がなにを考えているのかわからない。彼女の内なる世界は塹壕（ざんごう）やバリケードの中にあって、まったく見えないのだ。そしてそれらを見透すことができない。きっと私もまた彼女にとって不可解な存在なのだろう。私のバリケードはどんなふうに見えるのだろう？彼女のよりも簡単に見透せるものだろうか？

上り坂の曲がり角で、車体も車幅もこの道路には大きすぎるトラックが正面からやってきた。ルイースは道端ギリギリまで車を寄せたが、すれ違ったときトラックと私たちの乗った車の間はほんの数センチしかなかった。ルイースは平然としていたが、私は実際にはないブレーキペダルを踏もうとして、足を強く踏ん張っていた。

「スピードの出しすぎだ」と私は少し落ち着いてから言った。

「トラックの方よ、スピードの出しすぎだったのは」ルイースが言い返した。

激しく反撃してくると思ったのだが、彼女は平然としていた。まるで何事もなかったかのように。

「時計、見つかったの？」と彼女は突然訊いた。

私は左手の手首に目を落とした。あたかもそこに時計があるかのように。

「いや、なかった」

「ボートを漕いだときに落としたんじゃない？」

「それはない。それだけは確実だ」

「どうして？　どうして確実だなんて言えるの？」

「知っているからだ」

「そもそも人は時計なんていらないのよ。人生はどちみち計ることなんてできないんだから」

「我々人間が計るのは時間だよ。人生じゃない」

ルイースは私をチラリと見た。が、なにも言わなかった。

医者として私は、人生は移ろいやすいものだということを毎日嫌というほど見てきた。牧師は、人の生涯は短いと言って、この世で私たちが経験する人生の先に死後の永遠の命があると説教するが、医者はときの移ろいがなにを意味するかを知っている。重い病気を患っている人々、それはたいていの場合老人なのだが、彼らは終末がすぐそこまで来ている、もはや逃げることはできないとわかっていても、死ぬ用意はできていない。見舞いに来る親族にはもしかすると自分はもう長くないと、用意ができているように言うかもしれない。だが、たいていそうではないのだ。親族が引き揚げ、本人はにこやかに手を振ったりしたあと、ドアが閉まった途端、彼は、彼女は、恐怖でおろおろし、どうしていいかわからなくなるのだ。

多くの場合死ぬ用意ができているのは、子どもたちである。それは私の経験だけではない。医者たちの間ではよく知られていることだ。まだ小さな、これから長い人生を生きるはずの幼い子どもが、たいていの場合死を目前にして落ち着いていてしっかりしているのはどういうことなのだろう？　これから生きるはずの人生ではなく、まったく知らない世界が彼らを待っているのに。

子どもはまた、ほとんどすべての場合、大騒ぎはしない。静かに死んでいく。

はっきり言って、私は自分の死を考えることは滅多にない。だが、娘の隣に座って、その乱暴な運転を身をもって経験したとき、しまいに死を意識した。以前は、医者はきっと患者とは違う死を迎えるだろうと思っていた。医者は心臓、脳、そして他の臓器がストップするまでの経緯を知っている。ゆえに医者は他の職業に携わってきた人間とは違って、死に対して何らかの用意ができるはずだと思っていた。だが今私はそうではないということがわかった。

死もまた望まれないものであり、準備するのが難しいものである。医者である自分にとってもそうだし、他の人々にとってもそうである。そのときが来たら、落ち着いて迎えられるか、それとも取り乱し抵抗するか、わからない。どうなるか、まったくわからないとしか言えない。

私は運転しているルイースをそっと見た。なにを考えているのだろう？　そもそも彼女は世界を考えるとき、死のことも考えるだろうか？　母親ハリエットの死は彼女にとってどんな意味があっただろう？　これから生まれてくる赤ん坊は彼女にとってどんな意味があるのか？　私にとってどんな意味があるのか？

村に着き、銀行の駐車場に車を停めたとき、急に雨が降り出した。道を歩いていた人々は小走りに走り出した。私たちは車の中で、誰がなにを買うか、役割を決めた。ルイースが私に食料を買ってくれと言ったとき、私は一瞬驚いた。それは彼女にしてほしいと思ったからだ。だが彼女は他にしなければならないことがあると言った。それがどんな用事なのかは言わずに。

一時間後にボーリング場に併設されているレストランで食事すると決め、そのあとは二人とも黙って雨があがるのを待った。私はこの先の町まで車を走らせてゴム長靴を買おうかと思った。港の店にゴム長靴が届くのを待たずに。だが、決められなかった。

雨が晴れたとき、私たちはそれぞれの用事を済ませるべく、別の方向へ歩き出した。食料品を買いに向かった私をルイースが後ろから呼び止め、ちょっと待ってというように手を振った。そして私に近づくと、車の鍵を渡した。

「もしかするとお前が私より早く用事が終わるかもしれないじゃないか」と私は言った。

「ううん、そうはならないから」と言って彼女は走り出した。なぜそんなに急いでいるのか、これからどんな用事があるというのかと私は思った。彼女の姿が銀行のドアの中に消えるまで見送った。

次週までもつ分の食べ物を買うのに三十分ほどかかった。店にはほとんど客がいなかった。レジにいた、ノルディーンの細君を思わせるサイズの女性が挨拶代わりにうなずいた。私はクロスワードパズルの雑誌を二冊ほど買った。買い物袋を車に積み込み、薬局へも行こうかと思ったが、とくに必要なものはないと思い返した。

まだレストランに行くには早かったので、廃止された鉄道の駅の付近へ行ってみた。線路は私が祖父母の家に引っ越してくる以前にすっかり取り払われていた。もしかするとルイースが買い物しているかもしれないと思い、私は通りの店々を覗きながら歩いた。だが彼女の姿はなかった。前にゴム長靴のことを訊いた靴屋の店頭には、『秋と冬の新しい靴入荷！』の広告が張り出されていた。確かにウィンドーには秋と冬の靴が並んでいた。店の中を覗こうとしたが、あまりよく見えなかった。閉鎖された駅まで来て、毎年夏になると一人で電車に乗ってここまで来て、祖父に迎えられた遠い昔のことを思い出した。それは毎年春の学期が終わって夏休みが始まるときに感じた自由そのものだった。今、長い時間が経ってから振り返ると、とても非現実的に思えてならなかった。子どものときの自分と大人になってからの自分は本当に同じ人物なのか？　いやそれとも、その二つの時期の間には超えることができないほどの距離があるのか？　遠い昔の子ども時代のことを思って、私は一瞬たじろいだ。そしてそそくさとそこを離れた。

小さな骨董屋の前に来て私は足を止め、ショーウィンドーの中にごちゃごちゃと飾ってあるものを眺めた。文字のかすれた小さな白い値札のついた、今店先に飾られている骨董品の以前の持ち主のことを思った。ケースに文字が刻まれている時計を所有していたのは誰だったろう？　この優雅な髭剃りナイフを所有していたのは誰だったか？

父は給仕として働いていたとき、長いこと特別のペンを持っていた。注文を受けたときに書き留めるのに父はいつもそのペンを使った。メモをとるときも必ず父はそのペンを使った。そのペンは、父が働いていたレストランで、ある老紳士からもらったものだった。父はそれをチップと一緒に特別のチップとしてもらったのだった。その客は食事が終わると、ここに来るのはこれが最後になると言った。その理由は何なのか、これからどこか別のところへ引っ越すのか、父はそれを訊きはしなかった。だが数日後、父はその老紳士が自殺したと新聞で知った。猟銃で自分の頭を撃っての即死だった。その後父は決して他のペンを使うことはなかった。父が死んだとき、私はそのペンを探したが、どうしても見つからなかった。あのペンはどこに行ってしまったのか。それは今でも謎である。

再び雨が降り出し、私はレストランに向かって走り、本降りになる前にレストランに滑り込んだ。ルイースはまだ来ていなかった。まだ別れてから五十分しか経っていない。ランチタイムだったので、テーブルはほぼ満席だった。私は端の方に席を見つけて座り、ルイースを待った。三十分待ってから、私はカウンターで料理を注文し、支払い、テーブルについて食べ始めた。約束どおりに来なかったのは彼女の責任だと思った。

ルイースは携帯電話を持っているのだから、時間に遅れるのならそう知らせればいいのだ。だが彼女は電話をかけてこなかったし、伝言も残していない。

なにかが起きたのだ。事故だろうか。だが、胸騒ぎはしなかった。ルイースは単に港へ戻る前にレストランでランチを一緒に食べるという約束を破っただけなのだ。

しまいに私は待ちくたびれてしまった。レストランを出たとき、太陽は西に傾き始めていた。車の場所まで戻ってもルイースはいなかった。車に乗ってから初めて窓のワイパーに紙が挟まれていることに気がついた。何だこれは？　駐車違反の切符か？　私は腹を立て、勢いよく車のドアを開け、体を伸ばしてその紙をワイパーから引きちぎるように外した。

駐車違反の切符ではなかった。ルイースは大文字ではっきり書いていた。紙は濡れていなかったので、ルイースは雨が止んでからその紙切れをワイパーの下に挟み込んだのだろう。せいぜい十分か十五分前のことだろう。

メッセージは短かった。

待たずに帰って。

私は車を降りてあたりを見回した。まだ近くにいるのではないかと思った。だが彼女の姿はどこにもなかった。

私はまた車に乗り、通りを行きつ戻りつして彼女を探した。だが、どこにも彼女はいなかった。

再び港に戻った。日差しが急に強くなった。まるで真夏のようだった。車を停めてあたりに目をやり、オスロフスキーを探した。どこもかしこも閉まっているようだ。いつもオスロフスキーの車があるガレージへ行ってみた。車はなかった。だが、ガレージの様子を見て、私は立ち止まった。なにかがおかしい。オスロフスキーは整理整頓好きだ。道具類はいつもすべて決まったところに置かれている。あるいは壁に掛けられている。今、それらはみな汚れた床に散らばっていた。

私はそれまで一度もしたことのないことをすることにした。オスロフスキーのドアをノックしたのだ。一度、二度、三度と。だが、誰も出てこなかった。カーテンは引かれたままだった。私はドアに耳を当てて中の様子をうかがった。静まり返っている。

私は買い物袋を両手に持ってボートの方へ行った。マルガレータ・ノルディーンが店の外に座って、日光浴をしていた。体を太陽に向けて伸ばしているのが、私の目は夫を亡くして悲しんでいる姿に映った。

「おかしいね、この時期にこの陽気は」私が挨拶代わりに言った。

「何もかもおかしいのよ」とマルガレータは応えた。「あたしはこうやって、あの人が亡くなったことを理解しようとしているの」

「人は死を理解することなどできない」と私はつい言ってしまった。「死には何の規則も法則もないんだから。死は決して変わらない無政府主義者といったところだな」

マルガレータ・ノルディーンは変な顔をして私を見た。彼女が不可解な顔をしたのはおかしくない。自分でも変な答えだと思った。だが同時にそれが正論だとも思った。

私が自分のボートに向かって歩き始めたとき、アレキサンダーソンが沿岸警備隊の建物の前に立ってタバコを吸っていた。私の姿が見えたのだろう。大急ぎで建物の中に入っていった。私が彼に気がつかないと思ったのだろう。これは、私とは話したくないということか？　誰も私とは話したくないということなのか？

エンジンをかける前に、私は買い物袋をボートにのせ、係留ロープをほどき、ボートを押して岸辺から離した。ボートに乗って座ったとき、衣服が濡れていたが構わなかった。少しでも早く船を出したかった。

そういうときにかぎって、モーターの調子が悪いのだ。ようやくエンジンがかかったのは岸をだいぶ離れてからだった。おそらくアレキサンダーソンは建物の中から窓ガラス越しに私の船の様子を見ているだろう。彼はボートに乗るときの私の様子を見て軽蔑しているか、かわいそうにと同情しているか、どちらだろうと思った。彼はおそらく私を裏切り者と思っているに違いない。信頼していたのに犯罪者だったとは、と。

ボートを島の方向に進めた。秋にしては風は柔らかかった。半分ほど来たとき、ボートを停めてモーターを空回りさせた。ルイースはおそらくもう出発したのだろうと思った。出ていくのに彼女は荷造りもしなかった。

ルイースは出ていったのだ。彼女はバックパックさえ持たなかった。だが、トレーラーに戻ったらきっとわかる。彼女のパスポートはなくなっているはずだ。彼女の所持金、銀行の通帳、島に残してはいけないすべてが、きっとなくなっているに違いない。すべては計画済みだったのだ。初めからレストランに来るつもりなどなかったのだ。だから私に車の鍵を渡したのだ。すべてわかっていたのだ。きっとあのあと真っ直ぐバス乗り場へ行ったのだろう。街へ行ったに違いない。その後どうしたかは見当もつかない。どこへ行ったかはなおさらのこと。

腹に子どもを抱えたまま彼女は消えてしまった。赤ん坊の父親はどこかで彼女を待っているのだろう。

私はエンジンを切ったままボートを浮かせていた。ルイースが姿を消したことに私は失望した。だが、私の心に浮かんだのは失望だけではなかった。もう一つ、疑いもまた浮上してきた。ルイースと私が最後に岩礁にいたときのことを思い出した。テントのそばで火をおこしたときのことだ。彼女は私の腕にちょっと触れてから、トイレと言って歩き出した。そして私は本島に戻ってからトレーラーハウスに向かって歩き始めたとき、時計がないことに気づいたのだった。すべてがものすごいスピードで鮮明になった。ルイースが私の時計を盗ったのだ。彼女はとんでもなく巧妙な泥棒なのだ。そうなのだ。そういうことだったのだ。

私は最初、そんなことを信じたくなかった。あまりにも唐突で、恐ろしかった。だがこの推測は明白すぎるほど明白で、しまいに私は否定できなくなった。ルイースはスリなのだ。彼女はスリで生計を立てているのだ。それ以外の説明はあり得なかった。

車の中で彼女が時計のことを訊いたのは、私が彼女を疑っているかどうかを知りたかったからに違いない。私の答えで、彼女は私が彼女を疑っていないことがわかったはずだ。

私は声に出して彼女を呪い、自分の単純さを呪った。もう彼女のことなどなにも知りたくなかった。娘も孫もいらないと思った。彼女は私の時計を盗み、私の知らない男、赤ん坊の父親の元へ行ってしまったのだ。

私はボートの舳先に座り、目を閉じた。

疲れと苦しみで眠ってしまったらしい。モーターが止まったために目を覚ましたとき、私はハリエットの夢を見ていた。彼女は火災現場に立って、初めて島にやってきて、歩行器のそばに立ち尽くしていたときと同じ顔で私を睨(にら)みつけていた。今はあのときと同じ季節、晩秋なのだが、彼女は厚い毛皮のコートを着ていた。そして寒い寒いと文句を言った。私が彼女を抱きしめて、よく来たと言うと、彼女は私の腕に噛みついた。

そこで目を覚まして、私はボートの中をよろよろと歩いてエンジンをかけ、私の島へ向かった。島に戻ると真っ直ぐトレーラーハウスへ行った。ルイースのパスポート、現金、クレジットカードはなくなっていた。彼女のバッグの底に、私の時計があった。怒りのあまり私は時計を壁に叩きつけた。拾い上げると、時計はまだ動いていた。私はそれを腕につけて、ベッドに横になった。トレーラーのドアは半分開いていた。風はまったくなかった。

「ルイース」と私はつぶやいた。

それだけ。彼女の名前を言ってみただけだ。彼女を呼んだわけではない。帰ってきてくれと懇願したわけでもない。ただ彼女の名前を口にしてみただけだった。

小島の方へ行ってみることにした。小舟に乗ってオールを握ると、私はいつも安心する。漕ぎ出して何分もしないうちに、気持ちが落ち着いた。急いでいるわけではない。ときどきオールを休めて、ゆっくり進んだ。いろいろな場面でのルイースの姿を思い浮かべた。バスに乗っているルイース、列車に乗り込んだ彼女、航空機の搭乗口にいる彼女、そしてフェリーボートに乗っている姿。出ていく日を今日にしたのは、なにか理由があるのだろうか？

どんな仕事で収入を得ているのかなどと訊いたから彼女はうんざりして出ていったのだろうか？それとも彼女は父親が放火犯であると疑いをかけられていることに嫌気が差したのだろうか？

私は彼女がますますわからなくなった。スリをして生計を立てながら、レンブラントの絵を死に際に見たいと願う人々の手助けをする？　どう考えてもまともではない。

私は再びオールを止めた。待てよ。ひょっとして彼女は本当に私が放火したと思っているのだろうか？

小島の周りを一回りしてから小舟を岩の上に引っ張り上げ、テントへ行った。

だが、途中で足を止めた。訪問者がいたらしい。男か女か、とにかく何者かがここに来たあと、その痕跡を残して去ったようだ。ルイースではない、誰かほかの者だ。

まず私の目を引いたのは、焚き火をしたときの石の位置だ。石の位置が違う。それに新しい石が加えられている。テントを開けて中に入った。寝袋は私が置いていた位置にあった。だが、ファスナーが閉められている。私は実際に寝袋の中に入って寝るときしかファスナーを閉めない。それ以外のときは空気が通るようにファスナーを閉めないでおくのだ。それが今しっかり閉められている。

テントを出た。寝袋と焚き火を利用したのは誰か？　私は小島を一回りし、他にもなにか痕跡があるか探した。なにもなかった。またテントに戻って、食べ物やコーヒーカップを持って石に腰を下ろした。私の記憶違いだろうか？　いや、そんなことはない。誰かがこの小島に来て、火を焚き、テントの中に入ったのだ。

これが夏なら、それほど疑いはしなかっただろう。カヤックでやってきた若者がテントに一晩寝たかもしれない。だが、秋に？　群島に住む人間がわざわざこの小島にやってきて火をおこしたり寝袋を使ったりするだろうか？　あり得ない。

島に戻る前に、私は先の尖った茶色い小石をテントのファスナーの下端のすぐ下に置いた。何者かがファスナーを開けたら、その小石が動く。風では動かないほどの小石だ。それが仕掛けだとは誰も気づかないはずだ。

島に戻って、私は夕食を作った。ときどき岸壁の上に登って双眼鏡で小島を見た。人の姿は見えなかった。食事が終わると、テーブルに向かい、その日買ってきたクロスワードパズルを始めた。だが集中できなかった。食料品店の紙袋を少し割いて、この数週間に起きたことを書いてみた。火事で焼けてしまった家、放火疑惑、そして忘れてはならないのがルイースの妊娠。

いつの間にか私は引き裂いた紙の上にグロテスクに歪んだ人間の顔を描いていた。気がついて、私はそれを丸め、流しに放り投げた。

その日の最後にもう一度私は岩壁の高台に登った。すでにあたりは真っ暗で、双眼鏡は使えなかった。私は小島で火が焚かれているかどうか、見たかった。真っ暗だった。

いったい誰がテントの中に入ったのだろう？　そのときなぜかフールムの村で見たシーツがきちんと敷かれたベッドのことを思い出した。

トレーラーに戻り、睡眠導入剤を飲んでベッドに入った。枕にルイースの匂いがした。一瞬彼女を思い、涙が込み上げてきた。

そしてまた私はルイースの胎内にいる赤ん坊のことを思った。彼女がその赤ん坊の父親のところに行ったのならいいのだが、と思った。

薬が効き始める前に、私はふと両親のことを思い出した。子どもの頃のある日の夜、私は食卓のテーブルの下に隠れていた。両親は私が眠っていると思っただろう。私は面白半分に冒険をしている気分だった。自分と関係あることが話されるなどとは微塵(みじん)も思っていなかった。私はテーブルの下に隠れて、素足と靴を履いている足を見ていた。

レストランで一日中働いていた父は、帰ってくると必ず靴と靴下を脱いだ。それも、帽子やオーバーコートを脱ぐよりも先にである。まるで足になにかついているのが嫌でたまらないとでもいうように。仕事がきつい職場で働いていたときなど、父のために母がフットバスを用意していた。そんな姿のまま父は母と食事をしたり、コーヒーを飲んだりワインを飲んだりしていた。一方母親は家の中でも必ず靴を履いていた。子ども時代から私は母親が素足でいるのを一度も見たことがない。

私がテーブルの下に隠れていたのも、父がフットバスをしながら食卓に向かっていた晩だった。ワイングラスを合わせる音が響いた。母の声が突然聞こえた。私のためにきょうだいを作ってあげたいと話していた。そのときのショックを今でも憶えている。きょうだい？　私に？　そんなことは一度も考えたことがなかった。私は両親の一人っ子で、これからもずっとこの家族の一人っ子であることしか考えられなかった。きょうだいがいなくて寂しいなどと思ったこともなかった。母のその言葉を聞いたとき、私は見ず知らずの人に、なにもわからない運命に、手渡されたように感じた。母が望んでいるのは私のきょうだいなどではない、母は私を他の子どもと取り替えようとしているのだ、私はできの良くない子で、こんな子はいらないということなのだと思った。

父はなにも言わなかった。ワイングラスを合わせる音が響いた。私は母が企てている攻撃を何とか退けなければならないと決心し、母の足に嚙みついた。靴を履いている足の足首に、歯を立てて力のかぎりがっぷりと嚙みついたのだ。母の悲鳴が聞こえた。母は悲鳴を上げ、嚙みつかれた足を引こうとした。だが、私の歯は深く食い込んでいて、離れなかった。母は叫びながら椅子から立ち上がった。椅子は後ろに倒れ、母は足に嚙みついている私をテーブルの下から引っ張り出した。そこでようやく母は私を引き離した。あのときの父の表情を今でもよく憶えている。赤ワインを持った手が宙で止まっていた。父は驚きのあまり、口をあんぐり開けていた。いや、驚きではなく恐怖のあまりだったかもしれない。息子がまるで吸血鬼のように口から血を流している姿を見て。

母が私を打ったのはあとにも先にもそのとき一回だけだった。それは悪意からではなく恐怖からだった。今なら私にもわかる。夜、夫とワインを傾けながらゆっくりしているとき、突然足に嚙みつかれたときの驚きと恐怖が。

私は私で、打たれた痛さと驚きで叫び声を上げた。いや、弟だか妹と取り替えられるという恐怖から、と言う方が正しい。

その晩、私は変わった。一人の子どもからなにか違うものになったのだ。それがなにかはずっと長いことわからなかった。私はもはや子どもではなくなった。大人でもなかった。私は存在しない国で一人ひっそり隠れて生きるようになった。母は亡くなるまで私を打ったことを後悔していた。一度もそのことを話し合ったことはなかったが私は知っている。母が私を見る目に、私が彼女を許したかどうかをうかがっているのが。母はまたどんな問いにも答えないまま、死んでしまった。唯一、私がはっきりわかっているのは、私はずっと一人っ子だったと言うことである。もしかすると、テーブルの下から私が猛烈な抗議をしたせいだったかもしれない。一度だけ、父がそのことを話したことがある。私が十三、十四歳の頃のことだ。父はその頃勤めていたレストランの給仕長と衝突してクビになったところだった。父はコペンハーゲンのチボリにあるレストランの一つが給仕を募集しているのを知って、私を連れてコペンハーゲンに行くことにした。一家はデンマークに移住することになるかもしれないと父が話したとき、母はただ、重いまなざしで父を見ただけだった。

コペンハーゲンに着いたとき、レストランでの面談の時間まで一時間ほどあった。五月の天気のいい日で暖かかったが、太陽が雲に隠れるとすぐに肌寒くなった。私たちはレモネードを飲み、太陽が姿を消すと一緒にぶるぶる震えた。突然、何の警告もなく、父は私にあの晩なぜ母の足に噛みついたのかと訊いた。その口調は優しく、静かで、遠慮がちといってもいいような話し方だった。いつもなら、私になにかを訊くとき、父は決してそんな口調ではなかった。そのときはまるで、これからなにを食べたいか、なにを飲みたいかと訊くような口調だった。

私は正直に言った。もう私はいらないと思われているのだと思ったからと。

父はその後一度もこのことは訊かなかった。ずっと経ってから、父は私の反応を理解できたのかもしれないと思った。私が母の足に噛みついたのも無理はないと。

あのとき、父はチボリのレストランには雇われなかった。私たちは船に乗って家に帰った。数週間後、父は中央駅にあるレストランで働き始めた。そこでは六年間働いた。父にとっては一ヶ所での最長の勤務年数だった。母と私はときどきそこへ食事に行った。父がテーブルの間を走り回る姿を見て、私はウェイターにだけはなるまいと決心した。

両親のことを考えているうちにいつの間にか眠りに落ちていたらしい。電話の音で目が覚めた。私は暗闇の中で体を起こした。トレーラーの中に響く電話の呼び出し音に怖くなった。

男の声がした。その声には聞き覚えがなかった。

「フレドリック？」

「私だ」

「こっちが誰かなどはどうでもいい。あんたに忠告したい」

「忠告？」

「ああ。お前は逮捕される。明日にでも」

「あんたは誰だ？」

「友達、と言っておこうか。いや、ただあんたに忠告したい人間だ」


電話が切れた。短い会話だった。私は今の会話を反芻した。声にはまったく聞き覚えがなかった。作り声だったのかもしれない。布を通した声だったのかもしれない。ハンカチを口に当てて話したか、電話に手を当てて話したか。

私は怖くなった。電話を持つ手が震えた。

その晩はよく眠れなかった。明け方早く目を覚ました。昨夜の電話をどう考えていいのかわからないままだった。私は氷のように冷たい海に身を沈めて沐浴した。上がって服を着たとき、心が決まった。この島から、いやテントを張った小島からも、離れよう。逃げるわけではない。ただ自分の身に起きていることを理解するために、自分に時間を与えるのだ。

外は灰色だった。北からかすかに風が吹いていた。双眼鏡を覗いて、小島には誰も来ていないことを確かめた。私は所持金を上着のポケットに入れてトレーラーハウスを出た。ドアに鍵はかけなかった。ボートのモーターは一度でかかった。最後の渡り鳥もだいぶ前に飛んでいった。本土の港に着くと、舟着き場の一番奥にボートを留めた。だいぶ前から半分壊れた漁船が置かれているところだ。ノルディーンの細君はまだ店に来ていなかった。食料品店の前に、パン屋の配達車が停まっていた。ヴェロニカもまだ喫茶店を開けていなかった。

オスロフスキーの庭に車を取りに行った。ガレージに行ってみると、道具類がまだバラバラにコンクリートの床に散らばっていた。だが、前に見たときとはそれらの位置が違っていた。道具は使われた形跡があった。オスロフスキーはあれからここに来て車の修理をしたに違いなかった。

彼女の家のドアをノックはしなかった。カーテンの後ろに人影もなかった。

私は出発した。

計画がなかったわけではない。だが、それを実現できるかどうかは誰も知らない。誰よりも私自身の知らないことだった。

12

その建物は三階建てで、本土の村の入り口の住宅地にあった。私が子どもの頃、その辺は畑や原っぱで、牛がゆっくり草を食んでいるような地帯だった。その建物は一九六〇年代当時流行した集合住宅の形をしていた。私は森のすぐそばのその建物の近くに車を停めた。最上階の三階からはきっと深い入江とその先に広がる海が見えるのだろう。

その建物を見つけるのは簡単だった。本土に着き、車を走らせて一番近くの村まで来ると、番号案内に電話をかけ、リーサ・モディーンの住所を教えてもらった。

ボーリング場のレストランで食事をした。その後、湾に沿った道を散歩した。途中で同じように散歩している人に会うと、私は下を向いた。顔を知られたくなかった。

　長い散歩になった。二時頃ようやく車を停めているところまで戻った。車のワイパーにチラシが挟まれていた。翌日の十二時から午後二時の間にクラウドベリーを積んだ車がここに来て販売するとあった。秋もこんなに深まった時期に、本当にクラウドベリーなどまだあるのだろうかと私は思った。

　リーサ・モディーンの住んでいる建物の前に車を停めた。建物の入り口はすぐそばだった。私は双眼鏡を覗いて、彼女のアパートメントがどの窓なのかわからないまま、カーテン、窓辺の観葉植物、照明器具などを一つ一つ見ていった。

　車を降りて、建物の入り口へ行ってみた。入り口ドアに鍵はかけられていなかった。中に入ると階段のそばに住人の名前が記されているボードがあった。建物にエレベーターはなかった。壁に白人男めと赤いマジックペンで落書きが書かれていた。その言葉の上に線が引かれ、サルめと書かれていた。

　リーサ・モディーンは最上階に住んでいた。最上階にはモディーン・Lの名前以外にもう一つ、シースラク・Wの名前があった。このまま階段を上がって、リーサ・モディーンのドアベルを押すかどうか、迷った。だが、まだ午後も早い時間で、彼女は帰ってきていないだろう。確実に家にいる時間に行く方がいい。

　そのまま車に戻って四時間待った。ようやくリーサ・モディーンが帰ってきた。この間、私は学校帰りの子ども、建物の前に乱暴に自転車を停めた人物などを車から見ていた。

　守衛がやってきて建物の門の蝶番に油を差したのも見た。ごくゆっくりと車輪付きの歩行器を押して老人が建物に入っていった。歩行器の持ち手の部分にスーパーの買い物袋がぶら下がっていた。私には老人の年齢は百歳どころか千歳を超えているように見えた。千年の歳月を経て今この灰色のコンクリートの建物、窓ガラスに桟はなく、小さな、大人二人がようやく座れるような狭いバルコニーのアパートメントまでたどり着いたように見えた。

リーサ・モディーンを待っている間、私は前の晩の匿名の電話のことは考えないようにした。私はまた、なぜ島を出てリーサ・モディーンのところに数日でいいから泊まらせてほしいと思うに至ったのか、その理由も深く考えないようにした。私がなによりも欲したのは、眠る場所ではなく、この間に起きたことすべてを話すことだった。私は彼女のことはほとんど知らない。もちろん彼女もまた私のことを知らない。だが、ルイースがいなくなった今、私には少しでも近づける人といったら、リーサ・モディーンしかいなかった。

話をして、この間のことをはっきりさせたい、そして慰めがほしいという気持ちだった。だが、いうまでもなく、私が求めていることに彼女が応えてくれるかどうかはわからなかった。ドアベルを鳴らしたのが私であることがわかったとき、果たして彼女が私を中に入れてくれるかどうかさえわからなかった。

建物から一人の女性が出てきた。ハリエットを彷彿させる女性だった。まだ若いときのハリエット。出会った頃の、ほんの短い間激しく付き合ったハリエットを。

彼女に会ったのはもう四十年以上も前のことだ。私は医師免許を取ったばかりだった。よくあるように、私たちは友達の友達を通してまったく偶然に出会った。しかし私は初めから、ハリエットは私にとって生涯の人にはならないとわかっていた。だが、魅力的ではあった。まもなく私は、彼女の願望は私のそれよりずっと大きいということがわかった。だから私も、彼女に対する愛情は性的なものだけではない、それよりずっと大きいという芝居を打った。今でも私は彼女を騙したことを思うと胸が痛む。彼女は私の芝居を芝居とは思わなかったのだから。余命いくばくもないというときに、歩行器を押して氷の海を私の島まで渡ってきたときさえも、私は昔彼女を騙したと話すことができなかった。そうなのだ。私が彼女にしたこと。それは真実を話さなかったことだ。

女性は坂道を降りていった。私はもう帰ろうと思った。島に戻って警察が私を逮捕しに来るまで待とうと思った。どこかに隠れ家を探すなどというのはまったく無意味なことだと思いかけていた。

私は急に母親と父親の両方に会いたくてたまらなくなった。また決して生まれなかったきょうだいにも。想像上の病気でやってくるヤンソンにも。死んだハリエット、ルイース、オスロフスキー、私の長靴のサイズを間違って注文した、今はもういないノルディーンさえも。と同時に、私に会いたい、私がいなくて寂しいと思う人間がいるだろうか、とも思った。

五時五十分、リーサ・モディーンが坂道を上がってきた。肩にリュックを背負い、手には私が買い物したのと同じスーパーの袋を下げている。赤いベレー帽をかぶり、マフラーを首に巻いている。私は彼女から目を離さないまま、外から見えないように車の座席に深く腰掛けた。彼女が建物の中に入ると、数分後に最上階のアパートメントに灯がついた。ここからは見えないが、部屋の向こう側には海が広がっているはずだ。窓を開けるモディーンの姿がチラリと見えた。

私は車を降りてロックし、建物の入り口へ行った。十代の少年たちが数人建物から出てきて、女の子の噂話をしながら通り過ぎた。

私は息が切れない程度にゆっくり階段を上がった。一軒のドアの中からアコーデオンの音が聞こえた。もう一軒のドアからは甲高くしゃべる電話の声が聞こえた。また別のドアの前に車輪付きの歩行器が置いてあった。さっき見た〝千歳の男〟のアパートメントはここだろうと思った。歩行器は外を歩くときだけ必要なのだろうか？　それとももう一台、家の中にもあるのだろうか？

最上階まで来て、息を整えた。ゆっくり歩いたにもかかわらず、脈拍が速くなっていた。リーサ・モディーンのドアにカメラを構えた男の写真が貼ってあった。写真の下段に〈ロバート・キャパ、第二次世界大戦末フランスにて〉と説明があった。聞いたこともない名前だった。だが、モディーンがドアに掲げているほどなのだから、きっと彼女にとっては重要な人物なのだろう。ドアの前に立って、私は耳を澄ました。郵便受けの蓋をそっと開けて、中の様子をうかがった。玄関に電気がついている。だが、音はなにも聞こえなかった。

私はそこに立ったまま迷った。電話で都合も聞かずにここに来てしまったことをどう説明するか？　そもそも私はなにを期待しているのか？

私は何度かドアベルを鳴らそうとしたが、最後の瞬間、手を下げた。しまいに、この訪問はやめることに決めた。ドアベルを押す勇気がなかった。意味がないということがよくわかったからだ。いま港へ戻れば、暗くなる前に私の島に着くだろう。

私は階段を降り始めた。数段歩いてから私は急に振り返り、一気に戻ってドアベルを押した。すぐに逃げようと思ったが、我慢してそこに留まった。

リーサ・モディーンは勢いよくドアを開けた。邪魔されて腹を立てたかのような動きだった。私だとわかると、彼女は怪訝(けげん)そうな顔をしながら笑いを浮かべた。

「あなたですか？　〝家が焼けてしまった男〟」

「お邪魔でなければいいのだが」

彼女はそれには応えず、一歩下がって私を中に入れた。大きな黒猫が鏡の前に座って、私を疑い深そうに睨(にら)んでいた。私が手を伸ばすと、猫はさっと逃げていった。

「サリーって言うんです、この猫」モディーンが言った。「オスなのにね。知らない人が嫌いなんですよ」

私は上着を脱ぎ、長靴を脱いだ。

「お邪魔したくはないのだが」と私は繰り返した。

「それはもう聞きました。でも、あなたがなぜ訪ねてきたのか、知りたいですから」

「他に行くところがない」

リーサ・モディーンはグリーンのガウンを羽織っていた。そのベルトをきつく締めながら、私の次の言葉を待っている様子だった。だが、私には続ける言葉がなかった。

それがわかったのか、彼女は私を中に通した。リビングルームの手前が彼女のベッドルームのようだ。ベッドカバーが畳まれて横に置いてある。私がベルを押したとき、彼女は横になって休んでいたのだろう。

リビングからは思ったとおり、青い海が一望できた。眺めが良いところに肘掛け椅子が置かれ、そばのテーブルの上に本があった。家具はほとんどなく、壁に絵もなかった。もう一つ部屋があり、キッチンはオープンでリビングに繋がっていた。

モディーンはガラスのソファボードとよく釣り合う赤い革のソファに私を座らせた。ソファボードの脚の形から中近東の家具らしいことがわかった。

「なにか飲みます?」

「いや、結構」

「紅茶を淹れますけど、よかったらどうぞ」

そう言って、彼女はキッチンへ行った。私は部屋の中を見渡した。男の存在はどこにも感じられない。もちろん確かではないが、そう願う私の心を打ち砕くものはなかった。ティーポットに湯を注いでから、彼女はベッドルームに入っていったが、すぐに服を着た姿で出てきた。

紅茶をカップに注ぎ、クッキーを皿の上に出して勧めた。

「どうしましたか？　なぜいらしたのか、話してください」

「どこから話せばいいものか」

「初めから話してくださるのが、簡単かも」

その時点で私はすでに真実を話すつもりはなかった。だが、嘘というものは真実の間に少しだけ挟まれているときにうまくいくということを私は知っていた。最後の言葉の中に嘘が入っていればいい。そこでそれまで話したことが否定されることになるのだ。同時に、この場合、本当のことを語るのは不可能だと思った。と言うのも、私自身なにが本当かを知らなかったから。

「初めから話す？　どこから始まったかはあなたも知っているはずだ。私が放火犯人だと疑われているのは間違いないのだから」私は話し始めた。

「それならあなたは抗議して否定しなければならないわ。ちゃんとした証拠がないのに罪が確定するなんておかしいですからね」

「いや、罪はもう確定しているのだ。昨夜、逮捕されるぞ、という電話がかかってきた。匿名の手紙も数通もらっている」

「あなたは郵便は受け取らないと言っていなかったかしら？」

「手紙はボート小屋のそばに置いてあった。誰がどうやってそこまで来て置いていったのかはわからない」

モディーンは考え込んだ。出された紅茶は甘かった。ルイースがトレーラーに置いていったものとはまったく違うものだった。

「娘は出ていった」私はつぶやいた。

「どうして？」

「わからない。なにも言わずに行ってしまったのだ。出発するとさえも言わずに」

「それはおかしいですね」

「娘は変わっているから。どうも売春をして収入を得ているらしい」

なぜこんな言葉が口から出たのか、私は知らない。

「恐ろしいこと」少し経ってから、彼女は言った。

警戒し始めたように感じられた。用心しているようだ。少し言いすぎたかもしれない。

「このことは話したくない。今言ったことは、どうか忘れてほしい」

「忘れる忘れないは、人がコントロールできることじゃありません。やってみますけど。でも、あなたがなぜわたしを訪ねてきたのかは、まだ聞いてませんけど？」

「どこにも行くところがない。話す相手がいないんですよ」

「その二つは違うことじゃありませんか？　電話をすることもできたのでは？」

「お望みなら、すぐに出ていくこともできる」

「わたし、そう言ったわけじゃありません」

「私はとてももう、島にいることができなかった。私には知人がほとんどいないのだ。かろうじて思い出せたのはあなただった。だが、こんなことをするべきではなかった」

モディーンは用心深い目で私を見ていた。

「このこと、記事に書かないでしょうね？」と私は訊いた。

「これ、地方新聞の読者に関心のあることだと思いますか？」

「それはわからない」

「もうここにいるのですから、どうぞなにが起きたのか話してください。今までの話では、なぜあなたが島を出てきたのか、わたしにはわかりません」

嘘をついたために、私はこの先どう話をしたらいいのかわからなくなってしまった。その晩、彼女と向かい合った長い時間に、あやうく本当のことを言いそうになった瞬間があった。彼女が私をベッドに誘ってくれること。それが私の望むすべてだったのだ。

もしかすると、彼女は私の考えが読めたのかもしれない。夜もふけ、ワインボトルを一瓶空けてから、ソファに寝て泊まっていってもいいと彼女は言った。

「でも、そこまでよ」と彼女ははっきり言った。

私はそこまでという限界はいつでも動かせるものだと言いたかったが、言わなかった。とにかく、私がわざわざやってきたのだから、今晩は泊まっていっていいということになったのだ。

彼女はソファの上に毛布を置き、コップやグラスを片付け、タオルをくれた。

「眠らなければ。疲れているので。明日の午前中は、人里離れた山の中、電気も水道もないところに暮らしている老姉妹を訪ねることになっているんです」

少なくとも軽い抱擁ぐらいはできるかもしれないと思っていたが、彼女はただ挨拶にうなずいただけで、ソファのそばのスタンドを残して、他の電気は全部消してバスルームに入っていった。私は彼女がバスルームから出てきて寝室に入りドアを閉めるまで服を脱がずに待った。

街灯の明かりが部屋の中にうっすらと差し込んでいた。私はスタンドの笠の上にバスタオルを掛けた。

何事も望んだようにはならなかった。私は自分が、愛を打ち明けようと思い切って行動したのに、うまくいかなくてがっかりした十代の男の子のような気分だった。

私は静まり返ったアパートメントの中を足音を忍ばせて歩いた。モディーンの寝室のドアの前に立ち、中の様子をうかがった。もしかして彼女もまたこのドアの反対側に立ってこっちの様子をうかがっているのではないかという気がして、その場を離れた。もう一つの部屋のドアを開けた。ベッドが一つあった。そこは仕事部屋として使われているらしかった。窓のそばの机にパソコンと古いタイプライターが置いてあった。私は机の上に無造作に置いてあるA4の紙をパラパラとめくった。走り書きの、読みにくい手書きの字、書きかけの原稿か。床の上の紙袋に新聞が重ねられていた。私はこの間ずっとリーサ・モディーンが突然部屋に入ってくるのではないかという気がして注意を払っていた。棚の上に、額縁入りの写真が数枚飾ってあった。写真に写っている人たちはカメラに向かってポーズしている。一九三〇年代から四〇年代に撮られた写真だろうか。男も女もにこやかに笑っている。写真はみな古いもので、現在の写真は一枚もなかった。リーサ・モディーンの親やきょうだいらしき人々の写真はなかった。

その部屋には独特の物悲しさがあった。彼女の人生と私の人生は、思いがけなくも、似ているような気がした。

私は彼女の仕事机に向かい、そこにあった紙類に目を通し続けた。机の上の電気をつけて、彼女宛の手紙も何通か読んだ。私は片手で手紙を持ち、もう一方の手は電気のスウィッチの上に置いた。手紙を読んでいるところを見られたくなかったからだ。私はそれまで何度も人のものを盗み見る人を糾弾する発言をしてきたが、実際は私自身、そういう人間なのだ。

彼女宛の手紙。その一つはリーサ・モディーンの書いた動物虐待についての記事を責めるものだった。飼育されていた牛が虐待を受けていた。見つかった牛たちは救いようがなく、殺処分された。

手紙の送り主の名前はヘルベルトとあった。彼はこの処分は過酷であると言って不満を述べていた。その手紙の一番下にリーサ・モディーンは返事不要と書いていた。もう一つの手紙は猛烈に暴力的で憎悪に満ちたもので、私は驚いた。私は匿名の電話を受けたが、リーサ・モディーンは、匿名の手紙を受け取るわけだ。また、無記名の手紙の送り人はあんたとセックスしたい、考えるだけで興奮すると書いていた。サディスティックな傾向のある男であることは数行読むだけでわかった。その手紙の下欄に、この男の正体を突き止めるべきか？　とリーサ・モディーンは書いていた。

私は電気を消して椅子から立ち上がった。部屋の一方の壁一面にクローゼットがあった。彼女の服が掛かっていた。私は息を大きく吸って、彼女の匂いを吸い込んだ。床には彼女の靴があり、私はそのうちの一足を手に取った。

そのとき、後ろから低い音が聞こえた。さっと振り向き、その途端にクローゼットのドアに頭をぶつけた。だが後ろには誰もいなかった。音がしたと思ったのは気のせいだったのだろう。靴を元の位置に戻してクローゼットを出ようとしたとき奥の方にあるものが私の目を捉えた。初めはそれがなにかわからなかった。ハンガーに掛かっている小さなスウェーデンの国旗かと思った。だが、手に取って広げてみると、それは刺繡を施したテーブルクロスだった。スウェーデンの旗の上にSchwedenとドイツ語で書かれていた。旗の下にはナチスの鉤十字が黒々と、白と赤を土台にして刺繡で描かれていた。

私は呆然としてその奇妙な刺繡を手にしたままその場に立ち尽くした。白い地の布が色褪せていることから、これが古いものだということがわかる。私は刺繡の施された布の掛かっているハンガーを元の位置に戻した。その隣のハンガーに革製の黒い袋が掛かっていた。私はそれをハンガーから外して机に戻り、中身を机の上に空けた。ナチスの勲章だった。その裏面には、臨戦における功績を讃えると書かれていた。他にも金属製の十字架やナチスの武装親衛隊が持っていたナイフのサックなどが入っていた。袋の底に一枚の写真があった。それはナチスドイツの制服を着た一人の男の写真だった。無精髭を生やしたまま、カメラに向かってにっこり笑い、タバコを吸っている。写真の裏にカール・マドセンとあった。その横にそれとは別の字体で『一九四二年東部前線にて』と書き込まれていた。

私は袋を元の位置に戻し、明かりを消してその部屋を出た。リーサ・モディーンの部屋は静かだった。時間は二時四十五分。私は服を着たままソファに横になり、眠った。しばらくして目を覚ましたのは夢を見たからだった。ルイースが一人で街を歩いていた。場所はどこかわからない。彼女の顔も私には見覚えがなかった。それでも彼女だということはすぐにわかった。名前を呼んで呼び止めようとしたとき、ルイースが振り返った。口が真っ黒い穴になっていて、歯が一本もなかった。

時計を見た。四時十五分。今自分のいる状態、リーサ・モディーンのアパートメントに自分が泊まっていること、すべてが夢のようだった。窓のそばに行って、外を見た。街灯が風に揺れていた。私の車も薄暗闇の中に見えた。

私はモディーンが仕事部屋として使っている部屋にまた入った。クローゼットに入り、また刺繍が施されたスウェーデンの国旗とナチスの印を見た。こんなものがなぜモディーンのクローゼットにしまってあるのか？　黒皮の袋の中に入れられているものは何なのか？

わからなかった。

私はソファに戻った。そのまままた寝ようとしたのだが、どうしても彼女の部屋のドアの前に立って、中の様子に聞き耳を立てるという誘惑に勝てず、足が自然に部屋の前に行った。すべてが静まり返っていた。

私はドアの取っ手をそっと押して、ほんの少しだけドアを開けた。窓のカーテンは半分だけ引かれていた。街灯の明かりが彼女の寝ているベッドまで届いていた。

どのくらいの時間そこに立って眠っている彼女を眺めていたのかわからない。薄明かりの中で、その顔は私が昔関係を持った女たちに似ているような気がした。ハリエット。彼女以外にはそれほど多くはない。その女たちが今リーサ・モディーンのベッドに寝ている。顔がみんなリーサ・モディーンに似ているのだ。

そのあと私はソファに戻って少し眠った。本当は眠りたくなかったのだがいつの間にか眠っていた。彼女が起きてきたとき、私はソファに座っていて夜通し眠れなかったと言いたかった。彼女の同情がほしかった。

十五分ごとに眠りと半分覚醒とを繰り返した。彼女の部屋で目覚まし時計が鳴り、そのすぐあとラジオの音が聞こえた。私は起き上がり、髪の毛に櫛を当てて彼女が部屋から出てくるのを待った。モディーンは静かにドアを開けて出てきた。六時になっていた。モーニングガウンを羽織っている。私が起きているのを見ると、彼女は挨拶代わりにうなずいた。私もうなずくと、彼女はそのままバスルームに入った。シャワーの音が聞こえた。その後、彼女は頭にタオルを巻きつけて出てきて、そのまま寝室に入った。私はその間ソファから動かなかった。まだ外は暗かった。

部屋から出てきた彼女はすっかり着替えていた。

「昨日とても疲れている様子だったから、眠っているとばかり思っていたけど、もう起きて、服まで着ているのね？」

「眠らなかったから。服も脱がなかった」

「一晩中ソファに座っていたんですか？」

「いや、ときどき横になった」

彼女は首を振り、心配そうな顔を見せた。

「いや、快適だった。誰にも邪魔されなかった。誰も私がどこにいるか、知らないから」

「でも、眠らないと頭がちゃんと働かないでしょう」

「いや、眠ったところでそれは同じだ」

彼女はキッチンへ行って、朝食の用意を始めた。私はそのままソファから動かなかった。私は腹が減っていたが、コーヒーしか飲まなかった。彼女はパンにチーズをのせたものだけでも食べればと勧めたが、私は断った。

彼女はコーヒーカップを持って立ち上がった。

「ちょっと仕事の用意をします。あと三十分ほどで出かけるので」

彼女が仕事部屋に入ってから、私は急いでパンにチーズをのせて食べた。そうしながらも、どうしたら、このままここに居残ることができるかを考えた。私はどうしても島へは戻りたくなかった。

リーサ・モディーンが仕事部屋から出てきた。カップにコーヒーを注ぎ足すと、そのまま窓辺に立って明け始めた夜空と海を眺めた。

「なぜここに来たんです?」彼女の声が響いた。

声が変わっていた。暗い声になっていた。私の方に振り返らず、外を見たままだった。

「昨晩それは言ったはずだが。説明が下手だったのかもしれない」

「あなたは人のものを盗み見ている」そう言って、彼女は振り向いた。

私は脈拍が突然速くなったのがわかった。もう少しで車が衝突するところだったのを免れたときのような恐怖を感じた。

「何のことか、私にはまったくわからない」

キッチンの調理台にコーヒーカップを置く彼女の手が細かく震えているのが見えた。

「あなたはわたしの仕事部屋に入った。わたしの書類をめくり、クローゼットにも入った。あなたがこんなことをした目的も理由もわたしは知らない。でも、あなたがそうしたことは事実です。わたしは、わたし以外の人がわたしの仕事やわたしの持ち物に触ったらわかるんです」

「私は他の人の持ち物に触ったりしない」私は怒りを込めて言った。「あんたがどう思おうと勝手だが、間違っている」

彼女は急にがっくりし、首をゆっくりと振って言った。

「出ていってください。あなたには本当に助けが必要だと思ったから、昨日の晩はここで眠ってもいいと言いました。でも今、わたしはあなたという人がわからなくなった。なぜわたしのところに来たのかもわからなくなった」

「私はあなたの部屋の中に入っていないと断言する」と私は改めて言った。

リーサ・モディーンはまた首を振った。私が夜中に彼女の仕事部屋に入ったことがどうしてわかったのだろう。とにかく彼女は確信していた。思い違いだと思わせることは不可能だった。

「それじゃ、これで」と言って、私は立ち上がった。

彼女は私の後ろから玄関まで来て、私が長靴を履き、上着を着るのを見ていた。私は玄関の扉を開けて、振り返った。

「玄関ドアの写真は誰です？」

「ロバート・キャパ。わたしが尊敬する写真家。世界のどんな写真家、どんなジャーナリストよりわたしが尊敬する写真家です。アジアの戦線で取材中、地雷を踏んで亡くなったんです」

片足をドアの外に出したその瞬間、私はこう言った。
「いつか教えてくれないか。なぜあなたのクローゼットにスウェーデンの国旗の刺繍と一緒にナチスドイツの鉤十字（ハーケンクロイツ）があるのか。誰が刺繍したのか説明してくれないか？　今でなくていい。今はずいぶん急いでいるようだから」

私は彼女の返事を待たなかった。返事など聞きたくなかったので、急いで階段を降りた。歩行器の置いてあるドアの前まで来たとき、モディーンの部屋のドアが閉まる音が聞こえた。

外の車に着くなり椅子を倒し、そのまますぐに眠った。

二時間後、寒くて目が覚めた。気分が悪かった。脈拍を測ってみた。九七。速すぎる。車を降りて少し歩いてみた。

少し経ってから、私は車を銀行の駐車場へ移し、そのまま国営酒類販売店（システムボラーゲット）が開くのを待ち、ウォッカの小瓶を二瓶買った。ポケットに忍び込ませることができるサイズを選んだ。それと缶ビールも十本ほど。これはウォッカで酔っ払ったあと、酔いを鎮めるためのものだ。

その後私はそれまで一度も入ったことのない路地裏の喫茶店に入り、サンドウィッチを食べた。他に客はいなかったので、コーヒーカップにウォッカを並々と注いで飲んだ。ここから港までの短い距離、警察の検問はないだろう。普段強い酒は飲まないので、私はすぐに酔っ払った。身体中が温かくなり、安心感に包まれた。

喫茶店を出てから車に乗ってスタートするまでの間に、また私はウォッカをあおるように飲んだ。酔っ払ってはいたが、真っ直ぐに運転できたし、他の車と衝突して事故を起こすほどには酔っていなかった。突然私は大胆になった。リーサ・モディーンに私が最後に言ってやった言葉はきっとボディブローだっただろうとほくそ笑んだ。

オスロフスキーの家の前に車を停めた。相変わらず誰もいないようだ。ガレージの方も見たが、そこにも人影はなかった。

私は酒瓶を入れた袋を持って、係留しておいたボートの方へ行った。港の店の前を通り過ぎたが、ノルディーンの細君がいるかどうかは見なかった。沿岸警備隊の船二隻が港に停泊していた。私は自分のボートに乗り込み、港を出た。スピードが出た頃、太陽が雲の間から顔を出した。陸地から柔らかい風が吹いていた。島に戻るのに、私は時間のかかる北回りのコースを選んだ。群島に夏の休暇のときだけやってくる住人たちは、すでに家を閉じて都会に戻っている。一度イノシシの姿を見たように思ったが、定かではなかった。ボートはそのまま大きなラームフィエルデンの方へ向かった。遠くに群島の最端にある岩礁とその先に大きく広がる海原が見えた。半分まで来たら東に舵を切れば、まもなく私の島に着く。だが、大海原に進んでいる途中、私はエンジンを切り、舳先の方に移った。ボートが揺れて私は転んでしまった。その途端、片方のオールが海に落ちたが、流される前にうまい具合に拾うことができた。私は舳先に腰を下ろし、ウォッカを飲み続けた。太陽が暖かかったので、上着を脱いで天を仰いだ。

頭は空っぽだった。リーサ・モディーンも娘のルイースも、これから会うことになる警察官もいない。ただ飲み続けた。前夜ほとんど眠っていなかったため、今眠気が追いついて、私はボートの床に寝そべって眠りに落ちた。

ボートがなにかにぶつかった気配がして、私は目を覚ました。目を開くと、目の前にアレキサンダーソンの顔があった。彼は沿岸警備隊の大きな船体の手すりから体を乗り出していた。船体はまるで鯨のように私の前にそそり立っていた。反対側を見ると、私のボートは群島の先端の岩礁まで流れてきていて、その先はまさに大海原だった。どのくらい眠っていたのかわからなかった。だが、まだひどく酔っ払っていたことは確かだった。

「こっちの船に乗るがいい」アレキサンダーソンが言った。

「バカ言え！」と言って、私はよろめきながら船尾に行ってスタートロープを引っ張った。

エンジンはすぐにかかった。私はボートをバックさせて帰路についた。アレキサンダーソンはきっと追いかけてくるだろうと思った。私は酔っ払っているし、船も酔っ払い運転は禁止だから。だが沿岸警備船は私を追いかけては来なかった。島に着くと、私は真っ直ぐ舟着き場に向かい、プロペラが壊れる前にエンジンを止めることができた。

私はフラフラとトレーラーハウスに向かって歩いた。ベッドに倒れ込む前に、私はそれまで一度もしたことがないことをした。

トレーラーのドアに鍵をかけたのだ。

13

トレーラーのドアを叩くノックの音で目が覚めた。

沿岸警備隊の船が私のボートを見つけてから二日経っていた。あの日私は家に帰ってからも飲み続け、翌日ようやく酔いから醒めた。この間ずっと私は警察が逮捕しに来ると覚悟していた。

あんなに飲んだことは、数えるほどしかなかった。そういうとき、私は決まって一人だった。ただひたすら飲み、一度か二度宙に向かって叫ぶ。そして浅い眠りにつき、またすぐに目を覚ます。そんなことを繰り返した。

　酔いが醒め始め、自己嫌悪感が少しずつ薄らいできたとき、私は岸壁の上の祖父のベンチへ行った。双眼鏡を覗いて小島のテントを見た。人の姿はない。だがもちろん何者かが私のいない間にやってきたかどうかまではわからない。

　いつの間にか自分が耳をそばだててモーターの音を待っていることに気がついた。風はなかった。ときどき思い出したように食事を作っては食べないままボート小屋の外の岩場に放り投げて、カモメに餌を与えていた。子どもの頃祖父とそこでウナギの捕獲器の穴を修繕したりしていたものだ。私はようやくリーサ・モディーンのところで過ごした一夜のことをゆっくり思い出すことができた。

　あの刺繍が施された布は、そしてあの黒い布の袋の中に入っていた物は、過去の遺物だ。戦争が始まったのは七十五年前。ナチスが行なっていた虐殺行為は誰にも止められないように見えていた時代だ。私は戦後生まれだ。リーサ・モディーンはそれよりずっとあとに生まれている。彼女が生まれる前になにかがあったのだ。それは彼女にとって今に繋がる大事なことに違いない。だが彼女はそれを表に出してはいない。勲章は棚の上に飾られてはいないし、刺繍も壁に飾られてはいない。それらは彼女が人に見せたくないものなのだ。

　最も重要なのは、写真を撮った人間にタバコの煙を吹きかけカメラに向かって笑っていたのは誰かということだ。カール・マドセンとは何者だ？

　いつの間にか自己嫌悪感が憂鬱さと自分に対する蔑みに変わっていた。この種の感情に襲われるとき、私は決まって父親のことを思い出す。父親の多くの失敗を。一日の長い仕事が終わって帰ってくると、父親はいつもキッチンテーブルに向かい、いかに自分が職場で嫌な思いをしているかを母親に一部始終話すのだった。給仕仲間からの嫌がらせ、給仕長の蔑みの態度、そして客から受ける屈辱と叱責。不幸な状況になったとき、自分が悪かったと父が言うのを私は一度も聞いたことがない。間違いを犯したのは、我慢できない態度をとったのは、いつも必ず他の者たちに決まっていた。子どもの頃、私は父親のことを決して間違いを犯さない、めずらしい人だと思っていた。だがその後、父親は自分は悪くないという態度をとっているだけで、その態度は実はどうしようもない人生の底なしの悲しみに繫がっているのだと思うようになった。

母親の性格はそれとは正反対だった。家族になにかよくないことが起きると、彼女はすべて自分のせいにした。すべて自分の責任だと思うような人だった。悪い成績表を持って家に帰ってきたりしたら、これは自分のせいだ、自分が勉強する環境を整えてあげなかったためだと自分を責めた。私が喧嘩をして鼻血を出して帰ってきたりしたら、その相手に注意せよと忠告しなかった自分が悪かったと言って自分を責めた。

酔っ払った翌日から、私はまた冷たい海に身を浸す沐浴を始めた。体を洗い清めたあと、私はしっかり朝食を摂ることができた。その後、ウォッカのボトルを持ってきて逆さまに持ち、中身をすべて海に捨てた。残っていた数本のビール缶は取っておいた。

午後、昼寝をしようと横になった。

トレーラーハウスのドアにノックの音が響いたのはそのときだった。開けてみると、リーサ・モディーンが立っていた。ヴロングシェールに行ったときと同じ格好をしていた。顔が青ざめている。私と会うのが不安だったようだ。私は一歩下がって、彼女を中に入れた。

「どうやってここに来たのか?」と私は彼女がスツールに腰を下ろすなり訊いた。

ベッドの上の方が快適と思い、ベッドの方を勧めたのだが、彼女はスツールに腰を下ろした。

「自分で運転してきました。編集長が小さなボートを持っているので借りたんです。群島のどこに暗礁があるのか、どこが浅いのか深いのかなど全然わからなかったので不安でしたけど、何とか来られました。面倒をかけたくなかったもので」

「面倒ということはない。なにか飲み物でも？」

「紅茶はありますか？」

私は紅茶を淹れたが、あまりおいしくなかった。リーサ・モディーンもおいしいと思わなかったようだ。顔に表れていたが、彼女はなにも言わずに飲んだ。私は彼女が話し出すのを待った。

昔、私は上司にあたる医者の部屋に行くように言われたことがあった。医者になってすぐの頃のことだ。私はなぜ呼び出されたのかわからなかった。だから私は上司の部屋に入り、なにも言わずに彼の前の椅子に腰を下ろした。上司は厳しい人で、そのうえ無口だったが、彼もまたなにも言わなかった。二人とも一言も話さずに十分ほど黙って座っていた。そうしてから彼は私を見、「では、これで」と言った。そのことをあとで同僚に話すと、お前は給料を上げてくれと言うべきだったのだと言われた。そのために彼は君を呼んだのだから、と。上司は私が不満を持っていることを知っていたが、自分から給料を上げてやろうとは絶対に言い出しはしないのだ、と。

私は彼女のカップに紅茶を注ぎ足した。彼女は依然としてなにも言わない。私は彼女を見、彼女がベッドに横たわっていた姿を思い出していた。

「私の言葉に嘘はない」と私は言った。

彼女は眉を寄せた。

「私はあなたの家の中を探ったのではない。夜中にトイレに行きたくなって、間違ったドアを開けてしまったのだ。そこはクローゼットだった。つまずいたのかもしれない。だが、決して書かれていたものを読んだりはしていない。私は他の人間の所有物を探ったりなどしない。他の人間にも私のものを探らせたりはしない。いや、今はもう何もかも燃えてしまったから私のものなどなにもないのだが」

彼女は話し終わった私をしばらく黙って見ていた。私の話を信じるべきかどうか迷っていたのだろう。人の言うことを信じるかどうかはいつの場合も難しいことだ。真実はいつも移ろいやすく、嘘は往々にして確固たるものであるから。

「ここに来たのは、説明したかったからです」モディーンが言った。「あなたが間違ったドアを開けたかどうかについては、今は触れないことにします。わたしはもしあなたが、わたしがなにか隠そうとしていると思っているなら、間違いだということを言いたいだけです」

彼女は急に立ち上がった。

「外に出ませんか？　雨は降っていないし、風もない。空気が吸いたいんです。ここは狭くて息苦しいわ」

私はジャケットを羽織り、左右の色のちがう長靴を履いてドアを開けた。太陽が輝いていた。群島の晩秋はまだ穏やかだった。

島をぐるりと周り、最後に岸壁の上のベンチに着いた。

そこでリーサ・モディーンは話し始めた。彼女はドイツ出身だった。母方の祖母ウルリーケはカール・マドセンと結婚していた。彼の所属部隊は悪名高いナチス親衛隊だった。ポーランドで残虐な行為をしたことで知られる部隊である。ウルリーケは故郷のブレーメンに留まっていた。リーサ・モディーンの母親ロスヴィータは、カール・マドセンが最後の一時休暇を許された一九四四年の一年後の一九四五年に生まれている。

リーサ・モディーンの祖母ウルリーケ自身は一九一七年の生まれで、一九七〇年代の後半に死去した。ウルリーケの娘でリーサの母親のロスヴィータは、父親カール・マドセンは一九四五年五月にベルリンが陥落するまで町を死守していたと信じていた。しかし、母親の遺品を整理したとき、リーサ・モディーンはそれが嘘だとわかった。カール・マドセンはベルリンで死んだのではなく、終戦の数ヶ月前にポーランドのカラカウでリンチされて死んだと知った。カラカウ市の広場の粗末な首吊り台の上で。戦争の間ポーランドでナチス親衛隊が行なった言語に尽くし難い残虐な行為の責任者であることが発覚したためだった。彼の行なった行為がどのようなものであったかを示すものはウルリーケの残した遺品の中にはなかった。なぜ東部前線にいたカール・マドセンの写真が残されているのかもわからなかった。そこでしばらく戦ったということなのだろうか。戦士の居場所が明らかにされることはなかった時代だった。

彼女が寒そうだったので、もう一度島を一回り歩いてベンチに戻った。

「祖母ウルリーケのことはほとんどなにも憶えていないんです」モディーンが言った。「祖母が死んだとき、わたしはまだ小さかったから。家族はその頃はもうスウェーデンに移住していました。わたしはスウェーデン生まれなのです。母ロスヴィータはドイツで十五歳年上のスウェーデン人船員ラーシュ・モディーンと出会い、スウェーデンに移住したんです。祖母ウルリーケも一緒に移住しました。そのとき祖母は夫の、私の祖父であるカール・マドセンの数少ない遺品も持ってきたんです。わたしはウッデヴァッラで生まれました。幼い頃の思い出はみんな明るかった。暖かい夏の日、平和な暮らし。祖母はわたしたちの住んでいたアパートメントの屋根裏に部屋を持っていました。わたしたちと一緒に食事はしたけど、わたしは一度も祖母の部屋に入ったことがなかった。祖母はそこで静かに暮らしたかったんだと思います。わたしは祖母が怖かった。彼女が厳しかったたからじゃないんです。彼女が口をきかなかったから。わたしは彼女が話すのを一度も見たことがなかった。声に憶えがないんです。その後、祖母は亡くなりました。母も亡くなった。母が亡くなったとき、わたしは十三歳でした。母は四十歳の若さで亡くなったんですが、脳出血で、それも大量の出血だったらしい。わたしは二十歳になるまで父親と一緒に暮らしました。父はほんの数年前に亡くなりましたが、優しい人でした。老人ホームの彼の部屋はいつもきちんとしていた。母ロスヴィータはドイツのことをほとんど話さなかった。父が亡くなったとき初めてわたしは、あなたがわたしのクローゼットで見つけた祖父の遺品を見つけたんです。これが、あなたがわたしのクローゼットで見たものに関するすべてです」

彼女の話が真実ではないと否定する根拠はなにもなかった。そう彼女に伝えるのがベストであろうと思った。

「じつに驚くべき話だ。だからこそ私は君の話してくれたこの話を信じる。また私はこの話を他には話さないということも約束しよう」

「正直に話すしかないと思ったのです。でももうこの話はしたくない。これは私の話ですから。あなたの話じゃない。わたしたちの話でもない。わたしだけの話ですから」

トレーラーに戻って、なにか簡単な夕食を作るから一緒にどうかと言ってみた。驚いたことに彼女は承諾した。冷蔵庫の小さな冷凍ボックスにルイースが作ってくれたフィッシュグラタンが入っていた。それを取り出して、私は買ったばかりの電子レンジで温めた。まだ数本残っていた缶ビールもテーブルの上に出した。食事をし、ビールを飲み、さっき聞いた彼女の話以外のことを私たちは話した。

帰る話は一切せずに、ビールを飲んでただとりとめのないことをしゃべっていた。

本当は訊きたいことがたくさんあった。中でも、私は彼女がもうじき引っ越すのではないかという気がしたので、どうなのか訊きたかった。今の住居も仕事も、彼女が気に入っているようには見えなかった。だが、それについては話さなかった。と言うのも、彼女が自身について話すとすれば、いつ話すか、なにを話すか、自分から言い出すと思ったからだ。

「今晩はここに泊まらなくちゃならなくなってしまったわ」夜中の十二時近くになって、彼女はようやく言った。

私は彼女がこれを言うのを待っていた。

「広くないけど、何とかあなたの眠る場所くらいはある。あなたはベッドで、私は床にマットレスを敷いて寝ればいい」

私は鍋に水を入れてストーブにかけ、タオルを渡した。

「ちょっとボートを見てくる。顔を洗ったら、ベッドに入って電気を消してくれないか。私は暗くても見えるから」

「わたし今までトレーラーで寝たことないの」と言って、彼女は笑った。「じつを言うとテントで寝たこともないのよ」

上着を取って外に出ようとしたとき、モディーンが私の肩に手を置いて言った。

「わたしが床に寝ます。あなたはどうぞベッドで。でもなにも期待しないで」

私はなにも言わず、ただ頭を振って暗い外に出た。振り返って見ると、彼女はしっかりとトレーラーの窓のカーテンを閉めていた。

懐中電灯の明かりを消して、私は暗闇の中に佇んだ。遠く沖の方から貨物船の汽笛が聞こえてきた。どの方向に向かっているのかは見えなかった。それはまさに、時間というもののない瞬間だった。私はいつも時間とか年月の経過は、次第に重くなる荷物のように感じていた。まるで時というものが何グラムとか何キロというように量れるものであるかのように。舟着き場の近くでその晩私が感じた時間のない瞬間は、まさにそんな重さのないものだった。私は目を閉じて夜の風に耳を澄ました。過去はない、未来もない、ルイースに関する心配もない、家も焼けていない。なにより、失敗する手術もないし、腕をなくした女性もいない。

いつの間にか私は泣いていた。

舟着き場の暗闇に立っていたのは私ではなかった。それはかつての私、子ども時代の私だった。私は何とか感情を抑えて涙を拭いた。ちょうどそのときトレーラーの中の電気が消えた。私はボート小屋に入り、聴診器のそばに掛けてある塩水でも使える石鹼を持ってきた。それから服を脱いで氷のように冷たい海の中に入り、石鹼で体を洗った。海から上がって体を拭き、再び服を着たとき、手の指は青く、脚は震え、歯が口の中でカチカチ鳴っていた。

体を暖めるために私はその場で何度かぴょんぴょん跳んだ。恐れていたことだが、片方のふくらはぎが筋違いを起こし、私はしばらくその脛をさすってからゆっくりトレーラーに戻った。

ふくらはぎの筋肉は正直だった。私は間違いなく七十歳になる老人で、疲れていて、二日酔いで、なにより体を休めたかった。私はそっとトレーラーハウスのドアを開けた。流しについている小さなランプの明かりがあたりをぼんやりと照らしていた。リーサ・モディーンは壁の方を向いて寝ていた。掛布から頭だけが少し見えた。起きているに違いなかったが、眠ったふりをしているようだ。私はマットレスを広げ、枕と毛布をクローゼットから出した。服を脱いでベッドに入り、電気を消した。

ハリエットに出会う前のことを思い出した。ある日級友の医学生たちとレストランへ行った。誰か金のある学生の誕生日で、彼のおごりということだった。遅くまで飲んだり食べたりしたあと、レストランの外でみんなと別れた。一人、私と同じ方向に住んでいる女子学生が私と一緒に歩き始めた。冬のことで道路が凍りつくほど寒い晩だった。彼女はクラスの中でもほとんど目立たない女子で、特別美人だったわけではなく、面白いわけでもない、ただ目立たない静かな女の子だった。いつもたいていは一人で、一人でいるのが好きなように見えた。誰かに近づいて仲間になりたがっているようには見えなかった。道が分かれるところまで来たとき、彼女は滑って転びそうになった。私はかろうじて彼女が転ぶ前にその体を抱き止めた。あっという間の出来事だった。厚い冬のオーバーコートを通して互いの体がしっかり感じられた。

私たちはそこから一言も交わさずに彼女の部屋に行った。一部屋のアパートで、今でも部屋中石鹼の匂いがしたのを鮮明に思い出す。部屋に入るや否や、彼女は猛烈な勢いで私の服を脱がせた。今まで関係をもった女性のうち、彼女が最も情熱的だったと今でも私は断言できる。彼女は背中に爪を立て、私の顔を嚙んだ。夜明けにようやく眠りについた頃には、シーツは血で真っ赤だった。トイレに入ったとき、私はまるで猟銃にでも撃たれたかのように、身体中が血だらけだったことを思い出す。

一晩中、私たちは一言も口をきかなかった。あんなに荒々しい行為の間、私もそれに応えたわけだが、彼女は一言も言葉を発しなかった。

朝、目が覚めてみると、彼女はもういなかった。テーブルの上にほんの一行、メモがあった。ありがとう。帰るときドアを閉めて。

その日は医学倫理の理論の授業があり、私は彼女を見かけた。彼女は私を見るとうなずいて挨拶をした。まるで何事もなかったかのように。休憩時間、私は彼女に話しかけようとしたが、彼女はただ首を振るだけだった。話したくなかったのだ。もしかすると起きたことそのものも思い出したくなかったのかもしれない。

その夜以降、私たちが会うことは決してなかった。医学コースを卒業したあとは、それぞれ別の方向に進んだ。それからずいぶん経ってから、私は偶然新聞の死亡欄で彼女の名前を見た。急死と書かれていた。両親ときょうだいが喪主だった。四十二歳、ヴェステルボッテン県の内陸にある病院の勤務医とあった。

その死亡広告を見たとき、私は思いがけなくも大きな悲しみに襲われた。なぜかはわからなかったが、彼女が恋しいと思った。

「眠っていないでしょう?」リーサ・モディーンの声が突然聞こえた。まだ壁を向いたままだ。壁に言葉が当たって返ってきた。

「私はいつも眠りが浅い」と私は応えた。

モディーンは寝返りを打ってこっちを向いた。うっすらと顔が見えた。ボート小屋の外壁についているランプからの明かりがトレーラーの窓のカーテンを通して差し込んでいた。

「わたし、眠っていたのよ。今目が覚めたら、どこにいるのかわからなかった。目が覚めた瞬間自分がどこにいるかわからないのって、怖い悪夢よりもっと怖い。それって、自分が誰かわからないのと同じくらい怖いことよ。誰かが夢の中でわたしの顔と体をなにかわからないものとか誰かわからない人にすり替えるような、そんな怖さを感じたわ」

「私はトレーラーの中では悪夢は見ない。なぜかな。まるで、トレーラーの中は悪夢を見るには狭すぎるとでもいうように。悪夢には空間が必要なのかもしれない。少なくともちゃんとした広い寝室が」

「わたしの場合、それはまったく逆よ。狭いから悪夢を見るんだと思う」

話は始まったとき同様、急に終わった。

「わたし、あなたがうちに泊まったときに、なにも期待しないでと言ったわ。今晩わたしはここに泊まって、やはり同じことを言ったわ。でも、あなたはそれはもうわかっているでしょう?」

「いや、人はいつもなにかしら期待するものだ。だが、それはあなたが気にしなくていいことだ」

「期待するって、なにを?」

「答えなければならないか?」

「無理にとは言わないけど」

「私が期待しているのはもちろん、こっちに来て私を愛してという言葉をあなたから聞くことだ」

リーサ・モディーンは笑った。冷たい笑いではなく、驚いたふうでもなかった。

「そういうことにはならないわ」

「私はあなたには年取りすぎているということか」

「わたしは本当に愛している人としか寝ないの」そう言って、彼女はまた壁の方に寝返った。

「もう眠りましょう。これ以上話をしたら、すっかり目が覚めてしまうわ」

「話を始めたのはあなただ」と私は言った。

「そうね。でももう眠りましょう」

寝つくのに長い時間がかかった。私は起き上がって、彼女の寝ている寝床に潜り込みたかった。彼女の反応はどっちみち二つしかないのだから。迎え入れるか、拒絶するか。

私は自分の床にとどまって、彼女の寝息を聞いた。次第に深くなっていく。彼女は眠りに落ちたようだった。

夢を見た。ランプが激しく燃えていた。私は燃え盛る家から飛び出そうとしていたが、できなかった。二階から下に降りる階段はもう燃え落ちていた。あたりを見回すと、祖母の姿が見えた。祖父に食事の用意ができたと声をかけていた。煮たカマスを食べようと。

そこで私は目を覚ました。夢はそこで途切れた。

モーターの音が聞こえて目が覚めた。起き上がってみると、ベッドが空っぽだった。彼女の服もハンドバッグもない。私はトレーラーから走り出た。リーサ・モディーンはちょうどボートを出したところだった。私に気がつくと彼女は手を振り、舟着き場の方を指さした。ベンチの上に二つ折りにしたメモ用紙が小石の下に挟まれていた。彼女の勤めている新聞社の社名がメモ用紙の上に印刷されていた。そのメモ用紙に彼女がメモを書きつけるのを今まで何度か見たことがあった。

深く眠っているようだから、起こしません。でもこれであなたはわたしのことを少し知ったでしょう。

私は海の中に歩み入った。冷たさが全身に伝わった。十まで数えてから舟着き場に上がり、そのままトレーラーまで走った。そしてベッドに潜り込んだ。

数時間後に目を覚ました。よく眠り、久しぶりに頭がスッキリしていた。逮捕されるというリスクについて、どういう態度をとるか決めなければと思い、テーブルに向かった。カーテンを開けたとき力を入れすぎて、カーテンの端の留め金がプラスティック製の壁から外れ、カーテンがぶら下がってしまった。私はカーテンをドアの外に放り投げた。外れたのなら仕方がない。私には直す時間などないのだと思った。

トレーラーの外に出た。考えに集中するとき、私は体を動かす習慣があった。双眼鏡を首から下げて、手漕ぎの小舟の方へ行った。小舟には半分まで水が溜まっていた。その水を掻き出してから、小島へ向かった。

北東の風が吹いていた。遠くの地平線の上に黒い帯状に雲がかかっていた。私は体を温めるために全身の力でボートを漕いだ。

テントは以前のままだった。が、テント近くの焚き火の場所で、新しく火が焚かれたのがすぐにわかった。近くの藪(やぶ)の中にアメリカン・コンビーフとラベルが貼ってある缶詰の空き缶が数個捨てられていた。他にはここに滞在した人間がいることを示す形跡はなかった。なにかもっとあるかもしれないと思い、小島を一回りしてみた。水辺の岩の間に牛乳のカートン容器が挟まっていたが、これは漂着したものかもしれなかった。

私は見知らぬ訪問者になにかメモを残そうかと思った。テントに入って、寝袋の中に入って体を伸ばした。

そのとき突然閃(ひらめ)いたことがあった。もしかするとリーサ・モディーンは私が思っていたよりももっと近いところにいるのかもしれない。年齢差は大きい。だが、もしかすると、私が彼女を必要としているように、彼女もまた私を必要としているのかもしれない。そんな気がした。

思いが胸に大きく広がった。私は見知らぬ訪問者にはなにも伝言を書かずに小島をあとにした。十分に運動するため、私は島の周りを一周してから舟着き場に戻った。

計画を立てよう。これから数日のためだけでなく、将来のプランだ。リーサ・モディーンに一緒に旅行しようと提案するのだ。もしどこか行きたいところがあれば、私が旅行費用を出すと言おう。彼女にとくに希望がなければ、私が提案するのだ。どこか暖かいところに一緒に行こうと。カリブ海はどうだろう。それともどこか太平洋の島とか。

火事のあと初めて気分が晴れ晴れした。今思いついたことを書いておこうと私はトレーラーに急いで戻った。

トレーラーに入ったとき、携帯が鳴り出した。番号に憶えがなかった。

ルイースだった。早口で、まるで強制されているかのような話し方だった。そのうえ、音がときどき途切れた。ゆっくり話してくれと言うと、時間がないのだと彼女は言った。今にも泣き出しそうで、怖がっていた。私が彼女の声をさえぎって、なにを言いたいのかちゃんと話してくれと言うと、警察に捕まったとルイースは言った。パリの警察に捕まって、私の助けを必要としていると。

いったいなにが起きたのかと訊いたが、彼女はただ助けてくれと繰り返すばかりだった。

電話が切れた。折り返し電話をかけたが、通じなかった。

ルイースがあんなに怖がっている声で話すのは今まで聞いたことがなかった。

私はトレーラーの外に出た。彼女からもう一度かかってくるかもしれないと思って電話を持ったまま。すでに気温がだいぶ下がって寒かったのだが、私はそのまま崖の上の祖父のベンチへ行った。

パスポートは火事で焼けてしまったことを思い出したが、スウェーデン国内の主要な空港へ行けば、臨時のパスポートを発行してくれるということを私は知っていた。

銀行に電話をかけた。幸い、先日手伝ってくれた銀行員と話すことができた。新しいキャッシュカードが届いているという。

それ以上考える必要はなかった。ヤンソンに電話をかけて、一時間後に迎えに来てくれと頼んだ。

もちろん彼はまたモーターがおかしくなったのかと訊いた。

「いや、そうではない。本土まで乗せてもらおうと思って。それだけだ」

ハリエットがいた頃に使ったバッグに中国製のシャツと下着を入れた。あちこちに置いてあった金を集め、携帯の充電器を持ち、沿岸警備隊のアレキサンダーソンに簡単なメモを書いた。逃げたとは思われたくなかったからだ。

ヤンソンが来たときには、私はもう舟着き場に立っていた。いつもながら、彼は時間に正確だった。いつものように握手した。これはヤンソンが必ず行なう儀式のようなものだった。

「本土のいつもの港へ行くんだろう？　帰りはいつだ？」

「まだわからない」私は答えた。

波が高かった。ヤンソンは港のガソリンの給油所そばに私を降ろし、私はいつものように百クローナ札を渡した。彼の船が埠頭を出たとき、私は沿岸警備隊の建物に向かっていた。メモを二つ折りにして、表面にアレキサンダーソンの名前を書いた。メモには娘が面倒なことに巻き込まれ、私の助けを待っている、数日で戻る、と走り書きした。

港の店の前を通ったとき、私は中に入ってマルガレータに注文した長靴が届いているかと訊きたくなった。もちろん、届いていなかった。

「二、三日出かけるんだが、もしかすると私が戻る頃には来ているかもしれないな」

「注文したものがいつ来るかなんて、まったくわからないわ。信用できない世の中になったからね」とマルガレータは無愛想に言った。

オスロフスキーは留守だった。だがガレージを覗くと、道具はちゃんと元の位置に収まっていた。

カーテンはしまっていた。

私は車に乗り込み、出発した。

今晩パリに向けて飛ぶフライトがあるといいが、と思った。そうしたら私は我が祖国スウェーデンに軽く会釈して出発するのだ。

第三部　ガラス瓶の中のベドウィン族

14

ストックホルムのアーランダ空港へ車を走らせている間、私は娘のルイースについていろいろ考えた。また、若い頃、道路端に立ってヒッチハイクしたことも思い出した。町から町へ、ときにはヒッチハイクで国境を越えたものだ。乗せてもらった車の運転者がベロンベロンに酔っ払っていたこともあった。一度など私を拾ったスポーツカーの運転者は若い女性だったが、座席が狭くてバックパックを膝の間に挟み込むこともできなかった。彼女はカタコトの英語で、今アタシ、ダンナを殺してきた、ナイフで何度も刺してやったと言った。とくにそのとき彼女が言った言葉で忘れられないのは、背中を刺した、ということだった。アイツ、自分の身になにが起きているか、わからなかったと思う、と言った。私はそれを聞いてなにか言ったかどうかは憶えていない。だがそのあと彼女は突然車を止めて、降りて、と言った。そこは人里離れた真っ暗な田舎道だった。そこからのことは、私はまったく憶えていない。

パリに行くのに私はいつもまずヒッチハイクでベルギーへ行った。とくにゲントという町へは何度も行ったが、そこからはいつもなぜかまずハンブルクの中央駅に夜中の三時に着くコースだった。そこでパリ行きの列車に乗り換えた。パリを終着点とすることもあったが、そのままスペインとかポルトガルへ行くこともあった。そこで終わりではなく、さらに列車でその先の北アフリカまで足を延ばしたこともある。

ひとけのないハンブルクの駅にはホームレスがたむろしていた。これは第二次世界大戦後わずか十五年しかたっていない頃のことだったので、引きずるよう長いコートを着た年取った男たちは西や東の前線で戦った兵士たちに違いないと私は思ったものだ。彼らの目には恐怖の跡がまだかすかに残っていたが、私は彼らに金を恵んだかどうかは憶えていない。もしかするとドイツの貨幣を持っていなかったのかもしれないし、自分自身金がなかったせいかもしれない。仄かな灯りでハンブルクの中央駅がまるで芝居の舞台のように見えた。役者たちはとっくに帰り、照明係が明かりを消すのを忘れてしまったような取り残された舞台。そこではほんの少数の夜の彷徨者たち、旅行者、そして清掃人によって決して上演されない芝居が繰り広げられていた。

アーランダ空港に着き、車を駐車場に入れると、いきなり無数のチェックイン・デスクまで長い列が並ぶ、慌ただしく忙しい世界に足を踏み入れた。私は呆然としてしまった。最後に飛行機に乗ったのはいつだっただろう。思い出せなかった。

パリ行きの便のチェックイン・デスクを探し当てるのに時間がかかった。発着便を知らせる大きなボードには、パリ行きの便は二時間の遅れを予定していると知らせる掲示があった。それだけがその晩パリに向けて出発する便だった。ありがたいことにそのエール・フランス便にはまだ空席があった。私はその日に受け取りに行った銀行カードでパリ行きの切符を買った。切符を手にしてから、もう一つ面倒なことが残っていることを思い出し、ガラスのボードの向こう側にいる女性に声をかけた。

「家にパスポートを忘れてきてしまった。確か、スウェーデン市民はフランスへもパスポートなしで旅行できるはずだね？」

「身分証明できるものを持っていれば大丈夫ですよ。もしそれもなければ警察が一度だけの旅行に有効な臨時パスポートを発行してくれます。色はピンクなのですぐにわかりますよ」

臨時のパスポートを入手してから空港の銀行へ行って両替をした。パリ行きのチェックインカウンターへ行って搭乗手続きし、手荷物のチェックインも済ませた。出発ロビーで安手の機内用キャリーケースを買い、同じ売り場で買ったシャツとソックスを詰めた。出発ロビーに腰を下ろすと目の前に何台もの飛行機がまるで檻に入れられた動物のようにゲートに沿って並んでいた。

私はここでリーサ・モディーンに電話した。何度か鳴らし、諦めかけた頃彼女は応答した。私はできるだけ簡単に娘からSOSがあって、急にパリへ行くことになったと説明した。

「一つ頼みたいことがある。ホテルを予約する暇がなかった。できたらパリの中心部で、三つ星以下のホテルをネットで見つけて予約してくれないか？　そう、明日からの予約でいい。出発時間が遅れていて、到着は夜中になりそうなので」

「予算は？　何泊の予定？」

「一泊いくらかは私には見当もつかない。三つ星以下のホテルで、少なくとも二泊の予約を頼む」

「もちろん、手伝います」

二十分後、電話があり、彼女はホテルを見つけたと言った。

「ホテル・セルティック。場所はモンパルナスでオデッサ通りにあって、ヴォージラール通りとの交差点の近くです」

これは何かの冗談か、と思った。パリにある無数の通りの中で、その通りは私がよく知っている通りだったからだ。数回パリに行った中で最も長く滞在した一九六三年に、ポルト・ド・ヴェルサイユ近く、パリで一番長い通りであるヴォージラール通りの近くの通りに小部屋を借りていた。通りの名前はカディス通りで、モンパルナスから歩いて約四十分のところにあった。夜遅くその通りを歩いていると、猫の大きさほどのドブネズミが歩道の隅のドブからドブへ動いているのを見たものだ。私は大ネズミたちが怖かった。いつ方向を変えてこっちに襲ってくるかわからないと思ったものだ。

夜になると石畳の通りに私の靴音が響いた。その頃の私はいつも茶色い、ボロボロの靴を履いていた。ムフタール通りにあったジャズクラブでたまたま出会った男にもらったものだった。そのとき私が履いていた靴があまりにもぼろぼろだったので、気の毒に思ったのだろう。左足の靴は踵が破れていたっけ。真夜中、その男と彼の付き合っていた女性と一緒に彼らの住んでいたリュクサンブール公園の裏通りに行った。彼らは建物の屋根裏部屋に住んでいた。昔は下僕や召使いたちの住んでいたところだろう。男は靴を持って降りてくるのが面倒だったのだろう。窓から通りに向かって片方ずつ投げてくれた。私はその茶色い靴をその場で履いてみた。ぴったりだった。

「もしもし？　どうしたんですか？　空室はあるそうです。予約しますか？」

「ああ、そうしてほしい。私のクレジットカードの番号が必要だろうか？」

「わたしの番号を言っておきます。支払うときは、あなたのカードで」

「パリまで来ないか？」

そう言ってから初めて私は、それこそ私が望んでいたことなのだとわかった。だから彼女にホテルを探してくれと頼んだのだ。パリに一緒に行かないかと誘いたかったのだ。目的は確かに娘を探し出すことにあるのだが。

「え、どういう意味？」

「今言ったとおりだ。パリに来たらどうか、と。全部私持ちで。招待したい。あなたのアパートメントで過ごした一晩のお礼に」

「あの寝心地の悪いソファに対するお礼がパリ旅行というのは、ちょっと大袈裟(おおげさ)でしょう」

「いや、そんなことはない」

リーサ・モディーンは軽やかに笑った。

「君は私の電話番号を持っている。パリに着いたら電話してくれ。迎えに行く」

「行きませんよ。第一わたしたち、お互いを知らないじゃありませんか」

「いや、私は自分を知っている。私は本気だ」

「今どこですか?」

「アーランダ空港だ。航空便の出発を待っている。私はこれまでの人生で今ほど孤独を感じたことはない。死んだあとどう感じるかはわからないが」

「え、どういうことですか?」

「死後の世界はひとりぼっちの場所らしい。そして、その状態もまた孤独なものらしいから」

「わたしは普通に働いている人間です。自由に休みをとったりパリへ行ったりすることはできませんよ」

「パリについて書けばいいではないか。放火魔について書いたらどうだ? 逃亡し、娘を探している放火魔を」

「娘さんの居場所、わかったんですか?」

「いや。とても心配している」

沈黙が続いた。まるで人生そのものが停止してしまったようだった。リーサ・モディーンはすぐ近くにいる。私の耳と繋がっている。だがまったくなにも聞こえない。リサ・モディーンが私を愛していると言う言葉が聞きたかった。私は彼女を愛していない。ただ女性が猛烈にほしかった。誰でもよかった。私を愛していると言ってくれるなら、どんなことでも言うつもりだった。

若い頃、私は捨てた女性に責められたことがあった。彼女は私をまるで蜘蛛のようだと言った。網を張って獲物を捕らえたあとは、獲物がもがくのをただ見ている、と。私は決して獲物を食べはしない、ただその場を離れて新しい網を張るのだ、と。

「来るか、来ないか、どっちです?」沈黙に耐えられなくなって私は訊いた。

「行きません」

「私は君を待っている」

「あなたはそもそもなにを待っているんです?」

「なにも。同伴者かな。一緒にいてくれる人。それだけだ」

「不安になるわ、こんな会話は」

「それは私の意図するところではない」

「ショートメッセージでホテルの住所送ります」

「頼む」

「これ以上話せません」

「なぜ?」

通話は切れた。私も彼女も掛け直しはしなかった。

航空機は空港アナウンスのとおり、二時間遅れて出発した。パリの上空まで来たとき、街の明かりがきらめくパリの上空で着陸までしばらく待機させられた。乗客は着陸するとコートと手荷物を手に、我れ先に降り口へ急いだ。まるで大切な時間を失って損をしたとでもいうように。一分でも早く飛行機を降りたいとでもいうように。私はそんな人々の姿を見て不安になった。人々の群れがまるでなにかから逃げているかのように見えた。だが、いったいなにから逃げているのだろう？　狭い座席、飛行機そのものに対する恐怖心、それともそれぞれの人生からか？　私自身、かつてはこんなふうだったのではないか？　時間を勝ち負けの道具として見ていた。だが、今はそうは見ない。今はもうあまり時間が残っていないから。

私は最後に降りた乗客だった。客室乗務員の女性が大きなあくびをした。顎の骨がガリッという音が聞こえた。それで思い出したことがあった。夜中にハンブルク駅でパリへ向かう列車に乗り換えたとき猛烈な歯痛に襲われたことだ。冬で、とても寒かったのを憶えている。パリの北駅に着いたとき、あまりの痛さに私は動けなくなった。仏頂面の車掌が来て、降りろと叫んだのでやむなく降りたのだった。十六歳のとき。高校を中退し、なにもかもがめちゃくちゃだった頃のことだ。

飛行機のタラップが昇降機で動くのを見て、私は父が一時期昼食の厨房の責任者をしていた工場を思い出した。あのとき私は父と一緒に朝早くその工場へ行った。朝のシフトが始まる前だった。パスポートチェックと税関を通り過ぎたとき、そのときのことを思い出した。パスポートのチェックも税関の荷物チェックも係官はただうなずいただけだった。

空港バスを探しに外に出ると、パリの未明は寒かった。私は頭にあった予定を変更した。早朝にホテルへ行き、予約した部屋の客が出て掃除が終わるまで、つまり午後までホテルのロビーで待つ必要などないのだ。私はもう一度ターミナルビルの中に戻り、空いている椅子を数脚持ってきた。そして手荷物バッグを枕にして横たわり、まもなく眠りに落ちた。

そばを人が通るたびに目を覚ましたが、私は若い頃、さまざまな病院でインターンをしていた時代に、数分ごとに眠りに入っては目を覚ますという術を身につけていたのでなんとか眠れた。

朝の七時過ぎ、私は起き上がった。体がすっかり冷え切っていた。開いたばかりの空港内のカフェでクロワッサンを食べコーヒーを飲んだ。そこで働いていたアフリカ系の女性の頬に大きな傷跡があった。同じ側の耳の一部がなかった。この人はアフリカのどの国から来たのだろう、ひどい拷問や暴力行為から逃れてきたのに違いないと私は思った。リベリアかルワンダか？　私はサポートする思いを込めて彼女に笑いかけたが、彼女は疲れているのか、あるいは他人を信じるだけの余裕がないのか、まったく反応しなかった。

彼女の背景には大勢の死んだ人々がいるに違いない。彼女のように逃げ出すことができなかった人々。家族、友達、見知らぬ人々。

時間はすでに七時四十五分になっていた。空港はこれから出発する人々と着陸した航空機から降りてきた人々で混雑していた。私は空港バスでパリ市中へ行くことにした。オペラ座が終点のバスが見つかり、それに乗った。バスの乗客の半分は中国からの観光客だった。旅行代理店の人間と思われる女性が乗客一人一人になにか説明して回っていた。後部座席に席を見つけて座った私は、ふと自分が着ているシャツは中国製であることを思い出した。

大きな荷物を何個も抱えた黒人の家族が最後の乗客だった。パリ市内までの途中、バスは渋滞でしばしばストップし、時間がかかった。バスの窓から見える景色が世界の景色なのだった。道路にぎっしりと並んでいる車列が、手のつけようのない、希望のない世界を表しているように思えた。そして私はたまたまその世界に生まれているのだ。このバスの周囲で車を運転している人たちは、それもたいていは一人で、なにを考えているのだろう？　いや、そもそもなにか考えているだろうか？

私はバスの窓から外を睨んでいたが、そのうちそれもやめた。代わりに、どうやってルイースを見つけ出すか、その方法を考えた。私のフランス語は完璧からは程遠いものだったが、たいていの場合、言わんとするところを人はわかってくれた。私は私で彼らの言うことはたいていわかった。

オペラ座の前で降りた。初めて見た五十年前の景色がそっくりそのままそこにあった。モンパルナスへ歩いていこうと思ったのだが、地下鉄前の大きな地図を見て、そこまで歩くのは遠すぎると思った。十代の頃は、パリの中心部から町外れの蚤の市まで歩いていったり、パリの下町を見に行ったりするのは、何の苦でもなかったものだが。

今では遠すぎた。シャトレ駅で乗り換える地下鉄に乗ればモンパルナスまで行ける。そういえば、昔はシャトレから東へ向かうその線は最も新しい地下鉄の線だったことを思い出した。当時の地下鉄はガタガタと揺れたものだったが、東に向かうその線の現在の地下鉄の電車は、車輪がゴムで、唸り声を上げるそれまでの地下鉄とは違い、ほとんど音を立てなかった。

地下鉄に乗ると、空いている座席はなかった。すぐそばで黒い肌の女性たちが猛烈な勢いでしゃべっていた。

地上に出ると雨が降っていたが、行き先がわかっていたので心配はなかった。ホテルのあるオデッサ通りは駅からさほど遠くない。そこまでの約十分の間、私は通行人の傘の先端が目に当たらないように、頭を下げ姿勢を低くして歩いた。十時ちょうどに、目的のホテルに着いた。まだ部屋に入れてもらうには早すぎた。真鍮製のホテルの看板には星が三つ並んでいた。建物は十九世紀の終わり頃に建てられたものらしく、四隅が崩れ始めている印象だった。二、三段階段を上がると、アフリカ系の女性がホテルの名前が刻まれているガラスのドアを磨いていた。私が階段を上がってくるのを見て、にっこり笑い、ドアを開けてくれた。

狭いフロントカウンターの周囲は美しい壁紙と茶色の板張りで、ラヴェンダーの香りが漂っていた。分厚いが、かなりすり減った絨毯が床に敷き詰められていた。絨毯の色は深紅で、微笑(ほほえ)んでいる人魚姫の姿が織り込まれていた。カウンターの中にいる男性は一風変わった微笑みを浮かべて私の方を見た。私はすぐにそれは義眼であるせいだとわかった。オスロフスキーと同じような目だった。

私は臨時のピンクのパスポートと銀行カードを取り出した。たどたどしいフランス語で部屋を予約していると言った。フロント係はすぐにパソコンで私の予約を確認した。別のクレジットカード名で予約を受けていると言われたので、それは妻のクレジットカードだと言い、支払いには自分のこの銀行カードを使いたいと告げた。

「二時前に部屋に入ることができますか？」と私は訊いた。

胸にムッシュー・ピエールという名札をつけたフロント係は、優しい目で私を見て言った。

「今からでもお部屋をお使いいただけますよ。前のお客様は今朝早く発たれたので。お気の毒に。朝の四時半でしたよ」

フロントの男は窓を拭いている黒人女性の方にうなずきながら言った。

「お部屋の掃除はラケルがすでに済ませています」

フロント係は時代がかった重そうな鍵を取り出した。二一三号室と彫り込まれている。エレベーターの方を片手で指して、当ホテルにようこそ、どうぞごゆっくりと言った。

予約した部屋はホテルの裏側に面していた。ホワイエと同様、部屋の色は茶色に統一されていた。ここもまたラヴェンダーの香りがした。部屋は大きくなかったが、きれいに掃除されていた。私はベッドカバーを外して、靴を脱ぎ、大きく体を伸ばした。

天井を見上げると、真っ白く塗られた天井に細く黒いヒビがたくさん入っていた。

天井は晴れ始めた霧のように見えた。

15

私は携帯電話を取り出し、ルイースの番号を押した。答えない。留守電も作動していなかった。私は火事で焼けてしまった我が家のことを思った。そして私の所有する小島のテントで何者かが眠ったことを思った。

そして今私はパリのこのホテルの二一三号室にいる。

なぜか、ルイースが話してくれた日本の石庭、虚空(こくう)の大海原のことを思い出した。

急に頭に浮かんだことがあった。私はこのホテルの部屋で心臓麻痺とか脳溢血で突然死したくない、娘のルイースを探し出すまでは絶対に嫌だという思いだった。

ベッドに起き上がった。すぐにもルイースを探し始めなければならないと思った。ホテルの裏に面している窓の前に立つと、いつの間にか雨が本降りになっていた。

ホテルの裏のゴミ箱の周りにネズミが一匹見えた。

私は部屋を出た。エレベーターは使用中なのだろうか。何度ボタンを押しても来なかった。階段でラケルとすれ違った。手に洗濯済みのシーツを持っていた。

こちらを見て微笑んでいる。部屋は確かにきれいに掃除されていた、ありがとうと私は礼を言った。そして五ユーロのチップを渡して階段を降りた。

振り返ってみると、彼女はまだ階段に立って私を見送っていた。

一階のフロントに行って、ムッシュー・ピエールにパリの電話帳を貸してくれと声をかけた。電話番号はこちらのパソコンで調べられますと言ってくれたが、私は断った。パリにある警察署や刑務所を探すことを言いたくなかった。

厚い電話帳を持って、私はこれまたムッシュー・ピエールからもらった紙と鉛筆を手に、一階の営業時間外のバーに入り、およそ一時間、警察署と留置所の住所と電話番号を紙に書きつけた。

その中に、一九六八年の春のある日の午後から翌朝までの十数時間、私自身が過ごした留置所の名前を見つけた。その春パリに来たとき、パリでは学生デモや暴動が起きていることを当時の私はまったく知らなかった。安宿を探していた私は、学生が多く住む、安宿の多いラテン・クォーターに足を踏み入れた途端、燃え盛る乗用車、催涙弾を投げる警察官たち、そしてなにより圧倒的な数のデモに参加している人々に巻き込まれたのだった。

ヨーロッパで学生運動が盛んなことは知っていたが、私自身は参加していなかった。私は医学コースで勉強を始めたばかりで、ランチタイムや授業と授業の間の休み時間などに話題に上がる政治的な会話にも参加していなかった。医師免許を取得したあと、貧しい国で働くために出掛けていく医者の卵たちを私は不信感をもって見ていた。私が医者になるのは、いい給料を得、自分が選ぶいい病院で働くためで、アフリカとかアジアの貧困国へ出かけていくことなどまったく考えられなかった。同級生で貧困国にわざわざ出かけていく医学生や医師免許取得者たちは世間知らずで、必ず後悔すると思っていた。しかし、今では、たぶん私が間違っていたのだろうと思う。

一九六八年の春、私がパリに来たのは一年の試験が終わったあと、羽を伸ばして遊ぶためだった。一人旅で、パリの街を歩くのを楽しみにしていた。目的はなく、ただ大都会の名もない旅人を気取るつもりだった。

パリに着いた最初の晩に早くも私は警察に捕まった。窓に格子のある、車体に大きくポリスと書かれた紺色のトラックに投げ込まれた。その前に私はその晩ソルボンヌの近くのまさに極貧者だけが泊まるような木賃宿を見つけてチェックインし、食事をするために外に出たのだった。その時間、周辺にはデモもなかったし、放火された車も、警察官の列もなかった。私はその辺をぶらぶら歩き、確かこの辺にいくつか食堂があったはずと記憶していた路地に入った。その通りは短かった。私がまさに小さな食堂に入ろうとしたとき、突然警察の車両が来てその短い通りの両端を閉鎖した。その車両から大勢の警察官が飛び出してきて、通りにいた人間を片っ端から捕まえた。何の説明もなかった。私は警察の車両に他の者たちと一緒に押し込まれ、車はすぐに出発した。車両の中に押し込まれた人間たちはそれこそ雑多だった。男、女、フランス人労働者、学生、外国のツーリスト等等。なにが起きたのかわかっていた者は一人もいなかったと思う。一人の女が恐怖のあまり泣き出した。私自身は驚いたか、怖かったか、よく憶えていない。憶えているのはただ、とても空腹だったことだけだ。

翌日までなにも食べられなかった。他の者たちと一緒に私はシテ島の留置所で車両から降ろされて、巨大な地下の牢屋に押し込まれた。そこにはすでに少なくとも二百人の人が石のベンチや石の床に座っていた。人々の間には何の繋がりもないようだった。女たちの中には夜の仕事をしている者もいたようだ。衣服でそれらしいとわかったが、ほとんどは一般市民に見えた。その多くの人が私同様腹をすかせていたに違いなかった。

パスポートあるいは他の身分証明証が集められた。だが、そもそもなぜ我々は捕らえられたのかという問いに答えられる者はいなかった。

夜、我々が捕らえられたのはどうもデモとは関係がないらしいという噂が地下室の人々の間に流れた。ルーアンとパリの間でヒッチハイカーが運転手を殺害したというのが理由らしかった。私は地下の牢屋を見渡し、どう見てもこの中にヒッチハイカー殺人者がいるとは思えないと思ったものだ。

朝になって、私は呼び出され、取り調べを受けた。私は医学生で、一週間の休みを使ってパリに遊びに来たのだと言った。尋問した警察官はため息をついて私にパスポートを戻し、パリにいる間は大きな広場などには出ないようにと忠告した。最後に、まるでついでのように彼は、パリの政治的なカオスについてどう思うかと私に訊いた。地下の石造りの牢屋で一晩明かした私は、空腹と疲れから叫んだ。

「もちろん、私は学生たちを支持する」

牢屋から解放されると、私は真っ直ぐにカフェに行って、サンドウィッチをむさぼり食いコーヒーを飲んだ。残りの日々、私は建物沿いに歩き、警察の車を見ると不安になったものだ。

電話帳をムッシュー・ピエールに返して、私は外に出た。磨かれたばかりのガラスのドアに指紋を残さないように最大限に気を使ってドアを開けた。

パリは薄曇りだった。そのとき、私は気がついた。周りにいるのが、ごくわずかな人々を除いて、みんな私よりも若いことに。今までほとんどそれに気づいていなかった。私は人間の年齢層の一番上、いや、欄外に属しているのだ。私は消滅しかかっている人間たちに属するのだ。一人一人、私を通り過ぎて歩いていく人間たち、急ぎ足で、私の知らない目的地に向かって歩いていく人間たちによって、私はそれに気づかされた。

若い頃、私はエスカレーターを急ぎ足で駆け上がる人間だった。いつも急いでいた。特別に行き先がないときでさえも。

ある年のミッドサマーの前日、私はストックホルムのシェップスホルメンにある近代美術館に行った。その帰り、美しい女性の後ろを、距離を置いて歩いた。女性はおそらく私より十歳は年上だっただろう。私は前を歩く彼女を見るという以外のことはなにも望んでいなかった。近代美術館からノルマルムストリイあたりまで来たとき、女性は突然立ち止まり、くるりと振り返って私に向かい、にっこり笑った。私が足を止めずに彼女に近づくと、彼女はなにか用事があるのか、と訊いた。

「いえ、別に」と私は答えた。「私たちはどうも同じ方向に向かっているようですね」

「それは違うわね」と彼女はピシャリと返した。「そんなことはないわ。いいですか。あなたはここから動かないで。わたしの後ろについてこないで。そんなことをしたら、わたしの笑顔は消えますよ」

その女性はビブリオテークスガータンとの交差点で角を曲がった。あのとき私は、その通り(ストリート)で最高齢の人間ではなかった。

シテの牢屋のことを思い出したら腹が減ったので、通りのレストランを物色しながら歩いた。ラ・クーポールの前まで来ると、この店は観光客には高すぎるという噂があることは十分承知していたが、やはり入ってしまった。驚いたことに、店の中にはそれほど客はいなかった。私はすぐに表の通りに面しているテーブル近くの大きな壁を背にした一人用のテーブルに通された。

私はメニューを見ながら、店の中に響く人々の声を無視しようと努めた。じつはこの店にはパリに来るたびに、一人のときも同伴者がいたときも、必ず訪れていた。夜遅く来たこともあったし、午後の静かな時間に来たことも数回あった。一度など、そばのテーブルのアメリカ人女性と会話したこともあった。オクラホマ州のタルサの病院で働く一般医だった。なぜか、いまだにその理由がわからないが、私は自分も医者であることを隠した。そしてデンマークの小さな町で働く建築家だて、仮面をかぶって、それで、他の人間のように振る舞ったのだろうと思う。と言った。よく憶えていないが、私はきっと酔っ払っていたに違いない。それで、仮面をかぶって、他の人間のように振る舞ったのだろうと思う。

ありもしない大きな敷地に建てる豪邸の話をとくとくと話したのをかすかに憶えている。

アメリカ人女性のことを頭から追い払い、少し迷ってから、パスタとビールを注文した。若いウェイターは額に汗を滲ませていた。私の注文を受け終わる前に、彼はすでに次のテーブルに移っていた。

私が最年長であることはここでもやはり同じだった。あたりを見回すと、ウェイターの男は若かったし、ほとんどの客が私よりだいぶ若かった。ところどころに年配の男女がいたが、その数は少なかった。

私は黙って食事をした。食後のコーヒーと一緒にカルヴァドスも注文した。レストランを出た頃には、軽く酔っ払っていた。それで長い散歩をすることに決めた。スウェーデン大使館のあるヴァレンヌ近くのバルベ・ド・ジュイ通りまで行けばいいのだ。モンパルナスからなら、地図はいらないと思った。いつの間にか自分が年寄りだという思いは吹き飛び、パリの街を気ままに歩くのを楽しんでいた。

何度か道を間違えたため大使館までずいぶん時間がかかった。スウェーデン国旗の下にある大使館の標識に領事館の方向が示されていた。領事館は開いていた。それを確かめた上で私は近くのカフェへ行き、エスプレッソを注文した。電話でのルイースの絶望的な声で始まってから今に至るまでを反芻した。やはりルイースを探し出すためには大使館の助けが必要だと思った。見つけたあとも法的な助けが必要だろう。

道を渡って、スウェーデン大使館に入った。フランス語訛りのスウェーデン語を話す受付の女性に私は用件を説明した。

「それで、その女の子は何歳ですか？」と訊かれた。「成人ですか？」

「娘は四十歳だ」と私は言った。「あともう一つ、彼女は今妊娠している。初めての子だ」

「それで？　あなたは彼女が逮捕されていると確信しているんですね？」

「娘はそんなことで嘘などつかない」

「でも彼女は居る場所を言わなかった？」

「そう。説明する前に電話が切れてしまった。だから今私はここに来たのだ」

「彼女はスリの罪で捕まったのですね？」

「それが彼女の生業らしい。確信はないが」

受付の女性は少し警戒するような顔で私を見た。私は彼女に本当のことを話しているとわからせるためにうなずいて見せた。女性は受話器を手に取り、ペトラという名の大使館内の人間に電話をかけた。

「向こうの新聞の棚のそばで待っていてください。ペトラが来ますから。彼女があなたの用件をうかがいます」

「私の娘は用件ではない。人間だ」

私は新聞棚のそばに腰を下ろし、壁に飾ってある国王夫妻の写真を見上げた。額縁が少し曲がっていた。私は立ち上がり、額縁に手を添えてもっと曲がるように押した。

ペトラは二十五歳にもなっていないと思われる若い女性だった。大人の格好をしている大きな子どものように見えた。下はジーンズ、上は大きな胸ばかりが目立つ薄いセーター姿だった。私を見ると眉間に皺(しわ)を寄せながら握手の手を差し出した。

ロビーの椅子に腰を下ろして言った。

「話してください」

「ここで？　新聞の棚のそばで話すような話ではない。部屋はないんですか？」

私を見る彼女の視線で、私の問いを無視するつもりだとわかった。話はここでということだと私は理解した。

私は話した。日にちと時間を挙げながら、ルイースの最初の電話から、私がパリに来たこと、そして彼女とは連絡がとれていないと伝えた。また、私たち父子は彼女が大人になってから初めて会った関係であることも話した。そして彼女がスリで生計を立てていることをついこの間知ったばかりだということも。スリをしているらしいが、それを生業にしているというわけではないだろうとも言った。

ペトラの苗字がムンテールであることは胸の名札でわかった。だが彼女の役職が何であるかはわからなかった。私の話をメモしていたが、ときどき手を上げて話が早すぎると合図した。

「子どもの行方がわからない、警察に捕まったのではないか、と心配して大使館にやってくる親は私が初めてではないでしょう。こういう場合、どうしたらいいのか教えてほしい」

「なによりもまず私たちがしなければならないのは、彼女の所在を確かめること。大使館にはこの国の関係機関に問い合わせるルートがあります」

「あなたは、あなた方が用件と呼ぶところの事柄を扱う責任者なのだね？」

「私は今実習生です」と彼女は真面目な顔で言った。「私のランクは一番下です。しかし、あなたが今話したことを上に伝えるか、ここで却下するかを決めるのは私です」

「この件はどうです？　上に伝えますか？」

「あなたが今話したことは、全部本当だと思います」

「私は娘が心配なのだ」

ペトラという若い女性は私の携帯電話の番号と、滞在しているホテルの名前をメモした。

「明日にはなにかわかるでしょう」と最後に言って、彼女は立ち上がった。これで、会見は終わり、ということだ。

「娘は今妊娠中なのだ」と私は繰り返した。「電話をくれたとき、彼女は怯えていた」

ペトラ・ムンテールは黙って私を見つめた。急にその姿が、受付に来たときの十代の女の子の印象から大人の女性に変わったように見えた。

「調べてみます。きっとなにかわかるでしょう。でも、フランス警察は外国からスリや犯罪者がやってくるのを嫌います。期待しないでください」

「期待はしないが、どんな扱いを受けるのだろう？」

ペトラは黙って肩をすくめた。私はルイースがその昔私が入れられた牢屋に入れられている姿を想像した。

ペトラは大使館の出口まで私を見送り、私たちはそこで握手を交わした。

「明日、連絡が行くはずです。それは約束します」

彼女が踵(きびす)を返して大使館内に戻りかけたとき、私はもう一つ用事があるのを思い出した。私が戻ってくるのを見て、ペトラはＩＤをかざして大使館の建物内に入りかけていた手を止めた。

「パスポートがほしいのだが。数週間前に私の家が火事になって、パスポートも焼けてしまった。私は臨時のパスポートでフランスにやってきた。本物のパスポートの方が安心なのだが」

「ここにはパスポート自動発行機があります。短時間で簡単に発行できますけど、帰国なさってからでいいんじゃありませんか」

出口で大使館の開始時間と終了時間をチェックし、モンパルナスに向かって歩き始めた。

上着のポケットで電話が鳴り始めた。人通りが多かったので、近くの路地に入って、電話に出た。スウェーデンの国番号だったが、誰からの電話かはわからなかった。

ヤンソンだった。

「あんたの家は留守だな」と彼は叫んだ。

電話で話すとき、ヤンソンはいつも叫ぶ。電話がどんなに遠くからかかってきても、距離と関係なく普通に話していいのだということを彼は決して理解しない。フルティン老夫人のことを思い出した。夫が死んでから長い間一人でヴェッセルシェールに住んでいた人だ。ときどき私は彼女の足の具合を診(み)ていた。

「ヤンソンはまるでカケスのように叫ぶんだから」と彼の話になるといつもフルティン夫人は言っていた。

あのとき夫人自身はほとんど聞こえないほど小声で話した。もしかすると彼女は島の者たちはみな電話に耳を擦りつけて彼女の足の指の腫れ物の話を聞いていると思ったのかもしれない。

「私が家にいないことをなぜ知ってる?」

「あんたの島のそばを通ったからだ。警察があんたを探してる」

「警察から電話はなかったが」

「ボートで直接来たんだろう。火事のことで来たようだ」

「私を逮捕しにか?」

「それは知らない」

「何と言ってた、あんたに？」

「あんたがどこにいるか知ってるかと訊かれた」

「あんたが知るはずはないのに？」

「そのとおり」

「アレキサンダーソンには発つ前にメモを書いて知らせた。私がいないことは知っているはずだが」

「それじゃ、俺は心配しなくていいんだな？」

「なぜあんたが心配するんだ？　私の家に火を付けたのはあんたじゃあるまいに？」

「なぜそんなことを言う？」

「私は今パリにいる」

「こりゃまたぶったまげたな！　チクショー、なんだってまたそんなところにいるんだ？」

ヤンソンが口汚く話すことは滅多にない。バリトンで美しい声を聴かせるのと同じほど珍しいことだ。

「こっちでは私が警察を探している。彼らが私を探すのではなく」

「あんたの言ってることの意味がわからない」

「ルイースがなにか面倒なことに巻き込まれたようなのだ。このことは群島の連中には言わないでほしいのだが」

「俺は決してそんなことはしない」

「いやいや、あんたがそんなことをするってことは私もあんたもよく知っている。郵便配達をしていた時代、あんたは郵便物と同じくらい噂も配達して歩いていたからな」

ヤンソンはなにも言わなかった。が、私は彼が恥入っているとわかった。

「警察はなにかもっと言っただろう?」

「あんたが帰ってきたら知らせてくれと言われた」

「もちろんあんたはそうすると言ったのだろうな」

「他になにが言えた?」

「新聞にはなにか書かれているか、私のことで」

「いや」

私は大急ぎで、ヤンソンに言うべきことを考えた。人に外国へ逃げたとは思われたくなかった。

「そうか、あんたは、本当にパリにいるのか?」

「バッテリーが切れそうだ。今あんたが何と言ったのか、聞こえなかった」

それは本当ではなかった。だが、もし今ここで話をやめなければ、ヤンソンが話を引き出そうとすることはわかっていた。

「また話そう」と言って、私は電話を切った。

いつの間にか汗をかいていた。警察が島にやってきたのは私が有罪だと確信したからに違いない。私は同情が嫌いだ。とくにヤンソンのようなタイプの人間からの同情は受けたくなかった。私を憐れむ権利があるのは、本人である私だけであるべきだ。

有名なビストロ、ブールミッシュに向かい、サルトルとボーヴォワールがよく訪れたことで有名なその店に入った。店内は満席だったので、私はあまり人のいないテラスのテーブルに席を見つけて座った。コーヒーを一杯とカルヴァドスをグラスで二杯飲んだ。このパリ旅行は次第に酒を飲む旅になってきた。私は火事で焼失した我が家、雪の降る厳寒の冬を待つばかりになっている私の荒れ果てた島から逃げ出して今ここにいるのだ。

ルイースに会えたら、どうするか、どうなるかを考えた。私は彼女が何の罪で捕まったのかさえ、はっきり知らなかった。

考えがまとまらなかった。私はホテルに向かって歩き始めた。歩調が次第にゆっくりになった。店舗の窓ガラスに目を向けると、老人の顔がぼんやりと見えた。ホテルに着くと、ムッシュー・ピエールの姿はなく、代わりにマダム・ロッシーニが鍵を渡してくれた。二人にはどこか共通した感じがあった。心ここに在らずといった笑顔、そして愛想の良さ。ラケルの姿はなかった。

ベッドの上に体を伸ばすとすぐに眠りに入った。夢を見た。家が燃えている夢だった。私は燃え盛る炎から飛び出すのだが、すぐにまたベッドに押し戻されるのだった。暗闇は強烈なサーチライトになって、何度も私の目を焼いた。数年前に死んだ私の飼い犬がいた。最後に飼っていた猫も身体中の毛に火がついたまま駆け回っていた。

目を覚ましたときはすでに夕方になっていた。私は衣服を脱ぎ、シャワーを浴びた。シャワーの水はまるで海水のように冷たかったが、温度調節ができなかった。

シャワーから上がって、タオルを腰に回した頃、電話が鳴った。今度もまた国番号がスウェーデンだった。私は応えるのをためらった。またヤンソンだろうか？　それとも警察だろうか？

リーサ・モディーンだった。

「ホテルはどうですか？」

「それを訊くために電話をかけている？」

「そっちに行こうと思います」

「今日？」

「明日。理由は訊かないで」

「来てくれたらとても嬉しいが」

「なにも期待しないで」

「君はなぜいつもそう言うんだ？」

「なにも期待しないということをはっきりさせたいから」

「いつ来るの？」

「まだわかりません。明日の飛行機で。たぶん」

「空港に迎えに行く」

「それはやめて。娘さんは見つかったの？」

「いや。スウェーデン大使館へは行った。明日、手を貸してくれるかもしれない」


話はここで終わった。もしかすると彼女の方から電話を切ったのかもしれない。私は何度かかけ直してみたが、通じなかった。だが彼女が来ると決めたことは確かだった。このホテルは彼女が予約してくれたのだから、私の滞在場所は知っているはずだ。私に会いたいと思っているということだ。すべてがこれで変わる。私は着替えてロビーへ行った。ムッシュー・ピエールが戻っていた。髭の剃り残しが目立った。


マダム・モディーンというスウェーデン人が部屋の予約をしているかと訊くと、ムッシュー・ピエールはパソコンで調べてから首を振った。

「いいえ、スウェーデンからのご婦人の予約はありません。カナダからのご婦人ならお一人、毎年秋にいらっしゃるマダム・アンドリューがいらっしゃいますが」


私は秋のパリの街に出た。夜になっていたが、まだそれほど寒くはなかった。モンパルナス駅までゆっくり歩いた。駅でスウェーデン語の新聞を買い、そのまま近くの地元のフランス人ばかりが入るような安いレストランに入った。観光客の姿はなかった。仔牛料理を注文した。まずかったが、空腹だったので最後まで食べた。ワインを飲みながら、娘のルイースのこと、リーサ・モディーンのこと、そしていまいましいヤンソンのことを考えた。

食事のあと、コーヒーを飲みながらスウェーデンの新聞に目を通した。残念ながらアーランダ空港で読んだのと同じ日付の新聞だった。

レストランを出て歩き始めると、私は自分がいつになく元気であることに気がついた。そのままラテン・クォーターの方へ歩いた。昼間も歩いたので脚が疲れていたがかまわなかった。

しかし歩き出すとまたもや、どこに行っても自分が最年長者だ、という気分に襲われた。

ルイースのことを思った。スウェーデン大使館は彼女の行方がわかっただろうか？　パリ警察によってどこかに拘束されている彼女の居場所を？

私はここで、自分は今まで一度も自分をルイースの父親であると実感したことがないと思い、複雑な気持ちになった。それは悲しみだったかもしれない。彼女が突然私の人生に登場して以来、正直言って、私は彼女の存在を嬉しさよりも面倒という気持ちで受け止めてきた。言うまでもないことだが、私はそんな自分の本心を誰にも打ち明けていない。ハリエットにも打ち明けはしなかった。というのもそんな気持ちを抱いたのは彼女のせいだと思っていたからだ。あのときまで彼女が私を娘に会わせなかった、私から奪っていたからだと。ルイースは今では確かに私の人生に存在しているが、私はおそらく一生彼女を愛することはできないだろう。我が子を愛するのは当たり前のこととされているのに。

だがもしかして、ルイース自身は違うかもしれない。今妊娠している子どもに愛情を感じているのかもしれない。それとも彼女も私と同じなのだろうか？

何の結論にも達しないまま、パリの街を歩き続けた。そして、それでもどうにかしまいには、一人の子どもが生まれるのは、新しい物語が始まるということだという気持ちに落ち着いた。

リュクサンブール公園の端まで来たとき、急にこの近くのジャズクラブのことを思い出した。昔、パリを訪れたとき、幾度となく行ったところだ。店の名前はル・カヴォー・ドゥ・ラ・ユシェット。場所ははっきり憶えていた。もしかすると今でもジャズが演奏されているかもしれない？　散歩の目的地にぴったりだ。

私はまずビストロに入って、コーヒーを飲んだ。そのうち、別のテーブルについている黒人のカップルの女性の方がこちらをチラチラと見ていることに気がついた。誰か彼女が話しかけたい人間がいるのかもしれないと私は周辺を見回した。だが、あたりに人はいなかった。外の街灯の光が店の中まで差し込んでいた。黒人女性は私より十歳ほど若いようだったが、どう見てもまったく見覚えがなかった。私はコーヒーを飲むことに専念した。だが、目を上げると必ずこちらを見ている彼女が目に入った。

女性は私に見覚えがあるに違いない。私の方には覚えがなくても。あるいは、彼女は私が誰か知っているのか。その方が現実的かもしれないと思った。

女性は突然立ち上がると、テーブルの間を縫って私の方に真っ直ぐ進んできた。彼女の夫は、いや、誰であれ彼女と一緒のテーブルにいた男は、まったく知らん顔だった。

女性は私に英語で話しかけてきた。これは誰か他の人間と間違えられているな、と私は思った。

「あなたに見覚えがあるんですよ」と女性は言った。

私はテーブルの向かい側の椅子に座るように指さした。彼女は腰を下ろした。

「わたし、人の顔を忘れないの」女性が言った。「母にも同じ才能があったんですよ。昔から。母は三十年も四十年も前に一度だけ会ったことがある人の顔を憶えていました」

「そして、あなたは母上に似ていると？」

「そうです」

「いや、しかし、私にはまったく憶えがない。私はあなたの顔に見覚えがないし、あなたの声にも憶えがない」

女性は私をマジマジと見た。

「いえ、今、はっきりわかりました。昔、まだあなたもわたしも若かった頃、私が税関で働いていたとき、あなたはパリの税関にタイプライターを引き取りに来ました。どこの国からだったかは憶えていませんけど、あなたは関税を払わなければならなかった。品物が新品だったので。ところがあなたはお金を持っていなかった。しまいに私はお金は払わなくていいと、あなたを通しました。あなたはほとんど泣きそうでした」

突然私はすべて思い出した。彼女のことも、あのときの状況のことも。それは私が作家になるという大きな夢を抱いてパリに来た頃のことだ。私は父に手紙を書いて、タイプライターを買って、送ってくれと頼んだ。なにか作品を書いて、父が出してくれた金は必ず返すからと約束した。父がタイプライターを買ってくれるなどとは微塵も思っていなかったのだが。ところがある日、フランスの税関から呼び出しがあった。そうか。あの日黒いケースに入った水色のタイプライターを引き取りに行った文無しの私を通してくれたのはこの人だったのか。

「どうやって思い出せたんです？」私は訊いた。

「わからないわ。突然あなたが目に入って、見覚えがあると思ったんですよ。あのとき、お金がないとあなたは私に懇願した。あなたは貧しくて若かった。アイルランドの人でしたっけ？」

「いや、スウェーデン」

「それで？　あなたは作家になったのかしら？」

「いや、医者になった」

「あのタイプライターはどうなりました？」

「数年後、金がなくなったときに売りましたよ」

女性はうなずいて、立ち上がった。

「ときどき人は思いがけない出会いをするもの。母の才能を受け継いで良かったと思うわ」

女性はにっこり笑うと、席に戻っていった。私は心底驚いた。彼女は席に戻っても連れの男にも言わないようだった。

私は店を出てさっき思い出したジャズクラブへ向かった。足はもう痛くなかった。歩調も軽くなった。一瞬だったが、私は火事で家が焼けてしまった老人ではなくなっていた。

ジャズクラブは昔と同じところにあった。入場料を払って中に入った。まだ夜は始まったばかり。昔のことを思い出した。あの頃はクラブの中に入り、階段を降りて地下の会場に入るのはいつも夜中だった。今、時刻はまだ十一時を過ぎたばかりだ。階段も地下の会場も変わっていなかった。会場に入って初めて私は、入り口のポスターをよく見るべきだったと思った。そこにはいつもその晩どんな音楽が演奏されるかが貼り出されている。舞台を見ると、今晩の演奏用の楽器が並んでいた。それを見ればトラディショナル・ジャズでもモダン・ジャズでもないことは一目瞭然だった。薄暗い会場を見ると演奏者たちが休憩していて、その格好からレゲエであることがわかった。ラスタのヘアスタイルや色鮮やかな手編みの帽子をかぶった連中ばかりだ。だがテーブルにはシルバー・ヘアの男女も少なからずいた。私だけが例外ではなかった。

私はバーカウンターへ行ってカルヴァドスを注文した。後ろで音楽が始まると同時に、身体中に温かいものが流れるのを感じた。

そのままバーカウンターから動かず、カルヴァドスを飲んでいた。ダンスフロアがまもなく踊る人でいっぱいになった。みんながみんなと踊っているように見えた。足と腰だけをほんの少しだけ動かす、ほとんど動きのないようなダンスだった。踊る者たちの揺れは海の柔らかい波のようだった。

私の横に、派手な色彩のターバンを頭にかぶっている女性が立っていた。私はその人に踊らないかと声をかけ、自分の勇気に自分でも驚いた。彼女はイエスと答え、私たちはダンスフロアに行った。私は高校生のときに初歩的なダンスのレッスンを受けたことがある。ハリエットとはほんの数回だけ、踊ったことがあるが、体のぎこちなさに自分でも恥ずかしくなったものだ。今、ダンスフロアに立って、混み合っている中で踊る人々の間で、私はどうしようもなく場違いな自分を感じた。私が誘った女性はすぐにそれに気がついた。私の動きは何ともぎこちなかった。彼女は見るからにがっかりしたようで、騙されたという目つきで私を睨んだ。そして一人行ってしまい、私はダンスフロアに取り残された。何とも惨めな終わり方だった。

私はダンスフロアを降りて、そのまま外に出た。レゲエ音楽がしばらく後ろから聞こえた。ホテルの近くまで来たとき、ポケットの中から何気なく電話を取り出した。電話が鳴ったわけではなかった。

メッセージが一件あった。ルイースからだった。

今どこにいるの？

私はかけ直した。が、通じなかった。

「ここにいる」と私は独り言を言った。「そう、私はここにいるのだ」

16

私はダンスフロアに私一人を残していった女を憎んだ。ホテルに向かって歩きながら、一歩進むごとに彼女を口汚く呪った。モンパルナス駅の少し手前で酔っ払った男がタバコを一本くれと声をかけてきた。私は急に足を止めて、三十年もタバコを吸っていない私にタバコを恵んでくれというのかと怒鳴った。

男が殴りかかってくるのではないかと恐れる気持ちもあったのだが、私の興奮した声に恐れをなしたのだろう。彼は追いかけてこなかった。

その晩私はほとんど眠れなかった。ジャズクラブでのことが頭から去らなかった。私は恥ずかしさのあまり、なかなか寝つくことができなかった。隣室の客たちが朝早く出発する用意を始めた音も聞こえてきた。清掃人がワゴンを押して通る音が聞こえた。こんなに朝早く掃除を始めるのか。ラケルだろうか、と思った。

ようやく眠りに落ちたのは明け方の五時だった。八時に私は電話で起こされた。スウェーデン大使館からだった。男の声がオーロフ・ルトゲルソンと名乗った。肩書きはよく聞こえなかった。

「娘さんがどこにいるか、まだわかりません」と彼は言った。

彼は鼻にかかる声で話した。それが気取っているように聞こえるのは仕方がないのだろう。

「それで？　私はこれからどうしたらいいのか？」

「とにかく娘さんを見つけます。何と言っても、パリは大陸ではなく一つの町に過ぎないのですからね。おそらく娘さんはこの町のどこかの留置所に拘束されているのでしょう。探し出すのに時間がかかるかもしれませんが、なにかわかったら、すぐに知らせますよ」

男の見下すような話し方が気に食わなかった。ルイースは用件ではない。生きている一人の人間だ。だが、私はなにも言わなかった。今は彼の助けが必要だと思った。

ホテルの食堂へ行った。大きく角が張り出した巨大なアンテロープの頭部が壁に飾られていた。セーヌ川の橋のエッチングが数枚そのそばに掛けられていた。今朝もまたムッシュー・ピエールではなくマダム・ロッシーニが働いていた。私は小柄なベトナム人ウェイトレスにコーヒーを注文した。

氷入りの容器にスパークリングワインのボトルが差し込まれていた。私は誘惑に勝てなかった。私をダンスフロアに置いてきぼりにした女への怒りはこれでおさまった。

朝食のあと、私は駅まで散歩し、スウェーデン語の新聞を買った。戻ってからはホテルのロビーの擦り切れた革のソファに腰を下ろして新聞を読んだ。

私はこのホテルが気に入った。リーサ・モディーンはいい選択をしてくれた。新聞を読み始める前に、私は受付のマダム・ロッシーニに、スウェーデン人女性が部屋を予約していないかと訊いた。答えはノンだった。モディーンは別のホテルに予約したに違いない。

新聞をパラパラとめくった。すでに十時半になっていた。ラケルがボロ布とクリーニング液を入れたカゴを持って階段を降りてきた。私に微笑んで挨拶してから入り口のガラスドアを磨き出した。

私の携帯電話が鳴り出した。スウェーデン大使館の男だった。

「いい知らせです。娘さんが見つかった。ベルヴィル警察署にいます」

「なぜそんなところにいるのだろう?」

「それはわかりません。今からそちらのホテルに迎えに行きます」

きっかり一時間後、大使館の車がホテルの前に停まった。運転手は車を降りて私のためにドアを開けはしなかった。私は後部座席に、オーロフ・ルトゲルソンの隣に座った。ルトゲルソンは五十がらみの痩せた男だった。灰色の顔、いや、顔色が悪かった。

車はパリの街を走った。私は、知っていることを話してくれと言った。

「多くは知りません。我々のいつものチャンネルと、フランス警察のじつにいい加減なデータシステムを通して何とか見つけたんです。他はなにもわかりません。今我々が知らなければならないのは、娘さんがどういう状況にいるかです。それによってどう手を打ったらいいのかを考えなければならない」

「あんたはまるで娘のことを船かなにかのように話すね」と私は言った。

「いや、単なる表現ですよ。言っておきますが、警察と話すのはすべて私に任せること。何と言っても私は外交官パスポートを持っているのだから、あなたとは違う」

オーロフ・ルトゲルソンは携帯電話で話し始めた。見ると彼の手首には小さな刺青が彫り込まれていた。よく見るとママとあった。

私はあたりの景色に見覚えがあることに気がついた。アウスマンの幅広い大通り(ブールヴァール)だった。渋滞していた。オーロフ・ルトゲルソンは電話でしゃべり続けた。

私はパリの街のどこにいるかがわかった。とんでもなく長い渋滞でほとんど車が止まっている状態だったが、私は五十年ほど前のある日、メトロの駅から地上に上がってきたときのことを思い出した。当時私はジョルダンの近くの小さな工場で、ムッシュー・シモンスの指導のもとクラリネットの修理をするアルバイトをしていた。なぜそのアルバイトをするに至ったのかはもう憶えていない。裏通りの狭い、汚い作業場だった。低賃金の不法労働だった。ムッシュー・シモンスは親切な人だったが、他にもう一人、楽器修理の仕事をする男がいた。太っていて、近眼で、意地の悪い男だった。ムッシュー・シモンスが出かけると、彼はいつも私をいじめた。お前は役立たずだ、不器用で、毎日遅刻してくる、と。私はほとんど口応えしなかった。ただ密かに、サクソフォンの山の中で死んでしまえと心の中で彼を呪っていた。

ときどき、ムッシュー・シモンスは修理した楽器を楽器店に届ける仕事を私にさせた。あるとき腕に楽器を抱えて地下鉄の駅を出たところで、私はとんでもなく大勢の人々が通りを埋めているところに出くわした。誰かがここを通るのを待っているようだった。そのとき、ドゴール大統領がオープンカーに乗ってやってきた。修理されたばかりのクラリネットを脇の下に抱えて、私はタバコを上着のポケットから取り出そうとして片手をポケットに入れた。その瞬間、肩と手首に何本かの手が伸びてきた。クラリネットを入れた箱が地面に落ちた。二人の男、それはあとで私服の警察官だとわかったのだが、彼らは私がポケットから銃を取り出すと思ったのだ。

私には何の悪意もなく、私が腕に抱えていたのはクラリネットで、爆弾ではないことがわかると、彼らはただ肩をすくめて行ってしまった。

その頃にはとっくに大統領の姿はなかった。人の群れもすでにまばらになっていた。

「昔、ここで私はドゴール大統領を見たことがある」私はオーロフ・ルトゲルソンに言った。

彼は携帯からメッセージを送るところで、私の話を聞いていなかった。

「私はドゴールをここで見たんだ。ちょうどここで。五十年ほど前に」と私は繰り返した。
「ああ、きっとそうだろうね。もちろんあなたはドゴール大統領をここで見た。五十年ほど前に」とオーロフ・ルトゲルソンはオウム返しに言った。

私はあやうく彼を殴るところだった。または彼の手から電話を取り上げ、窓の外に放り投げるところだった。自分がそんな人間ならよかったのだが、残念ながら私にはそんなことはできなかった。

ベルヴィル警察署は私が聞いたこともない通りにあった。オーロフ・ルトゲルソンは思いがけない俊敏さで車を降りた。今まで車の中で体を丸め、あくびをし、携帯電話ばかりいじっていた人間とはまるで別人だった。そしてすべて自分に任せろ、口出しをするなと再度私に注意した。

薄汚い受付で、若い男が人目も構わず吐いていた。制服姿の警察官が二人、それをうんざりした目で眺めていた。脚の高い机の後ろで私服の警察官が外交官パスポートを振りかざすルトゲルソンに向かってうなずいた。ルトゲルソンがその男と短くインターフォンで話し終わったとき、中から杖をついた年配の警察官が出てきた。我々はその男の後ろについて執務室と思われる部屋へ行った。棚は膨大な数の本や書類、ファイルなどの重みで傾いていた。足の悪いその警官は何百年もの昔からやってきた人間のようにさえ見えた。ナポレオンの時代のフランスはこんなふうだったに違いないという気がした。

男は机の向こう側にゆっくりと腰を下ろした。どこかひどく痛むところがありそうだった。彼の固まった両手を見て、ひょっとするとリューマチ、それもかなり進行したリューマチではないかと私は推測した。

オーロフ・ルトゲルソンは相手の机に近い椅子に腰を下ろし、私にはドア近くにあるスツールを手で示した。

ルトゲルソンは流暢なフランス語を話した。そのうえ猛烈な速さで、よくある反論は許さないと言った口調で上から押さえつけるような話し方をした。私はほとんど話についていけなかった。ただ、ルイースがこの警察署内にいるかどうかは、はっきりしていないということだけはわかった。

アルマンという年配のその警察官は同僚に電話をかけたが、相手もよくわからない様子だった。警察官が話し終わったとき、ルトゲルソンは立ち上がり私にスウェーデン語で言った。

「フランスの警察はいつでもこうなんだ。誰もきちんと説明することができないんだから」

「ルイースはここにはいない？」

「フランス警察ではよくあることでね。どこかで人を見失ってしまう。人の居場所がわからなくなる。しかし我々は諦めてはいけない。スウェーデンの警察も似たようなもんですかね？」

部屋を出たり入ったりする他の警察官たちにも訊いて、ルイースはやっぱりここの留置所に入れられていたらしいことがわかった。だが同じ日の午前中にシテ島の留置所の一つに移されたらしい。なぜ移されたかという問いに年配の警察官は答えることができなかった。ただ濃いコーヒーを顔をしかめながら立て続けに飲んでいた。熱いコーヒーを飲む彼の口の中が見えた。歯はひどいものだった。私は気分が悪くなった。オーロフ・ルトゲルソンはなぜルイースがここから移されたのか、そして彼女は何の罪で捕まったのかと問い続けたが、答えは得られなかった。彼女と、他にもそのときに捕まった二、三人についての書類もまた移送時に一緒に運ばれたと言うばかりだった。

「彼女は一人だったか、それとも他の者と一緒だったか？」と私は訊いた。

オーロフ・ルトゲルソンが通訳してくれたが、ルイースが一人で捕まったのか、それとも仲間と一緒だったのかを聞き出すことはできなかった。

三十分後、苛立った大使館員はこれ以上ベルヴィル署にいても意味がないと言って、席を立った。

外に出ると彼は空腹だと言って近くのカフェに入った。運転手は車の中で待っていた。私は紅茶を飲んだが、オーロフ・ルトゲルソンはサンドウィッチとコーヒーを注文した。

電話が鳴った。リーサ・モディーンだった。オーロフ・ルトゲルソンがさりげなく聞き耳を立てるのがわかった。

「あなたの娘さんの母親ですか？」彼が訊いた。

「いや、母親は死んでいる。今のは友達だ」

「それは失礼した。あなたの奥さんが亡くなっているとは知らなかった」

「いや、結婚していたわけではない。娘がいるだけです」

ベルヴィル警察署から出発した。道路が渋滞し始めた。オーロフ・ルトゲルソンは精力的に携帯からメッセージを送っては電話をかけた。左手に結婚指輪をしている。彼の妻という人はどんな女性だろうと想像を巡らせたが、まったくわからなかった。

私自身はといえば、リーサ・モディーンがすでにパリに到着しているのかどうかわからず、彼女からの電話を待っているときに電話がかかってきたのだ。彼女が私の部屋に泊まり、同じベッドで体をぴったりつけて寝ることを想像するだけで、ルイースのことなどすっかり忘れてしまいそうだった。良心の呵責など、まったく感じなかった。

私は父親のようにはなりたくなかった。年を取り神経痛に悩まされ始めた父親は、自分がいじめた人たちやこき使った人たちのことについてぶつぶつつぶやくようになった。彼自身も給仕長にいじめられたりしていたし、鼻持ちならない、威張り腐った客にバカにされたりしていたのだが、最後の頃は自分の犯した罪を懺悔したいようだった。

母親が亡くなってからのある日、私は父親を訪ねた。その頃彼はストックホルム市内のヴァーサガータンに住んでいた。小さな薄暗いアパートメントだった。私は医学コースを終了したばかりで、聴診器と血圧測定器を持って父親がいつも心配している血圧を測ろうと張り切って行った。

その晩私は父のアパートメントに泊まった。翌朝早くスーデル病院に行くことになっていたので、私は早く床に就いた。父親はそれまでも夜はいつも起きていた。給仕の仕事をしていた長い年月に、彼は夜中の三時にならないと寝ないという習慣を身につけていた。

私はなぜかその日突然夜中に目を覚ました。リビングルームのドアが少し開いていた。突然父親が電話番号を押す音が聞こえてきた。こんな夜中に誰に電話をかけるのだろうと私はあやぶんだ。私は起き上がり、ドアの近くへ行った。父が受話器をしっかり耳につけている姿が見えた。相手が応えないのがわかると、父は静かに受話器を置き、目の前にある手書きの名前リストに線を引いた。

朝、私が起きたとき、父は眠っていた。私は電話のそばにある手書きのリストを見た。私の知らない人々の名前が書かれていた。いくつかの名前の脇に、死去、と書き込まれていた。名前のそばに疑問符が書かれているものもあった。

その次に父親のアパートメントに行ったとき、私はあのリストはなにかと訊いた。誰に電話をかけたのか、あのリストに名前のある人たちは誰なのかと。父は、あれは自分が一生の間にひどい扱いをした人間たちだ、彼らの名前だと即座に答えた。彼らがまだ生きているうちに、間に合うように、自分は謝るために電話をかけているのだと。私は、父親の服装がだらしなくなり、シャツやズボンが汚れている。それが自分を苦しめるのだと。残念ながら、すでに多くの人が死んでしまっていても構わなくなったのはそのせいかもしれないと思った。

それから父は半年ほどして亡くなった。名前をリストアップしていた人のうち、何人と連絡がとれたのかはわからない。だが、父の死後、遺品を整理したとき、私はそのリストを引き取った。その後ずっと机の引き出しにあったが、火事でこれも焼けてしまった。

シテ島への橋を渡って、ベルヴィル警察署で聞いた住所を探した。オーロフ・ルトゲルソンの外交官パスポートのおかげで、ルイースが捕らえられているという場所まで行くことができた。フランスの法律で決められている担当の裁判官が私たちを部屋に呼び入れた。女性の裁判官で、我々を座らせるとおもむろに机の上に地図を広げた。おどろいたことに部屋にベヒシュタイン・グランドピアノがあった。父親であるということで、役人は私に向かって話し始めた。だが、オーロフ・ルトゲルソンはすぐに話をするべき相手は自分であるということを相手にわからせた。女性裁判官はワインレッドのスーツ姿で、片方の頬にやけどの傷があった。ルトゲルソンと同じくらい早口で、私は彼らの会話にまったくついていけなかった。私はここでオーロフ・ルトゲルソンに関して今までとは違う印象をもった。彼は仕事を真剣に遂行していた。ルイースの身に起きたことは、彼にとってどうでもいいことではなかった。ときどき彼は裁判官との会話を止めて、私に話の概要を説明してくれた。

ようやく事件の全貌がわかった。ルイースはサン＝シュルピス駅近くの混み合った地下鉄の中で、乗客の内ポケットから財布を抜き取ったらしい。彼女がなぜ街の中央から離れたベルヴィルに送り込まれたのかはまったくわからなかったが、おそらく市中の留置所はどこも定員超過だったのだろうと推測された。彼女が財布を盗んだことには疑いがなかった。盗まれた年配の男はまったく気がつかなかったらしい。だが、同じ車両に乗っていた男がルイースの仕業に気がつき、警察に突き出したのだった。彼は私服の警察官だった。

共犯者がいたかどうかはわからなかったが、おそらく彼女一人の犯行だろうということだった。ルイースは捕まり、正式に逮捕されることになった。ルトゲルソンによれば、近年フランス警察は個人に対する暴行や盗みがパリでとみに増加していることに鑑み、取り締まりを厳しくしているとのことだった。パリはヨーロッパのスリ天国バルセロナのような様相を呈するようになってきたらしい。私はルトゲルソンに、ルイーースはこれが初犯であること、彼女が今妊娠中であることを考慮して、今回は彼女に警告を与えるだけにしてもらえないか訊いてくれと頼んだ。裁判官は肩をすくめただけだった。これではルイーースはすぐに解放されはしないだろうと私は思った。

「罰金を科すことはできませんか?」と私は訊いた。

「それを検討するのはまだこの先のこと」ルトゲルソンが言った。「今大事なのは私たちが彼女に会うこと。そして我々が彼女から直接なにが起きたかを聞くことですよ」

「一番大事なのはここに我々がいるということを彼女に知らせることだ。それ以外のことはあとでいい」

制服姿の警察官が我々を案内した。廊下、階段、地下道と、どんどん地下深くへ進んでいった。私は心中、一九六八年私がパリで捕まったときに入れられたのはここの留置所ではなかったかと思い始めていた。白く塗られた地下のバルブ、鋼鉄のドア、木製のベンチ、そして遠くで呼び合う人間たちの声があのときとそっくりだった。それはいったん入ってしまったら二度と出口が見つからない迷路を思わせた。

ようやく私たちは窓のない部屋に通された。そこには黒っぽい色の机に古い椅子があった。ルトゲルソンは落ち着いていたが、私は心配でたまらなくなった。しばらくしてドアが開き、女性警官がルイーースを連れてきた。刑務所の服ではなく、見覚えのあるズボンとシャツを着ていた。顔色が真っ青だった。彼女の目に喜びが浮かぶのを私は初めて見た。それまでそんな表情を見たことがなかった。彼女はいつもある種の警戒をもって私を見ていたと思う。だが、今回は違った。

手錠はかけられていなかった。女性警官は私がルイースをハグしたとき止めはしなかった。

「来てくれたんだ」とルイースが言った。

「ああ、もちろん」

「今までのあたしの人生では、こういうとき誰も来なかった」

私はオーロフ・ルトゲルソンをルイースに紹介した。女性警官は部屋の入り口に立っていたが、我々にはまったく関心がないようだった。私たちは机を囲んで腰を下ろした。私が話してくれと頼む前に、ルイースは自分から事の成り行きを話し始めた。彼女の話を信じない理由はなにもなかった。

ルイースは混んだ地下鉄の中で財布を盗んだと言った。彼女にとってそれが生業であることはもはや疑いなかった。だが、彼女は今回のこの件に関してだけを話した。私はそれでいいと思った。彼女にはこれ以外に収入源がないということをオーロフ・ルトゲルソンに言う必要などないではないか。ルイースと私は暗黙の協定を結んだ。彼女が捕まったのは財布を盗んだこの一件だけで、他にはなにも悪いことはしていないということ。

「そんなに金に困っていたのかね?」話し終わったルイースにオーロフ・ルトゲルソンが訊いた。

私はまたもや、いや、改めてオーロフ・ルトゲルソンという人物の評価を変えた。精力的で手際のいい大使館員と思ったのだが、今は滅多にないほど冷酷な人物に見えた。

「そうでなければ、なぜ人の財布を盗んだりすると思う?」私がかわりに言った。「それに、彼女は妊娠しているのだ。そのうえ彼女が引き継ぐことになっていた私の家は数週間前に火事で焼けてなくなってしまったわけだし」

オーロフ・ルトゲルソンは不審な顔で私を見返した。このことは話していなかったのだったと私は気がついた。少し経って、彼はうなずいた。

「裁判を手伝ってくれる人を紹介しましょう。残念ながら大使館はこれにかかる経費までは出してあげられない。だが、仮払いはしてあげられますよ」

「高いですか?」

「いや、それほど高くはない」

「それじゃ、私が払います」

オーロフ・ルトゲルソンはうなずき、ポケットから携帯を取り出した。だが、地下深くに位置する部屋は電波が通じていなかった。女性警官に一言二言話して、彼は部屋の外に出た。電波の通じる外に向かって彼が急ぎ足で階段を登っていく足音が響いた。

私は娘のルイースの手を取った。そんなことは今までほとんどしたことがなかった。十年前にハリエットがヘルシングランドの森の中でトレーラーハウスの前に立つ女性を私たちの子だと言って引き合わせて以来、初めて私はルイースが自分の娘だと実感した。

ハリエットが死んでいなかったらよかったのに、と思った。そうしたら彼女は私とルイースが互いを見つけ合ったのを見ることができたのに。

気分はどうだ、と私はルイースに訊いた。お腹の子どものことも訊いた。彼女は静かにすべて順調だと言った。私は躊躇(ちゅうちょ)しながらも、あの日、なぜボーリング場のレストランに来なかったのか、車のワイパーに断りの言葉を書いた紙を残しただけだったのはなぜかと訊かずにはいられなかった。

「島を出たかっただけよ」と彼女は答えた。

私はそれ以上訊かなかった。その答え方で、なぜ急にいなくなったのか、そのわけを話したくないのだとわかったからだ。

オーロフ・ルトゲルソンが地上で携帯電話を使って外部と連絡をとっていたその瞬間、地下にいた私たち父娘は今までにないほど近づいた。彼女がなにかから逃げているのはわかった。だが、なにから逃げているのか、それはわからなかった。

「お前は私に電話をしてきた。他には電話をしなかったのか？」

「ええ」

「なぜ私に電話をくれたのだ？　もちろん、それでよかったのだが、考えてごらん、お前は数日前に私の前から黙って消えたのだよ」

「他に誰も助けてと言える人がいなかったから」

「お前はいつも、友達がたくさんいると言っていたようだが」

「それ、嘘だったかも」

「こんなことで人は嘘をつくものかな？」

「他の人がどうするかは知らないけど、あたしはいつも本当のことを言うとはかぎらない。あんたと同じよ」

ルイースはそれ以上話を続けたくないようだった。それは彼女の声でわかった。ここまでは話すけどこれ以上はダメ。彼女は私に電話をかけた。他の誰にもかけていない。それだけはわかった。

オーロフ・ルトゲルソンが戻ってきた。彼の動きはどこかイタチを思わせた。いつも手に携帯電話を持っている。まるでそれが武器ででもあるかのように。そしていつでも急いでいる。

「マダム・リヴェリが引き受けてくれた」と、女性警官がドアを閉め終わる前に彼は私たちに伝えた。「これまでに彼女にはずいぶん手伝ってもらった。今まで三件の面倒な事件を引き受けて、スウェーデン市民を救い出してくれた。一時間後にここに来ることになっている。彼女に任せれば安心ですよ」

そう言うと、オーロフ・ルトゲルソンは手を伸ばしてルイースと握手し、すべてうまくいくことを祈ると言った。

「残念ながら、私はこれ以上ここにいることができない。大使館で出席しなければならない会議があるので。あとのことはマダム・リヴェリから報告してもらいます」

そう言うと、彼は面会室から出ていった。さっきと同じように階段を上がる彼の足音が響いた。

「彼はずいぶん手伝ってくれた」と私は言った。

「あの男が私の子どもの父親でなくてよかったわ」ルイースがつぶやいた。

どういう意味かわからなかった。いや、違う。よくわかるような気がした。

マダム・リヴェリは五十がらみの女性で、エレガントな服装、動きも話し方も落ち着いていて、法律家としての能力に関する自信は誰の目にも明らかだった。有無を言わさぬ口調でまず監視していた女性警官を部屋の外に追い出すと、ハンドバッグからノートを取り出した。ルイースのフランス語がたどたどしいとわかると、すぐに英語に切り替えた。ルイースは適当なカモを物色して地下鉄を乗り回していたことを詳細に話した。マダム・リヴェリはルイースが乗り込んだ最初の駅の名前、そのときの時間、乗り換えた駅の名前、そして彼女の餌食になった人間を選んだ理由を正確に話せと言った。その答え方から、私は彼女がマダム・リヴェリを信頼していると感じた。

妊娠していることについても、子どもの父親は誰かなどということを抜きにして二人は話していた。最後にマダム・リヴェリはルイースにこれがあなたが行なった初めての犯罪行為かと訊いた。ルイースはそうだと答えた。マダム・リヴェリがその答えを真に受けなかったことはすぐにわかった。ルイースの巧妙さは長い訓練と実践によるものであることは誰の目にも明らかだった。

「あなたが今言ったことは本当ではありませんね。初めて犯罪を犯したというのではなく、捕まったのは初めてということでしょう」

パタンと音を立ててマダム・リヴェリは革表紙のノートを閉じ、ハンドバッグの中に入れた。

「いいですか。あなたは私が同席しないところでは誰とも話してはいけない。二日後、長くても三日後には外に出られるでしょう。それより前は無理だと思いますけど、やってみます」

マダム・リヴェリは立ち上がると、ルイースと握手し、私にはついてくるように合図した。女性警官が部屋に入ってきてルイースを連れていった。マダム・リヴェリは驚くほどの速さで階段を駆け上がった。私は後ろからついていくのが精一杯だった。外に出て、重い扉が背中で閉められたとき、マダム・リヴェリは私に名刺を渡した。

「費用は全部私が払います」と私は言った。

マダム・リヴェリは皮肉な笑いを浮かべた。

「もちろんそうしてもらいましょう。それについては、今は話す必要ないですから」

これからどうなるのか、マダム・リヴェリから話を聞きたかった。が、彼女は手を上げてタクシーを呼び寄せると、私に挨拶もせずに行ってしまった。

私は滞在しているホテルの方向に向かって歩き出した。空気が湿ってきて雨になりそうだった。セーヌ川にかかる橋の上で足を止め、川を行く貨物舟を眺めた。女が洗濯物を干している。ロープに繋がれた乳母車がデッキにあった。そのとき肩をトントンと叩かれて、驚いて振り返った。無精髭の汚れた顔がすぐそばにあった。金を恵んでくれと男が言ったとき、口臭が直接私の顔にかかった。私は十ユーロを男に渡してその場を去った。

が、父が感じていた恐怖を思い出した。あるとき父は私に話してくれた。私にとっては突然だったが、そのとき父は、一文なしになって路上生活者になることの恐怖を話したのだった。なぜ父が私にそれを話してくれたのか、私にはわからなかった。私に忠告したかったのだろうか？　私は倹約家だったし、なにか予期せぬ出来事が起きて金が必要なときには支払えるように蓄えていた。

そのままホテルに向かって歩いた。ムッシュー・ピエールは戻っていて、いつものように笑顔で迎えてくれた。私はホテルのバーへ行き、いつものコーヒーの代わりに紅茶を飲んで休んだ後エレベーターに乗り、部屋に戻った。

ベッドに横になった途端、着信音が鳴った。マダム・リヴェリからだった。早くも明日簡易裁判所で判事に会って、ルイースを釈放しフランス国外へ追放するように要求するつもりだとのこと。スウェーデンまでの飛行機代が払えるかと質問された。もちろん、と私は答えた。

そのまま眠りに落ちて夢を見た。父がレストランのテラス席で働いていた。風が強かった。片方の腕に掛けていた白いナプキンがまるで切り取られた片方の翼のようにパタパタと揺れていた。私は父に声をかけようとしていたが、どういうわけか声がまったく出ないのだった。

夢の中で父が急に倒れた瞬間、目が覚めた。心臓が激しく鼓動していた。ベッドの上に起き上がり、落ち着こうとしてゆっくり呼吸した。数分後、脈拍を測ってみた。九七。速すぎた。私はまた横になり、心臓のことを考え始めた。私はいつ心臓発作が起きてもおかしくないような、心臓に負担をかけるような暮らしをしてきただろうか？　考えないようにしても、どうしてもそんな疑いが頭を離れなかった。私はいつも携帯している安定剤を一錠飲み、効果が現れるのを待った。

電話が鳴った。リーサ・モディーンだった。

「パリに着きました。今どこですか？」

「君が予約してくれたホテルだ」

「そのホテルはいかがです？」

「なかなかいい。君は今どこ？」

「駅です。パリの北駅」

「モンパルナス駅じゃないの？」

「これからそこへ行くところ」

「君もこのホテルを予約したの？」

「いいえ。でも近くに予約しましたから」

「迎えに行く。駅に着いたら、どこにいるか教えてくれ。そこで会おう」

「必要ないです。自分が泊まるホテルの位置はわかってますから」

「私は常々、パリにやってくる女性を迎えに行くという夢を持っているんだ」

リーサ・モディーンは軽やかに笑った。短い、恥ずかしそうな笑いだった。

「娘と会えたよ。あとで話すつもりだが」

「それじゃ一時間後に。わたしは今パリに着いたばかりで、まだここにいることがピンときていないので、急ぎたくないんです」

迎えに行くと言って電話を切った。一階のバーへ行って、ミネラルウォーターを飲んだ。

ムッシュー・ピエールは夜の当番の男に引き継ぎをしていた。

一時間後、リーサ・モディーンが電話してきて、モンパルナス駅の構内の、デュボネの大きな看板を掲げているカフェにいると教えてくれた。

駅に着くと、夕方のラッシュが終わる頃だったが、まだ人は結構多かった。すぐにデュボネの看板は見つかった。リーサ・モディーンは駅の構内と喫茶店を分ける仕切り壁のそばに座って紅茶を飲んでいた。ダークブルーのコートを着ている。すぐそばに旅行カバンがあった。

美しい人だと思った。私に会うためにパリに来てくれたのだ。

彼女に向かって歩き出したとき、ポケットの中で電話が鳴った。ルイースかもしれないと思ったので私は応えた。

もちろん、それはヤンソンだった！

「邪魔かな？　今どこ？」

「私が今どこにいるかなど、関係ないだろう。用事は何だ？　いつもの空想上の病気を訴えたいのなら、今は時間がない」

「いや、ただ、火事のことを知らせたかったんだ」

「なにが燃えてるんだ？　うちのボート小屋か？」

「シェルウー島のヴェステルフェルト夫人の家だ」

「燃え落ちたのか？」

「いや、まだ燃えている。ただ知らせたかっただけだ」

電話が切れた。きっといつものように彼の携帯電話のバッテリーが切れてしまったのだろうと思った。

ヤンソンが今言ったことを考えた。ヴェステルフェルト夫人が無事に逃げていればいいのだが、と思った。

夫人の家は私の家と同じで、十九世紀の末に腕のいい大工の手で建てられたものだ。

私はその場に呆然として立ち尽くし、電話を握りしめていた。ヤンソンの言葉がよく理解できなかった。それでも、この火災の原因がはっきりわからないとしても、その家に火を付けたのは私だと決めつけることだけはできないと思った。私はここにいるのだから。

わからない。

それでも一つはっきりしていることがある。我々の住む群島に放火魔がいるということだ。

私は携帯電話をポケットに戻した。リーサ・モディーンに再び目を戻すと、ちょうど彼女が私を見つけたところだった。彼女はためらいがちに小さく手を振った。本当はそんなことをしたくなかったのかもしれない。

私も手を振った。

それからゆっくり彼女のテーブルに向かって歩き始めた。

17

リーサ・モディーンと私はまるで初めて会った者同士のように、偶然に隣り合わせに座った者同士のように話をした。私はグラスワインを注文し、乾杯した。私は軽く彼女の手に触れて、会えて嬉しいと言った。そしてここまでの旅行について当たり障りのないことを訊き、彼女もまた同じように当たり障りのない答えをした。

勘定をするとき、私は彼女の分も払おうとしたが、彼女は断った。彼女の旅行カバンを持とうとしたときもまた断られた。

私たちは彼女のホテルへ向かって歩き出した。私はまだルイースについてなにも話していなかった。彼女もまたなにも訊かなかった。なにより私はヤンソンからの電話のことが気になった。今のこの瞬間にも燃えているに違いないヴェステルフェルト夫人の家。

私たちは静かに通りを歩いた。

「パリはいつだってパリだ。変わらない」

「そう、本当に」リーサ・モディーンが相槌を打った。

彼女の予約したホテルまで来た。私の宿泊しているホテルよりも地味に見えた。名前はミニョン。私は彼女の後ろからホテルに入った。狭いレセプションに黒い肌の男性がいた。このホテルは重い鍵ではなくプラスティックのカードが鍵代わりだった。モディーンが宿泊カードに記入している間、私は待った。彼女はクレジットカードを渡し、カードキーを受け取った。

「疲れたわ。眠りたい」と彼女はつぶやいた。

「部屋番号は三一二号室。きっといい部屋に違いない。三階ということは、通りの騒音や車の音は聞こえないだろうから」私は言った。

「明日でいいかしら?」

レセプションの隣のバーは閉めるところだった。

「ほんの数分付き合ってくれないか。なにか飲みたいし、話したいこともある」

モディーンはためらった。

「ちょっと手を洗ってくるわ。すぐに戻ります」

そう言って彼女はエレベーターに乗った。大声で話すデンマーク人カップルがやってきて、カードキーを受け取った。私はバーに入った。バーカウンターの中にいた女性が顔をしかめた。

「ちょっとだけ、いいかな。赤ワインをグラスで。ホテルの泊まり客と待ち合わせている。長くはいないから」

彼女は黙ってうなずいた。ワインを注いだグラスを私に渡すと、後ろの厨房（ちゅうぼう）と見えるところに姿を消した。これまでの人生で私はいったい何軒のバーに入ったのだろうと思った。いったいどのくらいの時間、私はワイングラスやコーヒーを手に過ごしたのだろう。

モディーンが戻ってきた。ブラウスを着替え、髪の毛も整えられている。バーテンダーの女性が飲み物を訊くと、モディーンは私のグラスを指さした。

ワインがすぐに出された。

「バーは閉まるところだったのだ。こんな時間に来る客にいい顔はしないんだろう」

「部屋は小さかったわ。ちょっと残念。でも確かに静かだった。車の音は聞こえませんでした」

「ルイースが見つかった」私は話した。「手伝ってくれる弁護士も見つけた。明日か明後日、彼女は留置所から出られると思う。手伝ってくれる弁護士と裁判官との話し合いがうまくいけばの話だが」

「それは良かったですね。そのことを駅ですぐに訊くべきだったわ」

「ああ。とにかくほっとした。スウェーデン大使館の外交官に助けてもらった。彼がいなかったら、ルイースを見つけることは到底できなかったと思う」

ホテルのバーの女性が伝票を持ってきた。今回はモディーンは抵抗せずに私に払わせてくれた。私たちはグラスを飲み干して立ち上がった。私たちがバーを出るか出ないかのうちにライトが消された。

「他にも話すことがある」と私はエレベーターへ向かいながら言った。「あなたを島までボートで送ってくれた男、ヤンソンを憶えているかな？　私の住む群島の一つでまた別の家が火事になったらしい。そう、今まさに燃えているというのだ、今晩のことだ」

「本当？　また放火かしら？」

「わからない。だが、今まで群島では火事など滅多になかった。なにかがおかしい。恐ろしいことだ」

モンパルナス駅で会ってから初めて、彼女は私の話に関心を示した。私は改めて気落ちした。今燃えている家の方が、目の前にいる男、彼女に少しでも近づきたいと願っている男よりも大事なのか。

「話は明日にしよう」と言って、私は足を止めた。「何時に迎えに来ればいいかな？」

「わたしの方からあなたのホテルへ行きます。予約したホテルがどういうものだったか見たいし」

翌朝十時に彼女が私の方に来るということになった。通りに出ると、私はこれから夜の街に出て、自由に行動したくなった。電柱のそばで客待ちしているタクシーに近づき、ピガール広場へ行ってくれと言った。運転手は北アフリカ出身の黒人で、大爆音で音楽をかけていた。音を低くしてくれと頼んだが、彼は聞こえないふりをした。

私は急に嫌になった。すぐに止めてくれと言って道端にタクシーを止めさせた。数ユーロを彼に投げつけて車を降りた。

「音楽がうるさすぎる！」と私はタクシーの開いている窓に怒鳴りつけた。

運転手の男はなにか怒鳴り返したが、もちろんなにを言っているかわからなかった。私は彼に背を向けて歩き出した。彼が車を止め、後ろからやってきて殴りかかってくるかもしれないと思ったが、そうはならなかった。タクシーは急発進して私を通り越していったが、運転手は私の方を振り返りもしなかった。

私は怒り心頭ながら恐怖を感じてもいたので、本来ならホテルに戻るべきだったのだが、どこか賑やかなところに行きたいという気持ちが強くなり、またタクシーを捕まえた。今度の運転手はパリに大勢いる、白髪の交じったロシア人男性だった。ラジオはつけていなかった。ピガール広場へ行ってくれと言うと、彼は無言でうなずいた。ムーラン・ルージュの前で降ろされると、私は真っ直ぐ近くのビストロに入った。

私は酒を浴びるように飲んだ。一つには明日明後日にもルイースが留置所から出られると知ったためだったが、もう一つにはヤンソンが電話してきたためだった。彼は今燃えている家もまた誰かが火を付けた、つまり放火だと思ったから電話してきたのだろう。

だが、私が浴びるように酒を飲んだ本当の理由は、リーサ・モディーンがパリに来た本当の理由は、私が望んだようなものではないことがわかったからだ。私は人としては面白いかもしれないが、男として認められたわけではないのだ。

私はどんどん注文してどんどん飲んだ。グラスを何度も空にしてから、私はヤンソンに電話をかけた。彼はなかなか電話口に出なかった。彼独特のしゃがれ声で応えたとき、息が切れているようだった。

「私だ。あんたは今どこだ？」

「今みんなで火がヴェステルフェルトさんの納屋に燃え移らないようにしているところだ。だが、あの素晴らしい母屋の方はすっかり焼け落ちてしまった」

「あんたの耳から携帯電話を離してくれ」

「なぜ？」

「燃える音が聞きたいから」

ヤンソンは私に言われたとおりにした。私は本当に火が燃え盛る音を電話を通して聞いた。

「夫人は無事に保護されたのか?」と私は再び受話器を耳に当てたと思われるヤンソンに訊いた。

「ああ。オルム島のスンデル家に夫人を移したようだ。彼女がこんなことを見なくて済むように」

「写真を撮ってくれ」私が言った。

「しゃしん?」

ヤンソンが当惑した声を出した。

「携帯電話で火事の写真を撮るんだ。そしてこっちに送ってくれ」

「なぜ?」

「あんたが言っていることが本当だとわかるように。私の電話にその写真を送ってくれ。今私はパリのバーでグデングデンに酔っ払っているんだ」

「なぜだ? なぜそんなことを?」

「あんたが知りたいのは、なぜ私は酔っ払っているのか、それともなぜ私は写真がほしいのか、どっちだ? それは家に帰ったときに教えてやろう。念のため、もう一度言うが、私は今パリにいる。写真、待ってるぞ」

ヤンソンは言われたとおりにしてくれた。私がもう一杯酒を注文し、飲み干したとき、メールの着信音がした。下手な写真だった。家はほとんど見えない。ただメラメラと燃える火だけが写っていた。

「ほら、私の家が燃えている」と言って、写真をバーテンダーに見せた。

彼は私を見たが、なにも言わなかった。

外に出た。通りにはゆっくりと歩き回る女たちがいたが、彼女たちに話しかけたくなかったし、その勇気もなかった。だがそのとき突然昔のことを思い出した。ハリエットと出会う一年ほど前のこと、私は金物屋の店員の若い女と付き合っていた。クリスマスの時期のこと、私はもう彼女と付き合いを続けたくないと思っていた。だが、それをどう彼女に伝えたらいいかわからなかった。別れ話などしたら、彼女がパニックに陥るとわかっていたからだ。ゆっくり考える時間がほしかった。彼女は両親のアパートメントで暮らしていたが、両親がクリスマス期間旅行に出かけているのを幸いに、私はそこへ行った。彼女がそこでゆっくり二人で静かに大晦日(おおみそか)を過ごす計画を立てたいと言ったためだった。だが本心、私はそれだけは絶対に避けたいと思っていた。

私は新しい靴を買いに行くと言って、彼女の家を出た。すでに彼女のネグリジェの中に手紙を潜ませておいた。夜になったら見つけるだろうと計算してのことだ。

靴屋には行かず、真っ直ぐアーランダ空港に向かい、そのままパリ行きの便に乗った。ネグリジェに隠した手紙には、もちろん彼女のことを愛しているが、数日一人でいる必要がある、愛があまりにも大きすぎて潰されそうだ、と書いた。

パリに着くと、私はクリシー近くの安ホテルに泊まり、昼間眠って、夜は当時はまだパリの中心街だったピガール広場とかアッラルナあたりのバーで飲み歩いていた。心の中では売春婦に話しかけて金を払って行為をしたいといつも思っていたが、そんなことをする勇気がなかった。街の娼婦が怖かった。その中の一人の女があるバーを根城にしていた。私はその女に関心があったが、近づくのが怖かった。毎夕、毎晩、私はそのバーの周りを盛りのついた猫のようにウロウロと歩き回った。大晦日の晩、それはスウェーデンに帰る前の晩だったが、私はついにそのバーに入った。窓には厚いカーテンが掛かっていて明かりが一つだけ灯されていた。店に入る前、ドアノブを握ったとき、この先になにがあるか、どうなるか、まったくわからなかった。中にはたくさんの客がいるのか、たくさんの女がいるのか？　薄暗い中に入ると、そこに客はいなかった。年配のバーテンダーが鏡の壁に並んだ酒瓶の前でゆっくり影のように動いていた。彼は私を値踏みするように見てから、うなずいた。面倒な客か、中に入れてもいい客か一瞬のうちに判断したようだ。

店には赤い椅子が置かれたテーブル席と、バーカウンターに沿った革張りのスツールの席があった。女が一人いて、カウンターの奥に座ってタバコを吸っていた。私はその女の方は見ないようにして、グラスワインを注文し、平静を装っていた。どこからか静かに音楽が流れていた。ワインをもう一杯注文したとき、バーテンダーがそっちの女性にいっぱいおごったらどうか、と訊いた。もちろん、と私が言うと、彼は飲み物を、おそらく薄めたマルティーニだろうが、彼女に渡した。薄暗かったが、おそらく女は三十代で髪はペイジスタイル、化粧はあまり濃くはない、外見からは私が想像していた売春婦とはずいぶんかけ離れていた。私はそのとき内ポケットに三百フラン持っていた。これで足りるかどうかわからなかった。パリの娼婦の値段がいくらなのか、私はまったく知らなかった。いや、そのときだけでなく、今も知らない。

私はそのままカウンターの中にあるラジオから年越しの鐘の音が流れるまでそこに座っていた。その晩、そのバーには私の他に一人しか客が来なかった。もしかするとその男は彼女のヒモだったのかもしれない。その男が帰ろうとしたとき、女はその男がライターを盗ったと言って言い争った。私はこれ幸いにそのバーを出ようとした。だが、ライターが出てきて、喧嘩は収まり、男は出ていった。ドアが閉まり、外気をさえぎる重いカーテンが引かれると、女が急に私の近くに寄ってきて、アンネと名乗った。私は何と名乗ったか、憶えていない。もしかするとエリックとかアンダシュだったかもしれない。どこから来たのかと訊かれて、私はデンマークと答えた。パリでなにをしているのかと訊かれて、私はストックホルムで銀行の副頭取をしているが、休暇でパリに遊びに来たのだと答えた。嘘をつくことでなにが変わるのかわからなかったが。とにかく、私の素性がわかるような情報は一つも与えなかった。彼女はもう一杯ちょうだいと言い、私はバーテンダーにうなずいたが、ドリンク一杯がいくらかと訊くのを恐れた。大晦日の日にたった一人の客でバーがやっていけるはずがないではないか。

ストックホルムにいるガールフレンドはなにをしているだろう、と思った。両親のアパートで私のことを考えているのだろうか？　わからなかった。だが、靴を買いに行くという言い訳を使って、あの日ストックホルムからパリに来てよかったと思っていた。そして、戻ったら、彼女に私たちの関係は終わったと告げなければならないと思っていた。

アンネは靴の先で私の脛をつついた。

「裏の部屋で愛し合えるってこと知ってる？」

「ああ。知ってる」と私は答えた。

その後、私はなにも言わなかった。

彼女が押しの強いタイプでなくてよかったと思った。

夜中の十二時半を回った。外から爆竹の音や乾杯の声が聞こえた。だが私は終始彼女が奥の部屋へ行こうと直接誘いをかけてくるのではないかとビクビクしていた。その行為をすることの誘惑はとっくに消えていた。私はとにかくここをどうやって出ようかと、そればかり考えていた。女と私は黙ってバーカウンターを前に座っていた。十五分ごとに、まるで時間を計っていたかのように、彼女はロンソンのライターでタバコに火を付けて吸った。ライターの火が灯されると、彼女の爪がぎざぎざに嚙まれているのが見えた。

私は会計を頼んだ。酒代を払ったあと、彼女に百フラン渡した。彼女は受け取ってにっこり笑った。私は立ち上がり、店を出た。寒い街を人々がそぞろ歩いていた。遠くモンマルトル付近の空に花火が上がるのが見えた。私はバーを出て少し離れたところで立ち止まった。十分ほどしてまた歩き出そうとしたとき、アンネが通りかかった。柔らかそうなフェイクファーを着て、頭にベレー帽をかぶっていた。私のそばまで来たとき、声をかけて挨拶すると、彼女はまるで卑しいことでもされたかのような目つきで睨(にら)んできた。一度も見たこともなく会ったこともない男を睨みつけるような目だった。

長くて寒いその夜、私はパリの街を歩き回った。そして翌日スウェーデンに戻った。新しい靴は買わなかった。私は彼女との交際をやめる勇気がなかった。二月の初めまで迷ったあげく、ようやくきっぱりと別れの言葉を言うことができた。彼女は当惑し、泣き出したが、私は構わず彼女の元を去った。三十年後、私は偶然に彼女と出会った。彼女は結婚し、三人の子どもの母親になっていた。そのとき最初に彼女が言ったのは、別れてくれて感謝しているという言葉だった。もしあのときあなたが別れを告げなかったら、その後私たちの付き合いは悲惨なものになっていたでしょう、と。

私はピガール広場のあたりをウロウロと歩き回り、あのときのバーを探した。あたりの建物は当時と変わりなかったが、見覚えのある店はなかった。それでもしまいに、これかと思われる建物があった。ドアと、カーテンが引かれている窓に見覚えがあった。そしてなにより、そのバーは当時と少しも変わらない姿をしていた。私は少し迷ってから中に入った。過去へ通じるドアを開けて遠い昔の中に足を踏み入れるような気がした。あのときカウンターでジタンを吸っていたあの女性がそこにいるのではないかと少し怖かった。現代にいることを確認するため、私は携帯電話を取り出し、火事の写真を見た。ヤンソンに電話をかけるつもりだった。だが、それはやめにした。電話をポケットに戻して、私はバーのドアを開けて中に入った。

すべてが変わっていた。バーカウンターは新しいものだったし、照明は明るかった。テレビがついていたが音は消してあった。カウンターには男が数人座っていたが、バーテンダーは女性で、まだ若く、鼻にリングをつけ、左の耳に光る石をはめ込んでいた。

そこに女はいなかった。私はがっかりしなかったばかりか、ほっとした。だが、気持ちが軽くなったと同時に、少し心配になった。私はもはや、自分がなにを欲しているのかわからないのだろうか？　酒を飲むと自分をコントロールできなくなるのだろうか？

私はまた外に出た。ピガール広場あたりでタクシーを拾い、ホテルに戻った。服を脱ぎ捨て、そのままベッドに潜り込んだ。隣室からテレビの音が聞こえた。時計を見ると二時十五分だった。私はベッドの頭の上の壁を数回握りこぶしで叩いた。テレビの音はすぐに止まった。

私はここまで来た、と思った。私は老人だ。パリのホテルで一人ベッドに横たわっている酔っ払った年寄りだ。娘はスリでフランス警察の地下室に捕まっている。そして私を愛していない女が近くのホテルに泊まっている。これが私の現状だ。

ヤンソンの電話で起こされた。朝六時。カーテンが隙間風に揺れていた。明け方からパリの空には風が吹いていた。

「消火がようやく終わった。起こしたかな？」

「いや。出火の原因はわかったのか？」

「アレキサンダーソンはあんたの家と同じだと言っている」

「ということは？」

「いくつかの箇所が同時に燃え始めたということだ」

「ということは、群島には頭がおかしくなった人間がいるということだな。家が燃え始めたとき、私は眠っていた。今回は八十五歳の夫人が住んでいる家に火を付けた人間がいるのだな」

「おそらく犬が吠えたので夫人は目を覚ましたのだろう」ヤンソンがつぶやいた。「犬がいなかったら、我々が来る前におそらく夫人は煙に巻かれて死んでしまっただろう」

「電話してくれてありがとう。警察から私のことを訊かれたか？　彼らはまだ、私が自分の家に火を付けたと疑っているのだろうか？」

「他の者たちがなにを思っているかなど、俺は知らない」

「私はあと数日で帰る」

「パリになど行ったこともない。いや、それどころか一番近い本土の港のスーデルシュッピングより他に行ったことがないような気がする」

「カナリア諸島に行ったことがあるんじゃないか、ずいぶん昔に」

「いや、ほとんど憶えていない」

「もう一枚写真を送ってくれないか。もしまだ現場にいるのなら」

数分後写真が送られてきた。夫人の家はまさに廃墟だった。火は収まっていたが、すべてが真っ黒でその中から赤い火がチラチラ見え、黒煙に包まれていた。沿岸警備隊が強力なサーチライトを設置していて、まるで幽霊のような家の残骸の恐ろしい光景を照らしていた。写真には火消しに駆けつけた人々の影も写っていた。

私は起き上がり、窓からホテルの裏を見下ろした。強い風に煽られて、木の葉が舞い上がっていた。前に見かけたネズミを探したが、いなかった。

十時に階下に降りると、リーサ・モディーンはすでに来ていた。私の姿を見て彼女は立ち上がった。

「歩きましょう。外の空気が吸いたいわ」

おそらく何の考えもなく、彼女はヴォージラール通りに入った。かつて私がこの通りをよく歩いていたことは彼女に話していなかったはずだ。この、パリで最も長い通りのことを。そのままポルト・ド・ヴェルサイユの近くまで歩いた。およそ三十分ほど歩いて、冷たい風がますます強くなったとき、彼女は先に立って一軒のビストロに入った。そのビストロの近くに昔私は一ヶ月ほど住んでいたことがあった。

そのとき急に思い出したことがあった。例の楽器修繕工場で働いていた頃、その工場のあるジョルダンまでの長い道のりを歩く前に、珍しく金があったので朝食を外で食べようとしたときのこと。私はビストロに入り、ココアとサンドウィッチを注文した。年配の男が給仕をしていたが、その男は店のオーナーでもあったらしい。厨房に入った彼が急に唸り声を漏らし、流しに頭をぶつけて倒れた。急な激痛に襲われたらしいことは誰の目にも明らかだった。まだ朝早く、ビストロは仕事に出かける前に急いでなにか食べようとしている客でごった返していた。私のそばにいた青いツナギを着ていた男は、ちょうど赤ワインを一杯飲み干したところだった。

その後どうなったのかはわからない。彼の唸り声を聞いて、私はココアを飲み干し、サンドウィッチを手に持って、小さなプラスティック皿の上に勘定を置いて外に出た。

翌日、私はその店に行った。それからの一ヶ月、ほとんど毎日その店に行ったが、店主の姿はまったく見えなかった。

一ヶ月が過ぎた頃、店のウェイターたちがシャツの腕に黒い布を巻いていた。

私はその後その店には行かなかった。あれ以来、今回が初めてだった。壁の色は昔どおりだったが、椅子もテーブルも新しくなっていた。もちろん、店の客もそこで働く人々にもまったく顔見知りはいなかった。憶えがあったのは、厨房に運び込まれたグラスが流しに張られた水の中に入れられる音だけだった。

リーサ・モディーンは店の奥のガラスの壁際にあるテーブルまで行って、腰を下ろした。そのガラスの向こうはテラスでテーブルが並べられていたが、今は閉まっていた。椅子とテーブルは重ねられていて、チェーンが回されていた。私はそれを見て、なぜか冬に備えて檻に入れられた動物園の動物を思い出した。

「昔、この近くに住んでいたことがある」と私は言った。「もちろん君は知らないことだが」

「あなたはわたしがなぜパリにやってきたのか、と思っているでしょうね？　わたしたち、お互いのこと、ほとんど知らない。あなたがここにいるのは、娘さんを探すため。でもわたしはなぜ、編集長に嘘をついてまでここに来たのだと思います？」

「編集長に何と言ったの？」

「それはあなたには関係ないわ」

そう答えた彼女の声は鋭かった。そのあと私たちは話をしなかった。

外に出て、私たちは歩き続けた。その通りは私が以前住んでいたとき同様、どこまでも続く長い道だった。あの頃、ある土曜日の午後のこと、若者グループがこの通りを賑やかに歩いてきた。あとで知ったのだが、若者たちはヴェルサイユ宮殿の門近くで開かれたコンサートへ行くところだったのだ。その晩そこでイギリスのポップミュージックグループ、ザ・ビートルズのコンサートが開かれたらしい。私はそのグループについてなにも知らなかった。当時私はジャズばかり聴いていた。ときどきはサンジェルマンの教会へオルガンコンサートを聴きに行ったが。

突然私はこの長い通りをただ歩くのは何の意味もないように思い、足を止めた。

「どこへ行くつもり？」

「別にどこということもないわ。このまま歩いて、カフェに入るとか？」

「君はなぜパリに来たのだ？」

「とにかく今は歩きましょう」と彼女は答えた。

カディス通りでビストロに入った。ランチ前だったので、客は少なかった。私たちは店の奥の方のテーブルについた。ウェイターは年配の男で、足を引きずっていた。リーサ・モディーンは白ワインを一本注文した。汚れたワインリストの一番高価なワインだった。それを見て私は心配になった。ウェイターはすぐにワインボトルとグラスを二個持ってきた。脇の下の汗の臭いがした。リーサ・モディーンもそれに気づいたようだった。彼女は微笑(ほほえ)んで言った。

「わたしがパリに来た理由は、あなたがそもそもどう思っているのか知りたかったからよ」

「なにについて？」

「わたしを見るあなたの目に気づいているわ。最初からよ、わたしが火事のことを訊きに行ったときから。あなたがわたしのアパートメントにやってきたあの晩もわたしは驚かなかった。わたしの部屋の前で体をくねらせていたのは、あなたが最初じゃないから」

「私は体をくねらせてなどいない。それにあの晩私が言ったことは本当だった」

彼女は眉間に皺(しわ)を寄せた。私の言ったことなど信じないという顔だった。次に口を開いたとき、それは怒っている口調だった。

「嘘をつかないで」

「嘘などついていない」

彼女はグラスを横に退けて、テーブルの上に体を乗り出した。

「嘘つかないで」と彼女は繰り返した。

「いや、嘘などついていない」

「いいえ、嘘よ！」

この最後の言葉はほとんど叫びだった。私は初めて彼女が娘のルイースに似ていると思った。目の隅で、年配のウェイターがこっちのテーブルの様子をうかがっているのがわかった。だが彼はそのまま背を向けて静かにテーブルを拭き続けた。

世の中はこんなふうなのだ、と私は思った。人はなにかが起きても背を向けるのだ。

私は平静を保とうと努めた。グラスを持ち上げた。手は震えていなかった。そのグラスを飲み干すと、立ち上がり、テーブルの上に代金を置くと、私は一言も言わずに店を出た。通りに出ると早足で歩き、地下鉄のポルト・ド・ヴェルサイユ駅でモンパルナス方面へ行く地下鉄に乗った。

だがすぐに、そうやって店を出てきたことを後悔した。彼女はなにを言いたかったのだろう？揺れる電車の中で、私は彼女に見抜かれていると思った。彼女は私の〝老人の思い〟を嗅ぎつけ、私が本当はなにを求めているのかを突き止めるためにパリに来たのだろう。私は本気で彼女との間に恋愛が成立すると思っているのだろうか？　私の本当の動機に気づいたとき彼女が傷つくとは思わなかったか？

モンパルナスでは降りず、右岸まで来て降りた。私は再びシャトレにいた。地上に出ると、雨が降り始めていた。駅の売店に行って傘を買った。

傘を開こうとしたとき、ポケットの電話が鳴った。私は靴屋の前の出っ張っている屋根の下に駆け込み、電話を見た。

オーロフ・ルトゲルソンだった。今どこにいるのかと訊いてきた。

「街にいる。雨が降っているので傘を買ったところだ」

「マダム・リヴェリは娘さんを今日の三時に留置所に迎えに行くとのこと。彼女はじつにエネルギッシュな人だ。いつもそうだが、今回はまた特別に仕事が早い。この件の担当裁判官とは以前から特別の信頼関係を持っているらしい。娘さんは解放される。マダム・リヴェリはどこで会うか連絡してくるでしょう。そこでやりとりすることになる」

「やりとりとは？」

「あなたの娘さんと、今回の仕事の報酬のやりとりです」

「ルイースはフランスから国外追放されるのだろうか？」

「それはわからない。マダム・リヴェリが釈放されると言うのなら、必ずそうなる。それが一番大事なことです」

「あなたには礼を言わなければならない。よく協力してくれた」

「スウェーデン外務省とそこで働く我々は、どんな仕事でもうまくいけば喜びます。スウェーデンに帰国したら、連絡してください。娘さんはフランスではもうスリの仕事はしない方がいい。記録が残りますから。フランスの法制度は厳しいですからね」

私は礼を言って、電話を切った。電話をポケットに入れ、これからは決してリーサ・モディーンの言葉で動揺しはしないと思った。またこれからは少しでも彼女が私をわかってくれると期待してはならないと思った。

私はあてもなく雨の中を歩いた。どこへ行くか、行くあても考えずに。今まで、今回のようにパリであてもなくいろんなカフェに入ったことがあっただろうか、と思った。

　私はまたヤンソンに電話をかけた。火事についてなにか新しいことがわかったかどうか知りたかった。新しいことはないらしかった。だが、今回の火事と私の家の放火事件とは何らかの関係があるのではないかという噂が流れているとヤンソンは教えてくれた。

「それじゃ、私はもう放火魔とはみなされていないということか？」

「そもそもそんなことは誰も考えていない」

「私に嘘をついても無駄だよ」

「いや、またどこかが火事になるのではないかと、みんな恐れている」

　彼の言わんとすることは理解できた。人は心配するもの。とくに年配者の間ではそれは顕著だから。私は今パリのカフェにいて、あれこれ考えている。私の住んでいる群島の中では、皮肉にも私はまだ若い方に属するのだ。少なくとも若い住人たちがやってくる夏を別にすれば。

　リーサ・モディーンのことが気になって仕方がなかった。私が彼女に向けた言葉はでたらめだった。私は席を立つべきではなかった。彼女に最後まで語らせるべきだった。そのあと、彼女が間違っているという論陣を張ることはいくらでもできたのではないか。自分は彼女の思うような男ではないと。

　ランチタイムの客がいなくなるまで私はそのカフェにいた。他にはほんの数人しか客がいなくなっていた。目の見えない女性が足元に座っている盲導犬を撫でている。その手の動きは永遠に続くように感じられた。

　子どもの頃、島での暮らしは祖父が中心だった。もちろん祖母はいつもそばにいた。大人になって初めて祖母の存在が私にとって安定を意味したのだとわかった。晩年祖母は認知症になり、老人ホームで過ごした。夜になると、海が荒れている、おじいさんは海に出ている、と言ってホームの外に出た。どんなに海が静かでも、彼女の中では嵐が吹き荒れ、祖父に対する心配が絶えることはなかった。

祖父母はほんの数時間の差で亡くなった。最初は祖母、そのあとが祖父だった。片方が死んだとき、残された方の命もなくなったのだ。聞いた話では、もちろん語ってくれたのはヤンソンだったが、祖父は祖母が施設で午前中に亡くなったと聞くと、読んでいた新聞を畳んでそばに置き、かけていた老眼鏡をケースに戻してベッドに横たわった。二時間後、彼もまた逝った。

電話が鳴って、思い出が中断された。マダム・リヴェリだった。モンパルナスで会うことになった。滞在しているホテルの名前を言うと、一時間後に会いましょう、ルイースを連れていきますと彼女は言った。

マダム・リヴェリに礼を言って電話を切り、勘定を払って外に出た。ホテルに戻る電車の中で、私はふと思った。もし私がルイースの引き取りを拒絶し、マダム・リヴェリへの支払いも断ったらどうなるだろう？　だが、そんな思いはすぐに消え、私は無事時間内にホテルに戻った。待っている間、私はムッシュー・ピエールに今晩空室があるかと訊いた。あるとわかったが、予約はしなかった。ルイースがどうするつもりかわからなかったからだ。

雨が上がった。約束の時間が近づき、私はホテルの外に出た。通りの反対側に急にリーサ・モディーンの姿が見えたような気がした。彼女には二度と会いたくないと思った。だが、それは本当ではなかった。希望を諦めたくなかった。どんなにそれが叶えられそうになくても。

マダム・リヴェリとルイースはタクシーでやってきた。ルイースは顔色が真っ青だった。二人をホテルの中に案内した。マダム・リヴェリが手洗いに行っている間、私はルイーズと二人きりになった。

「お前がこの街でどんな暮らしをしているのか、私は知らない。もしお前がそうしたいのなら、今晩このホテルに泊まることができる。空き室はあるらしいから」

ルイーズは無言でうなずいた。私たちは誰もいないバーに座っていた。私はロビーへ行って、ルイーズのために一部屋予約した。

「娘のために」と言った。

「今、バーにおられる方ですね？　もう一人の、今レディーズルームにいらっしゃる方が奥様ですか？」

「いや、ルイーズの母親は亡くなった。私は独り身だ」

「それは失礼しました」とムッシュー・ピエール。「一人で暮らすのはどなたにとっても大変なことです」

マダム・リヴェリが戻ってきた。時間がないようだった。私は礼を述べ、ルイーズを釈放させるのは難しかったかと訊いた。

「彼女が妊娠していること、今回が初犯であることを言いました。そのあとは簡単でした。とくに裁判官と私は旧知の仲ですので。また、彼女の父親がパリまで迎えに来ていることも言いましたよ」

「ルイーズは今晩このホテルに泊まります」と私は言った。「その後のことはわかりませんが」

マダム・リヴェリは封筒をハンドバッグから取り出した。

「支払いはすぐでなくてもいいです。ただ、忘れないように。その場合は容赦しませんからね」

ルイーズに挨拶すると、マダム・リヴェリはホテルから急ぎ足で立ち去った。

私はルイースの部屋まで行った。私と同じ階だった。所持品はなにもなかった。金は持っているかと訊くと、彼女は首を振った。

「着替えが必要なの」と彼女は言った。

私は彼女に金を渡した。どこに住んでいるのか訊きたかった。どこに持ち物を置いているのか？だが、今はそのときではないと思った。彼女は私が助けに来たことに感謝しているだろう。と同時に、私に頼りきりになるのを避けたいはずだ。

部屋の前で別れるとき、夕飯は一緒に食べようかと訊いた。

「あたし、疲れすぎてる。牢屋の汚れを洗い落としたいし、なにより眠りたい」

「私の部屋は二一三号室だ。明日の朝、お前が起きたとき、一緒に朝食を食べよう」

夜、私は一人でホテル近くの中華料理の店で食事をした。その後ホテルに戻って、部屋のテレビでモノクロのフェルナンデルの喜劇映画を観た。疲れているのはルイースだけではなかった。

夜中、ドアにノックの音が響いた。眠い目を擦りながらドアを開けると、ルイースが立っていた。寒そうだった。

「ここで寝てもいい？」

私はなぜとは訊かなかった。部屋のベッドは大きかった。ルイースは使っていない半分の方に横たわり、私に背を向けた。

明かりを消して、しばらくすると、彼女は片手を伸ばしてきた。

私はその手を取り、彼女も私もそのまま眠った。

18

家が再び燃えている夢を見た。二階からの階段がどこまでも続いていた。子どもの頃から慣れ親しんでいる二十三段ではなかった。どんなに走っても階段は終わらなかった。後ろから燃え盛る火が追いかけてくる。足がなにかにつまずいて転んだところで目が覚めた。

ルイースは深く眠っていた。眠りに入ってからは、まったく同じ姿勢で動かなかった。片手がまだ私の手の中にあった。

彼女の寝息に耳を澄ました。私は今までの人生で聞いたいろんな寝息を思い出した。父の寝息は重く、ときどきいびきが混じっていた。静かになったかと思えば、吠えるような大きな音が響き、また静かになった。母の寝息はほとんど聞こえなかった。じっと耳を澄ましているとかすかに聞こえたものだった。祖父の寝息はときどきまったく聞こえなくなったが、その後大きく息を吸い込むというふうだった。祖母の寝息はときどき笛を吹くような音に聞こえた。それはボート小屋を吹き抜ける風の音のようだった。

おかしなことに、私はハリエットの寝息はまったく憶えていなかった。ときどき私のいびきがうるさいと文句を言っていた。目が覚めてしまうと。彼女はまったくいびきをかかなかった。彼女のいびきを聞いた憶えはまったくない。

いろんな人の寝息を思い出しているうちに、いつの間にか眠ったらしい。数時間後、目を覚ましたとき、ルイースはすでに起きていて、カーテンの隙間から外を眺めていた。どんよりした日で、カーテンのそばに立っているルイースの全身が見えた。確かに彼女の下腹が大きいのがわかった。赤ん坊が大きくなってきているのだ。その子の父親を私はまだ知らない。ルイースのその姿を見て、私は心から嬉しくなった。このような喜びを感じたのは初めてだった。

ルイースは私が目を覚ましたことに気づき、カーテンの端に手を伸ばしたまま体を私の方に向けた。

「あんたの寝相が悪くなくてよかったわ。あたしはあの猛烈に気持ち悪い牢屋からやっと出られてぐっすり眠れた」

「ああ、深く眠っていたね。私はお前がずっとずっと遠くにいるように感じたよ」

「犬の夢を見たわ。全身びしょ濡れで、毛がまるで雑巾のように全身から垂れ下がっていた。あたしが近づこうとすると、その哀れな犬は吠え立てるの」

ルイースはまたベッドに潜り込んできた。私は起きてシャワーを浴び、着替えて下の食堂へ行った。ルイースは三十分ほどしてから降りてきた。いつものルイースに戻っていた。あのぼんやりとした精気のない彼女ではなかった。食欲もあり勢いよく食べた。

「なぜあたしがどこに住んでいるのか、訊かないの？」

「お前は私になにか訊かれたりするのが好きじゃないだろう」

「そんなことないわ。あんたが勝手にそう思ってるだけ。今日はなにするの？」

「それはお前次第だ。だが、本当はすぐにもお前はスウェーデンに帰るべきなんじゃないか？」

ルイースは鋭い目つきで私を見た。私の言葉は思いがけなかったようだった。

「いいえ、まだよ。あんたにあたしが住んでいるところを見せたいし。見たかったら、だけど？」

「もちろん見たいさ」

私はリーサ・モディーンがパリに来ていることを彼女に話すべきだと思ったが、やめにした。今一番見たくないのは、娘が激怒のあまり、このホテルから飛び出していくことだったからだ。代わりにヤンソンからの電話のことを話した。そして彼が送ってくれた火事の写真も見せた。

「変ね。何だか気持ち悪い。その島、どこにあるの？」

私は説明してみたが、彼女には島の位置がわからなかった。しばらくしてルイースがヴェステルフェルト夫人の家がどこにあるかわかったと言ったとき、私はそれが本当ではないのがわかった。とにかくこれで私が放火魔と断定されることはないとわかって、彼女はほっとしたようだった。

「いや、ちょっと待て。もしかするとお前は私があの祖父母からもらった家に火を付けたのかもしれないと、一瞬でも思ったのか？」

「本当にそう思ったわけじゃなかったけどね。だってさ、あたし、あんたのことあんまり知らないんだもの」

「懐中電灯のことだが、どうしてお前はあれを振ったのは自分じゃないと否定したんだ？」

最初彼女は何の話か思い出せないようだった。それから笑いを浮かべて首を振った。

「あんたを混乱させたかったから」

「なぜ？」

「うーん……もしかすると、あんたがハリエットをひどい目に遭わせたからかなあ」

「彼女が病気になったとき、私は看病したじゃないか？」

「ああ、あのときはね。でもその前は？　あんたたち二人が付き合っていた頃のことよ。ハリエットはあたしにぜんぶ話してくれたわ」

「お前は懐中電灯でチカチカとサインを送って、私を真夜中に舟を漕がせて呼び寄せた。それでハリエットのための仕返しは十分ではないか？」

「いいえ、十分じゃない。あたし、あの晩ずいぶん考えたの。あんたとハリエットのこと」

私はハリエットがルイースに私のことを何と言っていたのかなど知りたくなかった。それで、私は時計のことを持ち出した。

「お前は小島であのとき私にちょっと触れた。あのときに盗ったのか？」

「あたしは、手首の時計を盗るのが得意なの」

「お前はよっぽど腕がいいのだろうな。私はまったく気づかなかった。だがお前が盗ったとどうして言ってくれなかった？」

「どうせわかるだろうと思ったから。あたし、時計を置いてきたからね、トレーラーに」

まだ食事が終わってはいなかったのに、ルイースは突然立ち上がった。

「さ、行こう。あたし、うちに帰りたい」

私は部屋からコートを持ってきて、娘のあとからついていった。ちょうど昨日リーサ・モディーンの後ろからついていったのと同じように。

シャトレ駅で乗り換え、ジョルダンへ行ったときに乗ったのと同じ路線に乗った。まさか、あのときと同じ駅で降りるのだろうかと思ったが、そうではなく、そこから二つ目のテレグラフ駅で降りた。そこで降りた乗客の多くは北アフリカからの移民だった。フランス語と同じほど北アフリカの言葉が周りから聞こえてきた。テレグラフ駅はずいぶん汚かった。駅のベンチの多くは酔い潰れた者たちの寝床になっていた。まるで倒れた銅像のように彼らは動かなかった。

地上に上がると、そこはまるでモロッコかアルジェリアのようだった。

ルイースは思いがけず明るくにっこり笑って私を見た。

「ここに来ると怖がる人もいるのよ」

「私は違う。世界は現実にはどう見えるか、私は知っていると思う」

そこから曲がりくねった道をずいぶん長いこと歩いた。建物は古く、乱暴な落書きが何層にも塗り込まれていた。新しい落書きで壁は一新されるどころか、ますます薄汚れて見えた。全身を黒い布で覆った女性が泣き喚く子どもを腰に抱きつかせて歩いていた。建物の入り口前で、数人の男たちがタバコを吸っていた。薄暗がりの中に目を凝らすと、老人がこれまた年老いた男の口にスプーンで食べ物を運んでいた。

ルイースは足早に歩いた。早く家に帰りたい思いと、あの地下の牢屋から遠くへ行きたいという思いが重なっているようだった。

通りの角を曲がると、そこは行き止まりで、その一番奥の、後ろに高い石壁がある建物の前で彼女は足を止めた。四階建ての建物で、地下鉄駅からずっと続いている外壁の崩れた建物の一つだった。

「ここがあたしの住んでる島よ」と言って、彼女は建物のドアを押し開けた。

中に入ると、知らない香料の匂いが入り口まで漂っていた。どこかから単調な美しい音が聞こえてきた。笛の音だ。階段を登って一番上の階まで行った。腹立たしいことに息が切れた。ルイースは最後の段を上がって、私を待っていた。

「ここに住んでるの、あたし。一人じゃないけど」

彼女はいつの間にか鍵束を手に持っていて、ドアに向かった。

「ちょっと待て。私はこれから誰に会うのか、なにを見ることになるのか心の準備をしたい」

「あたしの住んでいるところよ」

「一人じゃないと言ったね？」

「あたしの男と一緒に住んでるわ」

「お前の男？」

ルイースは自分の腹に手を当てて言った。

「あたしの子どもには父親がいるってこと」

「それを私は前に訊いたが、お前は答えなかった。それじゃ私は今子どもの父親に会うのか？」

「そう」

「名前はあるのか、その男に」

「ええ、あるわ」

「何という名前か言ってくれるか？　なにをしている男なんだ？　いつから一緒に暮らしている？」

「このまま外で、この階段で話さなくちゃなんないの？　名前はアハメド」

それだけ言うと、ルイースは鍵をドアに差し込んで開けた。私は暗いアパートの中に彼女の後ろから入った。昔私が少しの間住んでいたカディス通りのアパートを思わせた。

「アハメドは眠ってるわ。臨時雇いで夜警の仕事をしてるの。アルジェリア人よ」

私たちは小さくて狭い台所へ行った。ルイースは閉まっているドアを指さしてうなずいた。アハメド。どういう男だろう、これから生まれてくる子どもの父親という形で私と繋がる男は。まったく想像できなかった。

台所は壁が塗られたばかりで、まだテレピン油の匂いがした。ガス台と冷蔵庫は中古品だった。テーブルと椅子二脚はどこかから拾ってきたものだろう。ルイースとアハメドの暮らしは貧しいことがわかる。夜警とスリではろくに稼げないだろう。

　ルイースはコーヒーを淹れてくれた。私は窓に近い方の椅子に腰を下ろした。すぐそばに隣のビルの非常階段が見えた。ほんの数メートルの近さだ。

「教えてくれ。お前は本当にスリを本業にしているのか？　それで食べているのか？　それだって、捕まるくらいだからそんなにうまくはないのだろう」

「あたしが前にどんなことをしてたか、憶えてるよね？」

　私はもちろん憶えていた。ハンス・ルンドマンが新聞を渡してくれた。ルイースはなにかに抗議するために、何だったかは忘れてしまったが、世界のリーダーたちが集まる国際会議の場で素っ裸になってプラカードを持って現れ、その写真が各国の新聞に載ったのだった。それで私は、娘は私と違って反逆児なのだと知った。私が常に恐れ、不安で、心にもない振る舞いをしてきたのとは大違いで、娘は本当に理想を掲げ、その理想のためなら何でもすると、彼女独自のプロテスト行為を考えついたのだった。

　私が彼女に訊いたのは、まさにそのことだった。以前の怒りはどこに行ってしまったのか？　政治家に、彼女が我慢できない世界に向けられたあの怒りは？

「私だって食べていく手段を考えなくちゃならなかった」

「だからスリになったというのか？」

「あたしは困っている人からは一度も盗んだことはない」

「そんなこと、どうしてわかる？」

　ルイースは肩をすくめた。

「アハメドはこのことを知っているのか？」

「うん」

「彼もスリなのか？」

彼女が迷っているのがわかった。

「話してあげる。あんたが知らないあたしの暮らしの一部を。あんたのところでハリエットが死んでから、あたしはバルセロナへ行った。そう、ヒッチハイクでね。運転手の中には、あたしが彼らの言いなりになると思って乗せてくれた奴もいたわ。あたしはいつも護身用に先の尖った櫛(くし)を持っていた。ピレネー山脈に差し掛かったところで、運転手の男が襲ってきたので、あたしはその男の頬を櫛の先で刺した。大量の血が吹き出したので、あたしは男が死ぬかと思った。とにかくあたしはその車から逃げ出すことができたの。バルセロナへ行ったのは、そこで妊娠中絶に関する法律に反対する集会があったからなの。現地には友達がいた。カルメン・リウス。彼女はポーブレ・セックという地域に住んでいた。そう、貧しい人たちが住んでいるところだった。あたしたち、デモに参加した。その後、ランブラス通りへ行こうと誘われた。観光客がよく行くところ。カルメンはそこでなにをするつもりか説明してくれなかった。ただすぐそばにいて、彼女から渡されるものを受け取ればいいと言われた。

カルメンはほとんど英語が話せなかった。あたしのスペイン語はそれよりもっとひどかった。でもあたしは彼女がなにを言ってるのかよくわからないまま、ついていった。そのあと、彼女が日本人観光客に体を近づけるのを見た。そう、彼女はカモと呼んでいたわ。バックパックを背負った女の人だった。ポケットの一つが閉まっていなかった。カルメンはさっと手を入れて財布を抜き取った。あまりにも速くて、あたしにはほとんどなにをしているかわからなかったくらいだった。それからあたしにそれを渡して、隠して、と小声で言った。あたしはそれを自分のハンドバッグに入れた。その頃にはもうカルメンの姿はなかったわ。

日本人観光客はなにも気がつかないようだった。あたしはカルメンがカルテリスタ、そうスリだとわかったわ。動きが速くて、とても簡単に見えた。人のものをスるって、大丈夫なのと訊くと、カルメンは、どうってことないよ、財布や携帯電話をスられたって人の人生は変わらない、別にそれでどうってことないんだから、と言ったわ。自分は決して貧しい人には手を出さない、旅行するだけの余裕がある観光客、所有物をなくしてもどうってことなさそうな人たちしか狙わないのだと言った。あたしはそれで納得したの。そこには半年滞在した。その間にカルメンからスリの技術を習ったの。最初は女四人だった。何ヶ月か経った頃、一人でやってみなとカルメンに言われた。尻ポケットにむき出しで金を入れていたアジア系の観光客があたしの最初の餌食になった。うまくいった。カルメンはこれであたしは本物のカルテリスタだと言った。変なんだけど、あたしはまったくびくびくしなかったし、落ち着いていたわ」

ルイースは話し終わると、私の反応をうかがった。

「そんなふうに始まったのよ」と言った。

話を聞きながら、これは作り話ではないとすぐにわかった。本当のことを話してくれているのだ、本当に私に理解してほしいのだと思った。

「アハメドはアルジェリアから来たと言ったね。今の話はバルセロナでのことだが？」

「アハメドとはバルセロナで出会ったわけじゃないの。カルメンが警察に捕まったあと、あたしはバルセロナを出て、パリに移った。彼は友達の友達。あたしたちはあっという間に付き合うようになったの」

「自分はスリだということ、彼に話したのか？」

「すぐじゃなかったけどね。関係が安定してから」

「それで、アハメドは何と言った？」

「ほとんどなにも。ううん、違う。なにも言わなかった。でも、あの人はスリじゃない。手先はものすごく器用だけど」

「だが、お前を止めはしなかったのか。どういう人間なんだ？」

ルイースはテーブル越しに手を伸ばして、私の手を握った。

「あたしが愛している人。唯一今まであたしが愛した男は、違う意味でだけど、靴職人のジアコネッリだった。でもアハメドに会ったとき、初めてあたしは人を愛することの意味を知ったの」

私はほとんど飛び上がりそうになった。戸口に男が立っていたからだ。まったく音を立てなかった。いつからそこに立っていたのかわからない。短く刈り込んだ黒い髪、無精髭のまま、アンダーシャツに縞模様のパジャマのズボン姿だった。毛深い脛が見えた。

「あたしの父、フレドリックよ」ルイースが英語で言った。それから「あたしの夫、アハメド」と続けた。

私は立ち上がって男の手を握った。ルイースよりもだいぶ若い。三十歳にもなっていないかもしれない。彼は警戒しながらも笑いを浮かべた。

アハメドは流しの下からスツールを引っ張り出して座った。その目はずっと私を見ていた。私がなにか言うのを待っているかのような目つきだった。私は私で、娘ルイースのことはまったくわからないと思っていた。彼女がなぜ、どんなふうにしてこのような人間になったのか、私には決して理解できないだろうと。

「君は夜警の仕事をしているんだね」と私はためらいながら言った。「私たちが来たために、起こしてしまったのでなければいいが」

「私、あまり眠らない。もしかすると初めから年寄りかも？　年取るとあまり眠らないそうだから」

私はうなずいた。

「そうだね。最後の眠りにつくまで、人の眠りはどんどん短くなる。私は医者だから、なぜそうなるのか、知っているべきなんだがわからない」

ルイースがコーヒーを勧めると、アハメドはいらないと言った。彼を見るルイースの目が愛してると語っていた。コーヒーポットを持って彼のそばを通ったとき、その手が彼の髪の毛を素早く撫でた。

私はアハメドに親のことを訊いた。

「親父は死んだ。首都のアルジェの港湾で働いていたとき、大きな船のワイアーが切れたのが当って、その場で死んだ。両脚が切断されて即死だった」

「それは気の毒に」

「どうも」

「お母さんは？」

「死んだ」

それだけで、何の説明もなかった。私もまた訊かなかった。

「きょうだいはいるのか？」

「二人は死んだ。一人だけ生きている」

家族のほとんどが亡くなっているのだと思った。他の話題を探し、夜警の仕事はどうだと訊いた。

「警備している店は、私が品物を買うことなどできない高級店ばかりだ。毎晩私は、客としては入ることができない店に入る」

アハメドはルイースを見た。

「私は、ではなくて、私たちは、です。私たちの子どもも」

「そうだ、子どものこと、おめでとうと言いたい。最近は生まれる前に男の子か女の子か調べることができるそうだが？」

アハメドは眉間に皺（しわ）を寄せた。

「そんなことは絶対にしない」

「あたしたちはすべて順調かだけ診（み）てもらうの。あたしはいわゆる高齢出産だから」ルイースが言った。

ぎこちない雰囲気だった。アハメドが私のことを軽蔑の目で見ているような気がしてならなかった。ルイースが彼に夢中な様子もまた理解できなかった。彼女がアハメドを見る目が従属的で、彼女がしょっちゅう彼の短く刈り込まれた髪の毛に触るのもまた機嫌をとっているように見えた。私はそんなルイースを今まで一度も見たことがなかった。

それ以上なにも話すことがなかった。この状態そのものが何とも不自然でぎこちないものだった。なぜこんな暮らし、こんな状態をルイースが選んでいるのか、私にはまったく理解できなかった。彼女は妊娠している女スリで、アルジェリアからの移民と一緒に暮らしている。彼はまたまったく慰めようもないような夜警の仕事で日銭を稼いでいる。

アハメドが立ち上がった。私の胸の内を読んだのだろうか、とドキッとしたが、彼はそのまま台所から出ていった。

「良さそうな男じゃないか」と私は言った。

「このあたしが、よくない男を子どもの父親として選ぶと思った?」

私が答えるより先にアハメドが台所に戻ってきた。水色のシャツにアラビア文字が下の方に書き込まれている短パンをはいている。木製の台の上にのせたガラスの瓶の中に船が入っていた。昔からある典型的なガラス瓶の中の船だった。

「あなたのためのプレゼントです」とアハメドが言った。「今は夜警の仕事をしているけど、本当はこういう仕事が私の本業だから」

彼はそっとガラス瓶をテーブルの上に置き、電灯の向きを変えて、よく見えるようにした。

これは、と私は目を見張った。それはよくある、瓶の中の青い波と帆掛船ではなかった。それだって小さなガラス瓶の口から特別な魔法としか言えないような技術を使って波と舟を仕掛けるものなのだ。だがいま目の前にあるガラス瓶の中には、白い砂浜が広がっていた。海の波と砂丘も広がっていて、そこにはベドウィン族のテントがあった。旗が掲げられ、入り口が少し開いていて、中が見える。そこには白い衣服の男たちが柔らかそうなクッションの上に座って、ベールをかぶった女たちにコーヒーか水パイプを供されている。テントの外には黒装束のベドウィン族の騎士たちが馬に乗り、手綱を使用人に渡すところだ。ターバンが頭上できれいに結ばれている。

瓶の中の帆船について、私には少し知識があった。母方の曾祖父は船乗りだったが、陸に上がり漁師になる前に、ダフネという有名な船をガラス瓶の中に作った。ダフネは一八七〇年代のあるクリスマスの日に悪名高いスカーゲンレーヴェンの沖で難破した船の名前である。嵐の海に救出に行ったデンマークの漁師八人は、難破船の船員たちを救出することができたが、漁師八人全員が命を落としたと、私がまだ子どもの頃祖父が説明してくれた。高いマストと満帆の帆は寝かせたガラス瓶の狭い口からそっと入れるのだと説明してくれた。その後、細い細い糸を静かに引っ張って、マストを少しずつ引っ張って立ち上がらせ、帆を張らせ、船体を瓶の横面に固定させるのだと。

だが、アハメドが作ったというベドウィン族のテントは私が今までに見たどのガラスの中の船よりも素晴らしかった。その技術も指の器用さもまったく人並外れたものだった。その器用さはスリの技術を身につけようとしている者にとってもきっと役に立つに違いなかった。

「素晴らしい。ベドウィン族のテントと騎士たちは、君自身が見たもの？」

「私はアルジェリアのカスバで育った」アハメドが言った。「砂漠からは遠かった。私は主に写真や映画で砂漠を見た。父はベドウィン族で、子ども時代、父はずっと遊牧民の暮らしをしていた。毎晩場所を変えてテントを張る暮らしだったそうだ」

「プレゼントを持ってくるべきだったが、なにしろこの旅行は急だったもので」と私は言い訳をした。

「ルイースを牢屋から出してくれて、ありがとう」

「パリでスリをするのは、気をつける方がいい」そう言ってから、すぐに私は後悔した。

「もうそれは済んだことよ」ルイースがすかさず言った。「しつこく言わないで。言われたって良くなるわけじゃないんだから」

アハメドが手を伸ばしてルイースの腕に置いた。

「お父さんの言うとおりだよ。フレドリークはこのあとはもう言わないと思うよ」

アハメドは私の名前をフランス式に発音した。私に対する敬意を示すためにそうしたのかもしれない。私は彼を疑ったことを後悔した。

アハメドは立ち上がった。

「もう少し眠らなければならないので」と言った。

軽く頭を下げると、彼は台所から出ていった。ルイースもその後ろに続いた。私は帰り支度をした。

ルイースはすぐに戻ってきた。私はベドウィン族の瓶を手に持って立ち上がった。

「あんたに知っておいてもらいたいことがあるの。その瓶をテーブルの上に置いて」

私は言われたとおりにして、ルイースの後ろから台所の隣の部屋に向かった。

「これもあたしの暮らしなの」と言って、ルイースはドアを開けた。

その部屋は小さく、白い壁で、家具はほとんどなかった。ベッドが一つと絨毯が敷かれていた。天井からランプがぶら下がっていた。そして車椅子が一台、窓に向かって置かれていた。車椅子に座っている人の首と髪の毛が見えた。

「ムハンメドよ。小声で話す必要はないの。彼は聞こえないから」

ルイースは車椅子の前に行った。意味不明の声が車椅子に座っている人から発せられた。ルイースが車椅子を私の方へくるりと回した。

ムハンメドは七、八歳の男の子だった。顔がクシャッと曲がっていた。傷跡の周囲で固まっているようだった。両目が私に向けられている。歪んだ口元から今にも悲鳴が発せられそうだった。

「この人はあたしのお父さん、フレドリックよ」と言いながら、ルイースは椅子にセットされているパソコンのスクリーンに文字を書いた。

ルイースはもっと近づくように私に合図した。

「彼は両手が動かせないの。だからほっぺたに触って。挨拶代わりに」

私は言われたとおりにした。男の子の頬の冷たさに、私はほとんど飛び上がるところだった。頬の皮下に脂肪がまったくつかない慢性の病気があることは、知識として知っていた。患者は体温が低く、しばしば精神的、あるいは肉体的諸症状を併せ持つ。もしかするとこの子はハイドロセファルス、水頭症のケースかもしれない。だが、彼の頭は不自然に膨らんではいなかったので、私は自分自身の推測に自信が持てなかった。

「この子の母親は？」と私は言った。

「ムハンメドはアハメドの弟なの」ルイースが言った。「この子が生まれたとき、母親は精神を病んでしまい、この子もきっとあまり長生きはできないだろうとみんなが思ったの。母親は病の中に逃げ込んだのよ。でもアハメドはこの子の世話をすると決めたの。だからフランスにムハンメドを連れて移ってきたのよ。初めは彼一人でムハンメドの世話をしていた。そのあとあたしが加わった。ムハンメドはあたしが産む子どもの兄として、この子の世話しようと思ってるの」

「この子の病気の名前は？」私が訊いた。

「うん……。いろんな病気なのよ。まず耳が聞こえない。脳も発達していない。話すこともできない。あと数年で目も見えなくなるそうだし」

私たちは台所に戻った。

「その瓶、持っていかないで。壊れないようにしっかり梱包してあげるから」

「お前が私と一緒にスウェーデンへは帰らないということはわかった」と私は言った。

「ええ。今はまだ。子どもが生まれるまでは。そのあとはもしかすると、一家でスウェーデンに移り住むかもしれないけど。家が再建された頃に」

私はどうすればいいかわからなかった。私の半分はルイースを抱き寄せ、力いっぱい抱きしめたかった。もう半分はすべてを投げ出して島に戻り、あのトレーラーハウスに閉じこもりたかった。

それで、いつ帰るの、と彼女は訊いた。

「明日」と私は答えた。「お前が無事牢屋を出られたからね。お前がフランス国外へ追放されないこともわかった。お前がどこでどういう暮らしをしているかもわかった。もはやここにいなければならない理由はない。ホテル代も安くないしね」

「うちに泊まればいいじゃない？」

「私は都会とは肌が合わないのだ。家に帰りたい。島に戻りたいし、今はもう焼けてなくなった家に戻りたい」

ルイースは少し考えてから口を開いた。

「今晩、あんたの泊まってるホテルに行くわ。瓶を持って」

暗い玄関で私たちは別れた。私は不安だった。まるで子どものように心細かった。なぜだろう。その理由がわからないのがまた嫌だった。

建物の外に出て、私はしばらくそこに立っていた。ルイースがホテルに来るまでまだだいぶ時間がある。私は行き先を決めずに地下鉄に乗り、南へ向かい、モンパルナスで降りた。そしてゆっくりパリ市庁舎の方向に歩き出した。帰りの航空券の予約をしなければならない。なにかが決定的に私の中で終わった。ルイースの夫とその弟に会ったことで、彼女たちと私の世界はまったく別のものだということがはっきりわかった。それでもいつかそれは変わり得ることを、私たちの異なる世界がいつか一緒になることを願った。

私はまたいつものように道を行く人々を観察し始めた。たまに老人がいたとしてもそれは稀で、やっぱり私はもはや滅多にいない、路上の例外に属するのだと思い知らされた。

私は帰国の便を予約するため、航空会社に電話をかけた。長く待たされ、何度も電話を回された結果、翌日の午前十一時三十分の便の席が予約できた。

私は再びモンパルナスに向かって歩き出した。路上で歌っている女性に足を止めた。古いジャズの曲をビブラートを効かせた太い声で歌っていた。路上に置いてある帽子には結構金が入っていた。私はそこに一ユーロを入れた。ありがとうと言うように女性は笑顔を見せた。その口にはほとんど歯がなかった。

ホテルに着いた頃には、脚に痛みを覚えた。ムッシュー・ピエールはカウンターの奥で現金を数えていた。

「明日パリを発つことにした」と私は声をかけた。

「お客様の今回のパリ滞在はこれでおしまいですか？」

「いや、これが最後になるだろう。私の年齢だとこれからのことはわからないから」

「おっしゃるとおりです。年を取るということは薄氷の上を歩くようなものですからね」

バーは開いていたが、客はいなかった。私はコーヒーを注文した。

部屋に戻ろうとフロントを通りかかったとき、ムッシュー・ピエールの鼻歌が濃い紅色のカーテンの奥から聞こえた。そのメロディーに聞き覚えがあって、私は足を止めた。よく聴くとそれはオッフェンバッハのよく知られたオペレッタの曲の一節だった。

部屋に戻ると、ベッドの上に〈今日の清掃係はラケルでした〉と書かれたメッセージが置いてあった。私はベッドに体を横たえ、すぐに眠りに落ちた。目が覚め、長く眠ったと思って時計を見ると、二十分しか経っていなかった。ベッドカバーを足元に押しやり、ヘッドボードに寄りかかって、ルイースの案内したアパートでアハメドが突然台所に姿を現したときのことを思った。彼の肢体不自由な弟のことやルイースが頻繁に彼らの髪の毛を撫でていたことを思い出した。彼女は私に自分の生活を見せてくれたのだ。だが私はそれをなにもかもが異なる世界のこととしてしか受け止めれなかった。

私の娘は他の人々と一緒に生きる力、共感する力がとても大きいのだと思った。あのような障害をもった男の子を引き受けるのだから。レンブラントの絵を死ぬ前に一度観たいという人々に手を貸す彼女の行動とスリを生業(なりわい)とすることとが、彼女の中でどう折り合いをつけているのか、私にはわからない。だが、彼女の中に間違いなく私はいるし、私の中にも彼女は間違いなくいるのだ。私たち親子の物語はまだ始まってさえいない。私は彼女を通して自分をもっと理解できるようになるのだろうかと漠然と思った。

私はここまで来た。ストックホルムの給仕の家庭からパリのホテルまで。かつて私は腕のいい外科医だったが、ある大きな間違いを犯した。今、私は老人だ。家は火事でなくなった。これが私のすべてだ。

私は死を恐れない。死は恐怖からの解放に違いない。それは自由の極みだろう。

私はベッドから降りると、机の上のレター用紙を手に取り、今考えたことを書きとめようとした。だが、言葉が出てこなかった。文章も書けなかった。描けたのは遊びの地図だけ。想像上の群島の数々、そこには狭い洲、秘密が潜んでいそうな湾、オールが決して海底に届かない特異な深い海。私はそんな海図を紙の両面に描いた。それは私の人生を描いた唯一の地図だった。

アハメドが私にくれたガラス瓶の中の芸術のことを思った。もしかすると私は彼に、彼の知らないであろう世界、私が見つけた群島の一つをプレゼントするべきではないかという気がした。

そのあと私はホテルの外に出た。しばらくモンパルナスを歩いてから地下鉄駅の入り口に立った。もう少ししたらルイースがやってくる。暗くて寒い。人々は振り向きもせず家路を急いでいる。ある人は階段を上がってくる。ある人は階段を降りて地下鉄へ向かう。

誰も私を見ない。誰も私がそこにいることさえ気がつかない。

ルイースは七時少し前にやってきた。手にはベドウィン族のガラス瓶を持っている。新聞紙で包んだ上に茶色い包装紙でさらに厳重に包んで。地下鉄の降り口に立っている私を見てびっくりしたようだった。なにかあったのかと訊いた。私を心配しているようだった。

「明日帰国しようと思う。大袈裟（おおげさ）な別れは好きではない。お前もそうだろう」

ルイースは笑った。その顔がハリエットそっくりで私は驚いた。二人が似ていることに私は今まで気がつかなかった。

「それじゃ、その点ではあたしたち似てるってわけね。劇的な出会いとか、別れは不愉快なものよ」

ルイースは包みを私に渡して、気をつけてと言った。

とくに飛行機で座席の上の棚に置いたりするときは気をつけてと。

「私の座席番号は三十二のBだ。両端に人が座っている真ん中の席だ」

そこまで話すと、あとは話すことがなかった。

「あたし、そっちに行くわ。いえ、あたしたちと言うべきね。でもその前にあんたは帰国して家を建て直さなくちゃね。その前に死んじゃダメよ」

「私はまだ死ぬつもりはない。もちろん、家の建て直しは必ずする。私の死んだあとに火事の残骸がそのまま残っているようなことはないだろうよ」

ルイースは私の体に両手を回しハグした。私も抱き返した。それからルイースはくるりと向きを変えると、そのまま地下鉄の階段を降りていった。その姿が見えなくなってからも、私はしばらく暗い階段の先を見ていた。もしかすると彼女が戻ってくるかもしれないという気がしたのかもしれない。

私は近くのビストロに入った。真っ白い紙のテーブルマットに燃えてなくなった私の家の絵を描いた。記憶しているかぎり、すべてのディテールまで描き込んだ。それ以外の家に住むことは考えることさえできなかった。

ホテルに向かって歩き出したときはすでに九時半を回っていた。細かな雨がモンパルナスの街の上に降り注いでいた。今日はよく歩いた。長い時間、長い距離を歩いたからよく眠れるといいと思った。

ホテルのフロントにいたのはムッシュー・ピエールではなく、今まで見たことのない若い男だった。長髪を後ろで束ね、片方の耳にピアスをつけていた。私はふと、ムッシュー・ピエールはこの男と一緒に働くのをどう思っているのだろうと思った。

次の瞬間、ホワイエの二つの肘掛け椅子の一つに座っているリーサ・モディーンの姿が目に入った。彼女は立ち上がって、お邪魔ですかと訊いた。

「いや」と私は首を振った。「ちょっと前に娘と別れてきたところだ。無事牢屋から出ることができたので。だが、私と一緒には帰らない。ここに残るそうだ」

私はアハメドのことも彼の弟のことも言わなかった。

「ベドウィン族のテントが中に入っているガラス瓶をもらった。いつか、家を建て直したとき、その瓶を棚に飾りたいと思っている」

モディーンはなにも言わず、私を見つめていた。

それから一緒にエレベーターに乗り、部屋まで来た。部屋のテーブルの上にベドウィン族のガラスの瓶を置いてから、私はベッドの脚の方に腰を下ろした。リーサ・モディーンは隣に腰を下ろした。二人ともなにも言わなかった。ずいぶん経ってからようやく私は、明日飛行機で帰ると言った。

「わたしも明日帰ります」と彼女は言った。

「もしかすると、同じ飛行機かもしれない？」

「いえ、わたしは列車です。前にも言ったかもしれないけど、わたしは飛行機が怖いんです。列車の出発時間は午後四時二十分」

「パリ始発、ハンブルクとコペンハーゲンを経由するストックホルム行きの列車？」

「そう。わたしがここに来たのは、あなたに会いたかったから。理由は自分でもわからない。あなたに怒鳴ったことを後悔はしていない。起きたことは起きたことだから。でも、パリに来たことを無意味なものにはしたくないわ」

「君も私も孤独という点は共通しているね」と私は言った。

「あなたにセンチメンタルは似合わないわ。あなたとわたしは同じことを期待してはいない。わたしはなにも期待していないけど、あなたには期待がある。期待していることがなにもないということもまた、一つの期待でもあるわ」

「このベッドに横になろう。それだけ。なにもしないから」と私は言った。

リーサ・モディーンは上着を脱ぎ、靴を脱いだ。靴の色は赤で、今まで彼女の履いていた靴の中では一番踵が高いものだった。私はセーターを脱いだ。

このパリ旅行で、私は二人の女性と同じベッドで寝た。前の晩はルイースがここで深く眠った。今はリーサ・モディーンがすぐそばに横たわっている。

私は砂とベドウィン族のテントと馬を思い浮かべた。

それは大いなる安息の瞬間だった。また、すでに始まっている自由の確認でもあった。急に、火事のこと、燃え盛る火から逃げ出したことが、とんでもなく遠い昔のことに思えてきた。

19

その晩、私たちは互いの体に触れなかった。

そしてそのまま長い間、パリという街について話し合った。

リーサ・モディーンは自身について語り始めた。子ども時代は信じられないほど平和だったと言った。退屈すぎて、人生は本当にこんなふうにずっとなにごともなく過ぎるのだろうかと思ったほどだったと。また、彼女の飛行機恐怖症についても話した。スリランカから飛行機でスウェーデンへ帰国するときのこと。真夜中、飛んでいる飛行機の中で、眠ろうとして体を椅子の上で丸めたとき、突然自分は今地上から一万メートルも高いところにいるのだと思った、と。

「そのとき自分はなにもない空中の、一万メートルの高さのところに浮かんでいるんだと思ったの。遅かれ早かれ、飛行機は空中に浮かんでいることができなくなって、落ちるだろうと思ったら、生きた心地がしなかった。それ以来、わたしは飛行機に乗っていないの」

私たちはときどき話し、ときどき眠った。突然彼女は思い出したように教区の牧師に電話して訊いたと言った。

「クマの歯のことよ、憶えている？　ヴロングシェール島で見つかったというクマの歯。でも牧師は何の話かまったくわからなかったわ。クマの歯は牧師館にも住民集会所にも教会にもないって」

「あのとき、私はクマの歯の話をした。クマの歯のようなごく小さなことでも、真偽にかかわらず言い伝えになるということだ」

　私たちはパリの路上で見かけた貧しい人々のことも話した。

「貧しさはどんどんわたしたちに近づいてくるわ。誰も逃れることができない」とリーサ・モディーンが言った。

「ときどき思うのだが、私たちが生きてきた時代、生きてきた国は、例外中の例外の素晴らしい時代であり国なのかもしれないと。私は自分がそう望んだ場合を除いて、一度も貧乏だったことがない。私たちの次の世代が生きる世界はどうだろう。まったく見当もつかない」


「もしかすると、それこそがわたしが子どもを作ろうとしなかった本当の理由かもしれない。だってわたしの子ども、男の子であれ女の子であれ幸せに暮らせるという保証はどこにもないんですもの」

「そういうふうに考えてはいけない。生物学上、人間の価値は種の保存にのみあるのだから。他すべてはどうでもいいことなのだ」

　二人とも眠りに落ちたのは三時過ぎだった。まず彼女、そして私の順番で。はじめ彼女の呼吸は速かった。それからゆっくりになって、その後また速くなった。音を立てず、軽い鼻からの呼吸だった。まるで起きているような寝息だった。私はそっと頭を彼女の肩にあずけた。彼女は動かなかった。

　私たちはほぼ同時に目を覚ました。リーサ・モディーンの方を見ると、彼女も目を覚まして私を見ていた。

「いま目を覚ましたところなの」

　七時だった。彼女は起き上がった。

「昨日の晩、追い出されなくてよかったわ」

「そんなことをするはずがないではないか」

「だって、わたし、あなたに怒鳴ったから」

「あのときはそうする理由があると思ったのだろう」

リーサ・モディーンは伸ばした私の腕を退けてから、また横たわった。

「あなたがわたしの体に手を出さなかったことに感謝するわ。わたしがここにあなたに会いに来たことで、あなたはそうしてもいいのだと解釈することもできたはずだから」

「私がそう解釈するかもしれないと思った？」

「そう。あなたがそう思うのは自然だったかもしれない」

「いや、私は別にそれが自然とは思わなかった」

彼女はパッと起き上がると、窓のカーテンを開けた。

「どうしてあなたは他の男たちとは違うのかな？」

「私は私だ。他の男ではない」

リーサ・モディーンは苛立って首を振った。会話はここで終わった。私は起き上がり、彼女はバスルームに消えた。私は窓際に立って、彼女が出てくるのを待った。彼女はホテルにやってきて、私の部屋に泊まった。これはやはりなにか意味のあることに違いない。どういう意味なのかはわからないが。

バスルームから出てきた彼女は、最初に会ったときと同じような、エネルギッシュな感じだった。私は一緒に朝食を食べようと提案したが、彼女は微笑み（ほほえ）みながら首を振った。

「あなたが飛行機に乗るのをやめれば、列車の中で食事ができるのに」

そう言うと、彼女は私の頰にそっと触れて、部屋を出ていった。私はなぜか一瞬、ラケルに出くわさないといいが、と思った。

リーサ・モディーンは挨拶もなにもせず、スッと部屋を出ていったので、私は一瞬途方に暮れた。それから思い直して階下の食堂へ行った。ムッシュー・ピエールはフロントでコンピューターに向かっていた。

小さな食堂にはほとんど客がいなかった。一人、二人、小さなテーブルでボイルド・エッグなどを食べ、コーヒーを飲んでいた。

その後フロントへ行ってムッシュー・ピエールと話し、ホテル代を支払った。カードで払ったが、もしかして十分に金が入っていないのではないかと急に心配になった。

心配はもちろん無用だった。いつもの暮らしに必要なだけの金は十分にあった。何と言っても私には医者として働いた年月分の十分な年金があるのだ。

私は十ユーロをチップとして支払い、その一部をラケルに渡してくれとムッシュー・ピエールに頼んだ。

「彼女は素晴らしい婦人ですよ。うちのホテルで働いてくれてありがたいと思っているのです」

私はエレベーターに向かって歩き出したが、急に足を止めて振り返った。

「このホテルの所有者は誰かね？」

「マダム・ペランです。お父上が一九二二年にこのホテルを建てられました。マダム・ペランは御年九十七歳で、お体の調子があまりよくありません。最後にいらしたのは十二年も前のことです」

三階で降り、鍵を手にまさに部屋のドアを開けようとしたとき、突然心が決まった。私もリーサ・モディーンと同じ列車で帰国しようと。飛行機はキャンセルする。座席番号三十二のBには他の人が座ることになるだろう。

　私は数時間休んでからホテルを出た。列車出発の時間までまだ何時間もあったのだが、私はホテルからパリの北駅までタクシーで行った。もうパリは十分に見た。再びパリに来るとすれば、ルイースと彼女の新しい家族に会うためだけだろう。パリの街そのものにはもう魅力を感じなかった。タクシーの運転手はラスタのヘアスタイルで、ボブ・マーリーの曲を流していた。私は知っているその曲を低くハミングした。交通信号で停車したとき、運転手は振り返ってにっこり笑った。真っ白い歯が見えたが、上の歯はほとんどなかった。私はこの街のジャズクラブを思い出し、今はもっぱらレゲエばかり演奏しているが、そこを知っているかと訊くと、「もちろんさ」と彼は答えた。

　私はボブ・マーリーの〈バッファロー・ソルジャー〉を聴きながらパリを離れることになった。駅に着いたとき、私は彼にチップをふんぱつした。ここは、この駅は、私が初めてフランスにやってきたときに降りたところだ。ほとんど文無しで、しかもひどい歯痛を抱えていた。今、私はパリから国に帰ろうとしている。あのときはこの駅からタクシーに乗ってパリの市中に入った。今はタクシーを降りて、パリから離れようとしている。この間、長い時間が流れたが、私には北駅を軸にしたこの二つの旅は繋がっているように感じられた。

　列車の切符を買った。リーサ・モディーンはきっと二等車に乗るだろうと思った。私は駅構内を歩き、およそ五十年前に初めてここに来たときの駅の様子を思い出そうとした。まだ蒸気機関車だったことはほぼ確かだった。それともう一つ確実なのは、あのとき私は列車の最後尾の車両に乗っていたことだ。

　私は北駅の構内電話からヤンソンに電話をかけた。今から家に帰るとは言わなかった。ヤンソンは火事について新しい情報はなにもないと言った。だが、群島に住む人々の間では、悪意のある人物が自由に歩き回っていることを恐れる声が聞かれるようになったとつけ加えた。

ヤンソンは〝悪意のある〟という言葉を使った。ヤンソンがその言葉を使うのはなぜか不釣り合いだった。もし彼があの美しいバリトンの声でその言葉をオペラの中で歌ったとしたら、違ったかもしれないが。今度の火事と、私の家の火事の間に警察はなにか類似点を見つけていないかと訊くと、ヤンソンは知らないと言った。そして、これから起きるかもしれない、似たような火事をみんなは恐れていると繰り返した。

私は料金を支払って出た。新聞スタンドで私はイギリスの医学専門誌を買って、手荷物カバンのポケットに入れた。

列車の出発時間の三十分前にホームに着いた。私は高い天井を支えている頑丈な鉄の柱に寄りかかり、待つことにした。リーサ・モディーンが私を見つける前に、私が彼女を見つけたかった。出発十五分前にリーサ・モディーンはやってきた。ちょうど列車がホームに滑り込んできたときだった。私はヨレヨレの私立探偵のように、足元が少々怪しかったが、少し離れて彼女のあとをつけた。彼女が車両に乗ったのを見て、二等車に乗るだろうと推測したのは正しかったと思った。車掌がドアを閉める寸前に私はその車両に飛び乗った。列車がゆっくり動き出すまで私はトイレの前に立って待った。今まで何度もパリからスウェーデンに戻る旅をしたが、とうとう私の最後の帰国の旅が始まった。

客席には人がまばらだったが、その中にリーサ・モディーンが座っていた。目をつぶり窓際の壁に頭を寄りかからせていた。運がいいことに、彼女の座っているのは四人が座れるボックス型の席だった。私は彼女の向かい側の席にそっと腰を下ろした。一分ほど経って彼女は目を開け、私を見て微笑んだ。

「驚くべきなのでしょうけど、驚かないわ」

「私が初めてパリに来たときは列車だった」と私は話し出した。「昨日の晩それは話したね。だが、一度も列車で帰ったことはなかった。帰国するときは、国道の端に立ってヒッチハイクをよくしたものだ。君のおかげで今回私は初めての方法で帰ることができる」

「嬉しいわ。この旅、本当は憂鬱（ゆううつ）だったの。でもあなたのおかげで違うものになりそう」

「君はなぜパリに来たんだ？　長い旅になる。その理由を知らないまま一緒に行くことはできない」

彼女が答える前に、列車が軋（きし）み音を立ててブレーキをかけた。その瞬間、私は初めてパリに来たときのことを鮮明に思い出した。あのときも同じような軋み音が響き、電車が急停車した。人々がバランスを失って転んだり、倒れたりした。喚き立てる人もいた。それはまるで私が殻を破って頭を世界に、もはや存在しない世界に、突き出したような感じだった。

いま列車は次第にスピードを上げてパリの周辺の町々を通り抜けた。私たちの座席近くには他に人がいなかった。リーサ・モディーンは進行方向に背を向けて座っていた。席を交換しようかと私は訊いた。

「昔、死刑執行人は、囚人たちを馬車の進行に背を向けて座らせた。縛り首の綱や大鉈などが見えないように。目的地に近づいたときに、背中のすぐ後ろにそれらはあったのだ」

「わたしはここで快適よ」

突然私は十代の頃のことを思い出した。パン屋の息子のハッセ――彼とはみんなが友達になりたがった――からもらった甘いアラックスプンチ（甘いとろりとしたスウェーデン製リキュール）をがぶ飲みしたおかげで泥酔した私は、冬の寒い戸外に立っていた。一緒にいたのは当時流行りの逆毛を立てたヘアスタイルの女の子で、名前は確かアーダといった。私は突然、彼女が反応する暇も与えず、彼女の白いパーティーシューズの上にゲーッと吐いてしまった。それはスクールダンスの晩のことで、私は酔っ払っていたためにパーティー会場から追い出されたところだった。彼女もまた私のその晩のパートナーということで一緒に外に出されたのだった。彼女は私をその場に残してパーティー会場に戻っていった。そこではみんながペアを組んでジャズオーケストラの演奏する曲に合わせて踊っていた。中に盲目のベーシストがいたのを憶えている。

今私はなにを考えているか？　列車がパリの周辺の町々を通り過ぎる今、小柄な男が大型の重そうなカバンを押して車両の真ん中を通るのを見ながら、あの十代のダンスパーティーのときのように見捨てられないことを願っているのかもしれない。

私は列車の壁に頭をもたせかけ、両腕を胸の前で交差させた。

列車はベルギーとの国境を越えた。私たちそれぞれの切符をテーブルの上に置き、車掌が切符のチェックに来たときには眠っているふりをした。

リーサ・モディーンが体を動かした。

「わたし、食堂車へ行くわ。お腹がすいた」

私は彼女の後ろについていった。少し行ったところでパソコンで映画を観ていた青年に荷物を見ていてくれないかと声をかけると、青年はうなずいた。リーサ・モディーンが先に、私はその後ろから、いくつかの車両を通って食堂車まで行った。食堂車は満席で私たちはしばらく待たされた。ようやく通されたテーブルに着くと、ウェイターは東ヨーロッパ訛りのフランス語を話す若い男だった。窓の外を見るとすでにあたりは暗くなっていた。私たちは二人ともチキンを注文し、ワインを飲んだ。

「眠りながら、あなた、泣いていたわ」とリーサ・モディーンが突然言った。

「えっ、泣いていた？」

「人は滅多に理由なしには泣かないものよ」

「いや、私にはまったく憶えがない。どんな夢を見たのかも憶えていない」

ウェイターがやってきて、私たちのグラスにワインを注ぎ足した。揺れる電車の中で酒を注ぐことに慣れているらしく、彼は一滴もこぼさなかった。

「かつてスイスを夜汽車で通ったことがある」と私は話し始めた。「イタリアへ行くところだった。食堂車へ行くと、混んでいて、私は同年配の女性と相席させられた。私自身まだとても若かった。なにかの理由で、その理由はわからなかったが、彼女はプンチを飲みたがった。彼女がグラスを一杯飲み干したとき、私は三杯という具合で、私はどんどん飲んだ。そのとき私は寝台車で旅行していて、彼女をベッドに誘いたいという強烈な願望を抱いた。その頃私はなぜか余裕があって、その旅行は思い切って一等車で予約をしたのだった。なぜ金があったのかは思い出せない。当時私は医学コースを始めたばかりの学生だった。私の記憶に間違いなければ、ちょうどそれは復活祭の休暇の頃で、私は突然ローマに遊びに行きたいと思ったのだった。その女性とはもちろん何事もなく、食堂車が閉まる時間になると、彼女はどうもありがとうと言って引き揚げていった。私はよろよろと寝台車に戻り、窓を開けると、プンチのおかげでそのまま意識を失ったように眠りに落ちてしまった。翌朝目を覚ましたとき、私の体の上には雪が数センチ積もっていた。窓を開けて寝ていたために夜中に降った雪が吹き込んで積もっていたのだ。口は甘いプンチのためにねっとりと固まってしまっていた。私は後にも先にもあの朝のような二日酔いは経験したことがない。二日酔いはそれから数日間続いた。ローマについては交通がひどく渋滞していたということと、こんな旅行で大事な金を無駄使いしてしまったという後悔しか憶えていない。そう、私はローマを楽しむこととプンチをがぶ飲みすることを交換してしまったのだ」

「わたしもローマについては思い出があるわ」リーサ・モディーンが言った。「旅行そのものはあなたの旅行とは違って、別に失敗ではなかったけど。女友達二人と一緒の旅行だった。そのうちの一人がローマで働くことになっていたの。スウェーデン外交官の家族のベビーシッターとして。最初の一週間、私たち二人が彼女をサポートするために一緒にローマに行ったというわけ。何日目かに、二人は風邪を引いて休んでいたので、わたしは一人でローマの街に出かけた。そしてマリウスという男と出会ったの。何日か会ってから、ある晩ボルゲーゼ公園の木陰でわたしは初めてセックスした。二人とも初めてだったから、何とも情けない行為だったわ。翌日会おうと約束したけど、わたしは行かなかった。あの男はその後どうなったかしらと、わたしは今でもときどき思い出す。そして、彼もまたわたしのことを思い出しているかしらとも思う」

食堂車にほとんど人がいなくなった。私たちはコーヒーを注文した。リーサ・モディーンはケーキも注文したが、甘すぎると言って、ほとんど全部残した。

彼女は突然、あの晩なぜやってきたのか私に訊いた。

「知ってるだろう」と私は言った。

「いいえ、知らない。でも、思うところはあるけど」

「それは？」

「わたしのベッドで、わたしのそばで眠ることを期待したんでしょう。どうしてそんなことを考えたのか、まったく理解できないけど」

「別にそう思ったわけではない。ただそうなることを望んだだけだ」

「そしてあなたはわたしの書類に目を通した。クローゼットにあったわたしの秘密も発見した」

彼女は目の前にあったナプキンを腹立たしそうにテーブルの上に投げつけた。そして車両の入り口で半分居眠りをしていたウェイターに合図した。彼はすぐに彼女の合図に応え、すでに用意してあった伝票を持ってきた。私は支払いたかったが、彼女がそれをさっと取って、あなたは今まで十分に払ったわと言った。そしてウェイターに法外なチップを渡した。ウェイターは驚いて、思わず笑顔を見せた。それはその晩彼が見せた初めての笑顔だった。

私たちは席に戻った。今回は私が先に立ち、車両間の重いドアを開ける役目をした。

我々の荷物を見ていてくれた男はパソコンを膝に抱いたまま眠っていた。パソコンには動画がまだ映っていた。

我々のカバンはそのままそこにあった。

「今どこかしら？」とリーサ・モディーンは席に着くなり言った。両膝を座席の上で抱きかかえ、その上にオーバーコートをすっぽりとかけていた。

「たぶんドイツだろう」と私は言った。

そして時計を見た。

「あと五、六時間でハンブルク駅に到着する。いつもそこで長時間停車するのだ」

「着いたら知らせてね。わたしは、誰も今わたしがどこにいるか知らないっていうのが、気に入ってるの。そして夜を列車が走り抜ける。わたしが小説家ならこんな旅行のことを書くわ」

「私もその小説に入れてもらえるかな？」

彼女は答えなかった。もうすでに目を閉じてオーバーコートを頭からすっぽりとかぶっていた。

私自身眠ったに違いなかった。列車が停まる動きで私は目を覚ました。ホームからの薄灯りで、列車がハンブルク駅に到着したのがわかった。パソコンを持った男は立ち上がり、降り口へ向かった。リーサ・モディーンはまだコートをかぶったまま眠っていた。片足は床に下ろされていた。

ハンブルクの到着時間は時刻表どおりだった。時間は夜中の二時四十五分。昔私が若かった頃とは違って、ここで乗り換えはなかった。だが、停車時間は三十五分もあった。私はコートの上から彼女の肩をゆすった。彼女はパッとコートを開けて起き上がった。そして目を大きく開き、私を睨(にら)みつけた。

「ハンブルクに着いた。三十五分間停車するらしい」

「ああ、眠ったわ」と彼女は伸びをしながら言った。「ああ、本当によく眠った。大きな穴が突然口を開ける夢を見たわ」

「ちょっとだけ降りて、外の空気を吸おうと思う」と私は言った。

彼女は脱いでいた靴を履いて立ち上がったが、まだ眠気が残っているように見えた。両手で髪の毛をかきあげて身なりを整えた。

「荷物をここに置いたままでいいのかしら?」

「警備員がいつもホームをパトロールしているからたぶん大丈夫だろう。あまり離れなければいい」

私たちは列車を降りた。気温がだいぶ下がっていた。列車は駅の上階に続く階段近くに停まっていた。上階にはレストランや商店、切符売り場があった。そこから下の階が一望できる。私たちが乗ってきた列車のホームには制服姿の駅員が車両の中の様子を見ながら歩いていた。

私たちはエスカレーターに乗って上階へ行った。空腹ではないかと私は彼女に訊いた。

「まさか、まだ朝の三時よ。あなたは?」夜中も開いているカフェで紅茶を注文した。近くのテーブルで汚れたリュックを背負った長髪の男がうつ伏せになって眠っていた。ふと、この男はいつもここにいるのではないかという気がした。永遠の放浪者、必ずどこにでもいる、いつも同じように見える男。その向こうのテーブルには数人の若者がぼーっとした顔で座っていた。その隣には優しく髪や頬を撫で合っている三十代のカップルがいた。

私たちは紅茶の入った紙コップを持って歩き出した。リーサ・モディーンは手すりのところで立ち止まった。そこからは、鉄製のドーム状の天井、ひどく汚れたガラス窓、ひとけのない駅の構内が見渡せた。彼女は紙コップを手すりの上に置いた。

私は勇気を出して彼女を抱きしめようと手を伸ばした。彼女は抵抗しなかったが、そっと体を引いた。

「わたしを抱きしめないで。近寄らないで。急ぎすぎると必ず間違ってしまうから」

ボロを着た麻薬中毒者がやってきて金をせびった。私は一ユーロ彼に与えた。彼が頭を下げながらもっとくれと懇願したとき、私は失せろと怒鳴った。男はいなくなった。リーサ・モディーンは男の後ろ姿を見ながら言った。

「なぜ人は子どもを作るのか、わたしにはわからないわ。その子どもが駅で物乞いをするようになるかもしれないのに」

「皮肉なことだね。人生は常にリスクを約束しているというのに。子どもを作ることだって、例外ではないのだから」

「あなたはそうは考えなかったの？　子どもが生まれると知ったときに」

「私はあの子が生まれることを知らなかった。それはもう君には話しただろう」

空になった紙コップを捨てて、列車に戻った。新しい乗客が車両に乗り込んでいた。私は席を変えて隣り合わせに座ろうというつもりだったが、彼女にはそのつもりがなかった。訊くまでもないことだった。席に戻るとすぐに彼女は私に語りかけるチャンスも与えずに目をつぶった。

列車は北に向かって出発した。本当に眠っていたかどうかはわからなかったが、彼女はまたコートで全身を包んでしまった。私は窓の外の移り変わる夜の景色を見ていた。切れぎれの過去の記憶が頭の中を駆け巡った。車掌が通りかかったとき、この時間でも食堂車は開いているかと訊いたが、車掌は首を横に振った。最後尾の車両に飲み物の自動販売機があると言ったが、アルコール飲料がそこにないことは確かだった。

ストックホルム中央駅には予定どおりに到着した。すでに朝食とランチは列車内で済ませていた。リーサ・モディーンはストックホルムから我々の住む地方まで、私の車に乗って帰ることに同意し、礼を言った。二人ともハンブルクでの一瞬の抱擁には触れなかった。彼女にとってそれは実際に起きたことではなく夢の中のことになっているのかもしれない。私にとってはまったくその反対だった。私は何時間も彼女の真正面に座って、列車がハンブルクからコペンハーゲン、そして秋のスウェーデンの風景の中を走る間、一瞬も眠らずに過ごしていた。そして一メートルも離れていないところにいる人間を想い続けることの苦しさを嚙み締めていた。

起きていたときリーサ・モディーンは大部分の時間をスウェーデンのジャーナリズムの歴史について書かれた本を読んでいた。私は読むものといえば、自分の小さな手帳しか持っていなかった。住所録に書かれた名前を一人一人チェックしていった。自分の名前にフレドリック以外の名前が考えられるか想像したりもした。フィリップという名前なら受け入れられるが、それ以外の名前は嫌だった。他になにも考えられなくなったとき、ペンを持って私の名前フレドリック・ヴェリーン（Fredrik Welin）とリーサ・モディーン（Lisa Modin）の名前のアナグラム（文字を入れ替えて元の単語と違う言葉を作ること）を作ってみた。彼女の名前の方が私の名前よりも面白いアナグラムが作れた。

マスディ・オリーン（Masdi Olin）の方がレフクリド・ニレウ（Refkrid Nilew）よりも面白い

ではないか。

　ストックホルム中央駅に着くと、私たちはアーランダ空港へ列車で向かった。冷たい雨が降っていた。空港で私は車を駐車場から出したが、彼女の待っている三番ターミナルまで行くのに何度も道を間違えてようやくたどり着いた。

　雨が降り注ぐ中、私は南へ向かって車を走らせた。暖房がうまく作動しなかった。この時間の道路は混雑していて、運転者はみな苛立っているようだった。スーデルテリエを過ぎた頃ようやく交通が落ち着いた。空腹ではないかと私は訊いた。

「できれば終わらないでほしい旅をわたしは今最後まで楽しんでいるの。まるで決して満足しない、もっともっととほしがる子どものように」

「もっともっと？　なにをほしがる？」

　リーサ・モディーンはなにも言わず、ただ首を振った。雨に濡れた道路が車のライトで光るのを見ながら、私も同じ思いだと思った。この旅が永遠に続けばいいのに。

　暗いコールモルデンの森の中を通ったとき、彼女は急にどこかパーキングで車を停めてと言った。彼女は車を降りて真っ暗な外に出た。私はラジオをつけてニュースを聞いていた。

　ニュースはすべて前に聞いたことがあるような気がするものばかりだった。彼女が戻ってきてドアを開けて車の中に座ったとき、私はラジオを消した。雨足が強くなって、彼女の髪が濡れていた。

「なにか起きた？　世の中では」

「なにもかも、新しく起きたことばかりだ。いや、繰り返しかな。似たようなことが、いつも新しく起きるんだ」

　そのまま南に車を走らせた。ノルシュッピングの郊外で車を停めて、食事をした。彼女は少し口にして、そのまま皿を押し返した。

「こんなの出してはだめと言ってやるべきかも。食べられない、まずくて」

「私が言ってこようか？」

「いいえ。わたしが自分で言う気力がないんだから、他の人が言ってはだめよ」

彼女はもう一度皿を引き寄せて、ほんの少しだけフィッシュ・グラタンを食べた。近くのテーブルで喧嘩が起きた。興奮した若者たちが殴り合いを始めたが、他の者たちが何とか鎮めた。

そのまま夜の暗い中、私は車を走らせた。スーデルシュッピングを過ぎたところでウサギが道路に飛び出たので、急ブレーキをかけた。私たちはこの道中ほとんどなにも言わず、沈黙していた。

私にはそれは苦痛だった。何でもいいから彼女と話をしたかった。

夜の十時、彼女の住む村に到着した。私は彼女のアパートメントの建物の前に車をつけた。まだ冷たい雨が降っていた。頭の上にジャケットをかぶって、私は彼女の旅行カバンをトランクから取り出した。

「あなたはどうやって島に帰るつもり？」

「まだそれは考えていない」

「泊まっていって」

その声で、彼女はそう決めていたのだとわかった。偶然にそのとき思いついたことではない。私は自分の旅行カバンを出し、車に鍵をかけて彼女の後ろを建物の入り口へ急いだ。

その入り口の自転車置き場で私は転び、片方の脛を打った。彼女のアパートメントに着いて、傷を見ると、血が滲(にじ)み出ていた。洗面所で彼女は傷を洗って包帯を巻いてくれた。

パリ旅行は終わった。

トイレのスツールに座って私の脛の傷を手当てしてくれる彼女を見ながら、私たちは決定的に近づいたと私は思った。

だが、それがなにを意味するのか、そのときはまだわからなかった。

第四部　皇帝の太鼓

20

リーサ・モディーンは私の怪我の手当てが終わると、バルコニーのドアを少し開けた。夜の闇から冷たい空気が部屋の中に入ってきた。

留守の間に玄関のポスト口から投げ込まれて溜まっていた郵便物を拾い上げるのを見ながら、彼女がさまざまな新聞を購読していること、宣伝や広告の印刷物が嫌いなことがわかった。

軽くなにか食べようと彼女が言った。紅茶、サンドウィッチ、レバーペースト、イワシの缶詰があると。手伝おうかと訊くと首を振り、そのままソファに座っていてと言った。

泊まっていけばと言ったものの、言ってよかったのかと不安になっているようだった。

私はソファに腰を下ろし、今までの人生で経験した、似たようなシチュエーションを思い浮かべた。女性と二人きり、これからなにが起きるかわからない、という状況である。

初めてセックスしたときのことを思い出した。六十年近く前のことだ。仲間からその子は奔放で誰にでもイエスと言うと聞いていた。インゲルという名前だったと思う。私は十四歳だった。彼女は学校主催のダンスパーティーによく参加していた。私はダンスが下手だったが、ダンスパーティーは女の子を誘い出す絶好のチャンスだと聞いていた。少なくとも私はそう思っていた。彼女は男子とは反対側の、女子が集まっているコーナーにいた。私はパン屋の息子が父親の倉庫から盗み出し、小瓶に入れ替えて高い値段をつけてみんなに売っていたアラックスプンチという甘い酒を景気づけに飲んで、すでに酔っ払っていた。いや、酔っ払っていたという感覚はなかったのだが、ダンスフロアを走って向こう側にいる女の子たちのところに行くには、すでに足元が定かではなかった。インゲルというその女の子は私をまったく知らないようだった。私たちはダンスフロアで汗をかきながらもそもそと体を動かし、ほとんど体をぶつけ合うようにして踊った。もはやダンスパーティーなどではなく、体をぶつけ合うパーティーといってよかった。今思い出して見ると、あのとき二人は一言も言葉を交わさなかった。

二曲ほど踊ってから、私は外に出ようと彼女に囁(ささや)いた。どこへ、と彼女は訊いた。知らない、とにかくこのばかばかしいところから抜け出そうと私は言った。汗の匂い、酔っ払っている自分たちの匂い、安っぽい香水の匂いはもううんざりだ、と。すると彼女は当然のように、それならうちに行こう、今日は親たちがいないからと言った。

インゲルは郊外に住んでいた。どこだったかもう憶えていないが、もしかするとバガルモッセンだったかもしれない。地下鉄に乗ったが、そこでも一言も話さなかった。彼女は茶色いスカートをはいていた。靴は大きなスノーブーツ、白いブラウスに真っ赤なコートを着ていた。ちっとも尻の軽い女の子には見えなかった。いや、尻の軽い女の外見に一定の特徴などあるのだろうか?

インゲルは一九五〇年代に建てられた集合住宅の一つに住んでいた。そのアパートメントには部屋が三つあった。居間の壁に車掌らしき制服を着た父親と思われる男の写真が飾ってあった。私はクッションがいっぱい置かれていたソファに腰を下ろした。どのクッションにも人生の格言が印刷されていた。どんな言葉だったかは憶えていない。

インゲルはバスルームへ行った。トイレの水を流す音が聞こえ、私はなにをするべきか、どうしたらいいか考えた。私がそのとき直面していたのは、恐怖と欲望、その両方に満ちた興奮と言ってよかった。

インゲルはバスルームから出てくると、私の前に立った。そして思いがけなくも、自分から切り出してくれた。

「今やりたい？　それとも少し待つ？」

なにを待つのか、彼女は説明しなかった。

「今」と言って、私は顔を赤らめた。

彼女はうなずくと、自室の前まで行って振り返った。顔に疑問符が浮かんでいた。私はすぐに立ち上がって、彼女のあとに続いた。インゲルはバスルームを指さして言った。

「その青いタオルを使って」

その後に起きたことはほとんど憶えていない。彼女は明かりを消して服を脱ぎ、ベッドに入った。そのベッドには先客がいた。ぬいぐるみの動物がいっぱい入っていた。私は服を脱いで、彼女のあとに従った。彼女の体なのか、ぬいぐるみのテディベアなのかわからないまま、私の勢いはすぐに終わってしまった。インゲルは鼻の先で笑ったようだった。私の幼稚さに腹を立てて、ぬいぐるみの動物を何匹かベッドの外に投げた。

「こんなにたくさんのクマの中で、とてもやれないよ」と私は言い訳がましく言った。

インゲルはまたフンと鼻の先で笑ったが、なにも言わなかった。

その後私は一時間ほどそこにいたが、私たちは二人とも相変わらずなにも話さなかった。そのあと服を着て、彼女に声をかけた。

「それじゃ、また」

「また？　それはないわね」とインゲルは言った。

およそ六十年後の今、私はリーサ・モディーンの家のソファに座って、あのときのインゲルの言葉はどういう意味だったのだろうと思った。もう私には会いたくないという意味だったのだろうか？　それとも私がしたいことをしたからもう自分になど会いたいとは思わないだろうと言いたかったのか？

私の未熟で幼稚な初体験の思い出は、リーサ・モディーンが食事の用意ができたと呼ぶ声で掻き消された。あのインゲルという女の子はその後どうなっただろう。茶色いスカートをはいて、誰にでもイエスと言うと言われていた女の子インゲルは。まだ生きているだろうか？　いい人生を過ごしてきただろうか？

その後、私は一度も彼女を見かけなかった。

リーサ・モディーンと私は食事をし、とりとめのない話をした。そのあと彼女は私に食事のあとを片付けて食器を洗ってと言い、バスルームに消えた。私はテーブルを片付けて食器を洗い、バルコニーのドアを閉め、ソファに座って彼女がバスルームから出てくるのを待った。

彼女はバスローブ姿で出てくるとベッドルームへ向かいながら「バスタブの端にタオルが掛けてあるわ」と私に声をかけた。

私はインゲルのことを考えていた。リーサ・モディーンとはまったく違う。けれども状況が似ていた。

「青いタオル？」

「白だけど、なにか？」

私が髪の毛をタオルで拭きながらバスルームから出てくると、リーサ・モディーンはベッドルームの明かりを消していて、リビングのフロアランプだけがついていた。私は彼女の横に入った。バスタオルを床に落とし、シーツの間に体を滑り込ませた。

私たちはなにも言わず暗闇に横たわっていた。彼女の手を探した。その手はしっかり握りしめられていた。私はそれを開こうとはしなかった。

朝六時頃目を覚ましたとき、彼女はまだ眠っていた。私は服を着て彼女の住居を出た。外は寒く、私は車に向かって歩いた。村全体がまだ眠っていた。村のたった一つの道路に車を走らせながら、この風景はまるで芝居のセットのようだと思った。ただし、ここで撮影が行なわれることは決してないのだ。この村の住人たちは誰もが撮影のカチンコを持っていて、いつかそれを使いたいと願っているけれども決してその日はこないだろうという気がした。

港近くまで行き、車を降りた。外は寒かったが、私は岸辺を行ったり来たりしながら昨夜のことを考えた。唯一、わかったのは、私はリーサ・モディーンのことがほとんど理解できていないということだった。そもそも彼女はなぜパリまでやってきたのか?

答えはなかった。私はまた車に戻り、港へ向かった。途中一台の車とすれ違った。突然現れたので、私は急ブレーキを踏んだ。運転していた男は船舶の機械工で、見覚えがあった。酔っ払っているようだった。ヤンソンによれば、この男はアルコール依存症だという。しかしヤンソンの言うことはあまり当てにならない。気に入らない人間はすべてアルコール依存症ということにしてしまう傾向があるからだ。港まで来ると、私はいつもどおりオスロフスキーの庭に車を停めた。小雨が降り始めていた。旅行カバンを降ろし、ヤンソンに迎えに来てくれと電話をかけようとしたとき、ふともしオスロフスキーが早朝からガレージで働いているなら声をかけようと思った。彼女が早起きだということは知っていた。車を停めた前庭から家までの砂利道がきれいに掃かれていた。家のカーテンは閉まっている。ガレージから音が聞こえるかと耳を澄ましてみたが、海から吹きつける風の音しか聞こえない。人の気配はなかったが、それでもガレージまで行ってみようと思った。母屋の角まで来たとき、ガレージのドアが開いているのが見えた。オスロフスキーが中にいなければ、開いているはずはない。彼女は用心深く、必ず鍵をかけるから。

一度ノルディーンから聞いた話を思い出した。オスロフスキーがポケットに手を入れて、金を支払おうとしたときのこと。ノルディーンがそれまで見たこともないほど大きな鍵束を取り出したという。まるで刑務所の番人が持つようなたくさんの鍵がなぜ必要なのか、あんなに小さな家に住んでいる彼女がと、ノルディーンはその後何度も不思議に思ったと言った。

私はノックしながらドアを押し開けた。ガレージの中の電気はついていた。

オスロフスキーは大きな車のすぐ後ろ、コンクリートの床の上に倒れていた。いつもの青いツナギを着ていた。色がもうすっかり褪せてしまった〈Algots〉という会社のロゴが背中に印刷された作業着だ。

そばに近づかなくても、彼女が死んでいることは見てとれた。仰向けで、片方の足が曲がっていた。倒れまいとしたのだろうか。右手にスパナを持っている。硬いコンクリートの床に頭をぶつけたのだろう。頭から血が流れた跡がある。両目は閉じられていた。

私は近づき、ひざまずいて手首に触り、脈を調べた。オスロフスキーは間違いなく死んでいた。だが、まだ冷たくなってはいなかった。人が死んだあとに現れる皮膚が蠟化する現象も始まっていなかった。死んでからまだ一時間も経っていないだろう。外から暴力が加えられた形跡はなかった。おそらく脳卒中か心筋梗塞だろう。それもかなり激しいもので、おそらくあっという間に死んだに違いない。あるいは動脈か静脈瘤の破裂か。いずれにせよ何の前兆もなかったはずだ。

私はすべての工具が名前の書かれた場所にきちんと掛けられている壁のそばで、汚れたスツールに腰を下ろした。彼女の死が悲しかった。友人として、とは言えないが、彼女が私の近くで生きていた人間、安心を与えてくれた人間の一人だったことは確かだった。

最初はノルディーン、そして今度はオスロフスキー。私は死んだ人間に囲まれ始めている。生きている人間と死んだ人間のバランスは、かろうじて娘のルイースのお腹にいる赤ん坊でとれていると言えるのだろうか。

あとで考えるとなぜそうしたのか自分でもわからないのだが、私は彼女のポケットから鍵束を取り出して母屋に向かった。港の方を見ると、朝の始発バスが急勾配の坂道を登って村の方へ行くところだった。私はバスのエンジンの音が聞こえなくなるまで待った。それから玄関の鍵を差し込んで、オスロフスキーの家の中に入った。

私はそれまで一度も彼女の家に入ったことがなかった。彼女の家に一番近づいたのは、彼女が玄関のドアから出てきて狭いテラスで私と話をしたときの一度だけだ。そのときのことを私ははっきり憶えている。彼女は私と話すためにそこに立っていたわけだが、それ以上に誰も彼女の家の敷居をまたがないように体を張って守っていたのだ。

私は暗い玄関に入って、しばらくそこを動かなかった。そこには間違いなく孤独な人間が暮らしている家特有の、酸っぱい臭いが漂っていた。焼け落ちてしまう前の私の家も同じような臭いがしたのだろうか？

明かりをつけて、ゆっくり三つある部屋を見て回った。急勾配の二階への階段の段にはおびただしい量の古新聞とスーパーのレジ袋が置かれていた。一人暮らしのオスロフスキーは、おそらく物を集めるのが趣味になったのだろう。二階の部屋の中はとんでもないほどたくさんのもので溢れていた。衣類、布、靴、靴カバー、帽子、スキー、壊れたソリ、家具、壊れた照明器具、魚網まであった。まさにカオス状態だった。ベッドが置かれている部屋だけは少し片付いていたが。私は部屋の入り口に棒立ちになった。なにかが違う。それがなにかはすぐにわかった。部屋の中にあるものはごちゃごちゃしてはいたが、すべて清潔だった。紐で縛られている新聞紙はきちんとしていたし汚れていなかった。ベッドのシーツも清潔なものだった。ものに溢れた一階のキッチンには洗濯機と乾燥機があった。流しのそばにある台所のゴミ袋には冷凍のフレンチ・フィッシュグラタンの空き箱が入っていた。おそらくオスロフスキーの最後の食事だったろう。小さなキッチンテーブルは上板が緑色のペールストルプ社製のもので、そばにビニールのクッションを座席にのせた赤い椅子が一つだけ置いてあった。

オスロフスキーはいつも一人で食事をしていたのだろう。

私は家の中をもう一度見て回った。散らかっているのと神経質にきちんとしているところが共存していた。

突然私は立ち止まった。なにか、気にかかるものがある、と思った。それが何なのか、最初はわからなかった。だがすぐにそれは彼女のベッドルームのなにかだと気づいた。

私は再び階段を上がって二階へ行った。ベッドルームに入るとすぐに、ベッドメーキングしてあるそのベッドこそ、私が反応して然るべきものだったということがわかった。

彼女のベッドのシーツには、白地に空のように真っ青な星の模様があった。これと同じシーツを私は最近見たことがあった。フールムの空き家で、である。間違いない。あそこのベッドのシーツは今日の前にあるオスロフスキーのベッドのシーツと同じものだった。

オスロフスキーは孤独な女狐だったのだろう。彼女はゴルゴタの丘に向かって走りはしなかった。だがもしかすると、彼女には居所が二つあったのかもしれない。一つは私が今いるこの家、もう一つはフールムにあったあの無人の廃屋。もしかすると彼女は、私にはわからない何らかの理由で恐怖がつのるとあの家に身を隠していたのではあるまいか？

オスロフスキーが我々のコミュニティーにやってきたのは、もうずいぶん前のことだ。だが、彼女は常に異邦人だった。彼女自身、我々に近づこうとしたことがあっただろうか？ もしかすると恐怖心が、それが何に由来するものであれ、非常に大きかったために、彼女はいくつかの隠れ家を設けて、一人で生きることを選んだのかもしれない。

彼女は本当にすべてを持ってこの世を去ったと言えるかもしれない。あとに残っているのは、あの廃屋のきちんとベッドメーキングされたベッドと、修繕が未完成のアメ車のデソートのみ。そして誰にも解けない謎である孤独。それだけは間違いなく残されている。

私はあの廃屋にあったベッドを使っていたのはオスロフスキーであると確信した。なぜそんな確信があるのか、理由があるわけではないが、とにかく絶対にそうだと思った。

彼女はなにも言わずに去った。足跡はもう誰にも追えない。

家の中の澱んだ空気で私は気分が悪くなった。私は家の外に出てヤンソンに電話をかけた。

「私だ」

ヤンソンはいつだってすぐに私の声だとわかる。

「今どこにいる？」

「私は大丈夫、元気だ。今どこにいるか聞いてくれてありがとう。村の港にいる。オスロフスキーが死んだ」

ヤンソンはしばらくなにも言わなかった。再び話し出したときの声で、彼が動揺しているのがわかった。

「彼女も死んだのか？」

「彼女も、とは？」

「いや、ノルディーンのことを考えたんだ」

「ああ、そうか。オスロフスキーが死んでいるのを見つけた。ガレージで。突然の心臓発作か、脳出血だろう」

　ヤンソンはしばらくなにも言わなかった。次に話し出したとき、泣いているように聞こえた。

「オスロフスキーは本当にひとりぼっちだったからなあ」

「それを言うなら、誰でもそうじゃないか。みんな一人で死ぬんだ。生まれるときは一人じゃないが」

「はあ？　それはどういう意味だ？」

　それまでしんみりしていたヤンソンが、急に攻撃的になった。

「いや、今言ったとおりだ。生まれるときは誰でも母親と一緒だよ。母親自身は陣痛で半分意識がないかもしれないが」

　ヤンソンはまた静かになった。今回は彼の沈黙を私が破った。

「二時間後に迎えに来てくれないか。私はまずオスロフスキーのことを通報しなければならないから」

「あんたはなんで彼女のガレージに行ったんだ？」

「たまに挨拶することがあったんだ。彼女は決して家の中に人を入れようとしなかったが、ガレージは別だった。そこで彼女はいつもオールドカーを修理していたが」

「ああ、キャデラックだったかな？」

「いや、デソートだ」

「突然死だったのか？」

「あとで話そう、二時間後に。今私は警察に電話をかけなければならない」

ヤンソンはまだ話したそうだったが、渋々電話を切った。私はガレージに戻り、鍵束をオスロフスキーのポケットに入れた。念のため、私はもう一度彼女の脈に触ってみた。

オスロフスキーは間違いなく死んでいた。

私はSOSの電話をかけた。まず名前と今いる場所を言い、私は医者で、今いるこのガレージで女性の死体を発見したと言った。犯罪と関係あると思うかと訊かれて、そうではないだろう、自然死だと思うと答えた。

オスロフスキーの送った不自然な人生は、自然な死で終わったということになる。

私は道路に出て待つことにした。寒くなったので車に入って待った。頭の中で、私の指先はリーサ・モディーンの肩を撫でていた。

四十五分後、ようやく救急車と警察の車がやってきた。港に向かって坂を降（くだ）ってくる車の姿が見えたので、私は外に出て彼らを出迎えた。警察官二人には見覚えがなかった。一人は女性で、娘のルイースに似ていた。目つきがきついが、知らない人には内気に見えるかもしれない。

警察官二人と少し年配で頑丈な体軀の救急隊員二人と一緒にガレージへ行った。私は車をオスロフスキーの庭に停めさせてもらっている関係であると説明した。ガレージの前まで来て、私たちは立ち止まった。

「彼女はこの中の床に横たわっている。私の職業は医者で、死んでいるのは間違いないと言っておこう」

私は外にとどまり、彼らは中に入っていった。オスロフスキーが死んだことを思い、私はますます気落ちした。彼女という人間を知っていたとは言えない。だが、私たちは同時代を生きた。彼女は私の生活範疇にいた。その彼女が今はもういない。私の世界の一部がなくなったということだ。

救急隊員たちが戻ってきた。

「遺体は救急車で運べないんだ」一人が言った。

「遺体運搬車を呼んだ。死因は、なにかの発作だな、間違いなく」ともう一人がすぐに反応した。

私はガレージに入り、二人の警察官のそばへ行った。彼らは死体のそばに立って、見下ろしていた。

「この人、頭に傷があるわ」女性警官が言った。

「倒れたときにできた傷であることは間違いない」私が口を挟んだ。「強い発作が起きると、人はまるで銃で撃たれた鳥のように勢いよく倒れるのだ。この床はコンクリートだ」

「母屋に入って、見てみなければならないな」と男性の警察官。

「彼女はいつもポケットに鍵束を入れていた」と私が言った。

私は彼らと一緒に母屋に行き、テラスで待った。家の中を一応ぐるりと回ると、彼らはオスロフスキーの身分証明書を手に持って出てきた。

「なんてひどい暮らし」と女性警官が吐き捨てるように言った。

私はなにも言わなかった。警察官たちに私の連絡先を教えて、港の方へ歩いた。あとは他の医者に任せればいい。ヤンソンのボートを待っている間に食料と新聞の買い物を済ませ、ヴェロニカのカフェがすでに開いていたので、朝食をそこで食べた。

厨房(ちゅうぼう)からヴェロニカが出てきた。オスロフスキーのことは知らないようだった。救急車が来たことも警察の車が来たことも知らなかった。

「今日はずいぶん早いわね」と言って、ヴェロニカは微笑んだ。「マサリンは今日は出来が良くないので勧められない。コーヒーはどう？」

「ちょっと座ってくれ」と言って、私は窓側の席を指さした。

ヴェロニカは怪訝そうな顔で私を見た。

「ルートが死んだ。そう、ルート・オスロフスキーが死んだのだ。ガレージで。いつものようにアメ車の修理をしていたんだろう。遺体運搬の車が少し前に来て、運んでいったよ」

ヴェロニカは人が驚いたときにするように、本当に飛び上がった。両目から涙が溢れ出た。彼女はオスロフスキーが気を許して話をしていた数少ない人間の一人だった。もしかすると天気や気候のことしか話さなかったかもしれないが、それでもとにかく話をする仲だった。

「なにが起きたの？」

「コンクリートの床に倒れていた。スパナを片手に持ったまま。何らかの発作か動脈瘤の破裂だろう。犯罪行為があったわけではないと思う」

私たちは低い声で静かに話した。実際のところなにが起きたのかはこの時点ではまったくわからなかった。ヴェロニカはコーヒーと前日の残りのパンを温めて持ってきた。

「オスロフスキーはとても孤独だったわ」

「ここしばらく彼女は何だか怯えていた」と私。

「なに、そのここしばらく、って？」

「うーん。彼女が前とは違うように私は感じていた」

「彼女はあたしの知るかぎり、いつも怯えていたわ」

「なにに怯えていたんだろう？　君になにか言っていた？」

「ううん」ヴェロニカは首を振った。

「なにが原因だろう？」

「わかんない。なにが原因かわからなくても、何となく怯えるということもあるんじゃない？」

「彼女、どこから来たのかな？」

「知らない。いつも人を近づけないような雰囲気があった」

「彼女は橋を修復する仕事をしていた。そして車の修理も。オスロフスキーは、いったいどんな人だったのかな？」

「私も知らない」

ヤンソンがそろそろ迎えにやってくる時間だった。私は行く前に、ヴェロニカの関心を他のことに向けさせたかった。

「この前言っていた、月二万五千クローナの賞金を毎月これから二十五年間受け取るという娘の話、どうなった？」

「何だかねえ、女はみんなその気になれば股を開くわけだけど、だからと言って誰とでもヤル必要ないとあたしは思うの。でも、彼女はそういう女よ。なんでも冬はタイで暮らすんだとか自慢タラタラよ」

私はヴェロニカがそんなふうに話すのを今まで聞いたことがなかった。私にとって彼女はおとなしいカフェ経営者だった。今彼女は急に別の人間になった。今までとは違う、もっと強い人間になったようだ。私は少し恥ずかしくなった。

ヤンソンのボートが見えたので、私は立ち上がった。ヴェロニカはカウンターの向こう側に立って、考えに耽っているようだった。

「オスロフスキーがいなくなって、寂しいね」と私は言った。

ヴェロニカはうなずいた。が、なにも言わなかった。

ヤンソンは桟橋(さんばし)で待っていた。

「オスロフスキーが死んだって、本当か?」

「私がそんなことで嘘をつくと思っているのなら、あんたは私を知らないね」

ヤンソンは顔をしかめた。

「次から次に人が死ぬなんて、まるで疫病のようだ」

「偶然二つが続いただけじゃないか」と私は言った。「死はいつだって我々の首元に息を吹きかけている。だが、いつその斧が振り下ろされるかは、誰も知らないのだ」

私は旅行カバンとスーパーで買い物した袋をボートにのせた。それ以上ヤンソンと話をして出発を遅らせたくなかった。トレーラーハウスに一刻も早く戻りたかった。ヤンソンはそれを察知して、係留ロープをほどき、自身もボートに乗り込もうとした。そうなのだ、この、ボートに乗り込もうとする瞬間にこそ、人の実年齢が現れるのだ。五年ほど前、私自身、バランスを失わずにボートに乗り込むことはもはやできないと悟ったのだった。足の筋肉が硬くなってしまっていた。軽やかに船に飛び乗ることができなくなったとき、そのときこそ年齢が暴かれる。私はヤンソンがほとんど転がり込むようにしてボートに乗り、ギアをバックに入れて港を出るのを見た。私自身は舳先に乗り、体を丸めて座っていた。

島へ帰る途中、私たちは無言だった。私は葉の落ちた木々の間に私の家が見えないことに今更のように目をみはった。私はまだ家が焼けてなくなったことを受け入れていなかったのだ。

ヤンソンは静かに私の島の舟着き場にボートをつけた。この年老いた元郵便配達人はまだそっと最後の一漕ぎで静かに舟を舟着き場につける技を失っていなかった。私が旅行カバンと買い物袋を降ろしていつものように金を払おうとしたとき、彼は帽子を脱いだ。それは彼がなにか言いたいときの仕草だった。

「何の話だ？　次まで待てないか？　私は長旅で疲れている」

「心臓が変なんだ。心配でたまらない」

ヤンソンが何らかの症状を言って、診てくれというとき、たいてい私は彼の思い込みだと初めからわかる。だが、この日の朝は別だった。私は舟着き場のベンチを顎で示し、ボートを降りた。ヤンソンは私の後ろに従った。私がボート小屋から聴診器を持ってくると、ヤンソンはすでに厚いコートを脱いで待っていた。

「セーターとシャツも脱いで」と私は言った。

ヤンソンは言われたとおりに上半身裸になった。寒気で鳥肌が立っていた。私は心臓と肺に聴診器を当て、深く息を吸うように言った。肺に問題はなかった。が、心臓に聴診器を当てるとすぐになにかがおかしいことに気がついた。今まで私はヤンソンの心臓に幾度となく聴診器を当てて音を聞いてきたが、一度として血を送り出す音以外の音が聞こえたことがなかった。だがそれが今は違っていた。鼓動が規則正しくないのだ。

私は聴診器を外し、ヤンソンの心配そうな目を真っ直ぐに見た。

「本土の村の地域医療センターに行くほうがいいかもしれない。心電図を撮ってもらうといい」

「深刻なのか？」

「いや、必ずしもそうとはかぎらない。もしかすると、何でもないのかもしれない。だが、我々の年齢では、心電図はときどき撮ってもらう方がいいのだ」

「もう長くないのか？」

「あんたがすぐに医療センターに行かなかったら、そうなるかもしれない。もう服を着て家に帰るといい。明日バスで村の医療センターに行きなさい。然るべき措置をとってくれるだろう」

ヤンソンは黙ったまま服を着た。私はボート小屋に聴診器を戻した。

外に戻ると、彼は顔を伏せてベンチに座っていた。両手を組み合わせている。神に祈るような姿だった。ドアが閉まる鈍い音で、彼は顔を上げた。

「なぜはっきり言ってくれない？」

「はっきり言っているではないか、医療センターへ行けと。むやみやたらに心配しても仕方がない。小さく副音が聞こえるのだ。きっと医療センターでその原因がわかるだろう。必要な薬も出してくれるはずだ」

「心臓について少し勉強してみた」ヤンソンが言った。「心臓は人が生まれる前から鼓動を始める。たいていの人は、心臓が動き出すのはへその緒が切られた瞬間からだと思っているらしいが」

「ああ、二十八日目からだ、この素晴らしい器官、心臓が動き出すのは。そしてそのあと止まるのは一度だけだ。脈拍と血圧もそのときゼロになる。なにがどうあっても、死は一度きりだ。だが、人間は死ぬとき、必ずしも死ぬと意識しながらゴールのテープを切るわけではない。それがもし鳥だったら、もうじき死ぬとわかったとき、月まで何回か往復して飛びおさめするかもしれないが」

ヤンソンはうなずいた。この男はこの素晴らしい器官の始まりと終わりのことをよくわかっているのだと私は思った。

私たちは二人、黙ってベンチに座っていた。大きすぎる真実、そして小さすぎる真実を嚙み締めている二人の年老いた男二人。ヤンソンは六十九歳、そして私は七十歳だ。合わせて百三十九歳である。百三十九年前に遡ると一八七五年ということになる。当時の内科医はノリのきいた高い詰襟の手術着を着ていた。燕尾服の時代もあったはずだ。

「今の時代、人は死について学ばない」突然ヤンソンが声を上げ、沈黙を破った。

「え、どういう意味だ？」

「昔、死は人の暮らしの中にあった。今は暮らしの外にある。憶えているんだ。六歳のとき、祖母が死んだときのことを。うちで一番いい部屋で、ドア枠から外したドアの上に横たわっていた。当時それは当たり前のことだった。死は生活の中の自然な一部だった。今のようではない。この国では死は生活の外にあるんだ」

ヤンソンが言いたいことはよくわかった。彼の嘆きは本物だった。それでもなぜか私は彼の反応に驚いた。今まで私が知っていたヤンソンという男の中身が変わり始めているような気がした。

「どうやって死ぬことを学んだらいいんだろう？」とヤンソンは不満そうに言った。

私は黙っていた。答えを知らなかったからだ。私が直接知っていた人間たちは死を目前にして、納得できるような説明をしてくれなかった。あるいは、遅かれ早かれ私にもやってくる死をどのように迎えたらいいかを教えてくれる人は今までいなかった。

人は、一人で死ぬことだけでなく、どのように死ぬかも予知できない。医学的な診断ができる場合でさえも例外ではない。

不安げなヤンソンの隣に座っていたそのとき、何十年も前に見たモノクロの写真が頭に浮かんだ。それは私がそれまで見た写真の中で最も恐ろしいものだった。

それは一九五〇年代前半の写真で、自分にもいよいよ死ぬ時がきたと悟ったストックホルムの煙突掃除人が、プレート屋根の上で掃除道具の一つである針金を首に巻きつけ、その先を高い建物の四角い煙突に巻きつけた。それから彼は屋根の端に静かに立った。おそらく長い時間そうしていたのだろう。人々が彼の姿に気づいた。梯子(はしご)に乗った男たちが自殺などやめろと説得を試みた。もう一つ別の梯子には飛び降りようとする男の姿を撮ろうと、カメラマンがカメラを持って待ち構えていたことが、残された写真からわかる。煙突掃除人は六十歳ほどだろうか。だが、誰も彼を思いとどまらせることができなかった。突然彼は屋根の上から飛び降りた。カメラのシャッターはその瞬間に押され、針金が首の骨を砕き、喉の皮膚と筋に食い込む寸前の姿を捉えた。煙突掃除人の最後の瞬間だった。彼の顔は、決意のためかそれとも困惑のためか私にはわからないが、輝いていた。

私は長いことその写真を見つめたが、どうしても理解できなかった。

あの煙突掃除人は死について私になにかを教えてくれただろうか？　あの写真は人の最後の瞬間に潜んでいる秘密を暴いてくれるものだろうか？　あれからずっと長い年月、私を脅かしてきたものの正体は何なのだろう？　あの煙突掃除人が人生から未知の世界へ逃げ出そうとした瞬間のあの写真に、なぜ私はどうしようもなく惹きつけられるのか？

私は今、私自身とほぼ同じ年代の男とベンチに腰を下ろしている。その男ももはやボートに飛び乗ることができない。膝が体の重さに耐えられない。バランスを失ってしまうからだ。これが現実だ。私たちは海辺のベンチに背中を丸めて腰を下ろし、死とどのように対峙したらいいかがわからないと文句を言っているのだ。

急に不安になった。私自身はヤンソンとこんなところに座って、無言のまま年取ることの惨めさをかこってなどいたくない。私はヤンソンを肘でつついた。

「コーヒーでもどうだ？」

「オスロフスキーのことを考えていた」とヤンソンは言った。「あんたのつつき方はまるで憎らしい相手をつつくようなやり方だ。痛いじゃないか」

「私はあんたを憎んでなどいない。なぜそんなことを言う?」私は驚いて言った。

「あんたは喧嘩をふっかけている」

「冗談じゃない。あんたを殴ってなどいないじゃないか、あんたの横腹を軽くつついただけだ」

「いや、俺は知っている。あんたは昔からずっと機会あらば俺を殴り殺そうと思っていたことを。俺はこの長い間に封筒の外側から中の手紙に書かれていることが読めるようになった。それと同じように俺はあんたの考えが読めるんだ」

ヤンソンは立ち上がり、係留ロープをほどくと、してはいけないことをした。ボートに飛び乗ったのだ。ボートが揺れて、彼はボートの中に転げ落ちた。そして手すりに頭をぶつけた。小さな傷ができ、血が流れ出た。それを見て私はオスロフスキーを思い出した。彼女は大好きなデソートのそばのコンクリートの床に横たわっていた。

ヤンソンはそのままボートをバックさせて舟着き場から離れた。片方の眉から血が流れ出ていた。もしかして、彼は認知症になっているのだろうか?

私は彼のボートが見えなくなるのを待たずにトレーラーハウスに向かって歩き出した。ドアの鍵を開けると、子ネズミが走り出ていった。ドアが閉まっている部屋にどうやってネズミが入り込むのか、それは永遠の謎の一つだ。

コーヒーを淹れて椅子に座ったとき、携帯が鳴った。リーサ・モディーンだった。彼女は挨拶抜きで、真っ直ぐオスロフスキーのことを訊いた。

「なぜ知ってるんだ?」私は訊いた。

「情報を伝えてくれる人たちがいるから」

「警察か？」

「ときには」

「救急隊員？」

「それはあまりないわ」

「霊柩車の運転者？」

「ときには」

「今君がそんなふうに答えるのは、情報源を明かさないためか？」

「そうよ」

「オスロフスキーが死んでいるのを見つけたのは私だ」

「それは知らなかったわ」

　私は一部始終を話した。ガレージのドアを開けて中に入ると、オスロフスキーがスパナを握ったまま床の上に倒れているのを見つけた、と。リーサ・モディーンと話すことで、実際になにが起きたのかがようやく理解できたような気がした。他の人間に起きたことが、いつか自分の身に起きるとは思えないものだ。

「彼女の死にどこか不審なところはなかった？」

「例えば？」

「こちらが訊いているんですけど」

「解剖すれば死因ははっきりする。発作か血管の破裂か、どっちかだろう。他にも考えられるかもしれないが」

「例を挙げてください」

「いや、解剖すれば死因はわかるはずだ」

「彼女の義眼は？　そのままだった？」

この問いに私は驚いた。オスロフスキーの片目が義眼であることを誰が話したのだろう？　私だろうか？

「以前、無人の島へ連れていってくれたとき、あなたが話してくれた」私が問いかける前に彼女は答えた。

ぼんやりと思い出した。

「ああ。義眼はそのままだった」私は答えた。

電話の向こうが静かになった。メモをとっているのだろう。

「今、なにをしてるんです？」

「コーヒーを飲んでる」

もっと話を続けたかったが、電話はここで終わった。

数分後また電話がかかってきた。リーサ・モディーンだと思って電話を受けたが、それは教会の管理人だった。ラーシュ・ティレーンと名乗ってから、ノルディーンの棺(ひつぎ)を運ぶ手伝いをしてもらえないかと訊いてきた。彼の用件はそれだった。

葬式は金曜日の午後二時。私は式の説明を聞くために早めに行くと答えた。

「火葬ではないんですか？」私は訊いた。

「ええ、土葬です。家族の墓に埋められます」

コーヒーを飲みながら、喪服を買わなければならないと思った。

リーサ・モディーンはそれきり電話してこなかったし、私も電話をかけなかった。一方、ルイースとは毎日話をした。私たちの間にはそれまでとは違う雰囲気が生まれていた。また、電話するたびに、私たちはハリエットのことを少し話すようになった。ルイースは保険会社を急きたてるように強く言った。少しでも早く家を再建することができるように。

私は町に出かけて喪服を買った。高級服を売っている紳士服店に行って、黒いアルマーニのスーツを買った。葬式のときにつけるネクタイは黒なのか白なのかがわからなかったので、両方買った。ワイシャツを選ぶとき、中国製ではないことを確かめた。そしてイタリアのトリノ製のものを買った。

黒のスーツに六千クローナ支払った。こんな贅沢をすることに私は複雑な喜びを感じた。

ノルディーンの葬式の日は北東の強風が吹いた。その年の秋はいつになく風が強かった。ヤンソンのボートは風で揺れた。彼はスーツに黒のネクタイ姿だった。

オスロフスキーの庭に停めている車を取りに行ったとき、家には当然鍵がかかっていた。ヤンソンは興味津々という様子でしきりにあたりを眺めていた。どうしてもオスロフスキーが倒れていた場所が見たいと言うので、私はガレージに彼を案内した。だがもちろんガレージにも鍵がかかっていた。

車で教会まで行った。車の中で私はバックミラーを見ながらネクタイを結んだ。

棺は明るい茶色で、薔薇の花束が棺の蓋の上に飾られていた。牧師はノルディーンをまるで神の永遠の僕(しもべ)であるかのように話した。私は牧師の話す言葉が偽善的に感じられて気分が悪くなった。ノルディーンはいい人間だった。しかし、彼がときどき金銭的に余裕のない人間に対して見下した態度をとっていたことは、島の住人なら誰もが知っていた。彼を嫌な奴と見ていた人間は決して少なくなかったはずだ。

私たちは棺を担いで教会の墓地の西の端まで歩いた。そこにノルディーン家の墓があった。墓石に刻まれていた一番古い年号は一八七二年三月十二日で、〈独立自由農民イャルマル・ノルディーンここに眠る〉とあった。

棺を地面に下ろしたとき、私はヤンソンと視線を交わした。彼がこの葬式をあたかも自身の葬式のように感じているように思えてならなかった。

葬式が終わり、牧師館でのコーヒーに招かれたが、私は一刻も早くその場から抜け出したかった。死が身近に迫っていると感じられて怖かった。

そんなことは今まで一度も感じたことがなかった。

急いで牧師館に入り、そこで振る舞われるコーヒーに安らぎを求めた。

21

群島にその冬初めての雪が降ったのは、十一月の一日の夜から二日の朝にかけてだった。朝目が覚めて裸になり、そのまま沐浴をしようと外に出ると、地面が真っ白だった。風はまったくなく、静かだった。自然が息を殺している。秋が冬に変貌した日だった。薄く積もった雪の上に私の足跡がついた。私は舟着き場の隅の梯子(はしご)をゆっくり降りて海水に浸かった。息を詰め、頭まで水に潜って十まで数えた。水の冷たさで皮膚が燃えるようだった。梯子を上がって舟着き場に戻ると、震えで歯がカチカチ鳴った。それでもどんなに水が冷たくても、たとえ海に氷が張って、その氷を砕かなければならなくなっても、朝の沐浴だけは続けるつもりだった。

トレーラーハウスまで小走りに走って、朝食の用意をし、青い中国製のシャツを着た。もうだいぶくたびれて襟の縁が毛羽立ってきていた。髭剃り用の鏡に映った顔は青ざめて、げっそりしていた。髪の生え際が後退し、髪の毛も薄くなっている。口の左側になかなか治らない傷がある。もしかすると皮膚の下にできものができているのかもしれない。鏡に映った自分の顔を見ても、よく知らない男の顔に見える。

まるで決闘のようだ。鏡に映っている男とトレーラーハウスの床に立っている男との。

時が過ぎていく。時間は止まらない。いつも間違いなく過ぎていくのだ。私がパリへ行ってから、オスロフスキーの死、そしてノルディーンの葬式が終わってから、もう早くも数週間経っている。群島でのことなら何でも知っているヴェロニカによれば、私の思ったとおり、オスロフスキーは数秒の間に立て続けに起きた脳卒中のために一瞬のうちに死んだことが解剖でわかったとのこと。さらにわかったのは、オスロフスキーは身体中ががんに侵されていて、原発は片方の副腎だったということだ。

オスロフスキーの親族は見つからなかった。私は彼女の葬式に出た。彼女は火葬を望んでいたらしい。葬儀に参列した者は少なかった。ヤンソンの姿が見えなかったのは、合点がいかなかった。なぜだろう。私は理解できなかった。あんなに好奇心の強い男がこんなときに現れないとは。

リーサ・モディーンとはときどき電話で話した。電話を切るとき、私はいつももっと話していたいという気持ちになった。電話で話した翌日に彼女はまた電話をかけてくることがよくあった。次第に私は彼女もまた私同様誰かと話したいのだと思うようになった。

ヤンソンは私の忠告どおり地域の医療センターに行った。そこで心電図を撮ってもらうと、私が恐れたとおり、心臓の血液循環に問題があることがわかった。薬を処方されているので、今はさし迫っての問題はないようだ。だが彼はいつまた不調が始まるかわからないと警戒していた。彼が島にやってくるたび、私は聴診器で心臓の音を聞いた。問題ないと言っても、彼は信じなかった。

ヤンソンは群島でいつ再び火事があるかわからないと言う。警察の調査は難行しているらしい。彼は放火したのは他所者だと思っているようだった。そう、彼は他所者という言葉を使った。そう、他所者がやってきて火を付けて、そのあと姿を消したに違いないと言った。

その後しばらくの間、静かに時が流れた。夜中にまたどこかの家が火事になることもなかった。私とルイースは電話し合い、次第に打ち解けていった。あるとき保険会社の代表者がやってきた。コルビュルン・エリクソンも家族の者と一緒にやってきて、家の再建業務をすべて引き受けるという契約を結んだ。すべてがうまく行けば翌年の春から夏にかけて家が完成するという。

初雪が降った日、私は村に買い物に出かけた。いつものように車をオスロフスキーの家の前に停めた。この家がどうなるかは誰も知らなかった。彼女には親族はいなかったし、遺書もなかった。

車を取りに行ったとき、私は急にガレージに行って、オスロフスキーがあれほど手を入れていたアメ車のオールドカー、デソートが見たくなった。

ガレージのドアが壊され、デソートの姿が消えていた。トラックか牽引車がデソートを乗せるか、牽引するかして運び去ったに違いなかった。ガレージの壁にはいつもどおり道具がきちんと掛けられていた。消えたのは車だけだった。

私は迷わずその場で警察に電話をかけて空き巣盗難を届け出た。緊急ではないと判断したのか、警察が、そっちに車が行くのは二時間後になると言ったので、私は住所を告げた。だが、私自身は二時間も待っていることはできなかった。

私は何者かがガレージのドアを壊してベテランカーを盗んでいったことに腹が立って仕方がなかった。オスロフスキーに対してこんな暴力を振るう人間に激しい怒りを感じた。確かに彼女は死んでいる。しかし、あんなに長い間彼女が手入れし、もう少しで完成するところだったあの車を盗むとは、あんまりだ。許せないと思った。

村へ行って、私は冬用の下着、手袋、ニットの帽子、マフラー、そして厚い冬用のジャケットを買った。これらのものが中国産でないことはしっかり確かめた。帽子は意外にもインドネシア製だった。買い物のあと、ボーリング場のレストランでランチを食べた。パリから帰ってからは一滴もアルコールを飲んでいなかったが、別にほしいとも思わなかった。

港に戻る前に私がしたのは、村にまだ残っていた電気製品の店へ行ってテレビを買うことだった。その店の店主はヨハネス・ルディーンという背中の丸い男だった。その男は私が子どもの頃祖父と一緒に新しいラジオを買いに行ったときにはすでにその店にいた。ヤンソンによればヨハネスはもう八十五歳になっているが、店を閉めるつもりはまったくないという。

私はトレーラーハウスにテレビを買うつもりだった。古いトランジスターラジオでは足りない。私は映像が見たかった。

ヨハネスは私がトレーラーハウスのことを話している間じゅう、耳の後ろに手を当てて話を聞いていた。

「アンテナが必要だな。手先が器用なら自分で設置できるだろう」

私はテレビとアンテナの代金を支払って店を出た。車にすべてを積み込んだとき、港の掲示板が目に入った。そこにはボーリング場のレストランがクリスマスと新年のパーティーの予約を受け付けるというチラシが貼ってあった。

それを見た瞬間、私は新年を迎えるパーティーを開くことを思いついた。場所はもちろんトレーラーハウスだ。ヤンソンとリーサ・モディーンを招くのだ。三人だけのパーティーだ。狭いし、暑くて汗をかくことになるだろう。だが、トレーラーでの新年を迎えるパーティーはきっと普通とは違ったものになるだろう。ボーリング場での新年パーティーとはまったく別のものになることは間違いない。

食事はヴェロニカに注文しよう。飲み物とワインは自分が用意するのだ。

私は港に車で戻った。このパーティーはかなり思い切ったものになるだろう。だが、今年は家が火事で焼けてしまった特別な年だ。このとんでもない年に別れを告げる記念のパーティーだ。それに今年は私と娘がようやく心を通じ合わせた記念の年でもある。加えて、すべてがうまく行けば赤ん坊が誕生する。もちろん今はフランスにいるルイースとアハメド、それにムハンメドも、スウェーデンの群島に歓迎する。トレーラーハウスでみんなが眠るのは無理だろうが、それは何とかできるだろう。

驚いたことにリーサ・モディーンは大晦日（おおみそか）の晩に新年を迎えるパーティーの誘いにイエスと答えた。楽しみだわと言った。クリスマスの予定はと訊くと、ギリシャのクレタ島へ行くつもりだと言った。私は嫉妬で心穏やかではなかったが、ようやくこらえた。

ヤンソンは小さな花火を用意すると言った。

ときどき雪が降ったりしたが、数日後に消えた。群島に住む人々の間には、また放火事件が起きるのではないかという心配が消えたわけではなかったが、新たに燃えた家はなかった。警察の捜索は宙に浮いていた。ヤンソンによれば、捜査は完全にストップしたままだという。いったい誰が私の家を焼いたのかという疑問は片時も私の頭から離れなかった。そしてなぜ犯人は放火したのか、その答えを私は常に探していた。ときどき、答えはすぐそばにあるのだが、私が気づいていないだけなのではないかとも思った。

オスロフスキーの家がこのあとどうなるのか、誰も知らなかった。だがある日、ヤンソンが突然やってきた。その手に雑誌があった。舟着き場に上がると彼はそれを私に見せた。私たちは舟着き場のベンチに並んで腰を下ろした。その雑誌には中古車販売ページがあって、アメ車、とくにベテランカーが大きな紙面を占めていた。ルポもあったがやたらに広告の多い雑誌だった。ヤンソンは急いで中古車とその値段の載っているページをめくった。

彼の指が一台の車を指した。

すぐに彼の言わんとするところがわかった。オスロフスキーの車が売りに出されていた。なんと写真は彼女のガレージで撮られていた。泥棒たちは車を動かす前に写真を撮っていたのだ。

オスロフスキーの車は〈デソート・ファイアフライト、一九五八年型〉という見出しで載っていた。

私はオスロフスキーがこのモデルは四千百九十二台製造されたと話していたのをはっきり憶えている。中でも特別なのは排気ガスの管がバンパーを通って排出されるというディテールだった。広告には車体はウェッジウッドブルーとヘイゼル・ブルーの二色のコンビカラーであることが特記されていた。

値段は出ていなかった。問い合わせ用に電話番号が載っていた。

「これ、どこで見つけたんだ？　あんたがアメリカのオールドカーに関心があるとは知らなかったな」と私はヤンソンに言った。

「甥が電話してくれたんだ」ヤンソンが言った。「オスロフスキーのガレージから車が盗まれたという話を甥にしていたんだ、もともと彼はアメリカのオールドカーに関心があるもので、これじゃないかと知らせてきたんだ。まさにこの車だったよ」

「へえ、あんたに甥がいるとは知らなかったな」私が言った。

ヤンソンは答える代わりに携帯電話を取り出して、私に渡した。

「あんたが電話するのがいい。俺は緊張すると声が震えるから」と言った。

私は電話をかけた。女性の声が応えた。

「雑誌に載っている車のことだが。デソートのことを訊きたい。値段はいくらだ？」

「十八万五千クローナ」

声が遠かった。ハンカチを通して話しているのか。

「この車のことを詳しく知りたい。以前の所有者は？」

「それは兄と話してください。今はいないけど」

「いつ戻る？」

「それはわからない」

「そっちに行って車を見たいんだが、住所を教えてくれ」

「それは兄と話して」

「それじゃとにかく、今その車がどこにあるかだけでも教えてくれ」

相手の女性は沈黙した。

「数時間後にもう一度電話してちょうだい」と女性は逃げるように言った。

電話が切れた。ヤンソンは電話のやりとりを聞くために頭を私の近くに寄せていた。冬の寒空に肩を寄せ合っている年老いた恋人たちのように見えるかもしれなかった。白鳥が二羽空を横切って飛んでいった。ヤンソンと私はその姿が消えるまで空を見上げていた。

「何て奴らだ。死んだ人間の車を盗むなんて」ヤンソンが言った。

私はヤンソンとトレーラーハウスへ行き、一緒にコーヒーを飲んだ。それからカードをして遊んだ。カジノゲーム。ヤンソンが勝ちっぱなしだった。

一時間半後、二人ともカードゲームに飽きた頃、再び電話をかけてみたが、誰も出なかった。私は急に力が湧いて、雑誌の編集部に電話をかけ、売りに出されている車のうちの一台は盗難車だと言った。電話の向こうの男は怖気をなし、警察に通報してくれと言った。

私は言われたとおりにした。私の届けを受けた警察官は警察のウェブページにそのことを書いてくれと言った。私はそれを聞いて腹を立てた。自分は群島の一つの島でトレーラー暮らしをしていて、インターネットなど接続されていないと言った。

警察官が私の状況を理解したとは思えなかった。とにかく彼は私の通報を事務的に受け付けた。こんなことをしても何の結果にも繋がらないぞと私に予告するような態度だった。検事は初めからこの通報を捜査の対象にはしないだろうとでもいうように。

オスロフスキーは我々の岸辺に流れ着いた、壊れた人間の成れの果てのような存在だった。その晩秋は彼女の家や所有物に関して何の決定もされなかった。ヤンソンは彼女の墓石を建てるための募金を働きかけた。が、人々はあまり協力しなかった。おそらくヤンソンがほとんど一人で金を出したのではないかと思う。私も協力して、墓石は教会の墓地に建てられた。オスロフスキーの墓石は、ヴェロニカの親族と、ルーダ・フルホルメンという酒癖が悪いことで知られていた男の墓の間にある最後の空きスペースに建てられた。誰かが花を捧げていた。

十一月の中頃、群島は雷と強風が吹き荒れた嵐に見舞われた。南東に位置するバルト海の方から吹いてきた強風は、夜中になると猛烈な嵐になった。あまりの強風でトレーラーハウスは吹き飛ばされそうだった。私は真っ暗な外に出て、雪混じりの雨の中、懐中電灯を照らしながら木材と水を入れて重くしたバケツなどをトレーラーハウスに縛りつけて固定させた。ようやくトレーラーハウスを安定させて中に戻ったとき、今度は電気が消えた。私は真っ暗闇の中で服を脱ぎ、新しく買ったカンボジア製のタオルで体を拭き、携帯のガスコンロでコーヒーを淹れた。まだ朝の三時四十五分だった。テーブルの上のろうそくに火を灯した。外の風がトレーラーの中まで吹き込んできてろうそくの火が揺れた。

電話が鳴った。きっとヤンソンだろう、と私は思った。私のところも停電しているか確かめるために電話してきたのに違いないと。だが、それはヤンソンではなく、下手な英語を話す男の声だった。私は心当たりがなく、電話のかけ間違いだろうと思った。だが男はアハメドだった。

「今、病院にいる。いまルイースが赤ん坊を産みかけている」

それは予定日よりもだいぶ早い。早産だ。アハメドが心配しているのが伝わってきた。だが、彼は心配はいらないとも言った。ルイースに頼まれたから電話しているのだ、と。赤ん坊が生まれたら、また電話をすると約束してくれた。

そのあとその晩は眠らなかった。出産予定日までまだ何日もあるはずだ。もし今生まれたら、保育器(インキュベーター)に入れて育てなければならないだろう。トレーラーハウスの外を吹き荒れていた嵐や雷は、私の最初の孫、いやおそらくはたった一人の孫の証人となるのだろう。

私はハリエットのことを思った。歩行器を押して氷の海を渡ってくる彼女の姿。そのときの彼女の顔はよく思い出せない。

だが私は彼女がまだ若かった頃のことは思い出せる。私たちが激しい感情をぶつけ合っていた頃のことだ。私は急にたまらなく彼女が恋しくなった。彼女の不在が辛く思えてならなかった。この二つは同じことではなかった。

ルイースとハリエットそして私の三人が、スウェーデンの森の中でこのトレーラーハウスで眠ったことがあった。彼女たちがこのトレーラーをこの島まで運んでくる以前のことだ。今はもうハリエットはいない。そしてルイースはパリの病院で今まさに子どもを産もうとしている。

テーブルの上のろうそくの炎が揺れていた。私の頭の中では、記憶が心細い影のように揺れている。そこには父がいた。母も、そして祖父母もいた。また私がかつて関係をもった女たち、あるいは関係をもち得なかった女たちの姿もあった。私自身は陰に身を潜めている。もしかすると私はトレーラーの壁に身を隠し、顔に明かりが当たるのを避けているのではないか?

六時十分前、再び電話が鳴った。アハメドだった。ルイースが女の子を産んだという。体重は軽いが、心配はない。やはり私が想像したとおり保育器に入れられたという。

アハメドはその子が私に似ていると言った。

もちろんそんなことはないと思う。新生児は、とくに早産の子は、誰に似ているなど見分けがつくはずがない。その子はその子としか言いようがない。生まれたばかりの子はまだ未完成のもので、これから未知の方向に発達していくのだ。

私はトレーラーの外に出た。まだ暗く、風が吹いていた。まだ電気は切れていた。私は懐中電灯で顔を照らした。身体中に喜びが駆け回っていた。ルイースの子どもが生まれることにこのような喜びを感じるとは、思ってもいなかった。

私はボート小屋の中に入った。板壁の隙間から風が音を立てて吹き込んでいた。祖父が最後まで使っていたウナギの捕獲カゴの一つに腰掛けた。カゴに張りつけた網が古くなってボロボロで、ちょっと触るだけで網目が壊れてしまう状態だった。

孫が生まれたことを誰かに話したくて仕方がなかった。だが、誰に話す？　ヤンソンかリーサ・モディーンか？　それともヴェロニカかオスロフスキーか？　いや、オスロフスキーはもう死んでいる。それに私は彼女の電話番号を知らない。

リーサ・モディーンに電話をかけた。寝ているところを叩き起こすことになるといいが、と思った。うまい具合に実際そうなった。

「え、あなたなの？　こんなに早く？　今何時？」

「朝の五時半だ。たった今私はおじいちゃんになった」

「それはおめでとう。女の子、それとも男の子？」

「女の子だ」

「すべて順調？」

「ああ、聞いたところでは。だが、早産だった。ま、それだけでも問題と言えないこともないが」

「保育器に入れられるの？」

「そう。すでに入れられているらしい。私は言葉もないほど感動している」

「それでわたしに電話してくれたの？　ありがとう」

「他に誰もいないから」

「そんなことないでしょう」

「一緒に祝杯をあげないか？」

「まさか、今、こんな早朝に、と言うんじゃないでしょうね」

「週末に？」

「そうね。近くなったら電話してください」

「君の方から電話してくれ」

リーサ・モディーンはそうすると言って、電話を切った。私はすぐにまた彼女に会えると思うと嬉しかった。パリ旅行からずいぶん日が経っていた。

それからヤンソンに電話をかけた。

「電気がまだ切れたままだ。そのために電話してきたんだろう？」

「ルイースに女の子が生まれたんだ、さっき」

ヤンソンはしばらく無言だった。

「少し早いんじゃないか？」

「ああ、そうだ。だが、無事生まれたらしい」

「それじゃ、群島のみんなに代わって、おめでとうと言おう」

ヤンソンはときどき妙なことを言う。大袈裟(おおげさ)すぎるのだ。だが、今の場合、彼が本気で群島に住む人々みんなの喜びの言葉を伝えているように聞こえた。

この言葉を言うことによって、彼は私を群島の住人として初めて正式に認めたのだ。私はもはや本土の人間ではなく、島の住人として認められたことになる。

「ああ、ありがとう」と私は応えた。

そのあと、私たちは悪天候のことを話した。ヤンソンは少し前に電力会社の人間と話し、九時に電気が回復すると聞いたと言った。ヤンソンが言うには、群島に電気を送る本土の変電所で故障が起きたということだった。また、本土の森林では落雷でだいぶ木々が倒されたとか。

電話を切ったあと、私はベッドに横たわり、夜が明けるのを待った。トレーラーの窓から見える空がぼんやり明るくなったころ、私は再び外に出た。岩山の高いところで、祖父のベンチのすぐ近くだが、ナラの木が倒れていた。木の根が、まるでボロボロになったキノコの根のように空中にむき出しになっている。島を一回りして、今回の嵐で倒れたのはこの木だけだったことを確認した。他の木はみんな無事だった。木々はがっしりしていて、根が動物の爪のように岩に食い込んでいるのだ。

私はナラの木の株にノコギリを当て、一枚の板を切り取った。私の力ではなかなか切れず、切り取るのに数時間かかった。一枚板を切り取ったとき、全身に汗をかいていた。舟着き場へ行き、海に入って汗を流し、トレーラーに戻って体を拭いた。そのあと拡大鏡を手に、ボート小屋へ行って年輪を数えた。驚いたことに、この木は思ったよりもずっと古かった。何度か確認のために数え直して、この木の最初の年輪は一八四七年にできたことがわかった。その翌年、このナラの木がまだ赤ん坊だったとき、一八四八年にヨーロッパ革命が起きた。年輪に触りながら、私は永遠を外から見ているような気がした。私は一八九九年と一九〇〇年のところに指を当てた。一九一四年に第一次世界大戦が、一九三九年に第二次世界大戦が始まった。私自身は第二次世界大戦が終結する前の一九四四年に生まれている。そして今、二〇一四年の冬、このナラの木は嵐によって百六十七年の生涯を終えたのだ。

一枚板をボート小屋に置いて、私はベンチに腰を下ろした。そこは風が吹き込まないところである。高い空を横切って南へ飛んでいくガンの群れがまだ見える季節だ。ときどき雨が降っていた。

電気がついた。電力会社がヤンソンに約束したとおりに。午前九時五分過ぎ、電気器具に電気が通った。そして午後の遅い時間、私は風が止んだことに気がついた。私は改めて島をぐるりと回ってみた。島の岸辺に高い波が打ち寄せていた。

この間ずっと私は娘のルイースと生まれたばかりの孫のことを考えていた。夜、アハメドがまた電話をかけてきた。たどたどしい英語で彼はルイースと女の子は無事だと言った。彼は、当然のことながら、早産で生まれた子どもにはさまざまなリスクがあることについてはなにも言わなかった。

「その子に何という名前をつける？」と私はなにを言ったらいいかわからないまま、訊いた。

「まだ決めていない」

アハメドが笑う声が聞こえた。私はそのときまで、ルイースがこの男のどこがいいと思ったのかわからなかった。だが、その笑い声を聞いて、彼女の気持ちが少しわかったような気がした。

その晩、私は年越しパーティーの準備を始めた。ヴェロニカに頼む食事の内容を考えた。そして飲み物のリストを作った。ワイン、シュナップス、ビールは私が用意する。この間ずっと私の頭の中には保育器に入れられた小さな女の子の姿があった。

嵐がおさまってから私はヴェロニカの店へ行き、年越しパーティーのための食事に必要な準備をチェックした。必要な食器を買うつもりだと私が言うと、ヴェロニカはカフェのものを貸してあげるからその必要はないと言った。トレーラーには椅子が一脚とスツールが一個しかないと言うと、椅子も店のものを貸してあげると言う。

「テーブルクロスは？」と彼女が訊いた。

「それも頼む」と私。彼女はこれらを領収書の裏にメモした。

そのあと私たちはオスロフスキーのことを話した。彼女の車が盗まれたこと、ヤンソンと私が彼女の車と思われる写真の広告主に電話したところ、女性が電話口に出て、その車のことなら兄と話してほしいと言ったことなど、彼女はすべて知っていた。

「犯人はこの地域の人間に違いないわ」ヴェロニカが言った。「オスロフスキーのガレージになにがあるか知っていた人間よ、きっと」

「誰か、心当たりがあるのか？」

「ないけど」

ヴェロニカの答えをそのまま信じることはできないと思った。あまりにもすぐに答えたからだ。まるで用意されていたかのように。どうなのか。彼女には誰か心当たりの人間がいるのだろうか？　だが、私はそれ以上追及しなかった。オスロフスキーの車はきっと見つからないだろうという気がした。

それから私たちはヴェロニカのカフェの経済面の話をした。信頼しているから話すけど、と彼女は断って、ここを閉めてどこか別のところに行こうかと思っていると言った。

「別のところで、カフェを開くということ？」

「別の国へ行くこと。カフェを開くかどうかわからないけど」

「それは寂しいな」

「そうかしら。寂しいと思う人なんているかな」

ドアが開く音がして、十人ほどが店に入ってきた。

「県の人間たちよ」ヴェロニカが囁(ささや)いた。「この群島のどこに公衆トイレを作るか調べるんですって。信じられないわ、そのために十人もの人間がやってくるなんて、何という税金の無駄遣い」

車に戻る前に、私は港の店を覗いてみた。私の注文したゴム長靴はまだ届いていなかった。

車で村まで行き、年越しパーティーのための買い物をした。買い物袋が五つになり、私はそれらを車に積み込んだ。そのあと銀行へ行って現金を引き出し、ドラッグストアで薬を数種類買った。靴屋の前で車を停めたが、店は閉まっていて、ショーウィンドーにはなにもなかった。

ときどき私は賭け競馬に金を賭ける。競馬のことはなにも知らなかったし、レースの前に予測を読むほど熱心ではなかったのだが、あるとき、二十年ほど前のこと、私がでたらめに賭けた馬が優勝し、驚いたことに九万六千三百二十二クローナ（約百四十六万四千円）の払戻金を得た。そのときの驚きは一生忘れないと思う。金を受け取ると、すぐに私は南アフリカ連邦へ旅行した。まだアパルトヘイト制度が南アフリカを支配していた時代のことである。ネルスプロイトの空港でレンタカーを借りると、私は真っ直ぐクルーガーパークへ向かった。私はそこに一週間滞在し、車であちこちへ出かけた。そこで見たのは、白人の黒人に対する傲慢な態度だった。どこへ行っても不自然な沈黙があった。白人が黒人、あるいは有色人種に話しかけるのは、命令するときだけだった。異なる人種間で穏やかな話が交わされるのを見たことは一度もなかった。私はそれに腹が立ち、食事のときやガソリンの給油のときに彼らに話しかけたが、私の態度はかえって彼らに怪しまれ、彼らはむしろ私から離れたのだった。

私は広大なナショナルパークを車で移動し、野生の動物を見て回った。しかしこの間私は、私が彼らを見るよりも、私の方が彼らに常に、どこからでも、何倍も見られているという気がしてならなかった。

大蛇（ボア）がイノシシの子を半分飲み込んでいるのを見た。ライオンの群れがシマウマを襲うのも見た。私は動物たちの世界にやってきたアウトサイダーだった。自然界のドアをそっと静かに叩いている訪問者だった。

余った金で高価なスーツを買い、贅沢な食事をした。アンティークのオークションで仏像を一万五千クローナで競り落としたりもした。その仏像も火事で他のものと一緒に焼けてしまった。

私は村の中心部にあるゲームセンターへ行った。ソーレンゲット競馬場の競馬に適当に賭けた。ソーレンゲットという競馬場の名前さえ聞いたことがなかった。もちろん、馬の名前も騎手の名前も知らなかった。とにかくヴァリイシンネット（狼の皮）などというおかしな名前の馬には賭けず、フムランス・ブローデル（フムランの兄）という名の馬に賭けた。

ゲームセンターの店主はツルツルに頭を剃り上げていて、頭の左側に大きな凹(へこ)みがあった。群島の人々のみならず、本土の村の人々に関しても熟知しているヤンソンによれば、遠い昔、この男は古いモーターボートを海に浮かべようとしたときにトラクターと衝突したのだという。彼が脳に障害を受けずに生きながらえたのは、ヤンソンによれば、奇跡だという。だが、私の医者生活の経験では、事故に遭って頭の形が変わってしまった人間はそれほど珍しくなかった。脳にはまったく影響せず、頭の形だけが歪んでしまった人間たちをたくさん見てきた。その中に、学術研究者の男で天才とみなされていた男がいた。事故のあとも男の天才ぶりは変わらなかった。ただ、頭の形が円錐形になったことだけが変化といえば変化だった。

予測した馬券を男に渡し、控えを上着の胸ポケットに入れた。その後、ボーリング場へ食事をしに行った。

小雪が降っていた。ボーリング場の食堂を出たとき、電話が鳴った。ルイースだった。私はまたボーリング場に戻り、人のいないボーリングホールの椅子に腰を下ろした。

ルイースは元気だった。もちろん、生まれたばかりの子どものことを心配していた。

私は早産の子のケアについて、考えつくことは全部質問した。ルイースはセンターで働く看護師たちはみんな長い経験があり、仕事を熟知しているようで安心していると言った。

「私にできることはなにかあるか？」

「祈って」とルイースは答えた。

「祈る？　私は宗教を信じていない」

「それでも祈ることはできるでしょ」

「わかった、そうする」と私は言った。「私はあらゆる方向に祈りを届けよう。過去、現在、未来、宇宙へも、深い海にも」

「ありがとう」

「他になにか、私にできることはないか？」

「今は思いつかないわ」

ルイースは、アハメドが何でも手伝ってくれると言った。それから、車椅子のムハンメドのことを語り始めた。

「彼の目は明かりのようだと思うの。彼の眼差しは光の速さと同じほど速く知らない世界に向かって飛ぶのよ。いつの日か、彼、答えを得ると思うの。そう、彼が送り出す問いに対する答えを」

「私はお前がなにを言っているのかわからない」

それから私は子どもの名前を考えているのかと訊いた。

「ええ、三つ決めたわ。彼女が大きくなったら、どれを呼び名にするか自分で選べばいい。ラケル＝アンナ＝ハリエット。この三つの名前よ」

ラケル。私はパリで泊まったホテルの部屋を掃除してくれたラケル、五ユーロのチップを渡した彼女のことを思った。ハリエットはルイースの母親のハリエットだ。アンナという名の女性は知らない。

「いい名前だね。今、君たちは何と呼んでいるんだ？」

「日によって違う名を呼んでるわ」

「会いたいな」

「だから電話したのよ。あんたの電話に写真を送っといたから」

「クリスマスには家に戻るのか？」

「家？　あたしの家はここよ。それにあの子はまだ保育器の中だと思うわ」

「金が足りなかったら、私が払う」

「お金の問題じゃないの。それより、早く家を建てて」

話題を探しながら二人とも黙り込むのを恐れ、私は話すのをやめた。ルイースは、そっちは雨か雪が降っているのかと訊いた。天気の話だけが無難な話題だった。二人ともそれで落ち着いた。腹を立てて声を荒らげたり、黙り込んだり、トゲトゲしい言葉を吐いたりしないで済むからだ。

電話を切るとすぐにラケル＝アンナ＝ハリエットの写真が届いた。

私の孫は保育器の中に小さく収まっていた。その顔は誰にも似ていなかった。アハメドにも似ていない。私はボーリング場の床に立ったまま、感動を抑えきれずにいた。携帯電話の画像に、長く続いている命のダンスにまたもう一人加わったのを確認した。三つの名前をもつ女の子。この子の命が助かったら、二十一世紀の終わり頃まで生きるはずだ。

ボーリング場に若者が数人入ってきたのをきっかけに私は携帯の画像を閉じた。若者たちは私の知らない言葉を話していた。おそらくこの村に送り込まれてくる移民の子どもたちだろう。

港へ戻る途中、狐と出くわさないかと注意して見ていたが、森に動物はいなかった。唯一目にしたのは道路端で死んでいるタヌキの死骸をつついているカラスだけだった。

オスロフスキーの家にはひとけがなかった。砂利道がきれいに掃除された家の周りには、人が歩いた形跡がなかった。私は品物で膨らんだショッピングバッグを両手に持って、ボート用の給油所のそばに停めたボートまで運んだ。

私はヴェロニカのカフェに立ち寄って携帯電話を取り出し、孫の写真を見せた。

「きれいな子ね」とヴェロニカが言った。

「さあ、それはどうだろう。あと何年か経たないとわからないだろう」

「考えたんだけど、もしかして、私の移住先はパリなんかいいんじゃないかしら？　パリって、行ったことあるのよね？」

「パリはとても大きい街だ。目的がはっきりしていないと、いつの間にか呑み込まれてしまうような街だよ」と私は答えた。

私はまた舟着き場へ行った。ボートの方へ歩きながらふと思い立ち、港の店に寄ってみた。店の前でノルディーン夫人が大きな菓子パンを前にコーヒーを飲んでいた。医者として、私は彼女の肥満を注意するべきだった。が、話しかける前に、私は彼女の目が涙でいっぱいになっていることに気がついた。亡くなったノルディーンのことを思って泣いていたに違いなかった。

私は彼女に携帯電話の中の孫の写真を見せる気にはならなかった。懐中電灯用のバッテリーがほしいとだけ言った。

ボートで沖に出ると、太陽が少し雲の間から覗いた。

年越しのパーティーでは、ヤンソンにハリエットのために開いたミッドサマーパーティーのときのように歌ってくれと頼むつもりだった。その年に彼女は亡くなったのだ。

ヤンソンの歌で今年が終わり、彼の歌で新年が始まるのだ。彼の歌以上にふさわしいものはない。〈アヴェ・マリア〉をまた歌ってくれと頼もう。

あのときと同じように。今があのときと同じになるように。

22

ある日、ルイースとアハメドは女の子の名前をアグネスとすることに決めた。ラケルでもハリエットでもない、アグネスという名前だ。

アグネス。私の家族と祖先の中には、この名前の女性はいない。美しい名前だ。両手にすっぽり入るほど小さな女の子につけられた美しい名前だ。

私の両親は、亡くなる数年前に、急にそれぞれの先祖のことを知りたくなり、調べ始めた。父も母も、それぞれの両親以前の先祖のことはまったく知らなかった。それより前の世代は父にとっても母にとっても濃い霧に包まれていたようだ。それで二人は教会の教区登録者名簿とか県の古い記録などを調べ始めた。高齢の、残り少ない親族から話を聞いたりもした。二人ともなにも言わなかったが、それぞれが相手よりもより古い年代の親族のことを知ろうと、密かに競い合っているように私には見えた。相手よりも古い情報を得ることで、自分が勝ったと思えるような、そんな密かな戦いのようだった。

死後、両親はそれぞれかなりの情報を集めていたことがわかった。とにかく、それらの情報の中にアグネスという名前の女性はいなかった。母親の側の先祖の中に——一族にとってまったく恥ずべきことに——母の曾祖父の弟がヴェステロース郊外の丘で断首の刑で処刑されていることがわかった。その男は傭兵で、酔っ払って友人と喧嘩し、刀で二十一箇所切りつけて相手を殺したと当時の裁判記録にあった。国王カール十五世は恩赦を与えず、傭兵カール・エヴェルト・オラウス・テルは一八六七年十月のある日の早朝、断首の刑を受けていた。

両親の祖先調査は次第に不愉快なものになった。その頃医学を勉強していた私がたまに家に帰ると、祖先調査と関係のある書類は大切なものが入れられる書類箱——それは引き出しの奥に重要書類を入れる秘密の引き出しで、子どもの頃にそれを発見したのだが当時は宝物ではなく古い眼鏡しか入っていなかった——からとっくにどこかへ移されていた。ある晩、母がベッドに引き揚げたあと、少し酒を飲んでいた父はその処刑された傭兵、母の側の先祖の一人の話を私に話してくれた。父の口調は静かだったが、母の側にこのような人間がいたことを明らかに非難するものだった。

そのうち二人は再び先祖について調べ始めたが、そこには以前のような喜びや興奮というものはもはやなかった。むしろ、古い、黄色く変色した書類の中にどんなものが隠されているのかを心配しているように見受けられた。

両親ほど嫌々ながら祖先調査をした人々を私は見たことがない。彼らはそれを任務として行なっていたが、内心恥じてもいた。古文書保管庫から彼らが運び出した古文書は彼らの血管に毒を注ぎ込んだのだ。

いうまでもなく、処刑された者は他にいなかった。二人にとって驚きだったのは、祖先は両方ともヴェステルボッテン県の奥地の深い森林地帯の出身だとわかったことだった。また父親の先祖にはフィンランド人の血が、そして母親の側にはまったく思いがけないことにロシア人の血が混じっていることも新たな発見だった。

　だが、両方の先祖に、アグネスという名の女性はいなかった。パリで生まれたアグネスは、アグネス一世というわけだ。

　警察はときどきなにかと理由をつけて連絡してきた。訊きたいことがあって電話してくることもあったが、たいていは放火のことはまだ解決に至っていないという経過報告だった。火事はいまだに不審火のままだった。

　ルイースと私は短い時間だが、毎日話をした。ときどきアハメドが電話してくることもあった。短く言葉を交わすと、すぐにルイースに代わった。ルイースの声の調子は変わったようだった。なにが変わったかはわからないが、子どもが生まれたことで、その喜びのために声まで変わったのだろうか？　それともルイースは疲れているのだろうか？　出産後の母親に見られるメランコリックな精神状態に陥っているのだろうか？　とくに未熟児を産んだ母親がことさらそういう精神状態に陥るのだろうか？　話し終わったとき、私はなにか助けが必要だったら、すぐに連絡してくれと毎回念を押した。

　火事で焼けてしまった我々の家のことはもちろん毎回話した。ルイースはよくあの家の夢を見るという。焼け跡の灰の中から、家が立ち上がってくるというのだ。もう一つよく見る夢というのは、とても子どもっぽいものだと言って彼女は恥ずかしそうに笑った。〝夜の大工たち〟が毎晩昔式に板を組み立てて、朝になると壁が一メートル出来上がっているというのだ。彼らがどこからやってくるのかは不明で、彼らがハンマーを打ち下ろす音を聞いた者もいないらしかった。

　とにかくルイースの幻の家はどんどん出来上がっていくらしい。すぐそばに真っ黒の灰が冷たく積もっているにもかかわらず。現実には、あの晩、何者かが忍び寄って家に火を付けて以来、そこには厳然として真っ黒い灰があるのだ。

私はルイースに約束した。家は必ず建て直すと。なぜかそれを私はルイースが赤ん坊の名前はアグネスと決めたと言った日に約束した。

「昔は子どもにたくさん名前をつける親がいたものだ」と私は言った。「どんなに貧しくても、たくさん、豊富に子どもに名前を与えることはできるからね。クラスに七つのファーストネームを持っていた子がいたよ。みんな貧しかった中で、その子の家はとりわけ貧しかったのだが」

「その七つの名前、全部憶えてる？」

「カール、アントン、アクセル、エフライム、ハーグベルト、エーリク、オーロフ。そして苗字はヨハンソンだった」

「あたしの娘はアグネスという名前一つだけにする。どれが名前か迷うことなどないように」

十二月のある朝、冷たい水に体を浸けたとき、私はこの月をアグネスの月と呼ぶことに決めた。天気が不順で、その様はまるで機嫌の悪い人間そっくりだ。今月は雪が降っては溶けた。あらゆる方向から風が吹き、そのあとはまったく静かになった。その静けさは八月の真夏のようだった。四日間雨が降り続けたこともあった。トレーラーハウスの心細い屋根の上に間断なく雨が降り続けた。

オスロフスキーの家がどうなるかは誰も知らなかった。その家にときどき光が灯っているという噂もあり、それはきっとオスロフスキーの幽霊だという者もいた。また、彼女の義眼が夜になるとプリズムのようにぐるぐると回り、それが真っ暗な中で光るのではないかという者もいた。そのために、空き家でも泥棒が入ったり、壊したりする者がいないのだと。

オスロフスキーの家の前の砂利道はいつもきれいに誰かが掃除していた。その上を歩く者はいなかった。あたかもオスロフスキーが本当に死んだとは誰も信じていないかのようだった。もしかすると彼女はいつもの謎めいた旅行に出かけているのかもしれないと言う者もいた。いったいどこへ行っているのか、なぜそんな旅行をするのかは誰もわからなかった。ただ、わかるのは、彼女が例のベテランカーのための部品を求めに行っているということだけ。そのベテランカーも永遠になくなってしまったのだが。

「この辺はいつも冬になると墓場のようだ」と、あるときヤンソンが言った。「だが今はこれまで以上にひとけがない。まるでもともと人が少ないのに、それがもっと進んでしまったようだ」

私は彼が言わんとしていることがわかった。冬の群島はいつにも増して寂しい。コンクリートの舟着き場がますます白くなるとか、鉄のポールが錆びるとかいうことばかりではない。まるで港に水がなくなったような寂しさだった。

オスロフスキーの葬式のあと、参加者のためのコーヒータイムに、私はヤンソンに大晦日(おおみそか)のパーティーで歌ってくれと頼んだ。彼は体がギクッと揺れるほど驚いたようだった。まるで聞いてはいけないことでも聞いてしまったかのように。

「それでパーティーがパーフェクトなものになるから」と私は優しい気持ちで言った。

ヤンソンは下唇を嚙んだ。まるで宿題をし忘れて恥ずかしがっている小学生のようだった。

「俺はもう歌えない」

「そんなことはないだろう?」

「〈アヴェ・マリア〉は歌わない」と彼は頑固に言った。

「いや、それを歌ってほしいんだ。まさにそれこそ歌ってほしいんだ」

それ以上は話さなかったが、私は約束を取りつけたと思った。大晦日の日、トレーラーハウスで、時計が夜中の十二時に近づいたときに彼は〈アヴェ・マリア〉を歌うのだ。

念のため、最後にもう一度私はヴェロニカと大晦日の夜の献立の再確認をした。メインディッシュはゆっくりとオーブンで焼き上げたシャケの燻製(くんせい)料理。前菜はスープで、デザートはアップルケーキと決めた。

「君も招待したいのだが、なにしろトレーラーハウスだから場所がない」

「あたし、大晦日にはアイスランドへ行くの」

私は驚いてヴェロニカを見つめた。

「アイスランド？　スウェーデンよりももっと寒いだろうに？」

「寒いかどうかなんて関係ないの。アイスランド・ポニーに乗るんだから」

「もしかすると君はアイスランドへ移住するのかもしれない？」

「もしかすると、ね」

ヴェロニカの電話が鳴った。彼女の受け答えから、誰かの誕生日の料理の予約らしいことがわかった。私はジャケットを着て編み上げ帽をかぶり、彼女に手を振った。ヴェロニカは笑顔で応えると、そばにあるトルコブルーのノートを手繰り寄せてメモを書き始めた。そのそばにある新聞を引き寄せて、私は競馬の賭けの結果発表を見た。もちろん今回もハズレだった。

家に向かってボートを走らせた。海面が荒れていて、ボートはなかなか前に進まなかった。海が凍りかけているのだ。次の瞬間にも海が凍りついて、波や海の泡、いや、ボートと私まで動かない石のような物体に変化させてしまうかもしれなかった。

灰色の海の様子はまさに針のない時計の文字盤のようだった。あるいは四方の壁が崩れ落ちた部屋と言ってもいいかもしれない。私はときに、海は私から命を奪う力をもっているような気がすることがある。

大きく開けた海に向かう湾に出たときに立ち往生するのを避けるため、私は内側の航路を選んだ。その航路の方が長いが、最後の部分以外は北風に直接吹かれずにすむ。葉をすっかり落としたナラの木々が天に向かって伸びている島をいくつも通り過ぎた。素早く茂みに身を隠したイノシシの姿も見た。再びイノシシが出てくるのを期待して、エンジンを空回りさせて、ボートを波に浮かせて待った。すぐ近くの島はヘストホルメンという。その島にはかつて小さくて不格好なサマーハウスが立っていた。地理学教授のサンドマルク博士のサマーハウスだった。子どもの頃、私は祖父のボートでこの島に来て、教授を見かけたことがある。黒いベレー帽をかぶり、ダブダブのイギリス製カーキ色の作業着を着ていた。確か百七歳まで生きたと思う。当時はまだヤンソンの父親が郵便を配達していた。ヤンソンによれば、サンドマルク教授は舟着き場の近くで急死したという。ちょうど年金の封筒を渡されたときに。サンドマルク教授が一言も言わず突然地面に倒れて息絶えたとき、ヤンソンの父親はまさに年金の現金が入った封筒を教授に渡すところだったという。

ヤンソンの父親は教授が言葉も発せずに亡くなったことがとくに気になったという。教授はその場に仰向けに倒れ、痛みの唸り声とか恐怖の声も上げずにそのまま逝ってしまったらしい。

教授の家はその後も長いことそこにあって、朽ちていった。詳しいことは知らないが、教授の孫の女性二人がその家を受け継いだらしい。二人は仲が悪かったという。片方が金持ちになり、もう片方は貧しかったのが理由らしい。

上着のポケットの中で電話が鳴った。ヤンソンだった。

「俺は確信している」

「なにを」と私。

「放火犯人はこの群島の人間ではないと」

「そもそもそんなことを思った人間がいるか？　私が疑われたときを別にして」

「この群島に住む人間一人一人を調べた。ここの人間じゃないことは確実だ」

「そもそも人は他の人間のことなど知っているんだろうか？　例えば、私があんたを、あんたのなにを知っているだろう？」

「俺に関することならあんたは何でも知っているんじゃないか」

何だか話がぐるぐる回っているような気がした。

「警察はどう思っているんだろう？」と私は話を逸らした。

「俺と同じように考えているだろう。だが、ここじゃないのなら、どこを探せばいいんだ？」

ヤンソンがクックックッと笑うのが聞こえた。自分のジョークに笑っているようだった。だが、その後また真面目な声で言った。

「あんたがどう考えているのか、聞きたい。二軒も家が放火されたことについて」

「ああ、考えておく。とにかく今はボートに乗っているから寒いんだ」

「どうしてもあんたとこのことを話し合いたい」

「ああ。いつか話し合おう。今じゃなく」

話はここで終わった。携帯をポケットに入れたとき、手が急に冷たく感じられた。今の電話のなにかが私を不安にさせたのだ。ヤンソンの話し方はいつもと変わらなかったが、なにかがおかしかった。何だろう。わからなかった。

私はそもそもヤンソンのことを知っているだろうか？　どんなに天候が悪くても必ず郵便物を届けてくれる勤勉な郵便配達人だったこと以外になにを知っているだろう？　この群島に住んでいる人間についてなら、彼はほぼすべて知っている。だが、誰が彼のことを知っているだろう？

私は速度を上げて家に向かった。数羽のカナダガチョウが灰色の空の下を飛んでいた。コースを決めかねているようだ。

家に戻ると、地方新聞に載っていたチェスの詰め手を解いた。簡単すぎた。まったく初歩のチェスプレーヤーでもルークとビショップを動かして一気に黒い駒をやっつけてしまえるだろう。私は新聞社に電話をかけて、読者をバカにするなと言ってやりたかったが、もちろんそんなことはしなかった。抗議したいと思うようなことがあっても、私は今までほとんどそんなことをしたことはなかった。

トレーラーハウスの中は暖かかった。外はすでに暗くなっていたが、私は服を脱ぎ、懐中電灯を手にボート小屋まで行った。海に身を沈め、一掻き、二掻き泳いで冷たさががまんできないほどになったとき、ようやく舟着き場のそばの梯子(はしご)を上がった。トレーラーに向かって歩き出したとき、携帯電話の音が聞こえた。トレーラーのドアを少し開けておいたので、携帯の鳴る音が聞こえたのだ。走り出したとき、草の間から突き出していた石につまずいて転んでしまった。

服を着てから着信電話の番号を見た。電話をかけてくる人間に心当たりがあるのは二人いた。ルイースかヤンソン。

それはリーサ・モディーンだった。折り返し電話をかけたが何度鳴らしても出ない。諦めて電話を切ろうとしたとき、彼女が電話に出た。私だとわかって驚いているようだった。

「今の君の電話に間に合わなかった。下の舟着き場で沐浴していたので」

「わたしが？　あなたに電話していないけど？」

「番号は確かに君のだった」

「それはおかしいわ。わたしは電話していないから」

「しかし、私は間違っていない」

彼女の呼吸は荒かった。まるで長い上り坂を上がってきたような音だった。

「いったん切るわね。調べてみるから」

私はそのまま待った。九分後、彼女は電話をかけてきた。

「わたしは電話をかけていません」と彼女は繰り返した。「電話をポケットに入れていたときに間違ってボタンを押してしまったのかもしれない」

「そうか。とにかく用事はないのだね?」

「そうです。別に、今は」

「それじゃ、これで」

私は彼女が返事をする前に電話を切り、そのまま携帯電話をベッドの上に放り投げた。再び電話が鳴り出したが私は応えなかった。自分がなにをしているのか、わからなかった。

一時間後、私はメッセージを送った。

「大晦日の晩の招待はまだ有効。あなたの気持ちが変わってなければ、歓迎します」

リーサ・モディーンは真夜中過ぎまで応えなかった。この分では大晦日のパーティーには来ないだろうと諦めかけたとき、受信の音がした。ディスプレーには一言、行きます、とだけあった。

明け方、片方の足のふくらはぎが攣って目が覚めた。糖尿病にかかったのかと心配になった。ふくらはぎが攣るのは糖尿病の症状としてよくあるものだ。だが、私は大量の水を飲んだりしないし、夜中に何度も排尿に起きたりもしない。私は薬を入れているプラスティック袋から血液の糖分を測る測定器を取り出した。血糖値は六・九。大丈夫、糖尿病にはかかっていない。

急にトレーラーハウスの中を掃除したくなって、私は掃除を始めた。家が焼けて、このトレーラーに引っ越してきてから、私は一度も掃除をしていなかった。祖父が不要なものを焼くのに使っていた大きなドラム缶の中に、私はこのトレーラーに移ってきて以来の不要なものをどんどん捨てた。中国製の青いシャツも捨てた。色はかなり褪せていたし、襟は毛羽立ち、ボタンホールの縫い目がほどけ始めていた。私はその青いシャツを少しずつ火に焼べた。

子どもの頃、私は歯が痛いとき、昆虫の羽をむしることで歯の痛みを軽くした。喧嘩でできた青あざは美しい蝶を捕まえて水に溺れさせるとか、釣ったパーチを陸にあげて土の上でのたうち回らせて死なせた。

今私は命のないものを痛めつけることで痛みの仕返しをしている。それで中国製のシャツを切り刻んで燃やしているのだ。

午後、私所有の小島に小舟を漕いでいってみた。テントはまだ立っていた。最近の強風でテントの楔はいくつか土から浮いてはいたが。だが、テントは使われてはいなかった。部外者が立ち入るとわかるように置いた石や枝などはそのままそこにあった。燻されて煤のついた石もそのままで、この間焚き火をした者はいないことがわかった。

海は静まった。島に帰る途中、私はこの秋に見かけた魚網の切れ端を目で探したが、どこにも見えなかった。釣り人がいないのに、千切れた網だけが海に浮いて、死んだ魚が引っかかっていたのを以前見たことがあった。

その晩、群島に雪が降った。明け方私は裸になり舟着き場まで歩いた。冷水浴をするために、懐中電灯で足元を照らしながら。

冬がやってきた。まもなくクリスマス、そして新年だ。

雪はクリスマスまで溶けなかったが、クリスマスから三日目に南風に溶けてなくなった。私は色鮮やかなデコレーションランプを舟着き場からトレーラーハウスまで張り巡らせた紐にぶら下げて飾った。ヴェロニカが椅子を数脚と食べ物を少し届けてくれた。必要な皿やグラスもついでに持ってきてくれた。トレーラーハウスの中で皿やグラスを置いて予行演習をした。かなり窮屈だが、何とかなりそうだった。

大晦日は寒かったが、天気は良かったし、風もなかった。午後三時頃、ヴェロニカはすべての用意を終わらせ、私に最後の注意と説明をした。手間を省くため、彼女はスープを大きなサーモスに入れてきた。さらに彼女はトレーラーの後ろにテーブルを置き、臨時のガスコンロをそこに置いた。私たちは酒瓶に口をつけて直接一口ずつ飲んで、明日の新年を祝う挨拶を交わした。私は舟着き場でヴェロニカを見送った。アイスランドへの旅が楽しいものになるようにと声をかけ、手を振った。

午後七時、ヤンソンがリーサ・モディーンを乗せてやってきた。私は野外用の大きなろうそくに火を付けて舟着き場からトレーラーハウスまでの道の上に置き、明るく照らした。ヤンソンは花火の用意で三十分ほど外にいた。

三人で小さなテーブルを囲み、七時半頃から十一時過ぎまで食事をし、祝杯を上げた。みんなすっかり酔い、食べ尽くし、トレーラーの中の温度が上がって、たまらなく暑くなった。ヤンソンはシャツの前を開けて上半身ほとんど裸になった。リーサ・モディーンが用を足しに外に出たとき、私はヤンソンにそろそろ歌う時間ではないかと声をかけた。ヤンソンの顔がぱっと明るくなった。私が歌を促すのを忘れているのではないかと心配していたのかもしれない。だが、まだ歌う時間じゃないと彼は言った。年が明けてから歌う、と。

「〈アヴェ・マリア〉を歌ってくれ。あれを是非聞かせてほしい」

「ああ、歌おう。だが、それだけじゃない。もう一曲歌うつもりだ」

　私はなにを歌うのかと訊かずにはいられなかった。

「〈ボナ・セーラ〉」とヤンソンは答えた。「一九五〇年代にリトル・ゲルハルトが歌って大流行した曲だよ」

　憶えているような気がした。だが、できれば〈アヴェ・マリア〉と組み合わせて歌う歌は、リトル・ゲルハルトの歌う歌以外のものがいいと思った。

「いいね。素晴らしい」と私はつぶやいた。

　リーサ・モディーンが戻ってきた。目が据わっていた。足がもつれて、彼女は自分の酔っ払った状態に声を上げて笑った。

　私はシャンペンを冷やしておいた。ギューラ・エンカンという銘柄だった。この銘柄はある年、父が結婚記念日に（母は父が結婚記念日を憶えていたことに驚いたが）買って帰ってきたもので、私はよく憶えていた。ルイースがいつの日かアグネスと、そしてアハメドとムハンメドと一緒に家に帰ってきたときには、私はこのシャンペンを用意するつもりだった。

　シャンペンはもう少し待つことにして、私たちはワインの残りを飲み干した。

　私はトレーラーハウスの外に出て、病院にいるルイースに電話をかけた。

「酔っ払っているのね」とルイースは言った。「よかった。安心したわ」

　夜中の十二時が近づいた。私たち三人は外に出た。ヤンソンは、自分の時計は秒針まで正しい時を刻むと言った。三人ともテレビもラジオもつけたくなかった。懐中電灯の明かりで祖父のベンチまで登った。鮮やかな色のランタンが静かな海面をキラキラ照らしていた。トレーラーの外にぶら下げている寒暖計は摂氏二度を指していた。千切れ雲が私たちの頭上をゆっくり流れていった。ヤンソンが先に立って岸壁を歩いた。彼が静かに喉を和らげる音が聞こえてきた。リーサ・モディーンがつまずいたとき、私は手を貸して支え、そのままその腕をとって歩き続けた。彼女は私の手を振り払おうとはしなかった。

私たち三人は岸壁の上に立った。あたりは静まり返っていた。ヤンソンは懐中電灯で自慢の正確な時計を照らした。私はルイースとアグネス、そしてアハメドと車椅子のムハンメドを思い浮かべた。もしかするとこの時間四人は窓辺に集まり空を見上げているかもしれないと思った。

私たちはそのままそこに、あたかも私たちが地上に残された最後の人間であるかのように立ち尽くしていた。ヤンソンが秒針を数え上げ始めた。私はリーサ・モディーンの冷たい手を握った。彼女は抵抗しなかった。もう一つの手をポケットに入れ、私はまもなくヤンソンが花火を打ち上げるときに渡すことになっているライターを握りしめた。

「今だ」とヤンソンが興奮で震える声で言った。

古い年が終わった。ヤンソンが〈ボナ・セーラ〉を歌った。リーサ・モディーンはその曲を知っていた。そしてハリエットのためのミッドサマーパーティーで歌った彼の声に私が驚いたのと同じほど、びっくり仰天したようだった。歌うとき、ヤンソンは懐中電灯を顔の下から照らした。彼の顔が幽霊のように闇の中に真っ白に浮かんだ。が、リーサ・モディーンも私もそんなことは気にしなかった。彼の声の素晴らしさに圧倒され、ただ聞き惚れていたからだ。その後、ヤンソンは〈アヴェ・マリア〉を歌った。冬の寒い夜が消え、あたりに夏の花々が咲きあふれた。ハリエットが白ワインのグラスを手に、すぐそばに立っているのが見える。そしてテーブルの一方の端にはヤンソンが立ち、私たち全員の驚愕を一気に受け止めて歌っていた。

ヤンソンが歌い終わったとき、リーサ・モディーンの目に涙が浮かんでいた。私も同じだった。

もしかするとヤンソン自身もそうだったのかもしれない。シャンペンのボトルが回された。友達の間でそうするように私たちは直接瓶の口からシャンペンを飲んで、新年おめでとうと挨拶を交わし、ヤンソンの声の素晴らしさを褒め称えた。私は彼に花火の時間ではないかと声をかけた。花火のシューっという音やパンパンと鳴る音が岩山に響き渡ったが、花火はすぐにしぼんでしまった。それでもリーサ・モディーンと私は、これで花火の火と煙で悪魔を追い払えただろうとヤンソンに感謝をこめて拍手を送った。

そのあと、私たちはトレーラーに戻った。ヤンソンは急に疲れた様子で、私がジンを勧めると断った。

「今日はもう帰る。年老いた元郵便配達人にとって、夜遅くに歌うのはキツすぎる」と言った。

「あんなに美しい声の持ち主だとは、本当に知らなかったわ。石ばかりの群島に隠れていたユッシ・ビョルリングね！」とリーサ・モディーンが言った。

「いや、俺は黙っているのが一番性に合っているんだ」と言って、ヤンソンは立ち上がった。急に心配そうに見えた。視線も落ち着かない。

リーサ・モディーンと私は彼を見送って、舟着き場まで一緒に下りた。滑りやすい石の上をボートまで歩くヤンソンの姿に私は驚いた。その足取りはしっかりしていて、まったく酔っ払っていないようだった。

ヤンソンの足取りは速かった。まるで急になにか急ぎの用事ができたような感じだった。前に、この男のことはまったくわからないと思ったことを思い出した。だが、このとき私が望んでいたのは、彼が思い返す前に、一刻も早くここを出ていってもらうことだった。

「本当に美しい歌声だった」と私は彼に言った。

「モーツァルトとリトル・ゲルハルトの組み合わせ。とてもめずらしいわ」とリーサ・モディーン。

「シューベルト。モーツァルトではない」とヤンソンが言った。

「〈ボナ・セーラ〉の歌詞を書いたのは誰？」

ヤンソンは首を振った。知らないらしかった。

「それじゃ」と私が声をかけた。誰が〈ボナ・セーラ〉の詩を書いたかなど、どうでもよかった。

ヤンソンはボートを出す用意をした。リーサ・モディーンと私は寒くて舟着き場で足踏みをしていた。ヤンソンは郵便配達をしていた当時からの革の帽子をかぶった。何十年も彼が郵便を配達しながらかぶっていた帽子だ。

遠くから花火を打ち上げる音と爆竹の音が聞こえてきた。

「ヴァッテンホルメンで花火を打ち上げているね」とヤンソンが言った。

「ヴァッテンホルメン？　あそこに住んでいる家族は何という名前だっけ？　エーランズソン？」

「あの家族は健康製品と称するものを通信販売している会社を経営してるんだ」ヤンソンが言った。

「奴らの販売するハーブやクリームは何度も訴えられている。なにしろ皮膚病からがんまで何でも治せるという宣伝で大儲けしているんだから」

「豪邸に住んでいると聞いたが？」

「そのとおり」とヤンソンは続けた。「だが聞いたことがあるだろう、怪しげな商売で金儲けした連中は長生きしないと」

ヤンソンはボートに乗り込んでエンジンをかけてバックさせ、手を振ってそのまま方向を変えるとボートを走らせた。リーサ・モディーンと私はヤンソンのボートの赤と緑のランタンが見えなくなるまで見送った。

私はボート小屋に行き、賑やかなデコレーションランプを取り外した。そのあとリーサ・モディーンと一緒にトレーラーハウスに戻った。

「彼、本当に素晴らしかったわ」リーサ・モディーンが言った。

「驚いただろう。彼はあの声を、歌えるということを、まるで危険な秘密でもあるかのように隠しているんだ」

「どうして急に帰ったのかしら?」

私たちはトレーラーの前で立ち止まって話していた。私は彼女の問いに答えられなかった。ヤンソンはよく怠けものの猫のように見える。不必要に動きまわらない。だが、ときにその様子がガラリと変わって、まるで別の猫になったかのように岸壁の上を素早く駆け登るのだ。

トレーラーハウスの中に戻った。ヴェロニカは黒い大きなゴミ袋を二枚と、紙袋を数枚用意してくれた。私は彼女に言われたように、色のついたグラスと透明なグラスは別々の袋に入れるようにリーサ・モディーンに伝えた。残った食事と皿の上の食べ残しは黒いゴミ袋に捨てた。

昼間、なぜ黒いゴミ袋が二枚あるのかと私はヴェロニカに訊いた。

「一枚余分にあるのは便利でしょ。例えば誰かが気分が悪くなったときに使えばいい。トレーラーを出てすぐのところに吐瀉物があったら嫌でしょう」

誰も悪酔いしなかった。もちろん誓うことはできないが、誰もトレーラーの裏で吐いたりしてはいないと私は思った。

ゴミ袋の口をきつく締めると、私はそれをトレーラーの下に押し込んだ。そして、パーティーの間、誰もあまり飲まなかったビールの瓶が入ったままの箱をその袋の前に置いた。

後始末が終わったとき、私はトレーラーの窓から中を覗き見る誘惑に勝てなかった。リーサ・モディーンはベッドの上に腰を下ろしていた。指に火がついていないタバコを持ったままだ。もう片方の手には私がヤンソンの花火に火を付けるときに使ったライターを持っている。

突然彼女はパッと窓の方に視線を移した。私は隠れる暇がなかった。私を呼ぶ声が聞こえた。それから彼女は手を伸ばして、トレーラーの中の電気を消した。

床にマットレスが出されていた。彼女自身はベッドに寝ている。私は手を伸ばして、彼女に触れたかった。が、そうする勇気がなかった。今の私は、一人でないことがありがたかった。彼女もそうだろうか、と思ってみた。

そのとき突然、彼女は語り出した。酒のせいだろうか。それとも他の理由か。

以前、男が彼女の人生にいたこと、そして今でも彼のことを忘れていないことを。

「まだわたしがジャーナリストになる前のことよ。どんな仕事につくか、まだわからなかった頃のこと。いえ、そもそも仕事をしたいかさえ、わからなかった。でも食べていかなければならないから、わたしは塗装屋で働いていたの。ペンキと筆のことなら何でも訊いて。今でも答えられるから。あるとき、男の人が一人店にやってきて、青いペンキの缶を買ったの。その人を見た途端、私はこの人と暮らしたいと思った。数日後、その人はまた店に来て、また一缶ペンキを買ったの。わたしたちは話し始めた。彼は古い戸棚を塗り替えるところだと言った。そのあとわたしたちは一緒になった。彼は地方公務員で、退屈な仕事をしていると言ってたわ。退屈な上司の下で。毎日、帰ってくる彼の周りを厚い雲がぐるりと囲んでいたわ。とくにハンサムな人でもなかった。でもわたしはとても彼を愛していた。そして彼もわたしを。四年間、わたしたちは一緒だった。でもある日帰宅した彼は、いつものように厚い雲に囲まれたまま、もうわたしと一緒には暮らしたくないと言った。今からおよそ十五年前の話よ。正直に言うと、わたしはまだ彼が忘れられないの」

リーサ・モディーンは話をやめた。

「なぜこの話を私にする?」

「あなたが知るべきだと思うから」

「知りたくない」

「あなたはなにを望んでるの、それじゃ」

「今、この瞬間は、君がここにいるだけで十分だ。明日は別かもしれないが」

二人とも眠らなかった。会話はぽつりぽつりと続いた。リーサ・モディーンは人生のいくつかのドアを静かに開け、私に中を見せてくれた。

トレーラーの中はひどく暑かった。ヒーターが最大限にセットされていた。だが、彼女も私も起き上がってヒーターを止める気力がなかった。

古い年から新しい年への変わり目の夜中、私はリーサ・モディーンとの間になにか通じるものがあると感じ始めていた。今まで想像していたものとはまったく別のなにか。

電話が鳴った。ルイースではない。彼女が電話をかけてくる時間ではない。遅すぎる。夜中の三時だ。私は唸り、顔の汗を拭いた。リーサ・モディーンは暗闇の中から、電話に出てと私に言った。新年の最初の日の朝早くに電話してくる人間は酔っ払っているに決まっている。さっさと答えて、電話を切ればいいのだ。

電話をかけてきた人間は酔っ払ってはいなかった。声の主はヤンソンで、恐怖に駆られていた。声が震えているのと同じほど、体が震えているに違いなかった。

「火事だ!」と彼は私の耳に叫んだ。「カール＝エヴェルト・ヴァルフリズソンの家だ。激しく燃えている。外に出てみろ。北西の方向に火が見えるから」

私は言われたとおりにした。火がすぐ近くに見えた。カールステンウーン島がまるで戦場のように燃え盛っていた。ヴァルフリズソンの大きな家が燃えているのだ。

「俺はまだ深く眠ってはいなかった。なぜ目を覚ましたのかわからない。とにかく俺はもうここに来ている」とヤンソンは言った。「来れる者はみんなここに来て手伝わなければならない」

「ヴァルフリズソンは無事か？」

「彼らはここにいない。留守なんだ。家はもう火の海だ」

「いったいなにが起きたんだ？」

ヤンソンは答えなかった。それで十分にわかった。放火魔がまた現れたのだ。

「すぐに行く」と私は言った。「二人で行く、すぐに」

私はトレーラーの中に戻った。リーサ・モディーンは明かりをつけ、すでにほぼ着替えていた。

「また火事が起きたのね？　違う？」

「そう、また放火魔の仕業(しわざ)だ。すぐに向こうへ行って消火の手伝いをしなければ」

「人が亡くなったの？」

「いや」

それ以上はなにも言わず、私たちは着替えてボート小屋へ急いだ。

私は彼女にボートの舳先で懐中電灯を真っ直ぐ前方に向けて照らすように言った。非常用のランプは持っていなかった。私自身は船尾に座り、膝の上に海図を広げた。ときどき、携帯電話の明かりで海図を見た。カールステンウーン島は思ったよりも近く、私の島から二海里（約三千七百メートル）ほどだった。だが、そこまでの間に何箇所か、水深の浅いところがあり暗礁に乗り上げるのが不安だった。

ハルフィエルデンまで来たとき、燃え盛るヴァルフリズソンの家が、真冬の空に真っ直ぐに立つ巨大な火柱のように見えた。

私は真っ直ぐに島に向かった。

周りにボートが何艘も漕ぎつけてきた。

新しい年は新たに燃え盛る家で始まった。

23

それは再び私の家が廃墟となるのを見るような経験だった。

ヴァルフリズソンの家は私の家と同じように猛烈な勢いで燃え上がった。火の勢いはまさに熾烈だったが、古い家はそれでもできるかぎりの抵抗をした。それはあたかもガゼルを捕まえたライオンがまさにその喉元に噛みついてとどめを刺す瞬間を見るようだった。

私たちはおよそ三十人ほどで、バケツに水を汲んで、あるいはホースで放水したりして声をかけあい、走り回っていた。ようやく沿岸警備隊が来て、ポンプで海水を放水するようになると私たちは走り回るのをやめた。大晦日(おおみそか)のパーティーをしていたと思われる沿岸警備隊のアレキサンダーソンはまだ少し酔いが残っているようだったが、しっかり消火の指揮をとった。その場にいた全員が顔馴染みだった。火事場の混乱の中で、私たちは互いに新年おめでとう、今年もよろしくと声をかけあった。

私はリーサ・モディーンが実働的であることに気がついた。進んで提案し、人は彼女の言葉に従った。

だが、いうまでもなく、打つ手はなにもなかった。ヴァルフリズソンの家はすでに激しく燃えていたし、火はすべてを燃やし尽くすに違いなかった。朝五時頃、屋根が崩れ落ちた。火の勢いで熱くなった屋根瓦(がわら)が地面に落ちて砕けた。窓ガラスが破裂し、家の中に入った空気が炎に勢いをつけた。家の周りに立っていた人々は熱い火の手を避けるために後ろに下がった。

少しの間、私はアレキサンダーソンの隣に立っていた。彼は煤混じりの汗で顔がすっかり濡れていた。

「また一軒だ」と彼は言った。「いったい誰がこの群島で我々の家を焼き払っているんだ？　いったい我々のどんな罪に対する罰だと言うんだ？」

「私の家の放火と同じだと思うか？」私が訊いた。「複数のところから一気に火の手が上がったのか？」

「それはまだわからない。だが、おそらく間違いないだろう。同じ手段、頭がおかしくなった同じ犯人に違いない」

アレキサンダーソンは首を振った。そして煤のような黒いかたまりを口から吐き出した。おそらく嚙みタバコだろう。その後、彼はまたホースとポンプの方へ戻っていった。

リーサ・モディーンは錆びついた古い農工機の上に腰を下ろしていた。汗まみれの顔が火の手を映して光っていた。私は彼女をパリからこの群島の火事まで付き合わせている、と思った。ヤンソンから電話が来るまで、私たちは一晩、静かな夜を一緒に過ごすところだった。

私はあたりを見回してヤンソンを探した。最初はどこにも見当たらなかった。まもなく物陰にいる彼の姿を見つけた。そこへは火事の炎の明るさが届かない。その姿勢がどこか不自然に見えた。私は数歩彼に近づいた。彼はまだ私に気づかない。彼の目は炎に釘付けになっていた。そのとき、彼の姿勢のなにが不自然なのかがわかった。両手を体の前で組んでいるのだ。まるで神に祈っているかのように。自分のために祈っているのか、火事の神に鎮まれと祈っているのか。両手を組んでいるために姿勢が固まってしまっているのだ。まるで木の彫り物とか、案山子(かかし)のように。

案山子のようだと私が思ったのとほぼ同時に、彼が私に気づいた。そしてすぐに体の前で組んでいた手をほどいた。まるでなにか恥ずかしいことをしているときに私に見つかったような表情だった。

私はヤンソンが最も恐れているのは恥をかくことであると知っていた。舟着き場で手紙を海の水に落とすこと、年金の通知が風に吹かれて海に飛んでしまうこと。もしかすると彼が発声練習をしないのは、いつの日か正確な音が出せなくなるのを恐れてのことか?

私はヤンソンのそばへ行った。彼の体から汗とアルコールの匂いがした。パーティー用の白いシャツが煤で真っ黒に汚れていた。

「ヴァルフリズソン一家がここにいなかったのは幸いだったな」私は言った。

「いや、とても幸いなどとは言えない」とヤンソンが言った。

「また放火か?」

ヤンソンの体がぎくっと揺れた。まるで私から思いがけないことを聞いたかのように。

「他になにがあるというんだ?」

「いったい誰が、それも新年の最初の日にこの群島をうろついているんだ?」

それ以上は二人とも無言だった。私は燃える家の周りで動いている人々を眺めた。ヤンソンも私と同じことを考えているだろうか、と思った。今燃え盛る家の周りにいる人々の中に犯人がいるかもしれないということ。

私はヤンソンをチラリと見た。だが、彼の表情からはなにもうかがえなかった。

七時になり、リーサ・モディーンと私はボートに乗ってその島を離れた。ヴァルフリズソンの家はまだしばらく燃え続けるだろう。だが、誰もどうすることもできないのだ。アレキサンダーソンはマルセイユのホテルに滞在しているその家の持ち主に連絡した。彼の話では、ヴァルフリズソンの妻は彼の話を聞くと、信じられないほど鋭い悲鳴を上げたとのこと。鼓膜が破れたかと思ったとアレキサンダーソンは言った。

私はヴァルフリズソンの妻という人を知っていた。痩せた女性で、私と同年配だった。あるとき小さなモーターボートで私の島にやってきて、喉を見てくれ、おできができていると思うと言った。私はボート小屋の外のベンチに座るように言って、彼女の喉に光を当て、舌を押さえて診察した。おできはどこにもなかった。なにもないと告げると、彼女は大声で泣き出した。私は本当に驚いた。患者の中には、診断の結果が良くても悪くても、思いがけない反応をする人がいるとは知っていたが、このハンナ・ヴァルフリズソンという人の反応は私にはまったく予想外だった。

そして今、彼女はマルセイユの豪華ホテルで悲鳴を上げている。

リーサ・モディーンと私は本土の港に向かってボートを走らせた。船のエンジンをかける前に私はどこへ行きたいかと彼女に訊いた。本土の港に到着するまでの間、私は車を運転するには昨夜からアルコールを飲みすぎていると思ったが、過疎地の村で新年の最初の日、警察が酔っ払い運転の取り締まりをしているとは考えられなかった。

私たちは黙ったまま村の港にボートを留めた。車を取りに行ったとき、オスロフスキーの家のドアに木材が斜めに打ちつけられ、人が入らないようにされているのが見えた。私は足を止めて、玄関の左側の窓を見た。確信はなかったが、カーテンが少し動いたように思った。なぜそんな気がしたのかはわからない。勘違いかもしれない。だが、誰かが家の中にいるのかもしれない、この家は完全に打ち捨てられたわけではないのかもしれないというかすかな期待が私にあったような気がする。

リーサ・モディーンがなにを見ているのかと訊いた。

「カーテンだ。少し動いたような気がした。誰か、家の中から私たちを見ているかもしれないと思った」

「火事でもう十分よ。これ以上、気味の悪い話は聞きたくないわ」

車に乗り、私たちは朝霧の中、森の木々の間を走った。リーサ・モディーンはラジオをつけてニュースを聞いた。

昨日の大晦日、各地各国で新年を迎えるどんちゃん騒ぎのニュースがあった。パリの郊外で、頭に石を投げつけられて消防士が怪我をしたとか。

モスクワ最大の宝石店が強盗団に襲われたというニュースがこれに続いた。

次にスパイスと呼ばれる麻薬で死んだ者のニュース。

天気予報は豪雪がゆっくり東の方から始まるという。それがどれほどの速度で南に移動するかは不明だと。

リーサ・モディーンはラジオを止めると、車を停めてと言った。私は材木運びの道に入って車を停めた。小用を足すのではないとわかってから、私はシートベルトを外して、車の外に出た。風はなく、静かだった。彼女は小道の数メートル先を歩いていて、姿がほとんど見えなかった。もう少し歩いたら、まったく姿が見えなくなる。私は怖くなった。彼女にいなくなってほしくない。この森の木々の間に消えてほしくなかった。

「何だか、別の世界にいるみたいだわ」という彼女の声がした。囁くようなその声は、あたりの静寂を破るのを恐れているかのようだった。まるで野生の動物だ。その姿を後ろから見て、次の瞬間襲われるのを覚悟しているシカのようだと思った。

「別の世界とは？」私は訊いた。

リーサ・モディーンは振り返らずに答えた。

「わたしがいつもいるところ。わたしはときどき自分が新聞に書く空っぽの文章が嫌になるの。読まれたらすぐに捨てられるような文章。古い壁紙を剝がしたり害虫を駆除するのと同じように、人は読んだ言葉を捨てるのよ」

私は彼女がなにを言っているのかわからなかった。しかし彼女は間違いなく一言一句本気で言っていた。

「わたしが書きたいのは他のものなの。本ではないわ。それにはわたしは才能がなさすぎる。もしそれを目指したら、言葉や文章を厳選して人が生涯忘れないようなものを書く作家をうらやみながら生きるようになると思う。わたしはもしかすると前人未到の地図を描くことになるかもしれない。昔、人は牛を野原に放ったとき、牛が家までの最も短い、最善の道を見つけて帰ってくるように願ったという。そんな牛たちのように、わたしを放って自由にさせて。そうしたらわたしは自分で最善の道、忘れてしまった道を見つけて帰ってくるから」

私たちはそのまま黙って森の中に立っていた。今日は私の七十回目の元旦だ。残りの人生が決して長くはないことを思って、私は怖くなり、ぶるっと身震いした。私の発した声を聞いて、彼女は振り返った。

　そして微笑(ほほえ)んだ。

「うちに帰ってコーヒーを飲みましょう。わたしは昨夜の火事のことを詳しく書くことにします」

　彼女のアパートメントへ向かう階段は静まり返っていた。人を寄せつけないようなその取り澄ました静けさに対抗するように、彼女は靴を鳴らしてコンクリートの階段を上った。犬の吠える声、そしてそれに続いて男の叱る声がした。私は彼女の一歩後ろを歩き、手を彼女の方に伸ばしたが、触りはしなかった。

　彼女がコーヒーを淹れる間、私は以前眠れぬ夜を過ごしたソファに座っていた。

　私たちはキッチンテーブルでコーヒーを飲んだ。オープンサンドを何枚か食べたが、ほとんど話をしなかった。

「わたし、少し眠らなくちゃ」テーブルを片付けながら彼女は言った。「そうしないと、本当に起きたことだったのかわからなくなるわ、きっと」

「火事が起きたのは本当だったと私が保証するよ」

　リーサ・モディーンは流し台に寄りかかりながら、真っ直ぐに私を見て言った。

「いったいなにが起きているの、あなたの住んでいる群島で。何軒もの家が夜中に火事になるなんて。昨日の火事だってものすごかったでしょう。わたしは火があんな轟音(ごうおん)を立てるなんて知らなかった。昨日の晩、初めて知ったわ」

「あれもまた放火だった。おそらく昨夜火を消すために集まった群島の住人たちの中に犯人がいるのではないかと、口には出さないけどみんなが思っている」

「それが誰かを突き止めるのはそんなに難しいことじゃないと思うけど？」と彼女は苛立った声で

言った。「群島の住人たちはそんなに多くはないでしょう。島は多くても人の住んでいる島は少ないから」

「私の家を焼いても、誰も得をしない」私は言った。「ヴァルフリズソンの家が焼けて、誰が得をするというんだ？　ヴェステルフェルト夫人の美しい漁師小屋を焼いてなにが面白い？　私には一連の火事はただただ頭のおかしい奴の仕業だとしか思えない」

「復讐ってことはあり得る？」

「嫌がらせということはあり得る。羨望とか嫉妬とかが原因で。だが、住んでいる家の人が焼け死ぬというリスクを冒してまで、嫌がらせのために放火などする奴がいるだろうか？」

「復讐の鬼になるとか、聞くじゃない？」

「我々の群島に住む人間たちはみんなもっと単純だと思う」

「あなたはもともとはここの群島の人じゃないでしょう」

私は驚いた。

「確かに私は違う。だが祖父母は群島の人間だ。それに医者という職業柄、私は群島の人々に受け入れられている。役に立つ人間だと思われている。名誉市民のようなものだ。確かに私は正確には群島の人間とはみなされていないかもしれない。生粋の群島出身ではないかもしれない。だが、私は群島で認められた人間だ」

私たちはそれ以上なにも言わなかった。だが、彼女の表情から、私の意見に同意してはいないことがわかった。しかし、それ以上話すに値する話題ではなかった。

そのあと私たちはごく自然に、まるで今までもそうしてきたかのように彼女の大きなベッドに横たわった。私は彼女の安定した呼吸が次第に深くなるのを聞いていたが、私自身も眠くなり、いつの間にか眠りに落ちていた。

目を覚ましたのは、九時半過ぎだった。頭が重く、口の中が乾いていた。キッチンからラジオの音が聞こえていた。小さく抑えられた音だった。コーヒーをスプーンでかき回す音が聞こえた。私は咳払いをした。椅子が引かれる音がして、リーサ・モディーンが部屋の入り口に現れた。ダークブルーのガウンを着ている。手に水の入ったグラスを持っていた。

「どうですか、調子は？　わたしと同じようなら、喉が渇いているでしょう」

私は彼女が差し出したグラスの水を飲み干した。

「頭痛薬あるかな？」私は訊いた。

彼女は新しく水を入れたグラスを持って戻ってきた。水の中の飲み薬から泡が立っている。

私は一気にそれを飲んで、枕に頭を戻した。

「記事は書けてるの？」と私は訊いた。

「まだ始めてもいない。でも、これからすぐ取り掛かるわ」

「君のベッドに眠っている〝自発的消防士〟のことは書くつもり？」

「そんなことに興味持つ人いないでしょ」

私の携帯が鳴った。電気屋のコルビュルンだった。今どこにいるかとも訊かずに、新年おめでとうと言い、そしてすぐに用件を言った。コルビュルンは無用な前置きなど決して言わない人間である。

昨夜火消しに参加した人々が決めたことがあり、それを手分けして群島に住む人々に伝えているという。私に連絡するのはコルビュルンというわけだ。

そのしゃがれ声から、二日酔いだろうと思った。彼は定期的なアルコール常用者だという噂があった。と言っても別に証拠があるわけではなかった。私の手伝いをしてくれるときに酔っ払っていたことは今まで一度もなかった。祖父母の時代も彼は来ていたが、酔っ払っているのを見たことがない。当時彼はまだ見習いで、ルーベンという男の下で働いていた。それは彼がまだ商船で働く以前のことだった。

「住民組合の建物で群島住民の集会を開くことになった。クリスマスから十三日目の日の午後二時に組合の建物に来てくれ。できるだけたくさんの住民に参加してほしいんだ。放火犯について、どうすべきかを話し合おうということになった」

「放火をやめさせるため？」

「いや、犯人を捕まえるためだ。そうすれば火事はなくなるわけだから」

「誰か疑わしい人物はいるのか？」

「いや」

「参加するよ。午後二時だね？」

短い会話の間に、リーサ・モディーンは寝室から出ていった。彼女の仕事部屋のドアが斜（はす）に開いていた。

彼女は机に向かい大型ノートに手書きでメモを書いていた。モーニングガウンから腿が見えた。愛の行為を求める気持ちがまだ私にはある、いや生きているかぎり決してなくなることはないと私はこのときわかった。

だが、かと言って、そこに立ってそんなふうに思っているのを彼女に悟られたくなかった。私は引き下がり、氷の入ったグラスを手に食卓に向かって腰を下ろした。

彼女は大型ノートを手に部屋から出てきた。

「火事のことを書いているの。でも、わたしはたまたま新年を祝うパーティーで群島にいたと書くわ。誰の家にいたとかは書かない」

「ああ、それはいいが、ヤンソンの名前は書くべきじゃないか。群島で長年郵便配達をしていた男とパーティーに出ていたと。新聞に名前が出たら、彼はとても喜ぶと思う。彼の名前はツーレだ」

彼女は私の話を聞いていないようだった。なにか心配そうだ。だが、話し始めたとき、その声に迷いはなかった。

「わたしは一人でいることに慣れているの。今、わたしは一人でいたい。書くときは一人でいたいのよ」

「私がここにいてもきっと邪魔にならないと思うよ。静かにしているから」

「そういうことじゃないの。人が周りにいてほしくないのよ」

私は玄関に置いてある椅子に腰を下ろして靴の紐を結んだ。彼女は台所の入り口に大型ノートを持ったまま立っていた。私が立ち上がって、挨拶の抱擁をしようとすると、彼女は一歩下がった。

「今はやめて。悪いけど。ただそういうことなの」

私は車で港に向かった。途中、薄く雪が積もっている地面をスキーで滑ろうとしている男を見かけた。男の前を犬が走っていた。獲物を追っているような姿だった。

いつものところに車を停めた。海の方から冷たい風が吹いていた。私はオスロフスキーのガレージを見たいという誘惑に打ち勝てなかった。ガレージのドアは材木が斜めに打ちつけられ完全に封じられていた。汚れた窓から中を覗くと、オスロフスキーの愛車デソート・ファイアフライトは確かに影も形もなかった。私は喉が詰まった。オスロフスキーという人物を私はほとんど知らなかったが、それでも喪失感、いや悲しみと言ってもいいような感情が湧き起こった。彼女は私の近くに確かに存在していた人だった。彼女の義眼は他の人々の目よりも私をはっきり見ていたと思う。

新年の最初の日の朝、私は人っ子ひとりいない波止場に行ってみた。これから渡る海は私自身と同じくらい凍えているように見えた。

クリスマスから数えて十三日目は雪が降った。群島の住民組合の建物は教会の下方の入江にある。舟着き場から組合の建物までたくさんの足跡が続いていた。私は自分のボートをクルート・ホルメンの木製のボートと水先人（パイロット）のホルメン所有の一九四二年製ペッテルソンボートの間に割り込ませた。大勢の住民が来ていた。それはボートの数でわかった。雪の上についている足跡はまるでカラスの群れのように見えた。そうだ、まさに一斉に飛び立つ前のカラスの大群。

すでにコーヒーが振る舞われ、大きな暖炉に火がくべられていた。コルビュルン・エリクソンは私の姿を見てうなずき、やってきて握手した。その手はまるでクマの手のようにがっしりと大きかった。

「よく来てくれた」と言った。

「大勢が来てよかったな」と私。

「なにか意見を言うか？」

「なぜそう訊く？」

「何と言っても、最初に焼けたのはあんたの家だから」

私は首を振った。なにも言うことはなかった。コーヒーの列に並びながら、それまで一度も挨拶をしたこともない人々と言葉を交わした。人の名前を記憶する能力はここ数年でいちぢるしく落ちている。ときどき、恐れている扉が私に向かって開き始めているのではないかと思う。ある日私は記憶がすっかり飲み込まれてしまう世界に足を踏み入れるに違いない。

コーヒーの入ったカップを受け取ったとき、電話が鳴った。ルイースだった。また火事があったことは電話で話していたが、クリスマスから十三日目に集会があることは話していなかったので、私は手短に今自分のいる場所を説明し、家に帰ったら電話すると約束した。ルイースはアグネスがもうじき保育器から出られると言った。私はそれを聞いて安心した。

参加者は五十六人だった。引退した牧師のヴィーマンが両手を叩いて静粛にと言い集会が始まった。私自身は彼が牧師だった頃の説教を直接聞いたことはなかったが、彼は決して悪魔とか地獄の話はしないことで有名だった。これに関して群島とその周辺の人々の意見は二つに分かれていた。私には理由がわからなかったが、群島に住む人々の中には彼が決して悪魔とか地獄の話を説教の中で話さないことを不快に思っている者たちがいた。一方本土の村の人々には、牧師がむやみやたらに悪意のある闇の話を説教の中に入れないことを歓迎し、牧師に対して好意を持つ者たちがいた。

ヴィーマンは集まった人々に挨拶して洟(はな)をかみ、新年おめでとうと言ってまた洟をかんだ。それから大きく声を張り上げて、群島の家々の火事はもういい加減終わりにさせようではないかと大声で言った。隣人の家々に監視の目を強めよう、我々の海に入ってくる他所(よそ)の船を警戒しようと声を張り上げた。我々は姉妹兄弟に対してもっと責任感を持とうではないか。正式な組織は必要ないと思うが、自分自身とコルビュルン・エリクソンとツーレ・ヤンソンの三人が群島および周辺住民の代表者となる。なにかあったら、怪しいと思うことがあったら、また心配なことがあったら、いつでも連絡してほしいと言って話を締めくくった。

あとはみんなの意見を聞きたいと言ってヴィーマンは腰を下ろした。部屋の中は静まり返った。というのも牧師のあとに続いて誰かが話すということは滅多になかったからだ。ヴィーマンは改めて、質問や意見はないのかと集まった人々に声をかけた。ようやくトルプホルメンに住む老漁師アラバステル・ヴェーンルンドが椅子の足を床に擦りつけながら立ち上がった。群島の中でもとりわけ規模の小さな漁業を営む男である。耳が遠く、気難しい、ときおり沿岸警備隊へ電話をかけて彼の島の周辺で大規模な密漁が行なわれていると騒ぎ立てることで知られていた。変わり者ではあるが、頭はしっかりしていて、他人の意見で簡単には騙されないし納得もしない人物であることもみなの知るところだった。

アラバステルは赤い毛糸帽をかぶり、道路工事人がよく身につけるオレンジ色のヴェストを着ていた。

「放火犯が今この中にいるとしたらどうする？　犯人はデンマークから来るとはかぎらない。今ここに集まっている者たちの中にいるかもしれないではないか？」

すぐにポントス・ウルマルクが立ち上がった。キャッツシェルスヴァルペンあたりの小島に住む痩せた大工である。ヴェーンルンドほど頭は切れないかもしれないが、同じほど腹を立てていた。

「冗談じゃない。なぜ放火犯がデンマークから来るとはかぎらないなどという仮定を立てるんだ？　そもそもなぜ放火犯とデンマークを関係づけるんだ？　デンマークに島がないわけじゃあるまいし」

「ベルギーでもいいさ。その方がいいと言うのなら」

元牧師のヴィーマンが腹を立てている二人の間に割って入り、落ち着かせようとした。だが、遅すぎた。二人は部屋の端と端に立って怒鳴り合った。部屋の中は今や勢いよく燃えるストーブですっかり温まっていて、二人は汗を流しながら睨み合っていた。まるで舞台の上で二人の俳優がセリフを言う権利を争っているような光景だった。横顔が十七世紀から十八世紀に活躍した国王カール十二世に似ているウルマルクはしゃがれ声だった。だが、老ヴェーンルンドは毒舌を吐く瞬間とい

信じる人〟に見えた。若者はその調子で、思いのままに振る舞っている制限のない移民の受け入れを

うものを心得ていた。

二人の言い争いは始まったのと同様、突然終わった。ウルマルクもヴェーンルンドもそれ以上相手を責める言葉がなくなったのか、ふくれっ面のまま椅子に腰を下ろした。だが静かになったあとも二人は睨み合い、またいつ喧嘩が始まるかわからない雲行きだった。

ヴィーマンはこの間に立ち直り、群島に住む我々一人一人が港や海で見知らぬ人を見かけたら用心する、監視することがいかに大事かを訴えた。それを聞いて、集まった人々は急に目が覚めたようだった。われ先に自分の経験や意見を話そうと手を上げた。群島の南側の島からやってきた若い漁師は——私は名前も知らなかったが——立ち上がると震える声で、スウェーデンの足を引っ張り、沈めようとしているのは外国人だ、すべて外国人が悪いのだと発言した。もしかすると、海に魚がいなくなったのは、どこの誰ともわからない外国人のせいではないかもしれない、それはあの〝いまいましいポーランド人野郎〟のせいにちがいないと彼は数回繰り返した。バルト三国のせいではない、もちろんロシアのせいでもない、いまいましいポーランド人のせいだと吐き捨てるように言った。パーチがいなくなったのもポーランド人のせいだ。だがそれ以外のこと、犯罪、ことに車の盗難、空き巣狙い、放火などはすべて外国人のやっていることだ。スウェーデンは国境を手放してしまったのだ。かつてのスウェーデンは今や国境を越えて我が物顔に振る舞う外国からの大群に占領されてしまったのだ、と若者は熱弁をふるった。

私は会場の端に座って、この興奮した若い漁師の話を聞いていた。そばかすだらけの顔がストーブと会場の熱気で真っ赤になっている。彼は自分の言っていることが真実であると心から信じていた。真実以外のなにものでもないと。その瞬間、彼は引退した牧師のヴィーマンよりもずっと〝信じる人〟に見えた。若者はその調子で、思いのままに振る舞っている制限のない移民の受け入れを

激しく非難した。外国人と外国人の入国を許してきた政治家たちを激しく責め続けた。邪悪な意図を持つ人間すべてに、それが物乞いであろうとスリであろうと、言葉上の熱い焼きごてを額に焼きつけるべきであると言い放った。彼らは都会にだけいるわけではない、今では全国津々浦々、今回の場合のように群島の隅々まで入り込んでいる、と。

そこまで話して、彼は急に泣き出した。あまりに突然だったので、会場にいた者全員が驚いた。彼は椅子に腰を下ろし、顔を両手で覆い、体全体を激しく震わせていた。一人で来たようだ。彼をなだめる妻とか家族の姿は見えなかった。

彼の号泣は会場に来ていた人々を立ち上がらせた。あとになってそれがわかった。群島の住人たちは次々に立ち上がり、口々に若い漁師の言うことは正しいと叫んだ。外国人に対する敵意、それは何の根拠もないもので、単に噂とか、知り合いの知り合いの経験を聞いたとかいうもので、自身の経験ではなく確固たる根拠もないものだったが、それが今や集会所に満ち満ちた。反対意見を言う者はほとんどいなかった。ヴィーマンはそれでも少し人々を落ち着かせようとしたが、無駄だった。彼自身確信がなかったに違いない。唯一反対意見を述べたのは村の外れで陶芸を営んでいるアニカ・ヴァルマルクという女性だった。しかし彼女は過激な思想の持ち主として知られていたので、彼女の言うことに耳を貸す者はいなかった。彼女が意見を言うと、人々は必ず低く、声でブーイングをした。

ヴェロニカの意見はどうだったか？　アイスランドから帰ってきたヴェロニカは、ポニーから落ちて足を挫いていた。彼女はあたりまえのことを言った。みんなまだ推測でものを言っているに過ぎない、誰かを吊るし上げて、ますます悪い噂を広げてしまうだけではないか、と。

私は何と言ったか？　娘がパリに住んでいる医者、その娘はじつはスリである医者の私は？　私は若い漁師には賛成できなかった。またアニカ・ヴァルマルクの意見にも賛成できなかった。

私はなにも言わなかった。会合は、そして人々の意見は、迷路に陥ってしまった。それは恐ろしいと同時に安心できるものでもあった。結局、みんなが互いの家に気をつけて目を配ること、我々はいつもは海鳥とか潮の満ち干ばかりを見ているが、見慣れない船が来たら注意してよく監視することなど、いくつかの申し合わせをした。組合の建物に集まった人々は、我々自身ではなく我が国に移住してきた外国人に疑いの目を向けることで一致したのだった。

私は反対意見を述べなかったが、ヴィーマンがその日の会合のまとめに入ったとき、私は後味の悪いものを感じた。それは今まで一度も感じたことのないものだった。ルイースと彼女の恋人アハメドのことを思った。彼がこの群島に姿を見せたら、そしてすべての外国人の代表としてみなされることを知ったら、きっと逃げ出すことだろう。私は彼を弁護できるだろうか？

私はいつもながら平静を装った。が、一致した皆の意見には私の知らないもの、なにか恐ろしいものが忍び込んでいるという違和感があった。

私はヤンソンと一緒にボートへ向かった。あたりは真っ暗だった。あちこちから会合に出た人々の声が低く聞こえてきた。彼らの口から吐き出される白い息は、まるで狼煙（のろし）のようだった。その煙の中に理解不能のメッセージが込められているのだ。

舟着き場のそばに小さな小屋があって、そこに住民組合が万国旗やそれを吊るすロープなどをしまっているスペースがある。ヤンソンはその中でそれまで着ていたかしこまった服をこれからボートで行くための暖かい衣服に着替え始め、私は入り口に立ってそれを見るともなしに見ていた。突然私の頭の中でなにかを知らせる警報が鳴った。何のことかわからないが、なにかが私に注意を促していた。

ヤンソンは着替えたスーツを丁寧（ていねい）に畳むと、持ってきたビニール袋の中に入れた。依然として私は彼の着替えがなにを意味するのか、なぜ私がそれに注目すべきなのか、わからなかった。なにかが私を不安にさせていた。それがなにかがわからないまま。

私たちは舟着き場へ行った。ランタンに明かりを灯したボートが次々に出発していった。組合の建物の方に目を向けると、誰かが明かりを消しているところだった。

ヤンソンと私はうなずき合い、ヤンソンはボートに乗って出発の用意をした。私はモーターのロープを引っ張ってエンジンをかけ、懐中電灯をつけて帰路についた。

午後も遅かったのですでにかなり寒かった。湾の水は凍り始め、陸地の周りはすでにほとんど凍っていた。このままの寒さだと、まもなく群島が散在するこの湾全体が凍ってしまうことだろう。

暖かいトレーラーハウスの中で、私は群島の住民集会の不快さをふるい落とした。私はそこでこれまで知っているつもりだった人々が思いがけないことを言うのを見た。そして聞いた。

この群島の外の世界に関して彼らがどう思っているか、私は想像したこともなかった。私はいったいなにを期待していたのだろう？

コーヒーカップを持って腰を下ろした。答えが出なかった。そのとき電話が鳴った。リーサ・モディーンだった。私たちは一月一日に彼女のキッチンで話をしてから数回は電話をかけあっていた。私が彼女のアパートメントへ行きたいと言ったり、こっちに来てくれないかと言ったりすると、それはもう少し待ってほしいと彼女は言った。私はそれ以上しつこくは言わなかった。彼女がもう会うのはやめようと言い出すのを恐れたからだ。

「群島住民の集会はどうでした？」

「それを訊いているのは誰？」

「わたしよ」

「リーサ・モディーン自身、それともジャーナリストのリーサ・モディーン？」

「同じ人間です」

私は住民集会があることを彼女に話していた。一月一日、私が彼女のベッドに横たわっていたときにコルビュルン・エリクソンが電話をかけてきたのは確かだが、住民集会が終わったことをどうして知っているのだろう？　私はついさっき帰ってきたばかりなのに？

「君は誰から話を聞いた？」

「話って、今あなたと話しているわ」

「集会が終わったことをどうして知っている？」

「推測しただけよ」

その言葉は信じられなかった。誰かが彼女に話したに違いなかった。考え得るのは、誰も耳を傾けない人、アニカ・ヴァルマルクだった。

「君は誰かと話したのだろう、例えばアニカ・ヴァルマルクとか？」

「ニュースソースは絶対に明かしません」

「彼女は陶器を作りながら余計なことに首を突っ込み、噂を流すんだ。だが、誰も彼女の話など聞きはしない」

「そんなことより、集会はどうだったのか、話してくれない？　答えようもない質問などしないで」

「参加者は大勢いた。そして一致して決めたことがある。近所に怪しい者がいないか、気をつけること。我々群島の住民は十戒ならぬ十一戒を誓い合った。監視人になることを。何だか滑稽（こっけい）な話だろう。実際、滑稽なのだ。だが、これは本当の話だ。元牧師のヴィーマンが集会をまとめ上げて言った言葉だ」

「他には？」

「他にはなにもない」

「どんな雰囲気でした？」

彼女はじつは振る舞っている態度よりもずっとよく状況を知っているに違いないという気がした。情報源は一人ではないのかもしれない。ヤンソンか？　いや、それはないだろう。あの、意見を言ったあと泣き出した若い漁師？　それともヴィーマンか？

誰であれ、あの集会に参加していた人間を自分は信用していないということに気がついた。

私は話を別の方向に向けた。いつまたトレーラーハウスに来てくれるのか？

「そのうちに」と彼女は言った。

「君にとって私は年取りすぎていて、退屈かもしれない。それならそれで、そう言ってくれ。年老いた医者は真実を恐れない」

この最後の言葉は嘘だった。他の人々と違う点を挙げるとすれば、医者は一般に我慢強くないということだ。

「それは違うわ」と彼女は言った。「あなたが年取りすぎているなんてことはないから。でもわたしたち、二人とも、心配性よね？」

電話を切ると、私はさっき飲んでいたコーヒーに戻った。いろいろあっても、とにかく私はリーサ・モディーンと付き合いができれば孤独から解放されるという気がしていた。

喜びが湧き上がってきた。リーサ・モディーンがいる。ルイースとアグネスがいる。アハメドとムハンメドにはなにも感じなかったが、そのうちに変わるかもしれない。

私はベッドの上に体を伸ばし、ラジオをつけ、静かな音楽のチャンネルに合わせた。ゆっくりと眠りに落ちかかったとき、急にハッとして目が覚めた。最初はなにがそうさせたのかわからなかった。が、すぐにヤンソンの服のことだ、とわかった。大晦日の晩、ヤンソンは私のところから自宅に帰り、眠っていたが、なぜか目を覚まし、火事を知ったと言った。

しかし、火事の現場で彼を見かけたとき、彼はまだ私の家のパーティーのときの服装のままだった。私はそのときはそれを変だとも思わずに、彼の姿を見ていたのだ。

私はベッドに横たわったまま考えた。ラジオからは相変わらず低く音楽が流れていた。〈セール・アロング・シルバー・ムーン〉。ハリエットの好きな曲だった。

ヤンソンの服装のことが気になった。だが、そのときはまだ自分の発見したことの意味がわかっていなかった。

それはあたかも、はっきり知っていると思っていた航路に水深の不明なところを発見したような感じだった。

24

クリスマスから十三日目も過ぎ、寒さがいよいよ厳しくなって陸地にも海にも氷が張り始めた。それでも朝私が海に身を沈めて沐浴をするときにはまだ氷を割るための斧は必要なかった。だが海面は黒い空気に覆われ、それも日に日に濃さを増してきた。まもなく海面はすっかり黒く氷で覆われてしまうだろう。住民組合の建物での集会が終わって二日目、トレーラーの中で一人トランプのソリティアをしていたところ、急に気分が悪くなった。頭が割れそうに痛くなって、私はトランプを投げ出し、ジャケットを羽織って外に出た。吐き気の原因はわからなかった。前の晩、ルイースと電話で話した。すべて順調で、彼女はアグネスの写真を送ると言った。経済的な助けは必要ないかと私が訊くと、ルイースは笑い、本当に食べるものもなくなったら電話するわと言った。

リーサ・モディーンとも電話で話した。彼女は車でストックホルムへ向かう途中だったので、短い会話になった。ストックホルムで開かれるクラス会に参加するので車で向かっている、ずいぶん迷った末、行くことにしたと。帰ったら電話すると彼女は言った。

私は島をゆっくりと歩いて回った。焼け跡と煤だらけの残骸の上に霜が降りてキラキラと、輝いていた。祖父のベンチへ行って、ポケットから手袋を取り出し、その上に腰を下ろした。

本格的な冬になった。毎年のことだが、島々や入江が門を閉めるといった感じになることがある。何者も外に出さないし、何者も内に入れないという感じになるのだ。店は閉まるし、カーテンは閉まったまま。早くも十一月の末とか十二月の初めにそうなることもある。ときには二月の末までそのまま続くこともある。

だが、ときには群島がまったく閉じないこともある。祖父はよく言ったものだ。海が凍らない冬、島々が雪で覆われない冬のあとの夏は、漁獲量は少なくなると。そうなのか、と私は一度ヤンソンに訊いたことがある。彼はそんなことはないときっぱり答えたが、祖父からそのように聞いていると私が言うと、彼は慌てて取り消した。

吐き気を伴う頭痛は少し和らいだ。私はトレーラーを出て、小島へ行ってみることにした。吐き気はもしかするとトレーラーの中に閉じこもりっきりだったことが原因かもしれないと思った。体を動かす必要があると思い、ボート小屋へ行って、手漕ぎのボートを出した。風も吹いていなかった。オールでしっかり漕ぐとすぐに汗びっしょりになった。十五回漕いでは休み、また十五回漕いでは休んだ。

私がまだ五歳の頃、祖父が遊び用のボートを作ってくれた。ベニヤ板を船尾に、船首にはパインウッドを使った。オールはハンノキだった。そのボートは子ども時代、私にとって一番大事なものだった。

私はあのようなものをアグネスに作ってあげられるだろうか？　到底できないだろうと思った。私のように大工仕事をしたことのない者にとって、あまりにも大きな仕事である。だが、例えばコルビュルン・エリクソンに作ってくれと頼むことはできるのではないか？　確か彼はボートを作る難しい技術について思いがけないほどの知識を持っていると聞いたことがある。

ボートが小島の岩壁に当たった。私はボートを降りて岩壁にボートを引っ張り上げた。テントは変わりなく低地に立っていた。この秋、強風が吹くたびに私はこの小島に来てテントをチェックしていた。今回もテントは無事だった。

すぐに誰か外部の人間がここに来ていたとわかった。煮炊きするための石造りの台が大きくなっていた。煮出しコーヒー用のヤカンを吊るす仕掛けが新しく作られていた。私はテントへ行って、ファスナーを開けてみた。すぐに化学薬品の臭いが鼻をついた。アセトンだった。ときどき隠れてやってきているのは女性だろうか？　アセトンはマニキュアの除光液の成分だ。ハリエットはよく使っていた。ルイースも私が彼女にパリで会ったとき、マニキュアをしていなかったか？

もちろん他にも可能性があることはわかっていた。アセトンはドラッグを作るときの重要な一要素だ。とくにスパイスと呼ばれるドラッグにアセトンは使われる。私のテントにときどきやってくる人間はドラッグ常用者なのだろうか？

そう考えるだけで腹が立った。私はドラッグで人生をダメにしてしまう人間には言いようもないほど怒りをおぼえる。外科医として私はしばしば事故に遭ったり仲間内の諍いでナイフで刺されたりしたドラッグ常用者の手術をしたことがあった。目の前に横たわる患者、私の手にもつ手術用ナイフの下にただ横たわる患者を見て、私は仕事だから手術はするがその後彼らがどうなっても私の知ったことではないとしばしば思ったものだ。

そのような私の態度に同意する同僚はほとんどいなかった。そのうちに私は人間の価値という観点から見ると、そのような態度は医者としては不適切なものらしいとわかり、その話をしなくなった。

とにかく私はアセトンの臭いで腹が立って仕方がなかった。テントの外に出てすぐにテントを畳み、破り割いてしまおうかと考えたが、そのままにして小島全体を見て回ることにした。岩の割れ目に半分苔(こけ)に隠れてゴミ袋が置いてあった。私はそのゴミ袋を開けてみた。ほとんどがミルクとかパンの包装紙だったが、中に黒いゴムの細かい破片があった。最初、それは自転車のタイヤの破片のように見えた。だがよく見るとそれはダイバースーツの一片のようだった。だが、そうだとしても、それは変な話だった。誰がこの寒い冬に潜水服を着て潜るだろう。その破片はこの小島の南側に流れ着いたはずがない。なぜなら季節を問わず風はこの島から外海に向かって吹くからだ。

そのとき私はそのゴムの破片はダイバースーツのものではないことに気づいた。それは強い風や海水の冷たさから身を守るためにサーファーが着るサーファースーツの一片だった。

つまり私の島にやってきたのは黒いサーファースーツを着た人間、秋にやってきて、サーフボードを真っ直ぐ広い海に向かって走らせた、あのサーファーだったということになる。

私は崖の上に立ち、遠くの水平線を見た。そこにはもちろんサーファーの姿はない。ただフィンランド湾の方からやってくる大きな雲が見えるだけだった。

そのまま続けて小島をぐるりと回ったが、他にはなにも見つけなかった。

私の小島を自由に使っているのが誰なのか、それ以上探求する時間はなかった。ボートに向かいながら、保険会社に連絡して家の再建を開始するよう請求しようと思った。これ以上は待てない。自分のためにも、娘のためにも、また孫のためにも。

私はボートを漕ぎ始めた。ときどき漕ぐのを休んで深い海を見下ろした。以前見たように、千切れた魚網が深い海の中にまるで獲物を狙うライオンとかヒョウのように音もなく潜んでいるのではないかという気がした。だが海は空っぽで、明かりもなく真っ暗だった。

島に戻り、焼け跡へ行ってみた。そのとき、今まで私が撮った写真はすべて焼失してしまったが、祖父母が生きていた頃に住民組合がプロの写真家に島の家々の撮影を頼んだことを思い出した。写真家は群島にある家やボート小屋をすべて撮影していた。そのフィルムは組合の倉庫に保管してあるはず。この間の集会のときにこのことを思い出すべきだった。ヴィーマンは住民組合の記録係で、このことを詳しく知っているに違いない。

今まで数回私は住民組合の委員会の委員にならないかという誘いを受けたが、いつも断ってきた。そのたびに良心が痛んだ。今まで数回、組合委員会委員になったことがあるヤンソンは、会議はせいぜい年に四回ほどしか開かれないし、委員会の仕事は決して重いものではない、群島の住民のために他の住民よりも少しだけ力を貸すだけだと言った。

しかし、同時に私はヤンソンが必ずしも本当のことを言っていないことも知っていた。ヤンソンからの話ではなく、他から私の耳に届いている噂があった。住民組合の組合員の中には個人で、あるいはグループでかなり激しい意見のぶつかり合いがあり、ときにはそれが表立った喧嘩になることもあるというものだ。そのような激しい意見の相違の原因が何なのか、私は今までまったく理解できなかった。だがおそらくは、どこに肥料小屋を作るかとか、雄鶏の数が多すぎるとかいう些細な、しかし具体的なことに違いないという気がしていた。

私はヴィーマンに電話をかけた。彼自身が電話口に出た。私はまず先日の住民集会での彼の司会の手際良さを褒め、それから私の家の写真が保管されているかどうかを訊いた。ヴィーマンは倉庫の中にある記録に目を通して、私の家の写真を探してみると約束してくれた。

「ここの倉庫の収納物の保管状態はあまりよくないのだ。はっきり言ってカオス、ま、ごちゃごちゃした状態のままなのだよ。探し物はなかなか見つからないというのが現状だ」

ヴィーマンの話し方はいつの間にか説教の調子になっていた。私は大急ぎで、またあとで電話すると言って電話を終わらせ、さっきまで遊んでいたトランプのカードの上に携帯電話を放り投げた。そのあとは一人でポーカーをして遊んだ。一人でポーカーをして遊ぶという表現はまさに孤独そのものを表現していると私は思う。自分でポーカーゲームをし、自分で賭けることほど退屈でうんざりすることはない。

それより深い孤独を私は知らない。

その晩は家を再建するに際して、気をつけなければならないことを書き留めてみた。うまくいけば春にも着工することになるだろう。地下室を作るためにダイナマイトで穴を開ける必要はないから、当面は焼け跡を片付けることから始めるのだろう。ヤンソンとコルビュルン・エリクソンにアドバイスを仰ごう。ヤンソンがどういう意見を言おうと私はあまり耳を貸さないだろうが、それでも一応彼に意見を訊くのは、意見を訊かなかったら彼が不機嫌になるから、それを避けるために他ならない。実際にはおおむねコルビュルンの意見を取り入れるにしても。

夜、私は洞窟の夢を見た。薄暗い中を歩き回ったが、しまいに空気が重くなり、呼吸がほとんどできなくなった。そこで目が覚めた。トレーラーハウスの屋根の上をネズミが走り回る音がした。風の音は聞こえない。すべてが静まり返っていた。まもなく私は眠りに落ちた。

眠りに入る少し前、ふと今眠りに入ったら、二度と目が覚めないのではないかと思った。死が突然とても近く感じられた。

だが、死を恐れているうちに、いつの間にか私は眠りに落ちていた。どこか暖かいところを探して走り回るネズミの音を聞きながら。

翌日私は保険会社に電話をかけた。じつは私は、保険会社の人間はきっと面倒なことを言い出して話を長引かせるのではないかと恐れていた。だが、ようやく私の件を担当する人間に電話が繋がると、なにもかもが驚くほどスムーズに行った。あまりにも簡単すぎるのではないかと思ったほどだった。もしかすると最初は簡単そうに見えても、次第に面倒な話になるのだろうか？　だが、そんな疑いは捨てて彼らの言うことを信じることにした。家は春の初めには着工する、もし私が望むなら、彼らが推薦する建築会社を数社紹介すると彼らは言った。

ランチのあと、コルビュルンに電話しようと思っていたとき、遠くからヤンソンのボートがやってくる音が聞こえてきた。私は舟着き場まで行って彼のボートが着くのを待った。彼のボートのエンジンの唸り具合で彼の機嫌がわかるような気がすることがある。そして彼が私になにを望んでいるかも。もちろんそんな気がするというだけのことだが、そんなふうに思うこと自体面白かった。

ヤンソンはボート小屋のそばの舟着き場にボートを留めたが、エンジンは切らなかった。それは長居はしないということを意味した。ということは、今回彼はいつもの想像上の病気を訴えて私に診(み)てくれと言ったりしないだろう。

ヤンソンは舟着き場に降りた。握手を交わしてから、彼は厚手のジャケットの中に手を入れて私に封筒を渡した。

「あんたは引退したはずだ。だから郵便配達はしないんじゃないのか」

「いや、ヴィーマンから頼まれたんだ」

私は封筒を受け取った。封はされていなかった。中に祖父母の家のモノクロ写真が数枚入っていた。私はヤンソンに見えないように中身をチラリと覗いただけだったが、ジャケットのファスナーを開けてその封筒をしまったとき、隠す必要などないことに気がついた。彼はもちろん封筒を開けて中身を見たに違いないのだ。私は彼の胸元を突いて冷たい海の中に放り込みたいという衝動に駆られた。もしかするとそれを感じたのかもしれない。彼は一歩後ろに下がった。私は笑顔を見せた。

「あんたのあとの郵便配達人に言ってくれ。これからはまた郵便物を配達してくれるようにと」

「そうか、気が変わったんだな?」

「いや、今変えたんだ。写真を持ってきてくれて礼を言うよ」

「え、写真?　何のことだ?」

今こそ本当のことを言ってやろうと思った。群島の人間みんなが知っていることを。ヤンソンは郵便配達人として働いた長い間、すべての請求書、死亡通知書、脅迫状、親切な手紙、何の意味もない手紙など、あらゆる郵便物を読んでいたことを。そして今彼は、私の目の前に立ち、ヴィーマンの封筒の中身が写真であることなど知らなかったというふりをしている。

「それじゃ」と私は優しく言った。「今日は忙しいんだ。配達料はもちろん払うよ」

ヤンソンは首を振り、ボートに戻った。だが、出発はせず、ボートを繋いだポールにつかまったまま立っていた。

「オスロフスキーだったのだろうか？」とヤンソンが訊いた。

私は彼がなにを言っているのかわからなかった。

「放火をしたのは」と彼は続けた。

「いったいなにを言ってるんだ、なぜ彼女がそんなことをしたと思うんだ？」

「誰も彼女のことを知らないから。彼女は異邦人だった。片目の人間の考えることなど、神様しかわからないからな」

この男は何というグロテスクなことを言うのだろう。彼女が片目だったことと火事とはどんな関係があると言うのだ？　今回ばかりはなにも言わないわけにはいかないと私は思った。普段はヤンソンがなにかおかしなことを言った場合、聞かないふりをして黙っているのだが。だが、今回は違う。

「オスロフスキーが放火犯ではないかと言っているのか？　知っている人の中で犯人を探すとしたら、彼女は最もあり得ない人だ。しかも彼女は亡くなっているじゃないか！」

ヤンソンはバツの悪そうな顔をした。ポールを握っていた手を放し、係留ロープをほどいて小さな操縦室に入った。

舟着き場からボートをバックさせるヤンソンに、私は手を振らなかった。彼も手を振らなかった。そんなことは初めてだった。

私は家の焼け跡に行ってみた。焼け跡の煤をつついていたカラスが数羽飛び立った。家の基礎ができたら、ジオコネッリからもらった靴のバックルをそこに埋めようと思った。家の守り神として、そして今まで祖父母の家がそこに立っていたことの証(あかし)として。そして靴作りの名人だった彼の記念碑として。

あるときラジオで偶然に世界的に有名なオペラ歌手のインタビューを聞いたことがあった。インタビュアーがオペラ歌手として舞台に立つときなにが一番大切かと訊いた。

「よい靴ですね」一瞬の迷いもなくオペラ歌手は答えた。

まったくそのとおり、と私はうなずいた。気持ちよく歩ける靴、気持ちよく立つことができ、働くことができる靴は、漁師にとっても外科医にとっても最も大切なものだと思った。

現在私がなによりほしいのは、ゴム長靴だ。だいぶ前に注文したのだが、まだ届いていない。

私は携帯電話を取り出して港の店に電話をかけた。何度も通信音が鳴ってからようやくノルディーン夫人の声がした。私は寝ていたところを起こしてしまったのだろうかと思った。もしかすると客が少なくて店のドアベルが鳴らないこの時期、彼女は店の奥に寝る場所を作って、休んでいるのではないだろうか？　彼女は群島の人々の中でも、冬が厳しくなると冬眠するタイプではないかという気がする。

長靴はまだ届いていなかった。

私はトレーラーハウスに戻り、ヴィーマンから来た写真を並べて見た。最も古い写真は一九〇〇年代の初めの頃のものだった。まだその頃はフロントポーチ部分ができていなかった。祖父と祖母が一緒に写っていた。祖父はドアのそばに立ち、祖母は椅子に腰掛けて彼のすぐそばにいた。二人ともまだ若かった。祖父は口髭を蓄えていた。顎ひげはまだ生やしていなかった。写真の裏に、この写真はロベルト・シューグレンが撮ったものと思われるとあった。シューグレンは二十世紀の初め頃、群島を回って人々の写真を撮っていた人物である。

私は一つ一つ写真を見ていった。ほとんどの写真は家の正面から撮られていた。家の裏側の写真は一枚もなかった。

中の一枚に、誰の文字か一九四六年夏とあったが、白いガーデン家具が写っていた。その時点で家のフロントポーチ部分はすっかり出来上がっていた。コーヒーカップと菓子皿が用意されたテーブルを前にして、祖父母が白い籐椅子に座っていた。少し離れた日陰に、写真に写るのが恥ずかしかったのか、男が一人座っていた。写真の裏に自作農のアドロフ・スンドベリと書かれていた。

突然私はその男のことを思い出した。遠い記憶がだんだん近づき、はっきりしてきた。アドロフ・スンドベリ。彼はたしか百四歳まで生きた。生まれたのは一八九九年だったので、彼の口癖は、わしは三世紀にわたって生きる、というものだった。実際、彼は三世紀にわたって生きた。死んだのは二〇〇三年だった。

アドロフ・スンドベリはよく祖父母を訪ねてきていた。彼の話はとても面白かったので、私は彼がやってきて白い籐椅子でコーヒーを飲むときはいつも近くにいた。

あるとき彼は自分の親戚の男の話をした。その話はその後しばしば祖父母の間で繰り返されたものだ。本当の話か、作り話か？　私はそのときまだ十歳にも満たなかったかもしれない。だが私はそのとき初めて、嘘と真実、作り話と実際に起きた誰も疑わない話の間には大きな、計ることができないほど大きな違いがあるということを知ったのだった。

アドロフ・スンドベリはあるとき初めて群島にやってきた。彼は本土の人間だった。ヴェステルハーヴェットの方まで広がる粘土質の土地ヴェステルユートランドの片田舎の町アーリングソースの出身だった。彼は二本の帆（セイル）を上げた小さな帆掛船で群島を回って小物を売って歩く船の船員だった。船長と些細なことで喧嘩したあと、彼はブロースートで軍隊に入った。そこはヴェステルヴィークの近くの地味な町だったが、そのときはイェーヴレとコペンハーゲンの中間地で商売が結構活発になっていた。数年後、彼は除隊してカルマル出身の女性と結婚し、彼女の祖父の農地を受け継いだ。そんな経過で、ヴェストユート出身のスンドベリは群島にやってきたのだった。そしてあるとき、強い酒を飲み交わす大きな宴会で、彼はその後人々が何度もあれは本当の話だろうかと首を傾げる逸話を披露したのだった。

アーリングソースの町で、彼の祖父母は薬局を営んでいた。一九四〇年当時、最も売れていたものは、人の生き血を吸うヒルだった。町の公園に鯉のいる池があった。スンドベリの祖父はそれまでそこで鯉を育てて売っていたが、それがほとんど売れなくなったので、鯉の代わりにヒルをその池で培養するという素晴らしいアイディアを思いついた。店でガラス瓶に入れて売っていたヒルが少なくなるたび、スンドベリの祖母は覚悟した。それは彼女が毎回味わう屈辱だったが、抵抗しても無駄だった。まだ暗い早朝、祖父は長い棒を持って、祖母は大きな外套の下に薄いシュミーズ姿で家を出た。

沼まで来ると、祖母はそれでも抵抗したらしいが祖父の力には敵わなかった。シュミーズを脱いで素裸になると、沼に入り、首まで沈んだ。祖母はかなりの肥満体だった。祖父は祖母が摑まることができるように、持ってきた長い棒を差し出した。沼の中で祖母が倒れたら溺れてしまうからだ。祖母は泳げなかったし、祖父は彼女の巨体を引き上げるだけの力がなかった。そのまま彼女はそこに立ち続け、たくさんのヒルが彼女の体に食いつくのを待った。十分にヒルが食いついたとき、彼女は棒を引っ張って祖父に引き上げるように知らせた。真っ黒いヒルが一番多く食らいついていたのは彼女の尻だったという。祖父が塩を撒くと、無数のヒルがガラス瓶の中にポタポタと落ちたという。

これは何度も繰り返され、しばらくすると夏の暑い時期の早朝に繰り返されるこの世にも珍しい光景はアーリングソースのすべての住民たちの知るところとなった。沼の周りの茂みには、素裸の大きな女が沼地に体を沈めて体に喰いつくヒルに悲鳴を上げるのを見て楽しむ好奇心に駆られた人人が集まるようになった。

これがアドロフ・スンドベリの話で、聞いた人間たちは、内心これは実際の話だろうと思ったが、それでもたいていの人はこれは作り話に違いないと声を上げたという。裸のおばあさんを沼に入れて、その体を餌にしてヒルを捕獲するなどということは信じられなかったからだ。そんなことは人の道に反すると。確かに妻を残酷に扱う男はいる、だがこの話はあり得ない、人間の善性を全否定するものだと。

私は祖父母のコーヒーテーブルについているアドロフ・スンドベリの写真を目を凝らして見た。遠くから人声が聞こえてきた。祖父のゆっくりと人目をはばかるような話し方、祖母はあまり話さなかったが話すときはこれ以上ないほどの正確さで話をしたものだ。祖母は無数の寓話の中から美しい話をしてくれた。そして客のアドロフ・スンドベリ。つばに丸みをつけた帽子をかぶり、ぼうぼうの顎ひげを蓄えて汚れでてかてかのヴェストを着ていた。長年の間にできたシミが何重にも重なって洗ってもとれないのだ。

三人はいつもあの白い庭椅子に腰掛けていた。三人とも亡くなり、椅子もまた火事で焼けてしまった。

最後のモノクロ写真は一九五七年六月十九日、祖父の七十五歳の誕生日のものだった。フロントポーチのテーブルや椅子の周りに大勢の人が立っている。写真を撮ったのは写真家のターゲ・パルムブラード。中心に祖父が、その隣に祖母が座っている。だが、驚いたことに、よく見ると私も隅の方に写っていた。グンスムから来た祖母の従姉妹たちの巨体に挟まれて。彼女たちは私に場所を譲るよりも自分たちがどうカメラに写るかの方が気がかりのようだった。

そのとき私は十三歳だった。夏の強い日差しで金髪が真っ白に変わっている。半ズボン、縞模様のシャツ、サンダル姿で知らない人たちに交じって不安そうだった。

家が再建されたら、私は群島で知っている人々みんなを完成パーティーに招きたいと思った。その中心に私は座り、私の隣にはルイース、そして彼女の家族が座るのだ。

ヴィーマンに電話して、早速写真を送ってくれたことに礼を言った。

「もっとあるかもしれない」と彼は言った。「だが前にも言ったように、保管されているものはまだまったく整理されていないのだよ。私もまだきちんと組織立てることができないでいるんだ」

「いや、家を再建しようとしている者にとっては、これで十分ですよ」と私は言った。

「気がついたかな？　スカルスホルメンにあるウステルストルム家はお宅の家とほぼ同時代に建てられていることに。もし私の観察が正しければ、あの家とお宅の家を建てたのは同じ大工で、おそらく同じ設計図ではないかと思うのだ」

ということは、これから私の家を建てる大工はウステルストルムの家の細部を参考にすることができるということだ。

「それは気がつかなかった。もちろんそれはとても重要な情報ですよ。なにしろ家の設計図などなにも残っていないのだから。当時の大工は施主と一緒に家の設計図を描いたに違いないから」

ヴィーマンとの電話のあと、私はまた祖父のベンチへ行った。今度は双眼鏡を持ってきた。私のテントに焦点を合わせて小島を見たが、人の姿はなかった。

あたりが暗くなり、肌寒くなった。戻り始めたとき、電話が鳴る音が聞こえた。トレーラーのテーブルの上に置いてきたのだ。すぐ近くまで戻ったとき、木の株につまずいて転び、顎をトレーラーのドアの角にぶつけてしまった。顎に手をやると、血で真っ赤になった。トレーラーの中に入り電話を手に取ったが、すでに音が鳴り止んでいた。キッチンの布巾を取って顎の血を拭いた。舌で触ってみると右下の歯がなくなっていた。手で顎を押さえ、もう片方の手に懐中電灯を持って私はトレーラーの外に出て歯を探したが見つからなかった。勢いよく走っていたので飲み込んでしまったのだろうか？

歯は見つからなかった。口の中の出血は止まらなかった。冷蔵庫から氷を取り出し、ビニール袋に入れて舌の上にのせ、口の中を冷やした。

やっと出血が止まり、私は手鏡で口の中を見た。下の歯の一本が完全に根元からなくなっていた。血が止まった真っ赤な口の中にぽっかりと穴が開いていた。そこを指で押してみると、飛び上がるほど痛かった。翌日歯医者に行かなければなるまいと思った。今はもう時間が遅すぎる。緊急で診察してもらえるといいが。今日行くのはやめておこう。

強力な痛み止めの薬を数錠飲んで、携帯電話を手に取り、誰が電話をくれたのかを見た。ルイースだった。すぐに折り返し電話したが、話し中だった。いったん切ってまたかけたが、まだ話し中だった。私は携帯電話を持ったままベッドに横になった。歯医者へ行かなければならないのがうんざりだった。いや、それとも私はただ疲れているだけなのだろうか？　年を取ること。それは気力がなくなること。一日ごとに弱まるのだ。そしてある日、なにもかもが終わってしまうのだろう。

私はそのまま眠りに入ってしまったらしかった。電話が鳴って目を覚ました。ルイースだった。ルイース、いやアグネス、いや家族の誰かになにかあったかと訊くより前に、私は顎をぶつけて歯が飛んでしまった、口中血だらけだと訴えてしまった。だが、私が興奮して話している間にも、ルイースが話し出した。

「アグネスの具合が悪いの」

声がほとんど声になっていなかった。私は起き上がって歯を嚙み締めた。その途端、歯が飛んでしまった穴が飛び上がるほど痛んだ。

「どうしたんだ?」

「病院も何だかわからないと言うの」

「アグネスの状態は?」

「泣き叫んでる。どこかが痛いらしいの」

「腹か?」

「頭だと思う」

「頭?」

「わかんないわ! 誰にもわかんないのよ」

ルイースの心配が私に乗り移った。原因が何であれ、彼女の心配は根拠のないものではないことは確かだった。私は答えを探してあれこれ考えた。私は医者として子どもの病気を専門に扱ったことはない。子どもが怪我をしたときなどに、外科的な手当てしかしたことがない。原因が頭にあるとすればいうまでもなく深刻なことかもしれない。子どもの心臓と脳は最も繊細な臓器だからだ。

私はルイースと自分自身を落ち着かせようとした。なにが起きたのか説明してくれと言った。どんな症状があったのか? 医者は何と言っているのか?

ルイースの言葉から、症状はものすごい速さで進行したことがわかった。その日の朝、アグネスは突然泣き叫んだ。どうしても泣き止まなかった。乳をあげようとしても無駄だった。アハメドはムハンメドのそばにいなければならないので、ルイースは一人でアグネスを病院に連れていった。救急外来でアグネスはすぐに深刻なケースとして受け付けられ、さまざまな検査を受けたあと、今結果を待っているところだという。ルイースはまだ病院にいて、そこから私に電話をかけているのだった。私は手元にあった乾パン(スコルポル)の包装紙の裏に病院名を書いた。

ルイースの話からはアグネスのどこが悪いのか、私にはわからなかった。幼い子どもに脳出血が起きることは滅多にないことだが、まったくないというわけではない。一方、脳膜炎は幼い子どもにも起こることがあり、命取りの病気だ。脳腫瘍もまたあり得ないことではない。フランスの医者たちは今確実な診断を下そうとしているに違いなかった。

アグネスに熱はあるのかと訊くと、熱はないとルイースは答えた。だがまだ頭が相当痛いらしい。ルイースは今、アグネスの脳のレントゲンを撮るのを待っているところだという。

そっちに行こうかと訊くとルイースはノーと言ったが、その声に確信は感じられなかった。

アハメドからの電話を待っているのでこれ以上話せない、なにかわかったらすぐに連絡する、と言って彼女は電話を切った。

「なにもわからなかったとしても、教えてくれ。電話をすぐそばに置いて待っているから。充電もしてある」と私は言った。

携帯電話を手に持ったまま、それもまるでそれが命綱ででもあるかのようにしっかり握ったまま、にわかに死がトレーラーハウスに近づいてきたように感じた。そんなものはここに来てほしくなかった。私はリーサ・モディーンに電話をかけた。邪魔かどうか、彼女が今どこにいるかも聞かず、いきなりアグネスの話をした。

「それは大変ね」と彼女は言った。「こっちに来ます?」

「いや、それはいい。でも、そう訊いてくれてありがとう」

「本当にこのままトレーラーに一人でいられる?」

私は答えなかった。今すぐにでもボートに乗って本土へ行きたいというのが本心だった。

「君がこっちに来てくれるといいが?」

「そんなに大きな心配があるときに、トレーラーハウスは狭すぎるわ」

今晩なにかあったら連絡してもいいかと訊いた。彼女はいいと答えた。

「今、この瞬間、君はなにをしているんだ?」

「あなたの孫がなにか深刻な病気にかかったのでなければいいけどと思っている」

「それは君が考えていることだろう。今君はなにをしているんだ?」

「食料品の入った買い物袋を持って、これから家に帰るところ」

一瞬二人とも黙り、静かになった。風が吹き抜け、トレーラーハウスが揺れた。

「ありがとう。それじゃ」と言って、私は電話を切った。

私は外に出て冷たい戸外の空気を吸った。すでにすっかり暗くなっていた。舟着き場のベンチまで降りたときに電話が鳴った。ルイースだった。これからアグネスはレントゲン室に入るという。まだ医者たちは診断を下していないらしい。彼女の声から、さっきよりももっと怯えているように感じた。最悪のことが起きる恐れを前に、私自身パニックに陥ることを抑えきれないかもしれないと思った。

電話は短いものになった。アグネスは担架(たんか)で運び出されるところだった。電話を切るように言う人の声が聞こえた。

外は寒く、私は震えながらトレーラーの中に戻った。死が近づいているとき、時間がスローモーションで動くような気がする。それがいつ止まるかわからないという恐怖。アグネスに関する情報が心細かった。あの子を診ている医者と話すべきだと思ったが、私のフランス語では十分に話が通じないだろう。ルイースがどんなに怖がっているかわかったが、私には助ける手立てがなかった。眠れないまま夜を過ごし、明け方近くなってルイースから電話があった。アグネスは軽い脳膜炎にかかっているという診断が下りたという。一週間ほどの入院ですむだろうとのことだった。

私たちは泣き出した。二人とも疲れ切っていたので、とにかく今は休もうということになった。午前中、ボートのエンジンの音がして目を覚ました。歯が飛んでしまった下顎が痛む。流しに行って、水を一杯飲んだ。ボートの主がヤンソンであることはわかっていた。彼のボートのエンジン音は独特なのだ。

私は彼が岬を回ってくるときには舟着き場のベンチに着いていた。舟着き場にボートを着けると、彼はモーターを切らなかった。私はほっとした。今回も長居をするつもりはないらしい。係留ロープを縛ると、陸に上がってきた。私たちは挨拶を交わし、いつものように、ほとんど儀式となっている話題を一通り話した。まず、天気の話、それから風向き、東の方向の雲の動き、気温、氷の状態、そしてブリッツ群島で羊飼いと漁業を営む農家のエンベルイ家の十歳になるヴィオラを弾く娘が、ライオンズクラブから三千クローナの奨学金をもらったというニュースもあった。

私は苛立ちながらヤンソンが何の用事で来たのか話すのを待った。彼がここにいる時間を引き延ばす恐れがあったので、私は昨夜は一睡もしなかったこともパリにいる娘の家族になにがあったかも一切言わなかった。

「これから弟のところへ行くつもりなんだ」とヤンソンは、挨拶の話題がなくなると言った。

「あんたに弟がいたのか？　今まで一度も聞いたことがないが？」

「いやあ、あまり行き来がないもんで。何歳か年下で、あんたがここに移ってくる何年か前に出ていったんだ」

「いや、しかし、あんたは一度も弟がいると話したことがなかったじゃないか」

「そんなことはない。話したさ」

「それで、どこに住んでいるんだ、弟さんは」

「フッディンゲだ」

「ほぼストックホルムじゃないか。そこまで行くのか？」

「ああ、明日の朝早く。日曜日に戻ってくる」

私は数えた。三日間留守にすることになる。

ヤンソンは立ち上がった。

「ストックホルムへは何年も行っていない」と係留ロープをほどきながら言った。「首都がどうなっているのか、見てこようと思うんだ」

「いい旅行を。弟さんによろしく。名前は？」

「アルビン」

舟着き場からバックしていくボートに私は手を振った。彼もそれに応えた。この長い付き合いの間彼が一度も弟がいると言わなかったのは不思議だった。それとも弟がいることを彼自身忘れてしまっていたのだろうか？

本土の村の歯医者が見つかり、私はすぐに出かけ、往復と治療で三時間かかって帰ってきた。家に帰った頃には痛みはすっかりなくなっていた。

翌日私は朝早く目を覚ました。長い時間眠ることができた。前の晩寝る前、十一時過ぎにルイースから電話があった。アグネスがようやく落ち着いたと言い、明日詳しく電話すると言ってくれた。私はかつてない安堵を感じ、ようやくその晩ぐっすり眠ったのだった。

目を覚ましたとき、風はなく肌寒かった。コーヒーを飲んでいたときある考えが頭に浮かんだが、私は無視した。だが、それはもう一度今度ははっきり私に促してきた。

ストングシェールのヤンソンの家に行ってみよ、と。以前、なにかの機会に彼は家の鍵が土台の穴の中に隠してあると言ったことがあった。

なぜそこに行きたいのかと自問しても答えられなかった。もしかすると、ヴァルフリズソンの家が火事になったときに感じた不安と関係があるのかもしれなかった。

午前十時、私はボートでストングシェールに向かった。ときどきボートの底が氷の塊に当たることがあった。このまま寒さが続けば、一週間もすれば群島の周りの海はすっかり氷に覆われてしまうだろう。

ヤンソンのボート小屋とボート寄せの古い入り口は、四方によく守られた南向きの入江にあった。彼は、そして彼のボートは、そこなら相当強い北風と西風から守られるわけだと私はうなずいた。私はエンジンを止めて彼の舟着き場にボートを寄せた。

ヤンソンのボートはなかった。彼は本当に弟に会いに出かけたのだろう。私はボートを留めて舟着き場に上がった。数回彼の名前を呼び、いないことを確かめた。それからこの群島で最も古い家の一つであるヤンソンの赤い二階建ての家に向かって上がっていった。ドアをノックした。応答はない。鍵は土台の穴の中、奥深くにしっかり隠されていたので、探し出すのに時間がかかった。鍵を鍵穴に差し込みながら、自分はなぜ彼に隠れてこんなことをしているのだろうとまたしても思った。オスロフスキーの家のことを思った。荒れた土地にあった人の住んでいない廃屋のことを思った。そして今私はヤンソンの赤く塗られた家、窓の桟まできちんと手入れされ、新しく塗り替えられた、大工自慢の彼の家のフロントポーチにいるのだ。

家の中に入った。ヤンソンはきちんと暮らしていた。床には塵ひとつなく、台所はピカピカだった。私はオスロフスキーを思い出した。私はゆっくり、一部屋一部屋見て回った。ヤンソンの寝室はベッドがきちんと整えられ、スリッパは揃えて置かれ、脱ぎ散らした衣服などはなかった。他の部屋はがらんとしていた。客が来ることはまったくないからだろう。ベッドは使われることはなく、きちんと整えられてそこにあった。ヤンソンは誰かが来ることを期待しているのだろうか？

私は一階に戻った。リビングルームの中央にあるテレビにシーツがカバーとしてかけられていた。この家はまったくヤンソンの家らしくなかった。なぜか彼に似合う家は全然違うはずだと私は思った。

最後に足を踏み入れたのはキッチンの隣にある洗濯室だった。そこもまたこの家の他の部屋同様きちんとしていた。一月の弱い陽光が窓から差し込んでいた。洗濯済みの衣服がハンガーに掛かっていて、下着は畳まれていた。私の家が焼けたとき、ヤンソンが自分の下着を持ってきてくれたことを思い出した。

洗濯室を出ようとして、ふと洗濯カゴの方を見ると、これから洗われる衣類が見えた。私の家の大晦日（おおみそか）のパーティーのときにヤンソンが着ていたシャツとズボンが見えた。彼はヴァルフリズソンの家が火事になったときにこれらを身につけたまま駆けつけていた。

私はシャツとズボンを手に取ってみた。とくに目新しいことは見当たらなかった。それらを戻そうとしたとき、カゴの中にもう一枚シャツがあるのが見えた。シャツの袖の部分が黒く汚れていた。

持ち上げてみると、ガソリンの臭いがした。

一気に考えが押し寄せ、私はめまいがした。突然すべてがはっきり見えた。

私の家が燃えた夜に立ち上った強く輝く大きな炎。

そうか。そういうことだったに違いない。

一瞬後、ボートに戻りながら、私は怖くなった。私が来た形跡を残してこなかったか心配になった。

25

私はルイースが話してくれた日本の庭園のことを思い出した。

虚空(こくう)の大海原。

ヤンソンの住んでいるストングシェール島からの帰り道、私はまさに〝虚空の大海原〟、虚しく広がる大海原にいるように感じていた。まるでストングシェールが要塞に変わり、そこにヤンソンが秘密を全部隠し持っているように思えてならなかった。自分がなにを理解したのかを私は今はっきりわかった。だが、自分が知ったことが理解できなかった。ヤンソンの正体ははっきりしたが、同時に遠くなったようにも感じられた。今手を伸ばしても絶対に彼には届かないだろう。

私はエンジンを止めて、考えようとした。だが、考えがまとまらなかった。

再び家に向かってボートを走らせた。私の島の入江に入ったとき、私所有の小島のテントの外に人影が見えた。距離はまだかなりあったが、はっきりわかった。船のスピードを落として通常小舟しか入らない狭い海路に向かった。その海路を通れば、私は高い岩崖に隠れて小島に近づける。まるで猟師のように私は海風に逆らって獲物に近づいた。再びエンジンを止めてオールを手に持った。モーターを船の上に引き上げたが、ボートはかなり重かった。

ヤンソンのことでまだ頭の中がいっぱいだった。だが、まだ誰が私のテント、私の小島を使っているのかを知るだけの余裕はあった。

ボートを岩崖の側につけ、岩に空いている穴に手をかけて島に上陸した。十代の頃、この崖淵に自分の名前を刻んだことを思い出し、目で探したが、見当たらなかった。私は岩陰から私の小島を勝手に使っている人間を見てやろうと這うようにして岩壁を進んだ。が、人の姿はなかった。人物は私のテントに入って、ファスナーを閉めてしまっていた。異なる感情が二つ私の中で交錯していた。一つはヤンソンの異常さ。もう一つは今テントの中にいる人物が暴力的だったらどうしようという不安。

サーフィンボードと帆（セイル）が、いつも私がボートを引っ張り上げるところに置いてあった。まるで陸に引き上げられた大きな昆虫のように見えた。

テントから一歩離れたとき、私の踏んだ石が他の石に当たって音を立てた。慌ててボートに戻ろうとしたときには、すでにテントのファスナーが開けられていた。

その少年は金髪で、十七歳にもなっていないように見えた。黒いゴムのサーファースーツを着ていた。片方の肩の裂け目がぎこちなくテープで修繕されていた。目の色は濃かった。怖がっているのか、それともただ警戒しているのかがわからなかった。彼の金髪がどこか不自然だった。あまりにも金髪すぎた。ほとんど白かった。毛染めが上手でない人の手で染められたのだろうか？　そもそもなぜ自分の髪の毛を他の色に染めるのか？　他の人間になるため、それとも自分を変えたいという抑えきれない欲求のためか？

私はテントから出てこいと合図した。なぜかわからないが、彼がスウェーデン語を話すようには見えなかった。少年はテントから出てきて、私と同じように地面に腰を下ろした。

恐れは次第になくなり、好奇心の方が強くなった。

「ぼくはなにも盗っていない」と彼は突然言った。「ただ休んでいただけ」

かすかに外国訛りの発音のようだった。もしかすると北方から来たのだろうか？

名前を訊こうとしたとき、彼は急に立ち上がり、サーフボードと帆に向かって走り出した。あっという間のことだったので、私は呆然としてただ見ていただけだった。彼はサーフボードを前に立てたかと思うと、あっという間にその上に乗った。体が柔らかく、その姿は真っ黒い毛皮の、軽やかな動きをする野生動物のようだった。帆が膨らむには十分な風もあった。

私は怒りと無力感でいっぱいになり、彼に声をかけた。

「おい、君！　おい！」

あとで思うと、そんな声は何の役にも立たなかった。彼は振り返りもしなかった。私は彼が南側の岬の陰に消えるのをただ見ているだけだった。

もう少ししたら、群島の海は氷になる。そうすれば彼はサーフィンなどできなくなる。

テントの布が風に揺れていた。私はその前に座ってテントを開いてみた。テントの中には炭酸水のボトルが一本とクッキーの空き箱、くしゃくしゃに丸められた数枚の紙があった。私はテントの中に入って、紙を開いてみた。数学の計算をしていた紙の裏紙のようだった。一人チェスをしていたのか。用心深い駒の進め方だった。数回のゲームは途中までで、勝者はいなかった。

紙の一枚に走り書きがあった。彼の筆跡はほとんど優雅と言っていいものだった。しばらくそこに書かれた言葉を睨(にら)んでようやく意味がわかった。言葉が二回リフレインされて並んでいた。

何日も頭から離れない詩がある
その後に夜明けと夢が続く
勝者が誰かにうなずいた

一つ一つの言葉はわかるが、彼がなにを言わんとしているのかがわからなかった。これは詩だろうか？ それとも送らないと決めた相手に宛てたメッセージだろうか？ 私に向けたものだろうか？ このテントを立ててあの少年にしばしの安息所を与えた者に向けたメッセージ？

私はその走り書きの紙をポケットに入れてテントから離れ、また急な崖を登って少年が消えていった沖の方を見た。

海には人も船もなかった。少年はいなかった。もしかするとヘラルナと総称して呼ばれるここの小島の群れの中に隠れているのかもしれないが、その姿はどこにも見えず、ただ広い海が見えるばかりだった。

少し離れたところに地獄(サータンスグルンデット)の底と呼ばれる岩礁がある。それは真っ直ぐ天に向かって立つ石柱で、もし隠れているならば、少年はその辺にいるのかもしれない。

私はしばらくそこに立って様子をうかがっていたが、そのうちにかなり寒くなった。テントまで戻って、上着のポケットからペンを取り出し、一人チェスの図面が描かれた紙の後ろにメモを書いた。

「美しい詩だ。これからもこのテントを使っていいよ。できれば、君の名前が知りたい」

少し考えてから自分の名前を書いた。フレドリック。そして電話番号も書き添えた。テントの床の中央にその紙を置くと、外に出てファスナーを閉め、家路についた。

あの少年は何という名前だろう。エリックじゃないな。アンダシュも違う。いや、ひょっとするとそうかもしれない。

彼と同じようなことをする人間は一人しか思い浮かばない。娘のルイースだ。どこか似ている。少年はルイースの弟と言っていい。同じタイプの人間だ。

彼は新しい時代からやってきた人間で、私とすれ違っただけなのだ。

もう一度会いたいものだと思った。

私はボートに乗ったがエンジンをかけず、そのまま私の島まで漂わせた。あたりが暗くなってきた。今年は氷が張るのが遅い。


それから数週間厳しい寒さの日が続いた。氷が沖の方まで広がっている。私はトレーラーハウスのベッドに横たわって、海の音、そして氷の音に耳を澄ました。トレーラーの壁に手を当てると冷たかった。オイルヒーターの目盛りを最大限まで上げても何の効果もなかった。

なによりも私はヤンソンのこと、ストングシェール島の彼の家で見つけたもののことが頭から離れなかった。あの、私の医者としての人生を狂わせた手術の失敗と比べても、今ほど混乱した、まったくめちゃくちゃな、どうしていいかわからない感情に襲われたことはなかった。昼間はぶつぶつと言葉に出してつぶやき、夜はヤンソンの夢を見る日々が続いていた。何度か電話を手に取って、警察に電話をかけようと思った。

だが、私の中にはどうしていいかわからないほど大きな当惑があった。私にはどうしても本当とは思えなかった。ヤンソンが本当に、私を焼き殺そうとしていたと考えることができなかった。なにより、私の知らなかった旅行から彼が帰ってくる日を恐れた。彼にどう対処したらいいのか？　三日の旅行と言っていたが、あれからすでに数週間経っている。

私は凍るような寒さの日々をまるで檻の中にでもいるように閉じこもって過ごした。毎朝の沐浴だけは続けた。だが、氷のような冷たさに浸かっても、私の頭は晴れなかった。頭の中で、ヤンソンは親切な群島の郵便配達人からモンスターとしか言いようがない存在に変わっていた。

毎日ルイースと電話で話した。アグネスはすっかり回復した。私は彼らがなにを糧にして生活しているのか訊かなかった。どこから生活費を得ているのだろう？　ルイースがまたスリをして働いているとは考えられなかった。幼い子どもを家に置いて？　わからない。いや、わかりたくなかった。

ある日、ルイースと電話で話をしたあと、私は父親がとんでもなく早く仕事場から帰ってきた昔のある日のことを思い出した。キッチンに入ってきたとき、父は足元がおぼつかなかった。酔っ払っていたのだ。髪の毛は乱れ、怒り狂っていると同時に動揺していた。激怒していることは顔に現れていた。まるで筋肉すべてが痙攣を起こしたまま、面（マスク）のように固まってしまったようだった。動揺は父の目に現れていた。そのとき、私はまだ十歳ぐらいだっただろう。母はキッチンのドアを閉めたが、ほんの少しだけ隙間を開けておいた。それはキッチンで父と母が話していることが私に聞こえるように、踏みつけられた人間がどんなに苦しい思いをするか、それと同時に、慰められれば、もう一度屈辱を跳ね返して立ち上がることができることを私に見せるためだったと思う。

隙間から父母の姿はほとんど見えなかったが、二人の話ははっきり聞こえた。

その日起きたことは、父にとって初めてではなかった。父は給仕長と口論した。和解ができるような状態ではなかった。レストランの厨房(ちゅうぼう)で、父はその場でクビを言い渡された。父はエプロンを外し、床に投げつけて飛び出した。給仕長は通りまで追いかけてきた。怒り狂った二人は激しく怒鳴り合った。しまいにはもう言葉はなく、ただ睨み合い、荒く息をつき、唸り合うばかりだった。雨が降ってきて、二人は濡れた犬のように惨めにそこに立っていた。

そのような劇的な口論をして、父親が職場をクビになることはよくあった。父親が家のキッチンテーブルで唸り、ため息をつき、母親が彼をいたわり、他人に対する、いや彼自身に対する自信を回復させる光景を私は幼い頃からよく見てきた。だがその晩、父はこれまでのように自分に向けられる不正に対する文句や苦情とは違うことを言った。父の話では、その日客があまりいなかったので、父は客が忘れていった雑誌をめくっていた。すると、その雑誌に、昔中国の皇帝が王宮の正門に大きな太鼓をしつらえさせた話が載っていた。誰であろうと、皇帝に不平不満を言いたければ、太鼓を数回大きく叩いて、そばに立っている役人に不服を訴えることができるというものだった。役人は速やかにその言葉を皇帝に伝え、何人と言えども、罰せられることなく直訴することができたという話だった。

「そんな太鼓はどこにもないんだ」父親はうなだれて言った。「不公平なことを強いられても、それを知らせる太鼓などどこにもない」

ルイースと電話で話したときに、なぜ私はこの話を思い出したのだろう？　ルイースとはまったく関係ないことなのに？　レストランのウェイターとスリの間に共通点はない。一つだけ考え得ることは、両方とも別の、もっと公平な世界で生きたいと願っていること。皇帝の太鼓は誰にとっても公平な世界のシンボルなのだ。

私はトレーラーの中で紙切れにメモを書いた。

皇帝の太鼓。キッチンテーブルで泣いた父親の涙。この二つの関係は？

ルイースと電話で話した翌日、そして六十年前に父親がキッチンで訴えていた光景を思い出した翌日、私はヤンソンのボートの音を聞いた。すぐに激しい動悸が始まった。私はトレーラーハウスの中にいた。ドアを開けて耳を澄ますと、間違いなくヤンソンのボートの音だった。

ヤンソンは普段とまったく変わらない様子だった。右腕をゆっくり上げて、ちょっとぎこちなく挨拶する姿。手の指をいつもどおりに動かした。私がそれに応じて手を上げると、彼は手を下ろした。私が彼の島ストングシェールに行ったことを知っているとは思えなかった。もし知っていたとすれば、彼はうまく隠していたのだ。

彼は係留ロープを船首から機関室の屋根まで引っ張った。舟着き場まで船を近づけると、そのロープをこちらに放り投げたので、私はその端を摑んで近くの柱に巻きつけた。

ヤンソンは陸に上がった。

「弟は元気だった」と言うと、ベンチの端に腰を下ろした。「だが、予定よりも少し長い滞在になった」

ヤンソンは左のゴム長靴を脱いで振った。松の実のかけらが出てくるのを見てから、また長靴に足を突っ込んだ。

私はその場に立ったまま、長い付き合いのあるこの男を見ていた。長い付き合いと言っても、私が知っていたのは固く心を閉ざしたこの男の一部に過ぎなかった。長年群島に住む人々のために郵便を配達してきたこの男の背後に、恐ろしいと言ってもいいほど複雑な人物が潜んでいたとは気がつかなかった。

彼自身は自分が何者であるかを知っているだろうか？　いや、そもそも自分自身を知っている人間などいるだろうか？

私はこの問いに答えられなかった。わからないとしか言えなかった。

白髪混じりの元郵便配達人は冷酷な放火犯人だった。

あのとき、強烈な炎の明かりで目が覚めなかったら、私は焼け死んでいた。ヴェステルフェルト老夫人は炎の恐ろしい勢いに飲み込まれていたかもしれない。またヴァルフリズソンはたまたまサマーハウスにいなかったことを放火犯は知らなかっただけなのだ。

目の前の舟着き場のベンチに座っている男を前にして、私はただ自分の無力さを感じていた。

「あんたは用事もないのにやってくる人間ではない」とやっと私は言った。

「いや、弟は元気だったと言いに来ただけだ。だが、大都会に住むというのはじつに不安なものだと思ったよ」

「それはどういう意味だ？」

「自分が何者かがわからなくなりそうだ。あのようにいつも周りの人間から踏みつけられていたら」

そのとき初めて、ヤンソンには弟などいないのではないかという考えが頭に浮かんだ。他の多くのこと同様、これもまた嘘なのではあるまいか？　今目の前のベンチに座っている男は、私の家に火を付け、私の家がなくなったのを見てから、自分の家に泊まってもいいと招いたのだ。大晦日（おおみそか）の晩を私のところで祝い、家に帰って休むと言って帰ったはずだったが、他の島へ行ってまたもや人の家に火を付けた。そして、私の家を燃やしてから今度の家を燃やすまでの間にもう一軒、燃やしているのだ。

今こそ言うべきときだ。これ以上待ってはいけないと思った。

「なぜだ？」

　ヤンソンは私を見た。

「今なにか言ったか？」

「ああ。あんたのほかにここには誰もいない」

「何と言ったのか、聞こえなかった」

「いや、聞こえたはずだ」

　ヤンソンはまだ私が知っていることを知らないはずだった。この自信、当然誰も彼が犯人であることに気づかないというこの自信は、どこから来るのだろう？　警戒さえしていないのか？

「コーヒーが飲めたらいいな」と彼は突然言った。

　数十年の長い付き合いで、私を訪ねてきた彼が、自分からコーヒーを請うたことは一度もなかった。今、彼はそうした。これはやっぱりなにか意味があるのではないか？　私は怖がるべきか？　人が中で眠っていると知りながら、家に火を付けることができる人間なら、ハンマーを持って私に襲いかかることなど平気でできるのではないか？

　私はヤンソンとトレーラーハウスへ向かった。並んで歩いた。ヤンソンはいつものとおり少し体を揺らしながら。私がコーヒーを淹れている間、簡易ベッドに座り、ルイースとアグネスは元気か、リーサ・モディーンはどうしていると訊いた。だが、家の再建は進んでいるかと彼が訊いたとき、私はほとんど煮立った湯を彼の顔や手にかけるところだった。

　だが、そうはしなかった。私はコーヒーを淹れる手を止めて言った。

「帰ってくれ。今すぐ帰ってくれ。そして二度と私の前に現れるな」

　ヤンソンは飛び上がった。

「なにを言ってるんだ？　言ってることの意味がわからない」

私はトレーラーハウスのドアを開けた。だが彼はベッドに座ったままだった。なにが何だかわからないという顔で。

いや、もちろん彼はわかっているのだ。もしかすると、弟を訪ねるという名目で彼が留守にしている間、私が彼の家に入り込んだことには気づいていないかもしれない。が、放火犯人は彼であると私が気づいていることはわかったはずだ。

「ドアを開けるとは、帰れということか？　だが、あんたがなにを言いたいのか、俺はまったくわからない。俺を追い払うのか？」

私はドアを閉めた。今はもう、ここから逃してなるものか、という気持ちになっていた。

なぜヤンソンは私の家を燃やしたいと思ったのか？　それも私が家の中で眠っているとわかっているときに。家を燃やすのが目的だったのか、それとも私を殺したかったのか？　それ以外の理由があったのか？

「あんたが犯人だということはわかっている。警察に知らせて、あんたを捕まえさせることもできるんだ。証拠はある。あんたの家の洗濯カゴにあるシャツにガソリンが染みついている。あんたはもしかすると、私が真実を見つけるのを待っていたんじゃないか？　だからあんたはわざわざここに来て、弟のところに行くから留守にすると言ったのではないか？　弟のところと言ったが、あんたに本当に弟がいるのか？　あんたは私にあんたの島へ行ってほしかったのだろう？　本当に形跡を消したかったら、火事の証拠となるものをすべて洗ってしまえばすむことだからな。あんたは、警察に犯人のヒントを書いた手紙を送る犯人と同じだ。だが、いったいあんたは何者なんだ？　あんたは以前から、人の家を燃やし、もしかすると中にいる人間が焼け死ぬのを望んでいたのか？

それがあんたの望みだったのか？　手紙や新聞や年金の知らせなどを配達しながら、あんたはそんなことを考えていたのか？　ある日、いつか、あんたはまったく別の人間になって見せると？　人のいい、親切な人間が、悪意のある、他人には決してわからない人間であることをわからせてやると？」

ヤンソンはなにも言わなかった。

「もしかすると、あんたの家にあるガソリンのついたシャツだけでは証拠として十分ではないかもしれない。だが、あんたが自首しなくても警察はきっと他にも証拠を見つけるだろう。刑期は長いものになるだろう。すでに老人なのだから、きっと刑務所で死ぬことになるだろう。いやもしかすると、あんたは頭がおかしくなったと判断されるかもしれない。そうなると、あんたは頭がおかしくなった人間たちのいる施設に入れられるだろう。だが、刑務所などに閉じ込められるのは、最悪ではないかもしれない。あんたはそれに耐えられるかもしれない。しかし、群島の人間たちがあんたを憎むことに耐えられるか？　群島の人間たちのあんたに関する思い出は、長年郵便配達をしていた男が定年を迎えて、群島に古くからある美しい家を次々に燃やしていったというものだけになることに耐えられるか？」

ヤンソンは今や話がわからないふりをするのはやめていた。ベッドの上に腰を下ろし、両手を膝の上に置き、顔を伏せて聞いていた。

「なぜなんだ？　口にハンカチを当てて私に電話をかけてきて、『お前は逮捕される。明日にでも』と言ったのもあんただろう？　なぜなんだ？」私は声を荒らげた。

ヤンソンは答えなかった。びくとも動かなかった。まるで金槌で叩かれても答えない覚悟をしているかのようだった。

私自身はドアのそばに立っていた。そしてどうしようもなく絶望を感じていた。おそらくヤンソンの思いも同じようなものだったに違いない。

「なぜなんだ？　なぜあんたは私を殺したかったんだ？」

ヤンソンは頭を上げて私を見た。その目には驚きの表情が浮かんでいた。

「あんたを殺そうと思ったことなどない。なぜそんなことを言うんだ？」

「私は眠っていた。焼け死んでしまったかもしれなかったではないか」

「もしあんたが目を覚まさなかったら、手を貸していた」

「ということは、あんたはその場に残って、家が燃え始めるのを見ていたんだな？」

「ああ、そうだ。あんたが目を覚ますのを見届けたかったから」

私はあのときのことを思い出した。燃え上がる炎の中から左足の長靴を右足に無理やり履いて二階から飛び出したことを。あのとき、暗闇の中にヤンソンがいたのだ。私が燃え盛る家から飛び出してきた姿を見てから彼はその場を離れ、そのあと戻ってきて消火に参加したのだ。

ヤンソンは瞬きもせずに私を見つめていた。いや、彼の目は私を通り越して遠くの水平線を見ていた。そこにどんな景色があるかは誰も知らない。彼がなぜ放火をしたのか、その理由は決して明らかにできないと私にはわかっていた。答えはないのだ。そしてなにより、彼自身知らないにちがいない。彼の頭の中で、なにかがなくなってしまったのだ。闇ができてしまったのだ。それを彼は外から照らそうとしたのかもしれない。燃え盛る家を松明（たいまつ）にして。

ヤンソンは立ち上がった。私は一歩下がって、彼がゆっくりと舟着き場まで降りていく後ろ姿を見ていた。私は初めてヤンソンが行くあてもなく歩く姿を見た。

ヤンソンはボートをバックさせて行ってしまった。私は祖父のベンチへ行ったが、座るには冷たすぎたので立ったまま海を見下ろした。ところどころに氷が張っていた。急いでしなければならないことはなにもなかった。

私はなにをするべきなのか考えた。一番自然なのはすぐに沿岸警備隊のアレキサンダーソンに電話をかけることだ。だが、それはできなかった。他の人間に伝える前に私自身がちゃんと理解しなければならなかった。電話する以上、犯人はヤンソンだと言うだけでは済まなかった。それでは誰も信じないだろう。

まずアレキサンダーソンを呼んで、私のトレーラーハウスで話をする場面を想像してみた。話を聞いたら、彼はしばらく黙って考えてから、証拠はあるのかと訊くだろう。ガソリンのしみのついたシャツだけでは証拠として十分ではないと。

私の話は理解不能な作り話になってしまうかもしれない。細かいことすべてを検証して、私には十分に納得できても、他人を納得させることはできないかもしれない。

私が話す相手がアレキサンダーソンだとして、彼はきっとヤンソンはなぜ我々の家に火を付けたのか、その理由は何だと訊くに違いない。

その理由は？

その問いに、私は知らないとしか答えられない。その問いに答えられるのはヤンソン自身だけだ。

彼が逮捕されたらどうなるだろう？　まずみんなはほっとするだろう。だが、その後、自分たちが最も信頼していた群島の住人の一人が犯人だったということに対する嫌な思いがみなの胸中に広がるだろう。ヤンソンが犯人なら、我々はこれから誰を信頼したらいいのだ、と。群島の人々の中でなにかが終わってしまう。もしかすると我々を結びつけていた最後の絆がなくなってしまうかもしれない。信頼。助けを必要とする者に応えたいという思い。そのときが来たとき、棺を担ぐ人手となるだけでなく。

私には、目の前に人々の姿が見えた。舟着き場や港で低く囁（ささや）く声が聞こえた。みんな懸命に理解しようと努力するだろう。おそらく、ストングシェールのヤンソンの家を焼いてしまおうと言う者が、一人ならず出てくるに違いない。しかし、実際にそうする者はいないだろう。

私はヤンソンに怒りと驚きの両方を感じた。彼の孤独は、よく考えてみると、私の孤独よりもずっと大きかったのかもしれない。


時間が過ぎていった。私はこの間なにも言わなかった。誰もヤンソンを疑ってはいないようだった。また噂によれば、警察は相変わらず何の手がかりもつかんでないらしかった。放火犯人の捜査は暗礁に乗りあげていた。

私は匿名で警察に通報しようかとも考えた。ヤンソンが放火犯だと告げ口するのだ。だが、私はそうはしなかった。私自身の判断が信じられなかったからだ。なにより、ヤンソンが我々みんなが思っていたのとはまったく違う人間だったと、私自身信じることができなかったからだ。

彼は病気になったのかもしれないとも思った。脳腫瘍ができて、彼の思考の軌跡を変えてしまったのかもしれない？ わからなかった。あるのはただ、次第に広がる疑問だけだった。

私はまた幾晩か、ヤンソンがトレーラーハウスに火を付け、私が叫びながら外に飛び出す夢にうなされた。

四月三十日の春の祭典の晩、コルビュルンが平舟を引っ張ってやってきた。息子のアントンとアントンの友達のスツーテンというあだ名の若者と一緒だった。四人で力を合わせてトレーラーハウスを平舟にのせることができた。コルビュルンは前に来たときに臨時のケーブルで私の島と小島の間に電気を繋いでくれていた。これは違法行為だと言って彼は笑ったが、同時に安全上はまったく問題ないと保証してくれた。

トレーラーハウスをのせた平舟を私のボートで牽引した。コルビュルンは自分の携帯電話でその様子を写真に撮った。

「この平舟で牛を運んだのは四十五年も前のことだ」とコルビュルンは言った。「親父がいつもこの平舟を捨ててはダメだぞと言っていたんだ。将来、必要になるかもしれないからと。それがまさに今だ。今俺たちはトレーラーハウスを動かすのにこの平舟を使っているんだから」

彼は感慨深そうに平舟を見た。

「おかしいよな、警察の奴ら。手がかり一つ摑めないなんて。放火犯の容疑者は一人もいないんだとよ」

「ああ。だが、簡単じゃないんだろうよ」と私は言った。「疑われている人間は一人もいないらしいね。もちろん、全力で捜査していると思うがね」

コルビュルンは顔をしかめて頭を振った。

「いくら考えてもわからないんだ。みんなもそうだと思うよ。もしかすると俺たちもヤンソンのように現実的な対処を求めるべきなのかもしれないな」

ヤンソンの名前があがったとき、私は驚いて飛び上がった。だが、コルビュルンは気がつかないようだった。

「ヤンソンがなにか言ったのか?」

「役所に手紙を書いて、夏だけここに来る住人は除外して、年中この群島に住んでいる者たちを対象に自治体が無料で消火器を配るべきだと言ったらしい」

「ヤンソンが？　消火器を各戸に無料で？」

「うん。じつに実際的な提案じゃないか」

私は頭がおかしくなりそうだった。ヤンソンはなにをしたいのだろう？　なぜ彼はこの群島に住んでいる我々をこれほど馬鹿にするのだろう？

「自治体はきっと我々に消火器を無料で配布するだろうよ。ヤンソンに特別の感謝もせずに」

「そうだね。きっと彼は感謝されないだろうな」

私の声が震えた。コルビュルンはちらっと私の顔を見た。私は笑顔を見せた。大丈夫、何の問題もないという意味だった。

コルビュルンはトレーラーハウスを小島の窪地まで運ぶために、よく準備してきた。厚い板を数枚地面に敷き、その上をロープでトレーラーハウスをゆっくり平舟まで引っ張った。すべてうまくいき、まもなくトレーラーハウスは無事小島に移し置かれた。コルビュルンは小島のトレーラーハウスに電気を繋いだ。私はシャンペンを用意していたので、二人で分け合って飲んだ。まるでウォッカなどの強い酒でも飲むかのように、直接瓶に口をつけてシャンペンを飲み干した。

私は小島での最初の晩、テントを使うことなく、寝ることができた。夢を見た。私はボートに乗っていた。小島が岩壁から切り離されて、遠いウーレスンドまで私を運んでいた。

翌朝私は早い時間に目が覚めた。五月一日。空気が暖かかった。私はコルビュルンとアントンにはすでに、新しい家のための作業は五月一日祝日以降にしてくれと伝えていた。

「意味もなく日を延ばさない方がいいぞ」コルビュルンが言った。

結局作業の開始は五月一日になり、私は朝食後、彼らを待った。小型掘削機、作業小屋、そしておびただしい数の工具をのせた平舟は九時頃に到着した。私は舟着き場のベンチに座って、これらのものが島に上げられるのを見ていた。コルビュルンの息子アントンは働き者だった。父親同様働くことに喜びを感じていることが全身に現れていた。掘削機を使って焼け跡を片付け、新しい家のための場所を用意するのに一日もかからないだろう。

作業は夕方六時に終わった。クロッグミが作業小屋の屋根に止まって鳴いていた。今年クロッグミの鳴く声を聞くのは初めてだった。

私はコルビュルン親子と一緒に舟着き場まで下りた。

「床下に小さな記念碑を作りたいんだ」と舟着き場で私はコルビュルンに言った。アントンはボートのモーターを作動させようとしていた。

「サイズは？　大きいのか？」

「いや。靴のバックルを入れた小瓶だ」

コルビュルンは急に興味を示した。

「とてもいいバックルなんだ」と私は続けた。「私にとって特別意味のあるものだ」

「明日穴を掘るよ。家の土台の中央部に穴を掘るようにアントンに言おう。そこがもし岩盤だったら、スラグ・ダイナマイトを使って穴を開けるよ」

コルビュルンの船に手を振って見送った。そうしながら、スラグ・ダイナマイトというのは岩山に穴を開けるのに使われる優れた手段なのだろうと思った。

彼らの船がまだ姿を消さないうちに、次の船がやってきた。スピードの出るアルミのボートで、最初私は見覚えがないと思った。だが、舟着き場に近づくと、船体にカフェの名前があって、すぐにヴェロニカのボートだとわかった。

大晦日のパーティーのための準備のとき以外にヴェロニカは私の島に来たことがなかった。私は不安になった。なにかが起きたに違いない。

　ヴェロニカは船を停めて舟着き場に降りた。係留ロープは手に持ったままだ。彼女の目を見て、心配が当たっているのがわかった。

「沿岸警備隊から連絡あった？」ヴェロニカが訊いた。

「いや？」

「それじゃなにも知らないのね？」

　私は舟着き場のベンチに腰を下ろした。これから聞く話がショックだったとしても、倒れたくなかったからだ。ヴェロニカは私の隣に腰を下ろした。係留ロープを犬のリードのように手に持ったまま。

「ヤンソンが失踪したの。ボートで行ってしまったらしい。海へまっしぐら。ちょうどランズオルトから戻ってくる途中だった沿岸警備隊が、群島からかなり離れた海上でヤンソンのボートを見かけて、問題ないかと念のため近寄って訊いたらしいの。ヤンソンはいつもどおりだったらしい。まもなく戻るところだと言うのでアレキサンダーソンは大丈夫と思ったらしいの。ヤンソンは何と言ってもみんなの知っているあのヤンソンだから心配ないだろうと。ところが、港に着いて沿岸警備隊の事務所へ行くと、留守番電話が入っていた。探さないでくれとヤンソンが叫んでいた。そして、探してもきっと誰にも見つけられないだろうという言葉も入っていた。沿岸警備隊はすぐに引き返し、暗くなるまで探したけど、見つからなかった。ヤンソンは頭がおかしくなったのかとみんなが心配しているのよ」

　私はいうまでもなくヴェロニカの話にはまったく驚かなかった。

　ヤンソンは行ってしまったのだ。睡眠薬を大量に飲んだかもしれない。鎖を体にぐるぐる巻きつけ、鉄の重しや錨(いかり)を体につけて、ゆっくり船が沈むように船体に小さな穴を開けたかもしれない。いったい何事が起きたのか、決して誰にもわからないだろう。誰も彼を見つけることはできないだろう。

「ヤンソンはちょっと変わっていたからね」と私は用心深く言った。

「え？　私はこの辺ではヤンソンが一番ノーマルな人だといつも思っていたわ。変わっていたって？　どこが？」ヴェロニカが訊き返した。

「いや、彼は独特だったという意味だ。独身で、子どももいなかったし」

「私も結婚していないし、子どももいないわ」

「あんたは七十歳じゃない」

「ヤンソンは内気だっただけよ。変な人じゃなかったわ。もしかして自殺しようとしてるとか？　なにかあったのかしら？」

そのとき急に、まるでヴェロニカが答えをくれたような気がした。私たちはそのときヤンソンが何百回となく不調を訴えて横たわり、私が毎回調べて何の疾患も見つけられなかったベンチに座っていた。もしかして私は、ついに彼の不調の原因を見つけたのかもしれない？

「医者として私は患者に関して守秘義務がある」と私はヴェロニカに言った。「私がこれから君に言うことは、今まで誰にも言ったことがない。もしそれが群島に広まったら、君が私の信頼を裏切ったということだ」

「あたしは絶対に信頼を裏切らないわ！」

私はヴェロニカが口外しないと知っていた。

私は急いで考えられ得る病名を選んだ。奇跡でも起きないかぎり、一つしか答えがない病名を。

「ヤンソンはがんにかかっている。それも難しい、不治のケースだ。膵臓(すいぞう)がんで、それが肝臓にも転移している。おそらく夏までもたないだろう」

ヴェロニカはうなずいた。医者はいつでも真実を言うと信じている顔で。もしかすると彼女が私に知らせに来たのは、ヤンソンが病気かもしれないと思ったからだろうか？　彼が逃げた理由はそれ以外に考えられないと思ったのか？

「痛みがあったのかしら？」

「今までは痛みを和らげることができた。これからはどうかわからないが」

「治療法はないの？」

「ない」

それ以上、話すことはなかった。ヴェロニカは船の係留ロープを手に持ったままベンチに座っていた。

「もう我慢できない」しばらくして彼女は言った。「あたし、カフェを売って、旅に出るわ」

「どこへ？」

「真っ直ぐ海に出るってことだけはしないから」

ヴェロニカは突然立ち上がった。

「あなたにだけは知っていてほしいと思って」と言った。

私はうなずいた。

ヴェロニカは急発進して私の島の舟着き場を離れた。

誰もヤンソンを見つけはしないだろう。彼が自分で死ぬと決めたのなら、そして何軒も放火したことを墓まで持っていくと決めたのなら、そうすればいい。最後の手紙は決して差出人に届くことはないのだから。

そしてまた、彼は決して水平線の彼方に消えることはないだろう。私の知っているヤンソンなら、アレキサンダーソンを騙しただろう。彼はアレキサンダーソンたちの乗った沿岸警備隊の船が周りにいなくなったら、航路を変えて群島の方に戻ったに違いない。水深百メートルほどの深さのところはたくさんある。どこで沈むかを選べばいいだけだ。誰にも見つかりはしない。みんなヤンソンは大海原の方へボートで向かったと思っているのだから。

私はベンチから立ち上がった。それは私の人生の中でも数少ない、はっきりとした、迷いのない瞬間だった。舟着き場での私のクリニックはこれで終わり、二度と開くことはないと決めた。

家の再建が始まった。邪魔にしかならない助手だったかもしれないが、私はコルビュルンと息子のアントンの手伝いを買って出た。とくに私が手伝えたのは、家の細部に関し、彼らが迷っているときだった。私の記憶の中に、家は細部まで厳然として存在していた。

六月の初めになると、八月には建築中の家に入って暮らすことができるとコルビュルンは言ってくれた。

ヴェロニカはイラン人夫婦にカフェを売った。私はカフェのオープンパーティーのホストを引き受けた。

リーサ・モディーンは家が建築中によくやってきた。私の中にはまだ彼女との恋愛を夢見る気持ちがあったが、次第に彼女と繋がっているだけでありがたいと思うようになった。私は女友達のいる老人という役割に甘んじた。彼女がいるために、私は気持ちの落ち込みから立ち直ることができるのだ。

私は鏡に映る自分の顔を見ることができるようになった。丁寧（ていねい）に髭を剃った。手抜きはしなかった。彼女のおかげで、楽しみを待つことができるようになった。

と言っても、幻想はもっていなかった。いつか彼女は姿を消すだろう。別の新聞社へ、テレビ局へ、他の町へ。そのとき自分がどう反応するかはわからなかった。だが、私にはルイースがいる。彼女の家族は私の家族でもある。

ルイースは家のオープンパーティーには来ると約束してくれた。そのときはアグネスだけでなく、アハメドもムハンメドも一緒に来る。だが家の工事が進む間じゅう、私は当然のことながら常にヤンソンのことを考えていた。オスロフスキーのこともノルディーンのことも。彼らが死んでいるというだけで、なぜ付き合いをやめなければならないのか、私にはわからなかった。

私は彼らと話し続けた。彼らの話に耳を傾けてはいろいろ思い出した。私はヤンソンの死の意味するものについて考え続けた。ノルディーンの最後の瞬間のこと、そしてオスロフスキーは死ぬ前に、ガレージにやってきたのは死神だったと気づいただろうかと思った。そのガレージで、彼女は長年、一九五八年製のデソート・ファイアフライトと一緒に暮らしてきたのだ。

彼らの姿に私は自分自身を見たのだった。そして、春から夏にかけて家が建てられていく間、他の人たちもまた私の姿に自分自身を見るのだろうと思った。

七月はいつもの年よりずっと暑かった。八月の最初の二週間は雨ばかり降っていた。

だが八月二十七日、まだすべての部屋に家具が入っていなかったが、私はついに新しい家で暮らし始めた。

夕方リーサ・モディーンがやってきて、その晩泊まっていった。もちろん、彼女の寝室は別である。

その翌日、コルビュルンがルイースとアグネス、そして私の家族である残りの二人を本土の港まで迎えに行ってくれることになった。

その日の朝早く、私は朝の沐浴をし、そのあと血圧を測った。今では閉鎖された舟着き場のクリニックのベンチの上で。

私は老人である。しかし医者として自分をすこぶる元気であると診断することができる。

私は舟着き場の端まで行って、長年使ってきた聴診器を海に放った。聴診器は泥の溜まった海の底にゆっくり、死んだ蛇のように沈んでいった。

そのとき、私は信じられないものを見たと思った。次の瞬間、それは本当にパーチだとわかった。決して大きくはなかったが、パーチであることに間違いなかった。

私はこの目ではっきりと見たのだ。魚が戻ってきた。そして自らを私にプレゼントしてくれたのだ。

聴診器は海底に静かに横たわった。

あと何日かしたら、泥の中に埋もれてしまい、そのうち姿形もなくなってしまうだろう。

舟着き場に立っていたとき、電話が鳴った。マルガレータ・ノルディーンだった。

私のゴム長靴がようやく到着したと言った。

彼女は心から嬉しそうだった。

私は完全な崩壊から見事に立ち直った家へ向かって歩き出した。十年ほど前、古い家の居間にあったディナーテーブルの下にできた大きな蟻塚をリヤカーで運んで移したことを思い出した。あれは大きな喜びを感じた日だった。

古い家の居間には蟻塚があったが、私は新しい家の居間にはボート小屋の屋根裏の物置にあったテーブルを置いた。屋根裏のそのテーブルの周りには無数のツバメのなきがらがあった。そして今そのテーブルの上にはガラス瓶がある。トリモチの残りと壊れた鳥籠も置かれている。私はときどき夜寝る前に、美しい声で鳴く鳥の飼育法が書かれた小冊子をパラパラとめくってみたりしている。

いつの日か、私はなぜ祖父母がトリモチを細い棒につけて鳥を捕まえようとしたのか、理解するかもしれない。諦めるつもりはない。それは私のように年取った人間にふさわしい仕事かもしれない。

私は洗剤を使って黒い煤を洗い落としたリンゴの木を眺めた。もともとの木の色が戻ってきている。だが、この木に実がなるかどうかはわからない。

家の床下に、ジオコネッリの作った靴のバックルが金属容器に入れられて埋めてある。あの激しい炎の中を生き抜いたバックルだと思うと、私は安心する。

まもなく八月も終わりだ。

そして冬がやってくる。だが私はもはや暗闇を恐れてはいない。

著者あとがき

もしかすると読者の中には、この物語に出てくる島や湾、小島や人々を実際に知っていると主張する人がいるかもしれない。しかし、私がこの作品で描いた群島は、地理的に、またそこに住む人間たちも含めて、世界のどこにも存在しない。

私は本を書くとき、目には見えない土地の隆起をしばしば考える。それは常に起きているのだ。土地の隆起は休みなく起きているのだが、我々にはそれが感知できない。目に見えないだけでなく五感で捉えることができない。海岸線は常に未完で、形も変わるし、揺れている。物語の中のフィクションと現実の関係はそれによく似ている。ときには酷似していることもあるだろう。だが、大事なのは実際に起きたことと、起きたかもしれなかったことの違いである。

そうであろうと私は思う。真実は常に仮のものであり、変化するものであるから。

ヘニング・マンケル

二〇一五年、フランス、アンティーブにて

訳者あとがき

北欧を代表するスウェーデンの小説家ヘニング・マンケルの最後の作品『スウェーディッシュ・ブーツ』(Svenska gummistövlar) を訳し終えた。中扉裏にこれは内容的には既刊『イタリアン・シューズ』の続編であると同時に独立した作品であるという断りがあり、八年後を想定していると ある。『イタリアン・シューズ』では六十六歳だった主人公フレドリック・ヴェリーンは、八年後であるなら七十四歳のはずだが、本作では七十歳という想定で物語は始まる。

スウェーデンの南部、バルト海沿岸にある群島の一つに祖父母から受け継いだ伝統的な木造の家で一人暮らす元医師のフレドリック・ヴェリーンは、前作同様、冬の海で氷を割って沐浴する禁欲的な生活をしている。物語は「およそ一年前の秋の夜、家が全焼した」という文章で始まる。

真夜中、強烈な明るさで目を覚ましたフレドリック・ヴェリーンは、パジャマの上にレインコート一枚、長靴に無理やり足を突っ込んだ姿で外に飛び出した。家全体が猛火に包まれていた。ヴェリーンは着の身着のまま茫然自失の態で燃え盛る我が家を見つめるばかり。近隣の島々から住人たちがボートで駆けつけてきた。その中には元郵便配達人のヤンソンもいた。体の不調を訴えてはやってくる、言わば招かれざる〝患者〟だ。そのヤンソンがヴェリーンの履いている長靴を凝視する。緑色のゴム長靴は両方とも左足用のものだった。

物語はフレドリック・ヴェリーンの独白形式で展開される。保険金目当ての自作自演の放火ではないかと疑われる中、すべてを失ったヴェリーンは娘のルイースが置いていったトレーラーハウスで暮らすことになる。

火事の翌日、地方新聞の記者リーサ・モディーンが現れる。港のカフェで微笑みながら取材の申し込みをするリーサ・モディーンに、ヴェリーンは「私のテーブルにやってきて腰を下ろしてくれたというだけで、私は俄然元気になり、この女性に対して激しい愛情が湧き上がった」というのである。訳者も驚くこの急展開に、さらにヴェリーンは「年取った人間には時間がない」「この突然湧き上がった激しい感情。我々老人にはもうこれしかないのだ」と心の中で叫ぶのだ。

放火の犯人探しと、ヴェリーンの回想と群島での暮らし、そして三十歳ほど年下のリーサ・モディーンに対する主人公の一方的な思い入れが膨れあがるまま物語は進んでいく。また、八年前に彼が初めてその存在を知った娘のルイースは、今回思いがけない姿で登場する。

フレドリック・ヴェリーンは孤独である。唯一、世間との接点はかつて郵便配達をしていた男ヤンソンなのだが、ヴェリーンはヤンソンを好ましく思っていない。現実の世界に関わりをもたず俯瞰するばかりだったヴェリーンだが、リーサ・モディーンの出現は、彼に思ってもみなかった現実の世界への参加を促す。

娘のルイースのためにやむを得ずパリへ行くヴェリーンは、リーサ・モディーンに一緒に来てくれと懇願する。ロマンチックなものではなく、現実の世の中の象徴的存在であるリーサ・モディーンに、行動する自分の目撃者になってほしいと願ったのか。

第一部の〈虚空の大海原〉、第二部の〈ゴルゴタの丘へ向かって疾走する狐〉、第三部の〈ガラス瓶の中のベドウィン族〉、そして第四部の〈皇帝の太鼓〉。どの部にもヴェリーン自身の過去の記憶、とくに父親の生き様、息子である自分とのやりとり、母親のたたずまいが描かれていて、回想録であると同時にヴェリーンの複雑な人格を内側から照射するものになっている。そしてまたどの部のタイトルも暗示的であると同時に、その意図は明確である。

第一部の〈虚空の大海原〉では、ルイースが日本へ旅行したときに訪ねた虚空の大海原という名の石庭のことが語られる。龍安寺にヒントを得たのだろうか。こんな形でヘニング・マンケルの著作の中に日本が登場することは私の読むかぎり初めてで、思いがけないことだった。

第三部ではフランスに舞台を移す。娘のルイースの夫のアルジェリア人と、障がいのあるその弟が登場する。ヘニング・マンケルは実生活で国境を越えて移民・難民となるアフリカの人々を援助してきた。この作品で彼はパリの郊外で隠れるようにして住んでいる彼らのことを書く。マンケルの狙いは、スウェーデンの小島に住む七十歳の元医師フレドリック・ヴェリーン、移民にも障がい者にもまったく関心がなかった彼を、娘が愛する移民の男アハメドとその身内の障がい者ムハンメドに会わせることで、読者を何千万人という数の人間が貧困や紛争から逃れて外国に移住する現実の世界に立ち合わせることではなかったか。

ヴェリーンは若い頃住んだというパリのモンパルナスの近くで、当時の苦々しい思い出を噛み締めるだけでなく、自分が紛れもない老人であること、いや、紛れもない老人と見做されることを痛感する。老人は人として数えられない存在か？　誰からも振り向かれない価値のない存在か？　繰り返し繰り返し、マンケルはヴェリーンを通して読者に問いかける。

この本は二〇一五年、マンケルが亡くなる年の夏に刊行された。まだ六十七歳、書き手として老人とは言えない年齢である。彼がこれほど人の目に映る老いを前面に出して書いた小説は他にない。初めから最後までフレドリック・ヴェリーンを不安にさせるのはエイジング、年を取ることである。そしてその先にある死の影。三十歳ほど年下の新聞記者リーサ・モディーンに対する欲望は、この年で、いや、この年だからと、ヴェリーンを焚き付ける。

現在にいながら、良くも悪くも過去の思い出と共に生きるヴェリーンだが、最後には穏やかに、あるがままに、時の流れに身をゆだねる心境に達する。

スウェーデンでこの本を発表した二〇一五年の十月、ヘニング・マンケルは帰らぬ人となった。前年の一月にがんが発見されていた。最初は首にちょっと違和感があって病院に行ったという。その経緯はマンケルの唯一のエッセイ集『流砂』（Kvicksand、二〇一四年、邦訳二〇一六年）に詳しく書かれている。首の後ろが痛み、寝違えたと思って医者に行くと、頸椎間板ヘルニアだろうと言われ、念のためレントゲンを撮ってもらった結果、がんとわかった。原発は肺がんで、それもかなり進行していて回復不能の段階だった。マンケルはショックを受けるが、その後がんにかかっている事実を認め、受け入れ、まもなく病名を公表し、治療の合間を縫って最後までSNSに自分の状態を書き続ける。マンケルにとって生きることは書くこと、書くことは生きることだった。

タイトルのスウェーディッシュ・ブーツは、作品の中に出てくるトレトン社製の緑色のゴム長靴のこと。スウェーデンではごく一般的な、屋外作業用の頑丈なゴム長靴である。何足も持っていたのだろう。ヴェリーンは猛火から飛び出すとき慌てて左右とも左足用の長靴を履いて逃げた。翌日港の店に行きゴム長靴を注文するが、なぜかゴム長靴はなかなか届かない。やっと来たかと思うと、サイズが小さすぎた。そして一年後、家がそっくり建て直され、今日にも娘のルイースが家族と一緒にやってくるという日に、ようやく正しいサイズの新しい長靴が届く。火事で家が燃えた日から家が再建されるまでの一年間、ゴム長靴はずっと不在のままこの物語にあり続ける。

ごくごく普通の、スウェーデン製のゴム長靴。訳しながら私は、マンケルがこのどこにでもあるスウェーデン製のブーツをタイトルにしたことの意味を考え続けた。

トレトン社の丈夫でごついゴム長靴は作業用のブーツで、お洒落で履くというイメージは、少なくともヴェリーンの世代にはないだろう。主人公フレドリック・ヴェリーンはそんな身近な、実用的なものの代表格のゴム長靴に最後までこだわり続ける。小洒落たブーツなどを置いている靴屋の店員に苛立ち、トレトン社のゴム長靴を置いていないとはと腹を立てる。それは自分が求めるものがないための腹立ちというよりも、丈夫で確かなもの、実質的でしっかりしたスウェーデン製のゴム長靴が正しく評価されていないことに対する腹立ちのようだ。トレトン社製の長靴に対するこだわりは、何にでも冷笑的なこのヴェリーンという男の、ある種の愛国心かもしれないという気がしてくる。何にも参加せず、傍観者の立場をとってきたフレドリック・ヴェリーンの素顔が現れるところである。『イタリアン・シューズ』というある種華麗な前作名に対し、『スウェーディッシュ・ブーツ』という無骨な、土臭いタイトルをつけたところにヘニング・マンケルの気概を感じる。

二〇一五年の前半に発表されたこの『スウェーディッシュ・ブーツ』は、ヘニング・マンケルの最後の作品で、一人称で書かれた膨大な日記と見ることもできる。詳細に記されている回想部分など、訳していてひょっとして作者自身の体験ではないかと思わせるところも多々あった。この作品は本国スウェーデンではもちろん、世界的なベストセラーとなった前作『イタリアン・シューズ』に続いて高く評価され、二〇一八年のＣＷＡ（英国推理作家協会）のインターナショナルダガーを受賞している。

ヘニング・マンケルは一九四八年、スウェーデンの首都ストックホルムで生まれた。母親は彼がまだ赤ん坊のときに家族から離れ、マンケルは父親と四歳上の姉と祖母と共に中西部スウェーデンのスヴェーグという小さな町に移る。幼い頃から地方裁判所で裁判官として働く父親の姿を見て育ち、裁判所がいわば家の庭のようなものだったと後に述懐している。作品に描かれる警察や検察関係者に当事者感があるのはそのためかもしれない。十代で家族と西海岸側の町ボロースに引っ越すが、高校を中退し国際的な商業船舶の下働きボーイとして二年間船員生活を送る。船の乗務員たちの勤勉に働く姿から多くを学び、後にこのときの経験が彼にとっては大学に匹敵する学びの機会だったと語っている。その後、パリで一年ほど暮らし、一九六八年ソルボンヌ大学で始まった学生運動に大きな影響を受ける。この後スウェーデンに戻り、劇場で監督助手として働き、脚本を書き始める。一九七〇年代、マンケルはアフリカに移り、モザンビークの首都マプートに居を構え、その後二十年ほどアフリカとスウェーデンの間を行き来しながら、マプートの劇場アヴェニーダで脚本家、舞台監督、劇場支配人として活躍する。

一九九一年、刑事ヴァランダーを主役とする『殺人者の顔』（邦訳二〇〇一年）を発表。このシリーズはたちまち人気を得、ガラスの鍵賞、スカンジナヴィア推理小説賞など多くの賞を受賞。刑事ヴァランダーを主役とするこのシリーズは『苦悩する男』（邦訳二〇二〇年）まで十巻発表されている。娘のリンダが主役の『霜の降りる前に』（邦訳二〇一六年）と、中編一編とヴァランダー・シリーズ全作の索引を収録した『手／ヴァランダーの世界』（邦訳二〇二一年）をヴァランダー・シリーズに加えるかどうかは、本国のスウェーデンでも国際的なミステリ評論家の間でも意見が分かれるところである。海外でも高く評価され、ヴァランダー・シリーズは現在四十一カ国で出版され、出版部数は四千万部を超えているという。

ヘニング・マンケルは多作な作家でヴァランダー・シリーズ以外にも作品を書いており、児童書も合わせて小説は四十作発表されている。シリーズ以外には『タンゴステップ』、『北京から来た男』、『流砂』、『イタリアン・シューズ』そして今回の『スウェーディッシュ・ブーツ』が日本でも刊行されている。また劇場用シナリオは四十四作が発表されている。

ヘニング・マンケルは社会問題を積極的に取り上げる作家であるばかりでなく、行動する人でもあった。とくにアフリカの移民・難民問題、そしてエイズ問題には一九八〇年代から解決のために積極的に行動していて、当時国連難民高等弁務官だった緒方貞子さんに同行し南アフリカの難民キャンプを訪問したこともニュースで取り上げられている。また戦争やエイズで親を亡くした子どもたちの救済のためにモザンビークに『子供の村』を設立し、エイズ患者救済のための財団を立ち上げ、救済事業を行っている。またアパルトヘイト（人種隔離と差別の制度）解消のために一生を捧げたネルソン・マンデラ氏（後に大統領）の解放を我がことのように喜んだ。マンケルはイスラエルとパレスチナの関係もアパルトヘイトであると主張、二〇一〇年にはパレスチナ援助のためガザ地域に救援物資を運ぶ自由船団に乗り込み、イスラエルの攻撃を受けて拿捕され、国外追放された。マンケルは直ちに激しいイスラエル批判を国際社会に訴えた。このときマンケルは六十二歳。戦う作家ヘニング・マンケルが国際的に認知された事件でもあった。

個人的にマンケル氏には数回お会いした。あるときは大勢の人の集まりの中で片隅に立ち、にこやかに静かに人々と話をしていた。小柄で目立たない人という印象だった。あのたたずまいのどこに激しい闘志が潜んでいたのかと不思議に思う。またあるときは、友人の家に招かれて行ってみると、客はヘニング・マンケルと私だけだった。このときもマンケルは招待してくれたカップルのおしゃべりににこやかに耳を傾けていて、自分からはほとんど話さなかった。話題は競馬のこと。マンケルは競馬が好きらしく、その日の主人とその友人たちとグループで競馬に賭けをしているらしかった。スウェーデンの夏の夜、明るい戸外でテーブルを囲んだひとときだった。

マンケルの妻のエヴァ・ベルイマン（映画監督イングマル・ベルイマンの娘）によれば、マンケルは何よりも書くことが好きだったらしい。ホテルでも、旅行中の飛行機の中でも、とにかく書く場所さえあれば、いつでもどこでも書いていたという。マンケルは書かずにはいられなかったのだろう。書くことが楽しくて仕方がなかったのかもしれない。満足した人生だったに違いない。
　書くことが何より好きだったという作家、信念に基づく行動家（アクティヴィスト）ヘニング・マンケルの死去を改めて悼むとともに、氏の作品を訳す機会に恵まれたことに深く感謝したい。

二〇二三年二月

柳沢由実子

スウェーディッシュ・ブーツ

著　者　ヘニング・マンケル
訳　者　柳沢由実子

2023年4月14日　初版

発行者　渋谷健太郎
発行所　(株)東京創元社
〒162-0814　東京都新宿区新小川町1-5
電話　03-3268-8231(代)
URL　http://www.tsogen.co.jp
写　真　Ikpgfoto/Getty Images
装　幀　中村聡
ＤＴＰ　キャップス
印　刷　理想社
製　本　加藤製本

乱丁・落丁本は、ご面倒ですが小社までご送付ください。
送料小社負担にてお取替えいたします。

ISBN978-4-488-01122-2 C0097

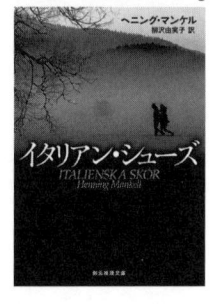